MW01608631

LES MILLE
ET UNE NUITS

Les Mille et Une Nuits

Contes arabes

III

Traduction d'Antoine Galland

HISTOIRE DE CAMARALZAMAN
(suite)

Sire, quand Bahader et le prince Amgiad furent dans la cour, Bahader demanda au prince par quelle aventure il se trouvait chez lui avec la dame, et pourquoi ils avaient forcé la porte de sa maison.

« Seigneur, reprit Amgiad, je dois paraître bien coupable dans votre esprit ; mais, si vous voulez bien avoir la patience de m'entendre, j'espère que vous me trouverez très innocent. » Il poursuivit son discours, et lui raconta en peu de mots la chose comme elle était, sans rien déguiser ; et, afin de le bien persuader qu'il n'était pas coupable de commettre une action aussi indigne que de forcer une maison, il ne lui cacha pas qu'il était prince, non plus que la raison pourquoi il se trouvait dans la ville des mages.

Bahader, qui aimait naturellement les étrangers, fut ravi d'avoir trouvé l'occasion d'en obliger un de la qualité et du rang d'Amgiad. En effet, à son air, à ses manières honnêtes, à son discours en termes choisis et ménagés, il ne douta nullement de sa sincérité. « Prince, lui dit-il, j'ai une joie extrême d'avoir trouvé lieu de vous obliger dans une rencontre aussi plaisante que celle que vous venez de me raconter. Bien loin de troubler la fête, je me ferai un très grand plaisir de contribuer à votre satisfaction. Avant que de vous communiquer ce que je pense là-dessus, je suis bien aise de vous dire que je suis grand écuyer du roi et que je m'appelle Bahader. J'ai un hôtel où je fais ma demeure ordinaire, et cette maison est un lieu où je viens quelquefois pour être plus en liberté avec mes amis. Vous avez fait accroire à votre belle que vous aviez un esclave,

quoique vous n'en ayez pas. Je veux être cet esclave; et,
afin que cela ne vous fasse pas de peine, et que vous ne
vous en excusiez pas, je vous répète que je le veux être
absolument; et vous en apprendrez bientôt la raison. Allez
donc vous remettre à votre place, et continuez de vous
divertir; et, quand je reviendrai dans quelque temps, et
que je me présenterai devant vous en habit d'esclave, que-
rellez-moi bien; ne craignez pas même de me frapper: je
vous servirai tout le temps que vous tiendrez table, et
jusqu'à la nuit. Vous coucherez chez moi, vous et la dame,
et demain matin vous la renverrez avec honneur. Après
cela, je tâcherai de vous rendre des services de plus de
conséquence. Allez donc, et ne perdez pas de temps. »
Amgiad voulut repartir; mais le grand écuyer ne le permit
pas, et il le contraignit d'aller retrouver la dame.

Amgiad fut à peine rentré dans la salle que les amis que
le grand écuyer avait invités arrivèrent. Il les pria obligeamment de vouloir bien l'excuser s'il ne les recevait pas
ce jour-là, en leur faisant entendre qu'ils en approuve-
raient la cause quand il les en aurait informés au premier
jour. Dès qu'ils furent éloignés, il sortit et il alla prendre
un habit d'esclave.

Le prince Amgiad rejoignit la dame, le cœur bien
content de ce que le hasard l'avait conduit dans une maison qui appartenait à un maître de si grande distinction,
et qui en usait si honnêtement avec lui. En se remettant à
table : « Madame, lui dit-il, je vous demande mille pardons
de mon incivilité et de la mauvaise humeur où je suis de
l'absence de mon esclave; le maraud me le payera, je lui
ferai voir s'il doit être dehors si longtemps.

— Cela ne doit pas vous inquiéter, reprit la dame; tant
pis pour lui s'il fait des fautes, il les payera. Ne songeons
plus à lui, songeons seulement à nous réjouir. »

Ils continuèrent de tenir table avec d'autant plus d'agrément qu'Amgiad n'était plus inquiet comme auparavant
de ce qui arriverait de l'indiscrétion de la dame, qui ne
devait pas forcer la porte, quand même la maison eût
appartenu à Amgiad. Il ne fut pas moins de belle humeur
que la dame, et ils se dirent mille plaisanteries en buvant
plus qu'ils ne mangeaient, jusqu'à l'arrivée de Bahader
déguisé en esclave.

Bahader entra comme un esclave bien mortifié de voir
que son maître était en compagnie et de ce qu'il revenait si
tard. Il se jeta à ses pieds en baisant la terre, pour implo-

rer sa clémence, et, quand il se fut relevé, il demeura debout, les mains croisées et les yeux baissés, en attendant qu'il lui commandât quelque chose.

« Méchant esclave, lui dit Amgiad avec un œil et un ton de colère, dis-moi s'il y a au monde un esclave plus méchant que toi. Où as-tu été ? qu'as-tu fait pour revenir à l'heure qu'il est ?

— Seigneur, reprit Bahader, je vous demande pardon, je viens de faire les commissions que vous m'avez données ; je n'ai pas cru que vous dussiez revenir de si bonne heure.

— Tu es un maraud, repartit Amgiad, et je te rouerai de coups pour t'apprendre à mentir et à manquer à ton devoir. » Il se leva, prit un bâton, et lui en donna deux ou trois coups assez légèrement ; après quoi il se remit à table.

La dame ne fut pas contente de ce châtiment ; elle se leva à son tour, prit le bâton, et en chargea Bahader de tant de coups, sans l'épargner, que les larmes lui en vinrent aux yeux. Amgiad, scandalisé au dernier point de la liberté qu'elle se donnait, et de ce qu'elle maltraitait un officier du roi de cette importance, avait beau crier que c'était assez, elle frappait toujours. « Laissez-moi faire, disait-elle, je veux me satisfaire et lui apprendre à ne pas s'absenter si longtemps une autre fois. » Elle continuait toujours avec tant de furie qu'il fut contraint de se lever et de lui arracher le bâton, qu'elle ne lâcha qu'après beaucoup de résistance. Comme elle vit qu'elle ne pouvait plus battre Bahader, elle se remit à sa place et lui dit mille injures.

Bahader essuya ses larmes, et demeura debout pour leur verser à boire. Lorsqu'il vit qu'ils ne buvaient et ne mangeaient plus, il desservit, il nettoya la salle, il mit toutes choses en leur lieu ; et, dès qu'il fut nuit, il alluma les bougies. A chaque fois qu'il sortait ou qu'il entrait, la dame ne manquait pas de le gronder, de le menacer et de l'injurier, avec un grand mécontentement de la part d'Amgiad, qui voulait le ménager et n'osait lui rien dire. Lorsqu'il fut temps de se coucher, Bahader leur prépara un lit sur le sofa, et se retira dans une chambre vis-à-vis, où il ne fut pas longtemps à s'endormir après une si longue fatigue. Amgiad et la dame s'entretinrent encore une grosse demi-heure ; et, avant de se coucher, la dame eut besoin de sortir. En passant sous le vestibule, comme elle eut entendu que Bahader ronflait déjà, et qu'elle avait vu qu'il y avait un sabre dans la salle : « Seigneur, dit-elle à Amgiad en rentrant, je vous prie de faire une chose pour l'amour de moi. — De quoi s'agit-il pour votre service ? reprit Amgiad. — Obligez-moi de prendre ce sabre, repartit-elle, et d'aller couper la tête à votre esclave. »

Amgiad fut extrêmement étonné de cette proposition, que le vin faisait faire à la dame, comme il n'en douta pas. « Madame, lui dit-il, laissons là mon esclave, il ne mérite pas que vous pensiez à lui : je l'ai châtié, vous l'avez châtié vous-même, cela suffit; d'ailleurs je suis très content de lui, et il n'est pas accoutumé à ces sortes de fautes.

— Je ne me paye pas de cela, reprit la dame enragée : je veux que ce coquin meure; et, s'il ne meurt de votre main, il mourra de la mienne. » En disant ces paroles, elle met la main sur le sabre, le tire hors du fourreau, et s'échappe pour exécuter son pernicieux dessein.

Amgiad la rejoint sous le vestibule, et, en la rencontrant : « Madame, lui dit-il, il faut vous satisfaire puisque vous le souhaitez : je serais fâché qu'un autre que moi ôtât la vie à mon esclave. » Quand elle lui eut remis le sabre : « Venez, suivez-moi, ajouta-t-il, et ne faisons pas de bruit de crainte qu'il ne s'éveille. » Ils entrèrent dans la chambre où était Bahader; mais, au lieu de le frapper, Amgiad porta le coup à la dame et lui coupa la tête, qui tomba sur Bahader...

Le jour avait déjà commencé de paraître lorsque Scheherazade en était à ces paroles; elle s'en aperçut, et cessa de parler. Elle reprit son discours la nuit suivante, et dit au sultan Schahriar :

CCXXXIII^e NUIT

Sire, la tête de la dame eût interrompu le sommeil du grand écuyer en tombant sur lui, quand le bruit du coup de sabre ne l'eût pas éveillé. Étonné de voir Amgiad avec le sabre ensanglanté et le corps de la dame par terre sans tête, il lui demanda ce que cela signifiait. Amgiad lui raconta la chose comme elle s'était passée, et en achevant : « Pour empêcher cette furieuse, ajouta-t-il, de vous ôter la vie, je n'ai point trouvé d'autre moyen que de la lui ravir à elle-même.

— Seigneur, reprit Bahader plein de reconnaissance, des personnes de votre rang, et aussi généreuses, ne sont pas capables de favoriser des actions si méchantes. Vous êtes mon libérateur, et je ne puis assez vous en remercier. » Après qu'il l'eut embrassé, pour lui mieux marquer combien il lui était obligé : « Avant que le jour vienne, dit-il, il faut emporter ce cadavre hors d'ici, et c'est ce que je vais faire. » Amgiad s'y opposa, et dit qu'il l'emporterait lui-même, puisqu'il avait fait le coup. « Un nouveau venu en cette ville, comme vous, n'y réussirait pas, reprit Bahader. Laissez-moi faire, demeurez ici en repos. Si je ne reviens pas avant qu'il soit jour, ce sera une marque que le guet m'aura surpris. En ce cas-là, je vais vous faire par écrit une donation de la maison et de tous les meubles, vous n'aurez qu'à y demeurer. »

Dès que Bahader eut écrit et livré la donation au prince Amgiad, il mit le corps de la dame dans un sac avec la tête, chargea le sac sur ses épaules, et marcha de rue en rue en prenant le chemin de la mer. Il n'en était pas éloigné lorsqu'il rencontra le juge de police qui faisait sa ronde en personne. Les gens du juge l'arrêtèrent, ouvrirent le sac, et y trouvèrent le corps de la dame massacrée et sa tête. Le juge, qui reconnut le grand écuyer malgré son déguisement, le mena chez lui ; et, comme il n'osa pas le faire mourir, à cause de sa dignité, sans en parler au roi, il le lui mena le lendemain matin. Le roi n'eut pas plus tôt appris, au rapport du juge, la noire action qu'il avait commise, comme il le croyait selon les indices, qu'il le chargea d'injures. « C'est donc ainsi, s'écria-t-il, que tu massacres mes sujets pour les piller, et que tu jettes leurs corps à la mer pour cacher ta tyrannie ? Qu'on les en délivre, et qu'on le pende. »

Quelque innocent que fût Bahader, il reçut cette sentence de mort avec toute la résignation possible, et ne dit pas un mot pour sa justification. Le juge le remena ; et, pendant que l'on préparait la potence, il envoya publier par toute la ville la justice qu'on allait faire à midi d'un meurtre commis par le grand écuyer.

Le prince Amgiad, qui avait attendu le grand écuyer inutilement, fut dans une consternation qu'on ne peut imaginer, quand il entendit ce cri de la maison où il était. « Si quelqu'un doit mourir pour la mort d'une femme aussi méchante, se dit-il à lui-même, ce n'est pas le grand écuyer, c'est moi ; et je ne souffrirai pas que l'innocent soit puni pour le coupable. » Sans délibérer davantage, il sortit et se rendit à la place où se devait faire l'exécution, avec le peuple qui y courait de toutes parts.

Dès qu'Amgiad vit paraître le juge qui amenait Bahader à la potence, il alla se présenter à lui. « Seigneur, lui dit-il, je viens vous déclarer et vous assurer que le grand écuyer que vous conduisez à la mort est très innocent de la mort de cette dame. C'est moi qui ai commis le crime, si c'est en avoir commis un que d'avoir ôté la vie à une femme détestable qui voulait l'ôter à un grand écuyer; et voici comment la chose s'est passée. »

Quand le prince Amgiad eut informé le juge de quelle manière il avait été abordé par la dame à la sortie du bain, comment elle avait été cause qu'il était entré dans la maison de plaisir du grand écuyer, et de tout ce qui s'était passé jusqu'au moment où il avait été contraint de lui couper la tête pour sauver la vie au grand écuyer, le juge sursit l'exécution, et le mena au roi avec le grand écuyer.

Le roi voulut être informé de la chose par Amgiad lui-même; et Amgiad, pour lui faire mieux comprendre son innocence et celle du grand écuyer, profita de l'occasion pour lui faire le récit de son histoire et de son frère Assad depuis le commencement jusqu'à leur arrivée et jusqu'au moment qu'il lui parlait.

Quand le prince eut achevé : « Prince, lui dit le roi, je suis ravi que cette occasion m'ait donné lieu de vous connaître : je ne vous donne pas seulement la vie avec celle de mon grand écuyer, que je loue de la bonne intention qu'il a eue pour vous, et que je rétablis dans sa charge; je vous fais même mon grand-vizir pour vous consoler du traitement injuste, quoique excusable, que le roi votre père vous a fait. A l'égard du prince Assad, je vous permets d'employer toute l'autorité que je vous donne pour le retrouver. »

Après qu'Amgiad eut remercié le roi de la ville et du pays des Mages, et qu'il eut pris possession de la charge de grand-vizir, il employa tous les moyens imaginables pour trouver le prince son frère. Il fit promettre par les crieurs publics, dans tous les quartiers de la ville, une grande récompense à ceux qui le lui amèneraient, ou même qui lui en apprendraient quelque nouvelle. Il mit des gens en campagne; mais, quelque diligence qu'il pût faire, il n'eut pas la moindre nouvelle de lui.

Assad, cependant, était toujours à la chaîne dans le cachot où il avait été enfermé par l'adresse du rusé vieillard; et Bostane et Cavame, filles du vieillard, le maltraitaient avec la même cruauté et la même inhumanité. La fête solennelle des adorateurs du feu approcha. On équipa le vaisseau qui avait coutume de faire le voyage de la montagne du Feu ; on le chargea de marchandises par le soin d'un capitaine nommé Behram, grand zélateur de la religion des mages. Quand il fut en état de mettre à la voile, Behram y fit embarquer Assad dans une caisse à moitié pleine de marchandises, avec assez d'ouverture entre les ais pour lui donner la respiration nécessaire, et fit descendre la caisse à fond de cale.

Avant que le vaisseau mît à la voile, le grand-vizir Amgiad, frère d'Assad, qui avait été averti que les adorateurs du feu avaient coutume de sacrifier un musulman chaque année sur la montagne du Feu, et qu'Assad, qui était peut-être tombé entre leurs mains, pourrait bien être destiné à cette cérémonie sanglante, voulut en faire la visite. Il y alla en personne, et fit monter tous les matelots et tous les passagers sur le tillac, pendant que ses gens firent la recherche dans tout le vaisseau ; mais on ne trouva pas Assad : il était trop bien caché.

La visite faite, le vaisseau sortit du port ; et, quand il fut en pleine mer, Behram fit tirer le prince Assad de la caisse, et le mettre à la chaîne pour s'assurer de lui de crainte, comme il n'ignorait pas qu'on allait le sacrifier, que de désespoir il ne se précipitât dans la mer.

Après quelques jours de navigation, le vent favorable qui avait toujours accompagné le vaisseau devint contraire et augmenta de manière qu'il excita une tempête des plus furieuses. Le vaisseau ne perdit pas seulement sa route : Behram et son pilote ne savaient plus même où ils étaient, et ils craignaient de rencontrer quelque rocher à chaque moment, et de s'y briser. Au plus fort de la tempête ils découvrirent terre, et Behram la reconnut pour l'endroit où était le port et la capitale de la reine Margiane, et il en eut une grande mortification.

En effet, la reine Margiane, qui était musulmane, était ennemie mortelle des adorateurs du feu. Non seulement elle n'en souffrait pas un seul dans ses États, mais elle ne permettait même pas qu'aucun de leurs vaisseaux y abordât.

Il n'était plus au pouvoir de Behram cependant d'éviter d'aller aborder au port de la capitale de cette reine, à moins d'aller échouer et se perdre contre la côte, qui était bordée de rochers affreux. Dans cette extrémité, il tint conseil avec son pilote et avec ses matelots. « Enfants, dit-il, vous voyez la nécessité où nous sommes réduits. De deux choses l'une : ou il faut que nous soyons engloutis par les flots, ou que nous nous sauvions chez la reine Margiane ; mais sa haine implacable contre notre religion et contre ceux qui en font profession vous est connue. Elle ne manquera pas de se saisir de notre vaisseau et de nous faire ôter la vie à tous sans miséricorde. Je ne vois qu'un seul remède qui peut-être nous réussira. Je suis d'avis que nous ôtions de la chaîne le musulman que nous avons ici, et que nous l'habillions en esclave. Quand la reine Margiane m'aura fait venir devant elle et qu'elle me demandera quel est mon négoce, je lui répondrai que je suis marchand d'esclaves, que j'ai vendu tout ce que j'en avais, et que je n'en ai réservé qu'un seul pour me servir d'écrivain, à cause qu'il sait lire et écrire. Elle voudra le voir ; et, comme il est bien fait, et que d'ailleurs il est de sa religion, elle en sera touchée de compassion, ne manquera pas de me proposer de le lui vendre, et, en cette considération, de nous souffrir dans son port jusqu'au premier beau temps. Si vous savez quelque chose de meilleur, dites-le-moi, je vous écouterai. » Le pilote et les matelots applaudirent à son sentiment qui fut suivi...

La sultane Scheherazade fut obligée d'en demeurer à ces derniers mots, à cause du jour qui se faisait voir ; elle reprit le même conte la nuit suivante, et dit au sultan des Indes :

CCXXXIVe NUIT

Sire, Behram fit ôter le prince Assad de la chaîne, et le fit habiller en esclave fort proprement, selon le rang d'écrivain de son vaisseau, sous lequel il voulait le faire paraître devant la reine Margiane. Il fut à peine dans l'état qu'il le souhaitait que le vaisseau entra dans le port, où il fit jeter l'ancre.

Dès que la reine Margiane, qui avait son palais situé du côté de la mer, de manière que le jardin s'étendait jusqu'au rivage, eut vu que le vaisseau avait mouillé, elle envoya avertir le capitaine de venir lui parler, et, pour satisfaire plus tôt sa curiosité, elle vint l'attendre dans le jardin.

Behram, qui s'était attendu d'être appelé, débarqua avec le prince Assad, après avoir exigé de lui de confirmer qu'il était son esclave et son écrivain, et fut conduit devant la reine Margiane. Il se jeta à ses pieds, et, après lui avoir marqué la nécessité qui l'avait obligé de se réfugier dans son port, il lui dit qu'il était marchand d'esclaves; qu'Assad, qu'il avait amené, était le seul qui lui restât et qu'il gardait pour lui servir d'écrivain.

Assad avait plu à la reine Margiane du moment qu'elle l'avait vu, et elle fut ravie d'apprendre qu'il fût esclave. Résolue à l'acheter à quelque prix que ce fût, elle demanda à Assad comment il s'appelait.

« Grande reine, reprit le prince Assad les larmes aux yeux, Votre Majesté me demande-t-elle le nom que je portais ci-devant, ou le nom que je porte aujourd'hui? — Comment! repartit la reine, est-ce que vous avez deux noms? — Hélas! il n'est que trop vrai, répliqua Assad. Je m'appelais autrefois Assad (très heureux), et aujourd'hui je m'appelle Môtar (destiné à être sacrifié). »

Margiane, qui ne pouvait pénétrer le vrai sens de cette réponse, l'appliqua à l'état de son esclavage, et connut en même temps qu'il avait beaucoup d'esprit. « Puisque vous êtes écrivain, lui dit-elle ensuite, je ne doute pas que vous ne sachiez bien écrire: faites-moi voir de votre écriture. »

Assad, muni d'un écritoire qu'il portait à sa ceinture, et de papier, par les soins de Behram, qui n'avait pas oublié ces circonstances pour persuader à la reine ce qu'il voulait qu'elle crût, se retira un peu à l'écart, et écrivit ces sentences, par rapport à sa misère:

L'aveugle se détourne de la fosse où le clairvoyant se laisse tomber. — L'ignorant s'élève aux dignités par des discours qui ne signifient rien; le savant demeure dans la poussière avec son éloquence. — Le musulman est dans la dernière misère avec toutes ses richesses; l'infidèle triomphe au milieu de ses biens. — On ne peut pas espérer que les choses changent: c'est un décret du Tout-Puissant qu'elles demeurent en cet état.

Assad présenta le papier à la reine Margiane, qui n'admira pas moins la moralité des sentences que la beauté du caractère; il n'en fallut pas davantage pour achever d'embraser son cœur, et de le toucher d'une véritable compassion pour lui. Elle n'eut pas plus tôt achevé de le lire qu'elle s'adressa à Behram: « Choisissez, lui dit-elle, de me vendre cet esclave, ou de m'en faire un présent;

peut-être trouverez-vous mieux votre compte de choisir le dernier. »

Behram reprit assez insolemment qu'il n'avait pas de choix à faire, qu'il avait besoin de son esclave et qu'il voulait le garder.

La reine Margiane, irritée de cette hardiesse, ne voulut point parler davantage à Behram ; elle prit le prince Assad par le bras, le fit marcher devant elle, et, en l'emmenant à son palais, elle envoya dire à Behram qu'elle ferait confisquer toutes ses marchandises et mettre le feu à son vaisseau au milieu du port, s'il y passait la nuit. Behram fut contraint de retourner à son vaisseau, bien mortifié, et de faire préparer toutes choses pour remettre à la voile, quoique la tempête ne fût pas encore entièrement apaisée.

La reine Margiane, après avoir commandé en entrant dans son palais que l'on servît promptement le souper, mena Assad à son appartement, où elle le fit asseoir près d'elle. Assad voulut s'en défendre, en disant que cet honneur n'appartenait pas à un esclave.

« A un esclave ! reprit la reine, il n'y a qu'un moment que vous l'étiez, mais vous ne l'êtes plus. Asseyez-vous près de moi, vous dis-je, et racontez-moi votre histoire car ce que vous avez écrit pour me faire voir de votre écriture et l'insolence de ce marchand d'esclaves me font comprendre qu'elle doit être extraordinaire. »

Le prince Assad obéit ; et, quand il fut assis : « Puissante reine, dit-il, Votre Majesté ne se trompe pas, mon histoire est véritablement extraordinaire, et plus qu'elle ne pourrait se l'imaginer. Les maux, les tourments incroyables que j'ai soufferts, et le genre de mort auquel j'étais destiné, dont elle m'a délivré par sa générosité toute royale, lui feront connaître la grandeur de son bienfait que je n'oublierai jamais. Mais, avant d'entrer dans ce détail qui fait horreur, elle voudra bien que je prenne l'origine de mes malheurs de plus haut. »

Après ce préambule qui augmenta la curiosité de Margiane, Assad commença par l'informer de sa naissance royale, de celle de son frère Amgiad, de leur amitié réciproque, de la passion condamnable de leurs belles-mères, changée en une haine des plus odieuses, la source de leur étrange destinée. Il vint ensuite à la colère du roi leur père, à la manière presque miraculeuse de la conservation de leur vie, et enfin à la perte qu'il avait faite de son frère, et à la prison si longue et si douloureuse d'où on ne l'avait fait sortir que pour être immolé sur la montagne du Feu.

Quand Assad eut achevé son discours, la reine Margiane, animée plus que jamais contre les adorateurs du feu : « Prince, dit-elle, nonosbtant l'aversion que j'ai toujours eue contre les adorateurs du feu, je n'ai pas laissé d'avoir beaucoup d'humanité pour eux; mais, après le traitement barbare qu'ils vous ont fait et leur dessein exécrable de faire une victime de votre personne à leur feu, je leur déclare dès à présent une guerre implacable. » Elle voulait s'étendre davantage sur ce sujet, mais l'on servit, et elle se mit à table avec le prince Assad, charmée de le voir et de l'entendre, et déjà prévenue pour lui d'une passion dont elle se promettait de trouver bientôt l'occasion de le faire apercevoir. « Prince, lui disait-elle, il faut vous bien récompenser de tant de jeûnes et de tant de mauvais repas que les impitoyables adorateurs du feu vous ont fait faire : vous avez besoin de nourriture après tant de souffrances. » Et, en lui disant ces paroles, et d'autres à peu près semblables, elle lui servait à manger et lui faisait verser à boire coup sur coup. Le repas dura longtemps, et le prince Assad but quelques coups de plus qu'il ne pouvait porter.

Quand la table fut levée, Assad eut besoin de sortir, et il prit son temps que la reine ne s'en aperçut pas. Il descendit dans la cour, et, comme il eut vu la porte du jardin ouverte, il y entra. Attiré par les beautés dont il était diversifié, il s'y promena un espace de temps. Il alla enfin jusqu'à un jet d'eau qui en faisait le plus grand agrément; il s'y lava les mains et le visage pour se rafraîchir, et, en voulant se reposer sur le gazon dont il était bordé, il s'y endormit.

La nuit approchait alors, et Behram, qui ne voulait pas donner lieu à la reine Margiane d'exécuter sa menace, avait déjà levé l'ancre, bien fâché de la perte qu'il avait faite d'Assad et d'être frustré de l'espérance d'en faire un sacrifice. Il tâchait néanmoins de se consoler sur ce que la tempête était cessée et qu'un vent de terre le favorisait à s'éloigner. Dès qu'il se fut tiré hors du port avec l'aide de sa chaloupe, avant de la tirer dans le vaisseau : « Enfants, dit-il aux matelots qui étaient dedans, attendez, ne remontez pas : je vais vous faire donner les barils pour faire de l'eau, et je vous attendrai sur les bords. » Les matelots, qui ne savaient pas où ils en pourraient faire, voulurent s'en excuser; mais, comme Behram avait parlé à la reine dans le jardin et qu'il avait remarqué le jet d'eau : « Allez aborder devant le jardin du palais, reprit-il, passez par-dessus le mur qui n'est qu'à hauteur d'appui, vous trouverez à faire de l'eau suffisamment dans le bassin qui est au milieu du jardin. »

Les matelots allèrent aborder où Behram leur avait marqué ; et, après qu'ils se furent chargés chacun d'un baril sur l'épaule, en se débarquant, ils passèrent aisément par-dessus le mur. En approchant du bassin, comme ils eurent aperçu un homme couché qui dormait sur le bord, ils s'approchèrent de lui et ils le reconnurent pour Assad. Ils se partagèrent ; et, pendant que les uns firent quelques barils d'eau, avec le moins de bruit qu'il leur fut possible, sans perdre le temps à les remplir tous, les autres environnèrent Assad, et l'observèrent pour l'arrêter au cas qu'il s'éveillât. Il leur donna tout le temps ; et, dès que les barils furent pleins et chargés sur les épaules de ceux qui devaient les emporter, les autres se saisirent de lui et l'emmenèrent sans lui donner le temps de se reconnaître ; ils le passèrent par-dessus le mur, l'embarquèrent avec leurs barils, et le transportèrent au vaisseau à force de rames. Quand ils furent près d'aborder au vaisseau : « Capitaine, s'écrièrent-ils avec des éclats de joie, faites jouer vos hautbois et vos tambours, nous vous ramenons votre esclave. »

Behram, qui ne pouvait comprendre comment ses matelots auraient pu retrouver et reprendre Assad, et qui ne pouvait aussi l'apercevoir dans la chaloupe, à cause de la nuit, attendit avec impatience qu'ils fussent remontés sur le vaisseau pour leur demander ce qu'ils voulaient dire ; mais, quand il l'eut vu devant ses yeux, il ne put se contenir de joie ; et, sans s'informer comment ils s'y étaient pris pour faire une si belle capture, il le fit remettre à la chaîne, et, après avoir fait tirer la chaloupe dans le vaisseau en diligence, il fit force de voiles en reprenant la route de la montagne du Feu...

La sultane Scheherazade ne passa plus outre pour cette nuit ; elle poursuivit la suivante, et dit au sultan des Indes :

CCXXXV^e NUIT

Sire, j'achevai hier en faisant remarquer à Votre Majesté que Behram avait repris la route de la montagne du Feu, bien joyeux de ce que ses matelots lui avaient ramené le prince Assad.

La reine Margiane cependant était dans de grandes alarmes ; elle ne s'inquiéta pas d'abord quand elle se fut aperçue que le prince Assad était sorti. Comme elle ne douta pas qu'il ne dût revenir bientôt, elle l'attendit avec patience. Au bout de quelque temps qu'elle vit qu'il ne paraissait pas, elle commença d'en être inquiète. Elle commanda à ses femmes de voir où il était ; elles le cherchèrent, et elles ne lui en apportèrent pas de nouvelles. La nuit vint, et elle le fit chercher à la lumière, mais aussi inutilement.

Dans l'impatience et dans l'alarme où la reine Margiane fut alors, elle alla le chercher elle-même à la lumière des flambeaux ; et, comme elle eut aperçu que la porte du jardin était ouverte, elle y entra et le parcourut avec ses femmes. En passant près du jet d'eau et du bassin, elle remarqua une babouche sur le bord du gazon, qu'elle fit ramasser, et elle la reconnut pour une des deux du prince, de même que ses femmes. Cela, joint à l'eau répandue sur le bord du bassin, lui fit croire que Behram pourrait bien l'avoir fait enlever. Elle envoya savoir dans le moment s'il était encore au port ; et, comme elle eut appris qu'il avait fait voile un peu avant la nuit, qu'il s'était arrêté quelque temps sur les bords, et que sa chaloupe était venue faire de l'eau dans le jardin, elle envoya avertir le commandant de dix vaisseaux de guerre qu'elle avait dans son port toujours équipés et prêts à partir au premier commandement, qu'elle voulait s'embarquer en personne le lendemain à une heure de jour.

Le commandant fit ses diligences : il assembla les capitaines, les autres officiers, les matelots, les soldats, et tout fut embarqué à l'heure qu'elle l'avait souhaité. Elle s'embarqua ; et, quand son escadre fut hors du port et à la voile, elle déclara son intention au commandant : « Je veux, dit-elle, que vous fassiez force de voiles, et que vous donniez la chasse au vaisseau marchand qui partit de ce port hier au soir. Je vous l'abandonne si vous le prenez ; mais, si vous ne le prenez pas, votre vie m'en répondra. »

Les dix vaisseaux donnèrent chasse au vaisseau de Behram deux jours entiers, et ne virent rien. Ils le découvrirent le troisième à la pointe du jour, et, sur le midi, ils l'environnèrent de manière qu'il ne pouvait pas échapper.

Dès que le cruel Behram eut aperçu les dix vaisseaux, il

ne douta pas que ce ne fût l'escadre de la reine Margiane qui le poursuivait, et alors il donnait la bastonnade à Assad : car, depuis son embarquement dans son vaisseau au port de la ville des Mages, il n'avait pas manqué un jour de lui faire ce même traitement ; cela fit qu'il le maltraita plus que de coutume. Il se trouva dans un grand embarras quand il vit qu'il allait être environné. De garder Assad, c'était se déclarer coupable ; de lui ôter aussi la vie, il craignait qu'il n'en parût quelque marque. Il le fit déchaîner, et quand on l'eut fit monter du fond de cale où il était, et qu'on l'eut amené devant lui : « C'est toi, lui dit-il, qui es cause qu'on nous poursuit. » Et, en disant ces paroles, il le jeta dans la mer.

Le prince Assad, qui savait nager, s'aida de ses pieds et de ses mains avec tant de courage, à la faveur des flots qui le secondaient, qu'il en eut assez pour ne pas succomber et pour gagner la terre. Quand il fut sur le rivage, la première chose qu'il fit fut de remercier Dieu de l'avoir délivré d'un si grand danger, et tiré encore une fois des mains des adorateurs du feu. Il se dépouilla ensuite ; et, après avoir bien exprimé l'eau de son habit, il l'étendit sur un rocher où il fut bientôt séché, tant par l'ardeur du soleil que par la chaleur du rocher qui en était échauffé.

Il se reposa cependant en déplorant sa misère, sans savoir en quel pays il était, ni de quel côté il tournerait. Il reprit enfin son habit, et marcha sans trop s'éloigner de la mer, jusqu'à ce qu'il eût trouvé un chemin qu'il suivit. Il chemina plus de dix jours par un pays où personne n'habitait, et où il ne trouvait que des fruits sauvages et quelques plantes le long des ruisseaux, dont il vivait. Il arriva enfin près d'une ville qu'il reconnut pour celle des Mages où il avait été si fort maltraité, et où son frère Amgiad était grand-vizir. Il en eut de la joie ; mais il fit bien résolution de ne pas s'approcher d'aucun adorateur du feu, mais seulement de quelques musulmans : car il se souvenait d'y en avoir remarqué quelques-uns la première fois qu'il y était entré. Comme il était tard, et qu'il savait bien que les boutiques étaient déjà fermées, et qu'il trouverait peu de monde dans les rues, il prit le parti de s'arrêter dans le cimetière qui était près de la ville, où il y avait plusieurs tombeaux élevés en façon de mausolées. En cherchant, il en trouva un dont la porte était ouverte ; il y entra, résolu à y passer la nuit.

Revenons présentement au vaisseau de Behram. Il ne

fut pas longtemps à être investi de tous les côtés par les vaisseaux de la reine Margiane, après qu'il eut jeté le prince Assad à la mer. Il fut abordé par le vaisseau où était la reine, et, à son approche, comme il n'était pas en état de faire aucune résistance, Behram fit plier les voiles pour marquer qu'il se rendait.

La reine Margiane passa elle-même sur le vaisseau et demanda à Behram où était l'écrivain qu'il avait eu la témérité d'enlever ou de faire enlever dans son palais. « Reine, répondit Behram, je jure à Votre Majesté qu'il n'est pas sur mon vaisseau ; elle peut le faire chercher, et connaître par là mon innocence. »

Margiane fit faire la visite du vaisseau avec toute l'exactitude possible ; mais on ne trouva pas celui qu'elle souhaitait si passionnément de retrouver, autant parce qu'elle l'aimait que par la générosité qui lui était naturelle. Elle fut sur le point de lui ôter la vie de sa propre main ; mais elle se retint, et elle se contenta de confisquer son vaisseau et toute la charge, et de le renvoyer par terre avec tous ses matelots, en lui laissant la chaloupe pour y aller aborder.

Behram, accompagné de ses matelots, arriva à la ville des Mages la même nuit qu'Assad s'était arrêté dans le cimetière et retiré dans le tombeau. Comme la porte était fermée, il fut contraint de chercher aussi dans le cimetière quelque tombeau pour y attendre qu'il fût jour et qu'on l'ouvrît.

Par malheur pour Assad, Behram passa devant celui où il était. Il y entra, et il vit un homme qui dormait la tête enveloppée dans son habit. Assad s'éveilla au bruit, et, en levant la tête, il demanda qui c'était.

Behram le reconnut d'abord. « Ah ! ah ! dit-il, vous êtes donc celui qui est cause que je suis ruiné pour le reste de ma vie ! Vous n'avez pas été sacrifié cette année, mais vous n'échapperez pas de même l'année prochaine. » En disant ces paroles, il se jeta sur lui, lui mit son mouchoir sur la bouche pour l'empêcher de crier, et le fit lier par ses matelots.

Le lendemain matin, dès que la porte fut ouverte, il fut aisé à Behram de ramener Assad chez le vieillard qui l'avait abusé avec tant de méchanceté, par des rues détournées où personne n'était encore levé. Dès qu'il y fut entré, il le fit descendre dans le même cachot d'où il avait été tiré, et informa le vieillard du triste sujet de son retour, et du malheureux succès de son voyage. Le méchant vieil-

lard n'oublia pas d'enjoindre à ses deux filles de maltraiter
le prince infortuné plus qu'auparavant, s'il était possible.

Assad fut extrêmement surpris de se revoir dans le
même lieu où il avait déjà tant souffert; et, dans l'attente
des mêmes tourments dont il avait cru être délivré pour
toujours, il pleurait la rigueur de son destin, lorsqu'il vit
entrer Bostane avec un bâton, un pain et une cruche
d'eau. Il frémit à la vue de cette impitoyable, et à la seule
pensée des supplices journaliers qu'il avait encore à souffrir toute une année pour mourir ensuite d'une manière
pleine d'horreur...

Mais le jour, que la sultane Scheherazade vit paraître
comme elle en était à ces dernières paroles, l'obligea de
s'interrompre. Elle reprit le même conte la nuit suivante,
et dit au sultan des Indes :

CCXXXVIe NUIT

Sire, Bostane traita le malheureux prince Assad aussi
cruellement qu'elle l'avait déjà fait dans sa première
détention. Les lamentations, les plaintes, les instantes
prières d'Assad qui la suppliait de l'épargner, jointes à ses
larmes, furent si vives que Bostane ne put s'empêcher d'en
être attendrie et de verser des larmes avec lui. « Seigneur,
lui dit-elle en lui recouvrant les épaules, je vous demande
mille pardons de la cruauté avec laquelle je vous ai traité
ci-devant, et dont je viens de vous faire sentir encore des
effets. Jusqu'à présent je n'ai pu désobéir à un père injustement animé contre vous, et acharné à votre perte; mais
enfin je déteste et j'abhorre cette barbarie. Consolez-vous :
vos maux sont finis, et je vais tâcher de réparer tous mes
crimes, dont je connais l'énormité, par de meilleurs traitements. Vous m'avez regardée jusqu'aujourd'hui comme
une infidèle, regardez-moi présentement comme une
musulmane. J'ai déjà quelques instructions qu'une esclave
de votre religion, qui me sert, m'a données; j'espère que
vous voudrez bien achever ce qu'elle a commencé. Pour
vous marquer ma bonne intention, je demande pardon au
vrai Dieu de toutes mes offenses par les mauvais traitements que je vous ai faits, et j'ai confiance qu'il me fera
trouver le moyen de vous mettre dans une entière
liberté. »

Ce discours fut d'une grande consolation au prince

Assad ; il rendit des actions de grâces à Dieu de ce qu'il avait touché le cœur de Bostane, et, après qu'il l'eut bien remerciée des bons sentiments où elle était pour lui, il n'oublia rien pour l'y confirmer, non seulement en achevant de l'instruire de la religion musulmane, mais même en lui faisant le récit de son histoire et de toutes ses disgrâces dans le haut rang de sa naissance. Quand il fut entièrement assuré de sa fermeté dans la bonne résolution qu'elle avait prise, il lui demanda comment elle ferait pour empêcher que sa sœur Cavame n'en eût connaissance et ne vînt le maltraiter à son tour. « Que cela ne vous chagrine pas, reprit Bostane, je saurai bien faire en sorte qu'elle ne se mêle plus de vous voir. »

En effet, Bostane sut toujours prévenir Cavame toutes les fois qu'elle voulait descendre au cachot. Elle voyait cependant fort souvent le prince Assad ; et, au lieu de ne lui porter que du pain et de l'eau, elle lui portait du vin et de bons mets qu'elle faisait préparer par douze esclaves musulmanes qui la servaient. Elle mangeait même de temps en temps avec lui, et faisait tout ce qui était en son pouvoir pour le consoler.

Quelques jours après, Bostane était à la porte de la maison, lorsqu'elle entendit un crieur public qui publiait quelque chose. Comme elle n'entendait pas ce que c'était, à cause que le crieur était trop éloigné, et qu'il approchait pour passer devant la maison, elle rentra, et, en tenant la porte à demi ouverte, elle vit qu'il marchait devant le grand-vizir Amgiad, frère du prince Assad, accompagné de plusieurs officiers et de quantité de ses gens qui marchaient devant et après lui.

Le crieur n'était plus qu'à quelques pas de la porte, lorsqu'il répéta ce cri à haute voix :

L'excellent et l'illustre grand-vizir, que voici en personne, cherche son cher frère qui s'est séparé d'avec lui il y a plus d'un an. Il est fait de telle et telle manière. Si quelqu'un le garde chez lui ou sait où il est, Son Excellence commande qu'il ait à le lui amener, ou à lui en donner avis, avec promesse de le bien récompenser. Si quelqu'un le cache, et qu'on le découvre, Son Excellence déclare qu'elle le punira de mort, lui, sa femme, ses enfants et toute sa famille, et fera raser sa maison.

Bostane n'eut pas plus tôt entendu ces paroles qu'elle

ferma la porte au plus vite, et alla trouver Assad dans le cachot. « Prince, lui dit-elle avec joie, vous êtes à la fin de vos malheurs ; suivez-moi, et venez promptement. » Assad, qu'elle avait ôté de la chaîne dès le premier jour qu'il avait été ramené dans le cachot, la suivit jusque dans la rue, où elle cria : « Le voici, le voici ! »

Le grand-vizir, qui n'était pas encore éloigné, se retourna. Assad le reconnut pour son frère, courut à lui et l'embrassa. Amgiad, qui le reconnut aussi d'abord, l'embrassa de même très étroitement, lui fit monter le cheval d'un de ses officiers qui mit pied à terre, et le mena au palais en triomphe, où il le présenta au roi, qui le fit un de ses vizirs.

Bostane, qui n'avait pas voulu rentrer chez son père, dont la maison fut rasée dès le même jour, et qui n'avait pas perdu le prince Assad de vue jusqu'au palais, fut envoyée à l'appartement de la reine. Le vieillard son père et Behram, amenés devant le roi avec leurs familles, furent condamnés à avoir la tête tranchée. Ils se jetèrent à ses pieds et implorèrent sa clémence. « Il n'y a pas de grâce pour vous, reprit le roi, que vous ne renonciez à l'adoration du feu, et que vous n'embrassiez la religion musulmane. » Ils sauvèrent leur vie en prenant ce parti, de même que Cavame, sœur de Bostane, et leurs familles.

En considération de ce que Behram s'était fait musulman, Amgiad, qui voulut le récompenser aussi de la perte qu'il avait faite avant de mériter sa grâce, le fit un de ses principaux officiers, et le logea chez lui. Behram, informé en peu de jours de l'histoire d'Amgiad, son bienfaiteur, et d'Assad, son frère, leur proposa de faire équiper un vaisseau, et de les ramener au roi Camaralzaman, leur père. « Apparemment, leur dit-il, qu'il a reconnu votre innocence, et qu'il désire impatiemment de vous revoir. Si cela n'est pas, il ne sera pas difficile de la lui faire reconnaître avant de se débarquer ; et s'il demeure dans son injuste prévention, vous n'aurez que la peine de revenir. »

Les deux frères acceptèrent l'offre de Behram ; ils parlèrent de leur dessein au roi, qui l'approuva, et donnèrent ordre à l'équipement d'un vaisseau. Behram s'y employa avec toute la diligence possible, et, quand il fut prêt de mettre à la voile, les princes allèrent prendre congé du roi un matin avant d'aller s'embarquer. Dans le temps qu'ils faisaient leurs compliments, et qu'ils remerciaient le roi de ses bontés, on entendit un grand tumulte par toute la ville, et en même temps un officier vint annoncer qu'une grande armée s'approchait, et que personne ne savait quelle armée c'était.

Dans l'alarme que cette fâcheuse nouvelle donna au roi, Amgiad prit la parole : « Sire, lui dit-il, quoique je vienne de remettre entre les mains de Votre Majesté la dignité de son premier ministre dont elle m'avait honoré, je suis prêt néanmoins de lui rendre encore service, et je la supplie de vouloir bien que j'aille voir qui est cet ennemi qui vient vous attaquer dans votre capitale sans vous avoir déclaré la guerre auparavant. » Le roi l'en pria, et il partit sur-le-champ avec peu de suite.

Le prince Amgiad ne fut pas longtemps à découvrir l'armée, qui lui parut puissante et qui avançait toujours. Les avant-coureurs, qui avaient leurs ordres, le reçurent favorablement, et le menèrent devant une princesse, qui s'arrêta avec toute son armée pour lui parler. Le prince Amgiad lui fit une profonde révérence, et lui demanda si elle venait comme amie ou comme ennemie; et, si elle venait comme ennemie, quel sujet de plainte elle avait contre le roi son maître.

« Je viens comme amie, répondit la princesse, et je n'ai aucun sujet de mécontentement contre le roi des Mages. Ses États et les miens sont situés d'une manière qu'il est difficile que nous puissions avoir aucun démêlé ensemble. Je viens seulement demander un esclave nommé Assad, qui m'a été enlevé par un capitaine de cette ville qui s'appelle Behram, le plus insolent de tous les hommes; et j'espère que votre roi me fera justice quand il saura que je suis Margiane.

— Puissante reine, reprit le prince Amgiad, je suis le frère de cet esclave que vous cherchez avec tant de peine. Je l'avais perdu, et je l'ai retrouvé. Venez, je vous le livrerai moi-même, et, j'aurai l'honneur de vous entretenir de tout le reste. Le roi mon maître sera ravi de vous voir. »

Pendant que l'armée de la reine Margiane campa au même endroit par son ordre, le prince Amgiad l'accompagna jusque dans la ville et jusqu'au palais, où il la présenta au roi, et, après que le roi l'eut reçue comme elle le méritait, le prince Assad, qui était présent, et qui l'avait reconnue dès qu'elle avait paru, lui fit son compliment. Elle lui témoignait la joie qu'elle avait de le revoir, lorsqu'on vint apprendre au roi qu'une armée plus formidable que la première paraissait d'un autre côté de la ville.

Le roi des Mages, épouvanté plus que la première fois
de l'arrivée d'une seconde armée plus nombreuse que la
première, comme il en jugeait lui-même par les nuages de
poussière qu'elle excitait à son approche et qui couvraient
déjà le ciel : « Amgiad, s'écria-t-il, où en sommes-nous ?
Voilà une nouvelle armée qui va nous accabler. »

Amgiad comprit l'intention du roi : il monta à cheval et
courut à toute bride au-devant de cette nouvelle armée. Il
demanda aux premiers qu'il rencontra à parler à celui qui
la commandait, et on le conduisit devant un roi qu'il
reconnut à la couronne qu'il portait sur la tête. De si loin
qu'il l'aperçut, il mit pied à terre, et, lorsqu'il fut près de
lui, après qu'il se fut jeté la face en terre, il lui demanda ce
qu'il souhaitait du roi son maître.

« Je m'appelle Gaïour, reprit le roi, et suis roi de la
Chine. Le désir d'apprendre des nouvelles d'une fille nommée Badoure, que j'ai mariée depuis plusieurs années au
prince Camaralzaman, fils du roi Schahzaman, roi des îles
des Enfants de Khaledan, m'a obligé de sortir de mes
États. J'avais permis à ce prince d'aller voir le roi son père,
à la charge de venir me revoir d'année en année avec ma
fille. Depuis tant de temps cependant, je n'en ai pas
entendu parler. Votre roi obligerait un père affligé de lui
apprendre ce qu'il en peut savoir. »

Le prince Amgiad, qui reconnut le roi son grand-père à
ce discours, lui baisa la main avec tendresse, et, en lui
répondant : « Sire, dit-il, Votre Majesté me pardonnera
cette liberté quand elle saura que je la prends pour lui
rendre mes respects comme à mon grand-père. Je suis fils
de Camaralzaman, aujourd'hui roi de l'île d'Ébène, et de la
reine Badoure, dont elle est en peine ; et je ne doute pas
qu'ils ne soient en parfaite santé dans leur royaume. »

Le roi de la Chine, ravi de voir son petit-fils, l'embrassa
aussitôt très tendrement ; et cette rencontre si heureuse et
si peu attendue leur tira des larmes de part et d'autre. Sur
la demande qu'il fit au prince Amgiad du sujet qui l'avait
amené dans ce pays étranger, le prince lui raconta toute
son histoire et celle du prince Assad son frère. Quand il
eut achevé : « Mon fils, reprit le roi de la Chine, il n'est pas
juste que des princes innocents comme vous soient maltraités plus longtemps. Consolez-vous, je vous ramènerai
vous et votre frère, et je ferai votre paix. Retournez, et
faites part de mon arrivée à votre frère. »

Pendant que le roi de la Chine campa à l'endroit où le

prince Amgiad l'avait trouvé, le prince Amgiad retourna rendre réponse au roi des Mages, qui l'attendait avec grande impatience. Le roi fut extrêmement surpris d'apprendre qu'un roi aussi puissant que celui de la Chine eût entrepris un voyage si long et si pénible, excité par le désir de voir sa fille, et qu'il fût si près de sa capitale. Il donna aussitôt les ordres pour le bien régaler, et se mit en état d'aller le recevoir.

Dans cet intervalle, on vit paraître une grande poussière d'un autre côté de la ville, et l'on apprit bientôt que c'était une troisième armée qui arrivait. Cela obligea le roi de demeurer, et de prier le prince Amgiad d'aller voir encore ce qu'elle demandait.

Amgiad partit, et le prince Assad l'accompagna cette fois. Ils trouvèrent que c'était l'armée de Camaralzaman, leur père, qui venait les chercher. Il avait donné des marques d'une si grande douleur de les avoir perdus que l'émir Giondar à la fin lui avait déclaré de quelle manière il leur avait conservé la vie ; ce qui l'avait fait résoudre de les aller chercher en quelque pays qu'ils fussent.

Ce père affligé embrassa les deux princes avec des ruisseaux de larmes de joie, qui terminèrent agréablement les larmes d'affliction qu'il versait depuis si longtemps. Les princes ne lui eurent pas plus tôt appris que le roi de la Chine, son beau-père, venait d'arriver aussi le même jour, qu'il se détacha avec eux et avec peu de suite, et alla le voir en son camp. Ils n'avaient pas fait beaucoup de chemin qu'ils aperçurent une quatrième armée qui s'avançait en bel ordre, et paraissait venir du côté de Perse.

Camaralzaman dit aux princes ses fils d'aller voir quelle armée c'était, et qu'il les attendrait. Ils partirent aussitôt, et, à leur arrivée, ils furent présentés au roi à qui l'armée appartenait. Après l'avoir salué profondément, ils lui demandèrent à quel dessein il s'était approché si près de la capitale du roi des Mages.

Le grand-vizir, qui était présent, prit la parole : « Le roi à qui vous venez de parler, leur dit-il, est Schahzaman, roi des îles des Enfants de Khaledan, qui voyage depuis longtemps dans l'équipage que vous voyez en cherchant le prince Camaralzaman, son fils, qui est sorti de ses États il y a de longues années. Si vous en savez quelques nouvelles, vous lui ferez le plus grand plaisir du monde de l'en informer. »

Les princes ne répondirent autre chose, sinon qu'ils

apporteraient la réponse dans peu de temps, et ils revinrent à toute bride annoncer à Camaralzaman que la dernière armée qui venait d'arriver était celle du roi Schahzaman, et que le roi son père y était en personne.

L'étonnement, la surprise, la joie, la douleur d'avoir abandonné le roi son père sans prendre congé de lui, firent un si puissant effet sur l'esprit du roi Camaralzaman qu'il tomba évanoui dès qu'il eut appris qu'il était si près de lui. Il revint à la fin par l'empressement des princes Amgiad et Assad à le soulager ; et, lorsqu'il se sentit assez de forces, il alla se jeter aux pieds du roi Schahzaman.

De longtemps il ne s'était vu une entrevue si tendre entre un père et un fils. Schahzaman se plaignit obligeamment au roi Camaralzaman de l'insensibilité qu'il avait eue en s'éloignant de lui d'une manière si cruelle ; et Camaralzaman lui témoigna un véritable regret de la faute que l'amour lui avait fait commettre.

Les trois rois et la reine Margiane demeurèrent trois jours à la cour du roi des Mages, qui les régala magnifiquement. Ces trois jours furent aussi très remarquables par le mariage du prince Assad avec la reine Margiane, et du prince Amgiad avec Bostane, en considération du service qu'elle avait rendu au prince Assad. Les trois rois enfin et la reine Margiane avec Assad son époux se retirèrent chacun dans leur royaume. Pour ce qui est d'Amgiad, le roi des Mages, qui l'avait pris en affection et qui était déjà fort âgé, lui mit la couronne sur la tête ; et Amgiad mit toute son application à détruire le culte du feu, et à établir la religion musulmane dans ses États.

HISTOIRE DE NOUREDDIN

ET

DE LA BELLE PERSIENNE[1]

La ville de Balsora fut longtemps la capitale d'un royaume tributaire des califes. Le roi qui le gouvernait du

---

1. En tête du tome VII de l'édition originale, qui commence l'*Histoire de Noureddin et de la belle Persienne*, figure un Avertissement dans

temps du calife Haroun-al-Raschid s'appelait Zineby; et l'un et l'autre étaient cousins, fils de deux frères. Zineby n'avait pas jugé à propos de confier l'administration de ses États à un seul vizir; il en avait choisi deux, Khacan et Saouy.

Khacan était doux, prévenant, libéral, et se faisait un plaisir d'obliger ceux qui avaient affaire à lui en tout ce qui dépendait de son pouvoir, sans porter préjudice à la justice qu'il était obligé de rendre. Il n'y avait aussi personne à la cour de Balsora, ni dans la ville, ni dans tout le royaume, qui ne le respectât et ne publiât les louanges qu'il méritait.

Saouy était tout d'un autre caractère : il était toujours chagrin, et il rebutait également tout le monde, sans distinction de rang ou de qualité. Avec cela, bien loin de se faire un mérite des grandes richesses qu'il possédait, il était d'une avarice achevée, jusqu'à se refuser à lui-même les choses nécessaires. Personne ne pouvait le souffrir, et jamais on n'avait entendu dire de lui que du mal. Ce qui le rendait plus haïssable, c'était la grande aversion qu'il avait pour Khacan, et qu'en interprétant en mal tout le bien que faisait ce digne ministre, il ne cessait de lui rendre de mauvais offices auprès du roi.

Un jour, après le conseil, le roi de Balsora se délassait l'esprit, et s'entretenait avec ses deux vizirs et plusieurs autres membres du conseil. La conversation tomba sur les femmes esclaves que l'on achète, et que l'on tient parmi nous à peu près au même rang que les femmes que l'on a en mariage légitime. Quelques-uns prétendaient qu'il suffisait qu'une esclave que l'on achetait fût belle et bien faite pour se consoler des femmes que l'on est obligé de prendre par alliance ou par intérêt de famille, qui n'ont pas toujours une grande beauté, ni les autres perfections du corps en partage.

---

lequel il est dit que les lecteurs ayant été fatigués des interruptions que Dinarzade apportait au récit, on a renoncé à la division par nuits, et que désormais Scheherazade parlera sans être interrompue.
Persienne est le même mot que *Persane*.

Les autres soutenaient, et Khacan était de ce sentiment, que la beauté et toutes les belles qualités du corps n'étaient pas les seules choses que l'on devait rechercher dans une esclave, mais qu'il fallait qu'elles fussent accompagnées de beaucoup d'esprit, de sagesse, de modestie, d'agrément, et, s'il se pouvait, de plusieurs belles connaissances. La raison qu'ils en apportaient est, disaient-ils, que rien ne convient davantage à des personnes qui ont de grandes affaires à administrer, qu'après avoir passé toute la journée dans une occupation si pénible, de trouver, en se retirant en leur particulier, une compagnie dont l'entretien était également utile, agréable et divertissant. « Car enfin, ajoutaient-ils, c'est ne pas différer des bêtes que d'avoir une esclave pour la voir simplement, et contenter une passion que nous avons commune avec elles. »

Le roi se rangea du parti des derniers, et il le fit connaître en ordonnant à Khacan de lui acheter une esclave qui fût parfaite en beauté, qui eût toutes les belles qualités que l'on venait de dire, et, sur toutes choses, qui fût très savante.

Saouy, jaloux de l'honneur que le roi faisait à Khacan, et qui avait été de l'avis contraire : « Sire, reprit-il, il sera bien difficile de trouver une esclave aussi accomplie que Votre Majesté la demande. Si on la trouve, ce que j'ai de la peine à croire, elle l'aura à bon marché si elle ne lui coûte que dix mille pièces d'or. — Saouy, repartit le roi, vous trouvez apparemment que la somme est trop grosse : elle peut l'être pour vous, mais elle ne l'est pas pour moi. » En même temps, le roi ordonna à son grand trésorier, qui était présent, d'envoyer les dix mille pièces d'or chez Khacan.

Dès que Khacan fut de retour chez lui, il fit appeler tous les courtiers qui se mêlaient de la vente des femmes et des filles esclaves, et les chargea, dès qu'ils auraient trouvé une esclave telle qu'il la leur dépeignit, de venir lui en donner avis. Les courtiers, autant pour obliger le vizir Khacan que pour leur intérêt particulier, lui promirent de mettre tous leurs soins à en découvrir une selon qu'il la souhaitait. Il ne se passait guère de jour qu'on ne lui en amenât quelqu'une, mais il y trouvait toujours quelques défauts.

Un jour, de grand matin, que Khacan allait au palais du roi, un courtier se présenta à l'étrier de son cheval avec grand empressement, et lui annonça qu'un marchand de Perse, arrivé le jour de devant fort tard, avait une esclave à vendre d'une beauté achevée, au-dessus de toutes celles qu'il pouvait avoir vues. « A l'égard de son esprit et de ses connaissances, ajouta-t-il, le marchand la garantit pour tenir tête à tout ce qu'il y a de beaux esprits et de savants au monde. »

Khacan, joyeux de cette nouvelle qui lui faisait espérer d'avoir lieu de bien faire sa cour, lui dit de lui amener l'esclave à son retour du palais, et continua son chemin.

Le courtier ne manqua pas de se trouver chez le vizir à l'heure marquée; et Khacan trouva l'esclave belle si fort au-delà de son attente qu'il lui donna dès lors le nom de belle Persienne. Comme il avait infiniment d'esprit et qu'il était très savant, il eut bientôt connu, par l'entretien qu'il eut avec elle, qu'il chercherait inutilement une autre esclave qui la surpassât en aucune des qualités que le roi demandait. Il demanda au courtier à quel prix le marchand de Perse l'avait mise.

« Seigneur, répondit le courtier, c'est un homme qui n'a qu'une parole : il proteste qu'il ne peut la donner, au dernier mot, à moins de dix mille pièces d'or. Il m'a même juré que sans compter ses soins, ses peines, et le temps qu'il y a qu'il l'élève, il a fait à peu près la même dépense pour elle, tant en maîtres pour les exercices du corps, et pour l'instruire et lui former l'esprit, qu'en habits et en nourriture. Comme il la jugea digne d'un roi dès qu'il l'eut achetée dans sa première enfance, il n'a rien épargné de tout ce qui pouvait contribuer à la faire arriver à ce haut rang. Elle joue de toutes sortes d'instruments, elle chante, elle danse; elle écrit mieux que les écrivains les plus habiles; elle fait des vers; il n'y a pas de livres enfin qu'elle n'ait lus. On n'a pas entendu dire que jamais esclave ait su autant de choses qu'elle en sait. »

Le vizir Khacan, qui connaissait le mérite de la belle Persienne beaucoup mieux que le courtier, qui n'en parlait que sur ce que le marchand lui en avait appris, n'en voulut pas remettre le marché à un autre temps. Il envoya chercher le marchand par un de ses gens, où le courtier enseigna qu'on le trouverait.

Quand le marchand de Perse fut arrivé : « Ce n'est pas pour moi que je veux acheter votre esclave, lui dit le vizir

Khacan, c'est pour le roi; mais il faut que vous la lui vendiez à un meilleur prix que celui que vous y avez mis.

— Seigneur, répondit le marchand, je me ferais un grand honneur d'en faire présent à Sa Majesté, s'il appartenait à un marchand comme moi d'en faire de cette conséquence. Je ne demande proprement que l'argent que j'ai déboursé pour la former et la rendre comme elle est. Ce que je puis dire, c'est que Sa Majesté aura fait une acquisition dont elle sera très contente. »

Le vizir Khacan ne voulut pas marchander; il fit compter la somme au marchand; et le marchand, avant de se retirer : « Seigneur, dit-il au vizir, puisque l'esclave est destinée pour le roi, vous voudrez bien que j'aie l'honneur de vous dire qu'elle est extrêmement fatiguée du long voyage que je lui ai fait faire pour l'amener ici. Quoique ce soit une beauté qui n'a point de pareilles, ce sera néanmoins tout autre chose si vous la gardez chez vous seulement une quinzaine de jours, et que vous donniez un peu de vos soins pour la faire bien traiter. Ce temps-là passé, lorsque vous la présenterez au roi, elle vous fera un honneur et un mérite dont j'espère que vous me saurez quelque gré. Vous voyez même que le soleil lui a un peu gâté le teint; mais, dès qu'elle aura été au bain deux ou trois fois, et que vous l'aurez fait habiller de la manière que vous le jugerez à propos, elle sera si fort changée que vous la trouverez infiniment plus belle. »

Khacan prit le conseil du marchand en bonne part, et résolut de le suivre. Il donna à la belle Persienne un appartement en particulier près celui de sa femme, qu'il pria de la faire manger avec elle, et de la regarder comme une dame qui appartenait au roi. Il la pria aussi de lui faire faire plusieurs habits les plus magnifiques qu'il serait possible, et qui lui conviendraient le mieux. Avant de quitter la belle Persienne : « Votre bonheur, lui dit-il, ne peut être plus grand que celui que je viens de vous procurer. Jugez-en vous-même : c'est pour le roi que je vous ai achetée, et j'espère qu'il sera beaucoup plus satisfait de vous posséder que je ne le suis de m'être acquitté de la commission dont il m'avait chargé. Ainsi, je suis bien aise de vous avertir que j'ai un fils qui ne manque pas d'esprit, mais jeune, folâtre et entreprenant, et de vous bien garder de lui lorsqu'il s'approchera de vous. » La belle Persienne le remercia de cet avis; et, après qu'elle l'eut bien assuré qu'elle en profiterait, il se retira.

Noureddin, c'est ainsi que se nommait le fils du vizir Khacan, entrait librement dans l'appartement de sa mère, avec qui il avait coutume de prendre ses repas. Il était très bien fait de sa personne, jeune, agréable et hardi; et, comme il avait infiniment d'esprit et qu'il s'exprimait avec facilité, il avait un don particulier de persuader tout ce qu'il voulait. Il vit la belle Persienne; et dès leur première entrevue, quoiqu'il eût appris que son père l'avait achetée pour le roi, et que son père le lui eût déclaré lui-même, il ne se fit pas néanmoins la moindre violence pour s'empêcher de l'aimer. Il se laissa entraîner par les charmes dont il fut frappé d'abord, et l'entretien qu'il eut avec elle lui fit prendre la résolution d'employer toute sorte de moyens pour l'enlever au roi.

De son côté, la belle Persienne trouva Noureddin très aimable. « Le vizir me fait un grand honneur, dit-elle en elle-même, de m'avoir achetée pour me donner au roi de Balsora. Je m'estimerais très heureuse, quand il se contenterait de ne me donner qu'à son fils. »

Noureddin fut très assidu à profiter de l'avantage qu'il avait de voir une beauté dont il était si amoureux, de s'entretenir, de rire et de badiner avec elle. Jamais il ne la quittait que sa mère ne l'y eût contraint. « Mon fils, lui disait-elle, il n'est pas bienséant à un jeune homme comme vous de demeurer toujours dans l'appartement des femmes. Allez, retirez-vous, et travaillez à vous rendre digne de succéder un jour à la dignité de votre père. »

Comme il y avait longtemps que la belle Persienne n'était allée au bain à cause du long voyage qu'elle venait de faire, cinq ou six jours après qu'elle eut été achetée, la femme du vizir Khacan eut soin de faire chauffer exprès pour elle celui que le vizir avait chez lui. Elle l'y envoya avec plusieurs de ses femmes esclaves à qui elle recommanda de lui rendre les mêmes services qu'à elle-même, et, au sortir du bain, de lui faire prendre un habit très magnifique qu'elle lui avait déjà fait faire. Elle y avait pris d'autant plus de soin qu'elle voulait s'en faire un mérite auprès du vizir son mari, et lui faire connaître combien elle s'intéressait en tout ce qui pouvait lui plaire.

A la sortie du bain, la belle Persienne, mille fois plus belle qu'elle ne l'avait paru à Khacan lorsqu'il l'avait achetée, vint se faire voir à la femme de ce vizir, qui eut de la peine à la reconnaître.

La belle Persienne lui baisa la main avec grâce, et lui

dit : « Madame, je ne sais pas comment vous me trouvez
avec l'habit que vous avez pris la peine de me faire faire.
Vos femmes, qui m'assurent qu'il me fait si bien qu'elles
ne me connaissent plus, sont apparemment des flat-
teuses : c'est à vous que je m'en rapporte. Si néanmoins
elles disaient la vérité, ce serait vous, Madame, à qui
j'aurais toute l'obligation de l'avantage qu'il me donne.

— Ma fille, reprit la femme du vizir avec bien de la joie,
vous ne devez pas prendre pour une flatterie ce que mes
femmes vous ont dit : je m'y connais mieux qu'elles ; et,
sans parler de votre habit qui vous sied à merveille, vous
apportez du bain une beauté si fort au-dessus de ce que
vous étiez auparavant que je ne vous reconnais plus moi-
même ; si je croyais que le bain fût encore assez bon, j'irais
en prendre ma part : je suis aussi bien dans un âge qui
demande désormais que j'en fasse souvent provision. —
Madame, reprit la belle Persienne, je n'ai rien à répondre
aux honnêtetés que vous avez pour moi, sans les avoir
méritées. Pour ce qui est du bain, il est admirable ; et, si
vous avez dessein d'y aller, vous n'avez pas de temps à
perdre. Vos femmes peuvent vous dire la même chose que
moi. »

La femme du vizir considéra qu'il y avait plusieurs jours
qu'elle n'était allée au bain, et voulut profiter de l'occasion. Elle le témoigna à ses femmes, et ses femmes se
furent bientôt munies de tout l'appareil qui lui était nécessaire. La belle Persienne se retira à son appartement ; et la
femme du vizir, avant de passer au bain, chargea deux
petites esclaves de demeurer près d'elle, avec ordre de ne
pas laisser entrer Noureddin, s'il venait.

Pendant que la femme du vizir Khacan était au bain et
que la belle Persienne était seule, Noureddin arriva ; et,
comme il ne trouva pas sa mère dans son appartement, il
alla à celui de la belle Persienne, où il trouva les deux
petites esclaves dans l'antichambre. Il leur demanda où
était sa mère ; à quoi elles répondirent qu'elle était au
bain. « Et la belle Persienne, reprit Noureddin, y est-elle
aussi ? — Elle en est revenue, repartirent les esclaves, et
elle est dans sa chambre ; mais nous avons ordre de
madame votre mère de ne vous pas laisser entrer. »

La chambre de la belle Persienne n'était fermée que par
une portière. Noureddin s'avança pour entrer, et les deux
esclaves se mirent au-devant pour l'en empêcher. Il les prit
par le bras l'une et l'autre, les mit hors de l'antichambre et

ferma la porte sur elles. Elles coururent au bain en faisant de grands cris, et annoncèrent à leur dame, en pleurant, que Noureddin était entré dans la chambre de la belle Persienne malgré elles, et qu'il les avait chassées.

La nouvelle d'une si grande hardiesse causa à la bonne dame une mortification des plus sensibles. Elle interrompit son bain, et s'habilla avec une diligence extrême. Mais, avant qu'elle eût achevé et qu'elle arrivât à la chambre de la belle Persienne, Noureddin en était sorti, et il avait pris la fuite.

La belle Persienne fut extrêmement étonnée de voir entrer la femme du vizir tout en pleurs, et comme une femme qui ne se possédait plus. « Madame, lui dit-elle, oserais-je vous demander d'où vient que vous êtes si affligée ? Quelle disgrâce vous est arrivée au bain pour vous avoir obligée d'en sortir si tôt ?

— Quoi ! s'écria la femme du vizir, vous me faites cette demande d'un esprit tranquille, après que mon fils Noureddin est entré dans votre chambre, et qu'il y est demeuré seul avec vous ? Pouvait-il nous arriver un plus grand malheur à lui et à moi ?

— De grâce, Madame, repartit la belle Persienne, quel malheur peut-il y avoir pour vous et pour Noureddin dans ce que Noureddin a fait ?

— Comment ! répliqua la femme du vizir, mon mari ne vous a-t-il pas dit qu'il vous a achetée pour le roi ? et ne vous avait-il pas avertie de prendre garde que Noureddin n'approchât de vous ?

— Je ne l'ai pas oublié, Madame, reprit encore la belle Persienne ; mais Noureddin m'est venu dire que le vizir son père avait changé de sentiment, et qu'au lieu de me réserver pour le roi, comme il en avait eu l'intention, il lui avait fait présent de ma personne. Je l'ai cru, Madame ; et, esclave comme je suis, accoutumée aux lois de l'esclavage dès ma plus tendre jeunesse, vous jugez bien que je n'ai pu et que je n'ai dû m'opposer à sa volonté. J'ajouterai même que je l'ai fait avec d'autant moins de répugnance que j'avais conçu une forte inclination pour lui, par la liberté que nous avons eue de nous voir. Je perds sans regret l'espérance d'appartenir au roi, et je m'estimerai très heureuse de passer toute ma vie avec Noureddin. »

A ce discours de la belle Persienne : « Plût à Dieu, dit la femme du vizir, que ce que vous me dites fût vrai, j'en aurais bien de la joie ! Mais croyez-moi : Noureddin est un imposteur ; il vous a trompée, et il n'est pas possible que son père lui ait fait le présent qu'il vous a dit. Qu'il est malheureux, et que je suis malheureuse ! Et que son père l'est davantage par les suites fâcheuses qu'il doit craindre, et que nous devons craindre avec lui ! Mes pleurs ni mes prières ne sont pas capables de le fléchir, ni d'obtenir son pardon. Son père va le sacrifier à son juste ressentiment dès qu'il sera informé de la violence qu'il vous a faite. » En achevant ces paroles, elle pleura amèrement ; et ses esclaves, qui ne craignaient pas moins qu'elle pour la vie de Noureddin, suivirent son exemple.

Le vizir Khacan arriva quelques moments après, et fut dans un grand étonnement de voir sa femme et les esclaves en pleurs, et la belle Persienne fort triste. Il en demanda la cause ; et sa femme et les esclaves augmentèrent leurs cris et leurs larmes au lieu de lui répondre. Leur silence l'étonna davantage ; et, en s'adressant à sa femme : « Je veux absolument, lui dit-il, que vous me déclariez ce que vous avez à pleurer, et que vous me disiez la vérité. »

La dame, désolée, ne put se dispenser de satisfaire son mari : « Promettez-moi donc, Seigneur, reprit-elle, que vous ne me voudrez point de mal de ce que je vous dirai : je vous assure d'abord qu'il n'y a pas de ma faute. » Sans attendre sa réponse : « Pendant que j'étais au bain avec mes femmes, poursuivit-elle, votre fils est venu, et a pris ce malheureux temps pour faire accroire à la belle Persienne que vous ne vouliez plus la donner au roi, et que vous lui en aviez fait un présent. Je ne vous dis pas ce qu'il a fait après une fausseté si insigne, je vous le laisse à juger vous-même. Voilà le sujet de mon affliction pour l'amour de vous et pour l'amour de lui, pour qui je n'ai pas la confiance d'implorer votre clémence. »

Il n'est pas possible d'exprimer quelle fut la mortification du vizir Khacan quand il eut entendu le récit de l'insolence de son fils Noureddin. « Ah ! s'écria-t-il en se frappant cruellement, en se mordant les mains et en s'arrachant la barbe, c'est donc ainsi, malheureux fils, fils indigne de voir le jour, que tu jettes ton père dans le précipice du plus haut degré de son bonheur ; que tu le perds, et que tu te perds toi-même avec lui ! Le roi ne se contentera pas de ton sang, ni du mien, pour se venger de cette offense, qui attaque sa personne même. »

Sa femme voulut tâcher de le consoler. « Ne vous affligez pas, lui dit-elle, je ferai aisément dix mille pièces d'or d'une partie de mes pierreries ; vous en achèterez une autre esclave qui sera plus belle et plus digne du roi.

— Eh ! croyez-vous, reprit le vizir, que je sois capable de me tant affliger pour la perte de dix mille pièces d'or ? Il ne s'agit pas ici de cette perte, ni même de la perte de tous mes biens, dont je serais aussi peu touché. Il s'agit de celle de mon honneur, qui m'est plus précieux que tous les biens du monde. — Il me semble néanmoins, Seigneur, repartit la dame, que ce qui se peut réparer par de l'argent n'est pas d'une si grande conséquence.

— Hé quoi ! répliqua le vizir, ne savez-vous pas que Saouy est mon ennemi capital ? Croyez-vous que, dès qu'il aura appris cette affaire, il n'aille pas triompher de moi près du roi ? « Votre Majesté, lui dira-t-il, ne parle que de « l'affection et du zèle de Khacan pour son service ; il vient « de faire voir cependant combien il est peu digne d'une si « grande considération. Il a reçu dix mille pièces d'or pour « lui acheter une esclave. Il s'est véritablement acquitté « d'une commission si honorable, et jamais personne n'a « vu une si belle esclave ; mais, au lieu de l'amener à Votre « Majesté, il a jugé plus à propos d'en faire un présent à « son fils. « Mon fils, lui a-t-il dit, prenez cette esclave, « c'est pour vous : vous la méritez mieux que le roi. » Son « fils, continuera-t-il avec sa malice ordinaire, l'a prise, et « il se divertit tous les jours avec elle. La chose est comme « j'ai l'honneur de l'assurer à Votre Majesté ; et Votre « Majesté peut s'en éclaircir par elle-même. » Ne voyez-vous pas, ajouta le vizir, que sur un tel discours les gens du roi peuvent venir forcer ma maison à tout moment et enlever l'esclave ? J'y ajoute tous les autres malheurs inévitables qui suivront.

— Seigneur, répondit la dame à ce discours du vizir son mari, j'avoue que la méchanceté de Saouy est des plus grandes, et qu'il est capable de donner à la chose le tour malin que vous venez de dire, s'il en avait la moindre connaissance. Mais peut-il savoir, ni lui ni personne, ce qui se passe dans l'intérieur de votre maison ? Quand on le soupçonnerait, et que le roi vous en parlerait, ne pouvez-vous pas dire qu'après avoir bien examiné l'esclave, vous ne l'avez pas trouvée aussi digne de Sa Majesté qu'elle vous l'avait paru d'abord ; que le marchand vous a trompé ; qu'elle est à la vérité d'une beauté incomparable mais qu'il s'en faut beaucoup qu'elle ait autant d'esprit et qu'elle soit

aussi habile qu'on vous l'avait vantée ? Le roi vous en
croira à votre parole, et Saouy aura la confusion d'avoir
aussi peu réussi dans son pernicieux dessein que tant
d'autres fois qu'il a entrepris inutilement de vous détruire.
Rassurez-vous donc, et, si vous voulez me croire, envoyez
chercher les courtiers, marquez-leur que vous n'êtes pas
content de la belle Persienne, et chargez-les de vous chercher une autre esclave. »

Comme ce conseil parut très raisonnable au vizir Khacan, il calma un peu ses esprits et il prit le parti de le
suivre ; mais il ne diminua rien de sa colère contre son fils
Noureddin.

Noureddin ne parut point de toute la journée ; il n'osa
même chercher un asile chez aucun des jeunes gens de
son âge qu'il fréquentait ordinairement, de crainte que
son père ne l'y fît chercher. Il alla hors de la ville, et il se
réfugia dans un jardin où il n'était jamais allé et où il
n'était pas connu. Il ne revint que fort tard, lorsqu'il savait
bien que son père était retiré, et il se fit ouvrir par les
femmes de sa mère, qui l'introduisirent sans bruit. Il sortit
le lendemain avant que son père fût levé, et il fut contraint
de prendre les mêmes précautions un mois entier, avec
une mortification très sensible. En effet, les femmes ne le
flattaient pas : elles lui déclaraient franchement que le
vizir son père persistait dans la même colère et protestait
qu'il le tuerait s'il se présentait devant lui.

La femme de ce ministre savait par ses femmes que
Noureddin revenait chaque jour ; mais elle n'osait prendre
la hardiesse de prier son mari de lui pardonner. Elle la
prit enfin : « Seigneur, lui dit-elle un jour, je n'ai osé
jusqu'à présent prendre la liberté de vous parler de votre
fils. Je vous supplie de me permettre de vous demander ce
que vous prétendez faire de lui. Un fils ne peut être plus
criminel envers un père que Noureddin l'est envers vous.
Il vous a privé d'un grand honneur et de la satisfaction de
présenter au roi une esclave aussi accomplie que la belle
Persienne, je l'avoue ; mais, après tout, quelle est votre
intention ? Voulez-vous le perdre absolument ? Au lieu
d'un mal auquel il ne faut plus que vous songiez, vous
vous en attireriez un autre beaucoup plus grand à quoi
vous ne pensez peut-être pas. Ne craignez-vous pas que le
monde, qui est malin, en cherchant pourquoi votre fils est
éloigné de vous, n'en devine la véritable cause que vous
voulez tenir si cachée ? Si cela arrivait, vous seriez tombé

justement dans le malheur que vous avez un si grand intérêt d'éviter.

— Madame, reprit le vizir, ce que vous dites là est de
bon sens; mais je ne puis me résoudre de pardonner à
Noureddin que je ne l'aie mortifié comme il le mérite. — Il
sera suffisamment mortifié, repartit la dame, quand vous
aurez fait ce qui me vient en pensée. Votre fils entre ici
chaque nuit, lorsque vous êtes retiré; il y couche, et il en
sort avant que vous soyez levé. Attendez-le ce soir jusqu'à
son arrivée, et faites semblant de le vouloir tuer : je viendrai à son secours; et, en lui marquant que vous lui donnez la vie à ma prière, vous l'obligerez de prendre la belle
Persienne à telle condition qu'il vous plaira. Il l'aime, et je
sais que la belle Persienne ne le hait pas. »

Khacan voulut bien suivre ce conseil : ainsi, avant qu'on
ouvrît à Noureddin, lorsqu'il arriva à son heure ordinaire,
il se mit derrière la porte, et, dès qu'on lui eut ouvert, il se
jeta sur lui et le mit sous ses pieds. Noureddin tourna la
tête, et reconnut son père le poignard à la main, prêt à lui
ôter la vie.

La mère de Noureddin survint en ce moment, et, en
retenant le vizir par le bras : « Qu'allez-vous faire, Seigneur? s'écria-t-elle. — Laissez-moi, reprit le vizir, que je
tue ce fils indigne. — Ah! Seigneur! reprit la mère, tuez-
moi plutôt moi-même : je ne permettrai jamais que vous
ensanglantiez vos mains dans votre propre sang! » Noureddin profita de ce moment : « Mon père, s'écria-t-il les
larmes aux yeux, j'implore votre clémence et votre miséricorde; accordez-moi le pardon que je vous demande au
nom de celui de qui vous l'attendez au jour que nous
paraîtrons tous devant lui. »

Khacan se laissa arracher le poignard de la main; et,
dès qu'il l'eut lâché, Noureddin se jeta à ses pieds et les lui
baisa pour marquer combien il se repentait de l'avoir
offensé. « Noureddin, lui dit-il, remerciez votre mère; je
vous pardonne à sa considération. Je veux bien même
vous donner la belle Persienne; mais à condition que vous
me promettrez par serment de ne la pas regarder comme
esclave, mais comme votre femme, c'est-à-dire que vous
ne la vendrez, et même que vous ne la répudierez jamais.
Comme elle est sage et qu'elle a de l'esprit et de la
conduite infiniment plus que vous, je suis persuadé qu'elle
modérera des emportements de jeunesse qui sont
capables de vous perdre. »

Noureddin n'eût osé espérer d'être traité avec une si grande indulgence. Il remercia son père avec toute la reconnaissance imaginable, et lui fit de très bon cœur le serment qu'il souhaitait. Ils furent très contents l'un de l'autre, la belle Persienne et lui, et le vizir fut très satisfait de leur bonne union.

Le vizir Khacan n'attendait pas que le roi lui parlât de la commission qu'il lui avait donnée; il avait grand soin de l'en entretenir souvent, et de lui marquer les difficultés qu'il trouvait à s'en acquitter à la satisfaction de Sa Majesté; il sut enfin le ménager avec tant d'adresse qu'insensiblement il n'y songea plus. Saouy néanmoins avait su quelque chose de ce qui s'était passé; mais Khacan était si avant dans la faveur du roi qu'il n'osa hasarder d'en parler.

Il y avait plus d'un an que cette affaire si délicate s'était passée plus heureusement que ce ministre ne l'avait cru d'abord, lorsqu'il alla au bain et qu'une affaire pressante l'obligea d'en sortir encore tout échauffé; l'air, qui était un peu froid, le frappa, et lui causa une fluxion sur la poitrine qui le contraignit de se mettre au lit avec une grosse fièvre. La maladie augmenta; et, comme il s'aperçut qu'il n'était pas loin du dernier moment de sa vie, il tint ce discours à Noureddin, qui ne l'abandonnait pas : « Mon fils, lui dit-il, je ne sais si j'ai fait le bon usage que je devais des grandes richesses que Dieu m'a données; vous voyez qu'elles ne me servent de rien pour me délivrer de la mort. La seule chose que je vous demande en mourant, c'est que vous vous souveniez de la promesse que vous m'avez faite touchant la belle Persienne. Je meurs content avec la confiance que vous ne l'oublierez pas. »

Ces paroles furent les dernières que le vizir Khacan prononça. Il expira peu de moments après, et il laissa un deuil inexprimable dans sa maison, à la cour et dans la ville. Le roi le regretta comme un ministre sage, zélé et fidèle; et toute la ville le pleura comme son protecteur et son bienfaiteur. Jamais on n'avait vu de funérailles plus honorables à Balsora. Les vizirs, les émirs, et générale-ment tous les grands de la cour s'empressèrent de porter son cercueil sur les épaules, les uns après les autres, jusqu'au lieu de sa sépulture; et les plus riches jusqu'aux plus pauvres de la ville l'y accompagnèrent en pleurs.

Noureddin donna toutes les marques de la grande afflic-tion que la perte qu'il venait de faire devait lui causer; il demeura longtemps sans voir personne. Un jour enfin il permit qu'on laissât entrer un de ses amis intimes. Cet ami tâcha de le consoler ; et, comme il le vit disposé à l'écouter, il lui dit qu'après avoir rendu à la mémoire de son père tout ce qu'il lui devait, et satisfait pleinement à tout ce que demandait la bienséance, il était temps qu'il parût dans le monde, qu'il vît ses amis, et qu'il soutînt le rang que sa naissance et son mérite lui avaient acquis. « Nous péche-rions, ajouta-t-il, contre les lois de la nature, et même contre les lois civiles, si, lorsque nos pères sont morts, nous ne leur rendions pas les devoirs que la tendresse exige de nous, et l'on nous regarderait comme des insen-sibles. Mais, dès que nous nous en sommes acquittés et qu'on ne peut nous en faire aucun reproche, nous sommes obligés de reprendre le même train qu'auparavant et de vivre dans le monde de la manière qu'on y vit. Essuyez donc vos larmes, et reprenez cet air de gaieté qui a tou-jours inspiré la joie partout où vous vous êtes trouvé. »

Le conseil de cet ami était très raisonnable, et Noured-din eût évité tous les malheurs qui lui arrivèrent, s'il l'eût suivi dans toute la régularité qu'il demandait. Il se laissa persuader sans peine ; il régala même son ami ; et, lorsqu'il voulut se retirer, il le pria de revenir le lendemain et d'amener trois ou quatre de leurs amis communs. Insen-siblement il forma une société de dix personnes à peu près de son âge, et il passait le temps avec eux en des festins et des réjouissances continuels. Il n'y avait pas même de jour qu'il ne les renvoyât chacun avec un présent.

Quelquefois, pour faire plus de plaisir à ses amis, Nou-reddin faisait venir la belle Persienne : elle avait la complaisance de lui obéir ; mais elle n'approuvait pas cette profusion excessive. Elle lui en disait son sentiment en liberté. « Je ne doute pas, lui disait-elle, que le vizir votre père ne vous ait laissé de grandes richesses ; mais, si gran-des qu'elles puissent être, vous ne trouverez pas mauvais qu'une esclave vous représente que vous en verrez bientôt la fin si vous continuez de mener cette vie. On peut quel-quefois régaler ses amis et se divertir avec eux ; mais qu'on en fasse une coutume journalière, c'est courir le grand chemin de la dernière misère. Pour votre honneur et pour votre réputation, vous feriez beaucoup mieux de suivre les traces de feu votre père et de vous mettre en état de parve-nir aux charges qui lui ont acquis tant de gloire. »

Noureddin écoutait la belle Persienne en riant, et,

quand elle avait achevé : « Ma belle, reprenait-il en continuant de rire, laissons là ce discours, ne parlons que de
nous réjouir. Feu mon père m'a toujours tenu dans une
grande contrainte : je suis bien aise de jouir de la liberté
après laquelle j'ai tant soupiré avant sa mort. J'aurai toujours le temps de me réduire à la vie réglée dont vous parlez ; un homme de mon âge doit se donner le loisir de goûter les plaisirs de la jeunesse. »

Ce qui contribua encore beaucoup à mettre les affaires
de Noureddin en désordre fut qu'il ne voulait pas entendre
parler de compter avec son maître d'hôtel. Il le renvoyait
chaque fois qu'il se présentait avec son livre : « Va, va, lui
disait-il, je me fie bien à toi ; aie soin seulement que je
fasse toujours bonne chère.

— Vous êtes le maître, Seigneur, reprenait le maître
d'hôtel. Vous voudrez bien néanmoins que je vous fasse
souvenir du proverbe qui dit que qui fait grande dépense
et ne compte pas se trouve à la fin réduit à la mendicité
sans s'en être aperçu. Vous ne vous contentez pas de la
dépense si prodigieuse de votre table, vous donnez encore
à toute main. Vos trésors ne peuvent y suffire, quand ils
seraient aussi gros que des montagnes. — Va, te dis-je, lui
répétait Noureddin, je n'ai pas besoin de tes leçons : continue de me faire manger, et ne te mets pas en peine du
reste. »

Les amis de Noureddin cependant étaient fort assidus à
sa table et ne manquaient pas l'occasion de profiter de sa
facilité. Ils le flattaient, ils le louaient, et faisaient valoir
jusqu'à la moindre de ses actions les plus indifférentes ;
surtout ils n'oubliaient pas d'exalter tout ce qui lui appartenait, et ils y trouvaient leur compte. « Seigneur, lui disait
l'un, je passais l'autre jour par la terre que vous avez en tel
endroit ; rien n'est plus magnifique ni mieux meublé que
la maison ; c'est un paradis de délices que le jardin qui
l'accompagne. — Je suis ravi qu'elle vous plaise, reprenait
Noureddin : qu'on m'apporte une plume, de l'encre et du
papier, et que je n'en entende plus parler ; c'est pour vous,
je vous la donne. » D'autres ne lui avaient pas plus tôt
vanté quelqu'une des maisons, des bains et des lieux
publics à loger des étrangers, qui lui appartenaient et lui
rapportaient un gros revenu, qu'il leur en faisait une donation. La belle Persienne lui représentait le tort qu'il se faisait ; au lieu de l'écouter, il continuait de prodiguer ce qui
lui restait, à la première occasion.

Noureddin enfin ne fit autre chose toute une année que de faire bonne chère, de se donner du bon temps, et se divertir en prodiguant et dissipant les grands biens que ses prédécesseurs et le bon vizir son père avaient acquis ou conservés avec beaucoup de soins et de peines. L'année ne faisait que de s'écouler, que l'on frappa un jour à la porte de la salle où il était à table. Il avait renvoyé ses esclaves, et il s'y était renfermé avec ses amis pour être en plus grande liberté.

Un des amis de Noureddin voulut se lever; mais Noureddin le devança, et alla ouvrir lui-même (c'était son maître d'hôtel); et Noureddin, pour écouter ce qu'il voulait, s'avança un peu hors de la salle et ferma la porte à demi.

L'ami qui avait voulu se lever, et qui avait aperçu le maître d'hôtel, curieux de savoir ce qu'il avait à dire à Noureddin, fut se poster entre la portière et la porte, et entendit que le maître d'hôtel tint ce discours : « Seigneur, dit-il à son maître, je vous demande mille pardons si je viens vous interrompre au milieu de vos plaisirs. Ce que j'ai à vous communiquer vous est, ce me semble, de si grande importance, que je n'ai pas cru devoir me dispenser de prendre cette liberté. Je viens d'achever mes derniers comptes, et je trouve que ce que j'avais prévu il y a longtemps, et dont je vous avais averti plusieurs fois, est arrivé; c'est-à-dire, Seigneur, que je n'ai plus une maille de toutes les sommes que vous m'avez données pour faire votre dépense. Les autres fonds que vous m'aviez assignés sont aussi épuisés, et vos fermiers et ceux qui vous devaient des rentes m'ont fait voir si clairement que vous avez transporté à d'autres ce qu'ils tenaient de vous que je ne puis plus rien exiger d'eux sous votre nom. Voici mes comptes, examinez-les; et, si vous souhaitez que je continue de vous rendre mes services, assignez-moi d'autres fonds, sinon permettez-moi de me retirer. » Noureddin fut tellement surpris de ce discours qu'il n'eut pas un mot à y répondre.

L'ami qui était aux écoutes et qui avait tout entendu rentra aussitôt, et fit part aux autres amis de ce qu'il venait d'entendre. « C'est à vous, leur dit-il en achevant, de profiter de cet avis; pour moi, je vous déclare que c'est aujourd'hui le dernier jour que vous me verrez chez Noureddin. — Si cela est, reprirent-ils, nous n'avons plus affaire chez lui, non plus que vous; il ne nous y reverra pas aussi davantage. »

Noureddin revint en ce moment ; et, quelque bonne
mine qu'il fît pour tâcher de remettre ses conviés en train,
il ne put néanmoins si bien dissimuler qu'ils ne s'aper-
çussent fort bien de la vérité de ce qu'ils venaient
d'apprendre. Il s'était à peine remis à sa place qu'un de ses
amis se leva de la sienne : « Seigneur, lui dit-il, je suis bien
fâché de ne pouvoir vous tenir compagnie plus longtemps : je vous supplie de trouver bon que je m'en aille. —
Quelle affaire vous oblige de nous quitter sitôt ? reprit
Noureddin. — Seigneur, reprit-il, ma femme est accou-
chée aujourd'hui ; vous n'ignorez pas que la présence d'un
mari est toujours nécessaire dans une pareille rencontre. »
Il fit une grande révérence, et partit. Un moment après, un
autre se retira sur un autre prétexte. Les autres firent la
même chose l'un après l'autre, jusqu'à ce qu'il ne resta pas
un seul des dix amis qui jusqu'alors avaient tenu si bonne
compagnie à Noureddin.

Noureddin ne soupçonna rien de la résolution que ses
amis avaient prise de ne plus le voir. Il alla à l'appartement de la belle Persienne, et il s'entretint seulement avec
elle de la déclaration que son maître d'hôtel lui avait faite,
avec de grands témoignages d'un véritable repentir du
désordre où étaient ses affaires.

« Seigneur, lui dit la belle Persienne, permettez-moi de
vous dire que vous n'avez voulu vous en rapporter qu'à
votre propre sens ; vous voyez présentement ce qui vous en
est arrivé. Je ne me trompais pas lorsque je vous prédisais
la triste fin à laquelle vous deviez vous attendre. Ce qui me
fait de la peine, c'est que vous ne voyez pas encore tout ce
qu'elle a de fâcheux. Quand je voulais vous en dire ma
pensée : « Réjouissons-nous, me disiez-vous, et profitons
« du bon temps que la fortune nous offre pendant qu'elle
« nous est favorable ; peut-être ne sera-t-elle pas toujours
« de si bonne humeur. » Mais je n'avais pas tort de vous
répondre que nous étions nous-mêmes les artisans de
notre bonne fortune par une sage conduite. Vous n'avez
pas voulu m'écouter, et j'ai été contrainte de vous laisser
faire malgré moi.

— J'avoue, repartit Noureddin, que j'ai tort de n'avoir
pas suivi les avis si salutaires que vous me donniez avec
votre sagesse admirable ; mais, si j'ai mangé tout mon
bien, vous ne considérez pas que ç'a été avec une élite
d'amis que je connais depuis longtemps. Ils sont honnêtes
et pleins de reconnaissance ; je suis sûr qu'ils ne m'aban-

donneront pas. — Seigneur, répliqua la belle Persienne, si vous n'avez pas d'autre ressource qu'en la reconnaissance de vos amis, croyez-moi, votre espérance est mal fondée, et vous m'en direz des nouvelles avec le temps.

— Charmante Persienne, dit à cela Noureddin, j'ai meilleure opinion que vous du secours qu'ils me donneront. Je veux les aller voir tous dès demain, avant qu'ils prennent la peine de venir à leur ordinaire, et vous me verrez revenir avec une bonne somme d'argent, dont ils m'auront secouru tous ensemble. Je changerai de vie comme j'y suis résolu, et je ferai profiter cet argent par quelque négoce. »

Noureddin ne manqua pas d'aller le lendemain chez ses dix amis, qui demeuraient dans une même rue ; il frappa à la première porte qui se présenta, où demeurait un des plus riches. Une esclave vint, et, avant d'ouvrir, elle demanda qui frappait. « Dites à votre maître, répondit Noureddin, que c'est Noureddin, fils du feu vizir Khacan. » L'esclave ouvrit, l'introduisit dans une salle, et entra dans la chambre où était son maître, à qui elle annonça que Noureddin venait le voir. « Noureddin ! reprit le maître avec un ton de mépris, et si haut que Noureddin l'entendit avec un grand étonnement. Va, dis-lui que je n'y suis pas ; et, toutes les fois qu'il viendra, dis-lui la même chose. » L'esclave revint, et donna pour réponse à Noureddin qu'elle avait cru que son maître y était, mais qu'elle s'était trompée.

Noureddin sortit avec confusion. « Ah ! le perfide ! le méchant homme ! s'écria-t-il. Il me protestait hier que je n'avais pas un meilleur ami que lui, et aujourd'hui il me traite si indignement ! » Il alla frapper à la porte d'un autre ami, et cet ami lui fit dire la même chose que le premier. Il eut la même réponse chez le troisième, et ainsi des autres jusqu'au dixième, quoiqu'ils fussent tous chez eux.

Ce fut alors que Noureddin rentra tout de bon en lui-même, et qu'il reconnut sa faute irréparable de s'être fondé si facilement sur l'assiduité de ces faux amis à demeurer attachés à sa personne, et sur leurs protestations d'amitié tout le temps qu'il avait été en état de leur faire des régals somptueux, et de les combler de largesses et de bienfaits. « Il est bien vrai, dit-il en lui-même les larmes aux yeux, qu'un homme heureux comme je l'étais ressemble à un arbre chargé de fruits : tant qu'il y a du fruit sur l'arbre, on ne cesse pas d'être à l'entour et d'en cueillir ; dès qu'il n'y en a plus, on s'en éloigne, et on le laisse seul. » Il se contraignit tant qu'il fut hors de chez lui ; mais, dès qu'il fut rentré, il s'abandonna tout entier à son affliction, et alla le témoigner à la belle Persienne.

Dès que la belle Persienne vit paraître l'affligé Noureddin, elle se douta qu'il n'avait pas trouvé chez ses amis le secours auquel il s'était attendu. « Hé bien, Seigneur, lui dit-elle, êtes-vous présentement convaincu de la vérité de ce que je vous avais prédit ? — Ah ! ma bonne ! s'écria-t-il, vous ne me l'aviez prédit que trop véritablement ! Pas un n'a voulu me reconnaître, me voir, me parler ! Jamais je n'eusse cru devoir être traité si cruellement par des gens qui m'ont tant d'obligations, et pour qui je me suis épuisé moi-même ! Je ne me possède plus, et je crains de commettre quelque action indigne de moi dans l'état déplorable et dans le désespoir où je suis, si vous ne m'aidez de vos sages conseils. — Seigneur, reprit la belle Persienne, je ne vois pas d'autre remède à votre malheur que de vendre vos esclaves et vos meubles et de subsister là-dessus jusqu'à ce que le Ciel vous montre quelque autre voie pour vous tirer de la misère.

Le remède parut extrêmement dur à Noureddin ; mais qu'eût-il pu faire dans la nécessité de vivre où il était ? Il vendit premièrement ses esclaves, bouches alors inutiles, qui lui eussent fait une dépense beaucoup au-delà de ce qu'il était en état de supporter. Il vécut quelque temps sur l'argent qu'il en fit ; et, lorsqu'il vint à manquer, il fit porter ses meubles à la place publique, où ils furent vendus beaucoup au-dessous de leur juste valeur quoiqu'il y en eût de très précieux qui avaient coûté des sommes immenses. Cela le fit subsister un long espace de temps ; mais enfin ce secours manqua, et il ne lui restait plus de quoi faire d'autre argent : il en témoigna l'excès de sa douleur à la belle Persienne.

Noureddin ne s'attendait pas à la réponse que lui fit cette sage personne. « Seigneur, lui dit-elle, je suis votre esclave, et vous savez que le feu vizir votre père m'a achetée dix mille pièces d'or. Je sais bien que je suis diminuée de prix depuis ce temps-là ; mais aussi je suis persuadée que je puis être encore vendue une somme qui n'en sera pas éloignée. Croyez-moi, ne différez pas de me mener au marché et de me vendre : avec l'argent que vous toucherez, qui sera très considérable, vous irez faire le marchand en quelque ville où vous ne serez pas connu ; et par là vous aurez trouvé le moyen de vivre, sinon dans une grande opulence, d'une manière au moins à vous rendre heureux et content.

— Ah! charmante et belle Persienne! s'écria Noureddin, est-il possible que vous ayez pu concevoir cette pensée? Vous ai-je donné si peu de marques de mon amour que vous me croyiez capable de cette lâcheté? Et, quand je l'aurais, cette lâcheté indigne, pourrais-je le faire sans être parjure, après le serment que j'ai fait à feu mon père de ne vous jamais vendre? Je mourrais plutôt que d'y contrevenir, et que de me séparer d'avec vous que j'aime, je ne dis pas autant, mais plus que moi-même. En me faisant une proposition si déraisonnable, vous me faites connaître qu'il s'en faut de beaucoup que vous m'aimiez autant que je vous aime.

— Seigneur, reprit la belle Persienne, je suis convaincue que vous m'aimez autant que vous le dites; et Dieu connaît si la passion que j'ai pour vous est inférieure à la vôtre, et combien j'ai eu de répugnance à vous faire la proposition qui vous révolte si fort contre moi. Pour détruire la raison que vous m'apportez, je n'ai qu'à vous faire souvenir que la nécessité n'a pas de loi. Je vous aime à un point qu'il n'est pas possible que vous m'aimiez davantage; et je puis vous assurer que je ne cesserai jamais de vous aimer de même, à quelque maître que je puisse appartenir. Je n'aurai pas même un plus grand plaisir au monde que de me réunir avec vous dès que vos affaires vous permettront de me racheter, comme je l'espère. Voilà, je l'avoue, une nécessité bien cruelle pour vous et pour moi; mais, après tout, je ne vois pas d'autres moyens de nous tirer de la misère vous et moi. »

Noureddin, qui connaissait fort bien la vérité de ce que la belle Persienne venait de lui représenter, et qui n'avait point d'autre ressource pour éviter une pauvreté ignominieuse, fut contraint de prendre le parti qu'elle lui avait proposé. Ainsi il la mena au marché où l'on vendait les femmes esclaves, avec un regret qu'on ne peut exprimer. Il s'adressa à un courtier nommé Hagi Hassan. « Hagi Hassan, lui dit-il, voici une esclave que je veux vendre : vois, je te prie, le prix qu'on en voudra donner. »

Hagi Hassan fit entrer Noureddin et la belle Persienne dans une chambre; et, dès que la belle Persienne eut ôté le voile qui lui cachait le visage : « Seigneur, dit Hagi Hassan à Noureddin avec admiration, me trompé-je? N'est-ce pas là l'esclave que le feu vizir votre père acheta dix mille piè-

ces d'or ? » Noureddin lui assura que c'était elle-même ; et
Hagi Hassan, en lui faisant espérer qu'il en tirerait une
grosse somme, lui promit d'employer tout son art à la
faire acheter au plus haut prix qu'il lui serait possible.

Hagi Hassan et Noureddin sortirent de la chambre, et
Hagi Hassan y enferma la belle Persienne. Il alla ensuite
chercher les marchands ; mais ils étaient tous occupés à
acheter des esclaves grecques, franques, africaines, tar-
tares et autres, et il fut obligé d'attendre qu'ils eussent fait
leurs achats. Dès qu'ils eurent achevé et qu'à peu près ils
se furent tous rassemblés : « Mes bons seigneurs, leur
dit-il avec une gaieté qui paraissait sur son visage et dans
ses gestes, tout ce qui est rond n'est pas noisette ; tout ce
qui est long n'est pas figue ; tout ce qui est rouge n'est pas
chair, et tous les œufs ne sont pas frais. Je veux vous dire
que vous avez bien vu et bien acheté des esclaves en votre
vie ; mais vous n'en avez jamais vu une seule qui puisse
entrer en comparaison avec celle que je vous annonce.
C'est la perle des esclaves : venez, suivez-moi, que je vous
la fasse voir. Je veux que vous me disiez vous-mêmes à
quel prix je dois la crier d'abord. »

Les marchands suivirent Hagi Hassan, et Hagi Hassan
leur ouvrit la porte de la chambre où était la belle Persienne. Ils la virent avec surprise, et ils convinrent tout
d'une voix qu'on ne pouvait la mettre d'abord à un
moindre prix que de quatre mille pièces d'or. Ils sortirent
de la chambre ; et Hagi Hassan, qui sortit avec eux après
avoir fermé la porte, cria à haute voix, sans s'en éloigner :
A quatre mille pièces d'or l'esclave persienne.

Aucun des marchands n'avait encore parlé, et ils se
consultaient eux-mêmes sur l'enchère qu'ils y devaient
mettre, lorsque le vizir Saouy parut. Comme il eut aperçu
Noureddin dans la place : « Apparemment, dit-il en lui-
même, que Noureddin fait encore de l'argent de quelques
meubles (car il savait qu'il en avait vendu), et qu'il est
venu acheter une esclave. » Il s'avança, et Hagi Hassan
cria une seconde fois : *A quatre mille pièces d'or l'esclave
persienne.*

Ce haut prix fit juger à Saouy que l'esclave devait être
d'une beauté toute particulière, et aussitôt il eut une forte
envie de la voir. Il poussa son cheval droit à Hagi Hassan,
qui était environné des marchands. « Ouvre la porte, lui
dit-il, et fais-moi voir l'esclave. » Ce n'était pas la coutume
de faire voir une esclave à un particulier, dès que les mar-

chands l'avaient vue et qu'ils la marchandaient. Mais les marchands n'eurent pas la hardiesse de faire valoir leur droit contre l'autorité d'un vizir ; et Hagi Hassan ne put se dispenser d'ouvrir la porte, et de faire signe à la belle Persienne de s'approcher, afin que Saouy pût la voir sans descendre de son cheval.

Saouy fut dans une admiration inexprimable quand il vit une esclave d'une beauté si extraordinaire. Il avait déjà eu affaire avec le courtier, et son nom ne lui était pas inconnu. « Hagi Hassan, lui dit-il, n'est-ce pas à quatre mille pièces d'or que tu la cries ? — Oui, Seigneur, répondit-il ; les marchands que vous voyez sont convenus, il n'y a qu'un moment, que je la criasse à ce prix-là. J'attends qu'ils en offrent davantage à l'enchère et au dernier mot. — Je donnerai l'argent, reprit Saouy, si personne n'en offre davantage. » Il regarda aussitôt les marchands d'un œil qui marquait assez qu'il ne prétendait pas qu'ils enchérissent. Il était si redoutable à tout le monde qu'ils se gardèrent bien aussi d'ouvrir la bouche, même pour se plaindre sur ce qu'il entreprenait sur leur droit.

Quand le vizir Saouy eut attendu quelque temps, et qu'il vit qu'aucun des marchands n'enchérissait : « Hé bien, qu'attends-tu ? dit-il à Hagi Hassan. Va trouver le vendeur, et conclus le marché avec lui à quatre mille pièces d'or, ou sache ce qu'il prétend faire. » Il ne savait pas encore que l'esclave appartînt à Noureddin.

Hagi Hassan, qui avait déjà fermé la porte de la chambre, alla s'aboucher avec Noureddin : « Seigneur, lui dit-il, je suis bien fâché de venir vous annoncer une méchante nouvelle : votre esclave va être vendue pour rien. — Pour quelle raison ? reprit Noureddin. — Seigneur, repartit Hagi Hassan, la chose avait pris tout d'abord un fort bon train. Dès que les marchands eurent vu votre esclave, ils me chargèrent, sans faire de façon, de la crier à quatre mille pièces d'or. Je l'ai criée à ce prix-là, et aussitôt le vizir Saouy est venu, et sa présence a fermé la bouche aux marchands, que je voyais disposés à la faire monter au moins au même prix qu'elle coûta au feu vizir votre père. Saouy ne veut en donner que les quatre mille pièces d'or, et c'est bien malgré moi que je viens vous apporter une parole si déraisonnable. L'esclave est à vous, mais je ne vous conseillerai jamais de la lâcher à ce prix-là. Vous le connaissez, Seigneur, et tout le monde le connaît. Outre que l'esclave vaut infiniment davantage, il

est assez méchant homme pour imaginer quelque moyen
de ne vous pas compter la somme.

— Hagi Hassan, répliqua Noureddin, je te suis obligé
de ton conseil; ne crains pas que je souffre que mon
esclave soit vendue à l'ennemi de ma maison. J'ai grand
besoin d'argent; mais j'aimerais mieux mourir dans la
dernière pauvreté que de permettre qu'elle lui soit livrée.
Je te demande une seule chose : comme tu sais tous les
usages et tous les détours, dis-moi seulement ce que je
dois faire pour l'en empêcher.

— Seigneur, répondit Hagi Hassan, rien n'est plus aisé.
Faites semblant de vous être mis en colère contre votre
esclave, et d'avoir juré que vous l'amèneriez au marché,
mais que vous n'avez pas entendu la vendre, et que ce que
vous en avez fait n'a été que pour vous acquitter de votre
serment. Cela satisfera tout le monde, et Saouy n'aura rien
à vous dire. Venez donc; et, dans le moment que je la présenterai à Saouy comme si c'était de votre consentement
et que le marché fût arrêté, reprenez-la en lui donnant
quelques coups, et ramenez-la chez vous. — Je te remercie, lui dit Noureddin; tu verras que je suivrai ton
conseil. »

Hagi Hassan retourna à la chambre; il l'ouvrit et entra;
et, après avoir averti la belle Persienne en deux mots de ne
pas s'alarmer de ce qui allait arriver, il la prit par le bras et
l'amena au vizir Saouy qui était toujours devant la porte.
« Seigneur, dit-il en la lui présentant, voilà l'esclave, elle
est à vous; prenez-la. »

Hagi Hassan n'avait pas achevé ces paroles que Noureddin s'était saisi de la belle Persienne; il la tira à lui, en lui
donnant un soufflet. « Venez çà, impertinente, lui dit-il
assez haut pour être entendu de tout le monde, et revenez
chez moi. Votre méchante humeur m'avait bien obligé de
faire serment de vous amener au marché, mais non pas de
vous vendre. J'ai encore besoin de vous, et je serai à temps
d'en venir à cette extrémité quand il ne me restera plus
autre chose. »

Le vizir Saouy fut dans une grande colère de cette
action de Noureddin. « Misérable débauché, s'écria-t-il,
veux-tu me faire accroire qu'il te reste autre chose à
vendre que ton esclave? » Il poussa son cheval en même
temps droit à lui pour lui enlever la belle Persienne. Noureddin, piqué au vif de l'affront que le vizir lui faisait, ne
fit que lâcher la belle Persienne et lui dire de l'attendre; et,

en se jetant sur la bride du cheval, il le fit reculer trois ou quatre pas en arrière. « Méchant barbon, dit-il alors au vizir, je te ravirais l'âme sur l'heure, si je n'étais retenu par la considération de tout le monde que voilà. »

Comme le vizir Saouy n'était aimé de personne et qu'au contraire il était haï de tout le monde, il n'y en avait pas un de tous ceux qui étaient présents qui n'eût été ravi que Noureddin l'eût un peu mortifié. Ils le lui témoignèrent par signes, et lui firent comprendre qu'il pouvait se venger comme il lui plairait et que personne ne se mêlerait de leur querelle.

Saouy voulut faire un effort pour obliger Noureddin de lâcher la bride de son cheval, mais Noureddin, qui était un jeune homme fort et puissant, enhardi par la bienveillance des assistants, le tira à bas du cheval au milieu du ruisseau, lui donna mille coups, et lui mit la tête en sang contre le pavé. Dix esclaves qui accompagnaient Saouy voulurent tirer le sabre et se jeter sur Noureddin, mais les marchands se mirent au-devant et les en empêchèrent. « Que prétendez-vous faire ? leur dirent-ils. Ne voyez-vous pas que, si l'un est vizir, l'autre est fils de vizir ? Laissez-les vider leur différend entre eux. Peut-être se raccommoderont-ils un de ces jours ; et, si vous aviez tué Noureddin, croyez-vous que votre maître, tout puissant qu'il est, pût vous garantir de la justice ? » Noureddin se lassa enfin de battre le vizir Saouy ; il le laissa au milieu du ruisseau, reprit la belle Persienne, et retourna chez lui au milieu des acclamations du peuple qui le louait de l'action qu'il venait de faire.

Saouy, meurtri de coups, se releva, à l'aide de ses gens, avec bien de la peine, et il eut la dernière mortification de se voir tout gâté de fange et de sang. Il s'appuya sur les épaules de deux de ses esclaves, et dans cet état il alla droit au palais, à la vue de tout le monde, avec une confusion d'autant plus grande que personne ne le plaignait. Quand il fut sous l'appartement du roi, il se mit à crier et à implorer sa justice d'une manière pitoyable. Le roi le fit venir ; et, dès qu'il parut, il lui demanda qui l'avait maltraité et mis dans l'état où il était. « Sire, s'écria Saouy, il ne faut qu'être bien dans la faveur de Votre Majesté, et avoir quelque part à ses sacrés conseils, pour être traité de la manière indigne dont elle voit qu'on vient de me traiter.

— Laissons là ces discours, reprit le roi ; dites-moi seulement la chose comme elle est, et qui est l'offenseur, et je saurai bien le faire repentir s'il a tort.

— Sire, dit alors Saouy en racontant la chose tout à son avantage, j'étais allé au marché des femmes esclaves pour acheter moi-même une cuisinière dont j'ai besoin ; j'y suis arrivé, et j'ai trouvé qu'on y criait une esclave à quatre mille pièces d'or. Je me suis fait amener l'esclave ; et c'est la plus belle qu'on ait vue et qu'on puisse jamais voir. Je ne l'ai pas eu plus tôt considérée avec une satisfaction extrême, que j'ai demandé à qui elle appartenait, et j'ai appris que Noureddin, fils du feu vizir Khacan, voulait la vendre. Votre Majesté se souvient, Sire, d'avoir fait compter dix mille pièces d'or à ce vizir, il y a deux ou trois ans, et de l'avoir chargé de vous acheter une esclave pour cette somme. Il l'avait employée à acheter celle-ci ; mais, au lieu de l'amener à Votre Majesté, il ne vous en jugea pas digne, et en fit présent à son fils. Depuis la mort du père, le fils a bu, mangé et dissipé tout ce qu'il avait, et il ne lui est resté que cette esclave, qu'il s'était enfin résolu de vendre, et que l'on vendait en effet en son nom. Je l'ai fait venir, et, sans lui parler de la prévarication, ou plutôt de la perfidie de son père envers Votre Majesté : « Noureddin, lui ai-je dit le plus honnêtement du monde, les marchands, comme je l'apprends, ont mis d'abord votre esclave à quatre mille pièces d'or. Je ne doute pas qu'à l'envi l'un de l'autre ils ne la fassent monter à un prix beaucoup plus haut : croyez-moi, donnez-la-moi pour les quatre mille, et je vais l'acheter pour en faire un présent au roi, notre seigneur et maître, à qui j'en ferai bien votre cour. Cela vous vaudra infiniment plus que ce que les marchands pourraient vous en donner. » Au lieu de répondre en me rendant honnêteté pour honnêteté, l'insolent m'a regardé fièrement. « Méchant vieillard, m'a-t-il dit, je donnerais mon esclave à un juif pour rien plutôt que de te la vendre. — Mais, Noureddin, ai-je repris sans m'échauffer, quoique j'en eusse un grand sujet, vous ne considérez pas, quand vous parlez ainsi, que vous faites injure au roi, qui a fait votre père ce qu'il était, aussi bien qu'il m'a fait ce que je suis. » Cette remontrance, qui devait l'adoucir, n'a fait que l'irriter davantage : il s'est jeté aussitôt sur moi comme un furieux, sans aucune considération de mon âge, encore moins de ma dignité, m'a jeté à bas de mon cheval, m'a frappé tout le temps qu'il lui a plu, et m'a mis en l'état où Votre Majesté me voit. Je la supplie de considérer que c'est pour ses intérêts que je souffre un affront si signalé. »

En achevant ces paroles, il baissa la tête et se tourna de côté pour laisser couler ses larmes en abondance.

Le roi, abusé et animé contre Noureddin par ce discours plein d'artifice, laissa paraître sur son visage des marques d'une grande colère; il se tourna du côté de son capitaine des gardes, qui était auprès de lui. « Prenez quarante hommes de ma garde, lui dit-il, et, quand vous aurez mis la maison de Noureddin au pillage et que vous aurez donné des ordres pour la raser, amenez-le-moi avec son esclave. »

Le capitaine des gardes n'était pas encore hors de l'appartement du roi, qu'un huissier de la chambre, qui entendit donner cet ordre, avait déjà pris le devant. Il s'appelait Sangiar, et il avait été autrefois esclave du vizir Khacan, qui l'avait introduit dans la maison du roi, où il s'était avancé par degrés.

Sangiar, plein de reconnaissance pour son ancien maître et de zèle pour Noureddin qu'il avait vu naître, et qui connaissait depuis longtemps la haine de Saouy contre la maison de Khacan, n'avait pu entendre l'ordre sans frémir. « L'action de Noureddin, dit-il en lui-même, ne peut être aussi noire que Saouy l'a racontée; il a prévenu le roi, et le roi va faire mourir Noureddin sans lui donner le temps de se justifier. » Il fit une diligence si grande qu'il arriva assez à temps pour l'avertir de ce qui venait de se passer chez le roi, et lui donner lieu de se sauver avec la belle Persienne. Il frappa à la porte d'une manière qui obligea Noureddin, qui n'avait plus de domestiques il y avait longtemps, de venir ouvrir lui-même sans différer. « Mon cher seigneur, lui dit Sangiar, il n'y a plus de sûreté pour vous à Balsora; partez et sauvez-vous sans perdre un moment.

— Pourquoi cela? reprit Noureddin. Qu'y a-t-il qui m'oblige si fort de partir? — Partez, vous dis-je, repartit Sangiar, et emmenez votre esclave avec vous. En deux mots, Saouy vient de faire entendre au roi, de la manière qu'il a voulu, ce qui s'est passé entre vous et lui; et le capitaine des gardes vient après moi, avec quarante soldats, se saisir de vous et d'elle. Prenez ces quarante pièces d'or pour vous aider à chercher un asile: je vous en donnerais davantage si j'en avais sur moi. Excusez-moi si je ne m'arrête pas davantage; je vous laisse malgré moi pour votre bien et pour le mien, par l'intérêt que j'ai que le capitaine des gardes ne me voie pas. » Sangiar ne donna à Noureddin que le temps de le remercier, et se retira.

Noureddin alla avertir la belle Persienne de la nécessité où ils étaient l'un et l'autre de s'éloigner dans le moment ; elle ne fit que mettre son voile, et ils sortirent de la maison. Ils eurent le bonheur non seulement de sortir de la ville sans que personne s'aperçût de leur évasion, mais même d'arriver à l'embouchure de l'Euphrate, qui n'était pas éloignée, et de s'embarquer sur un bâtiment prêt à lever l'ancre.

En effet, dans le temps qu'ils arrivèrent, le capitaine était sur le tillac au milieu des passagers. « Enfants, leur demandait-il, êtes-vous tous ici ? Quelqu'un de vous a-t-il encore affaire, ou a-t-il oublié quelque chose à la ville ? » A quoi chacun répondit qu'ils y étaient tous, et qu'il pouvait faire voile quand il lui plairait. Noureddin ne fut pas plus tôt embarqué qu'il demanda où le vaisseau allait, et il fut ravi d'apprendre qu'il allait à Bagdad. Le capitaine fit lever l'ancre, mit à la voile, et le vaisseau s'éloigna de Balsora avec un vent très favorable.

Voici ce qui se passa à Balsora pendant que Noureddin échappait à la colère du roi avec la belle Persienne :

Le capitaine des gardes arriva à la maison de Noureddin et frappa à la porte. Comme il vit que personne n'ouvrait, il la fit enfoncer, et aussitôt ses soldats entrèrent en foule : ils cherchèrent par tous les coins et recoins, et ils ne trouvèrent ni Noureddin ni son esclave. Le capitaine des gardes fit demander et demanda lui-même aux voisins s'ils ne les avaient pas vus. Quand ils les eussent vus, comme il n'y en avait pas un qui n'aimât Noureddin, il n'y en avait pas un qui eût rien dit qui pût lui faire tort. Pendant que l'on pillait et que l'on rasait la maison, il alla porter cette nouvelle au roi. « Qu'on les cherche en quelque endroit qu'ils puissent être, dit le roi ; je veux les avoir. »

Le capitaine des gardes alla faire de nouvelles perquisitions, et le roi renvoya le vizir Saouy avec honneur. « Allez, lui dit-il, retournez chez vous, et ne vous mettez pas en peine du châtiment de Noureddin ; je vous vengerai moi-même de son insolence. »

Afin de mettre tout en usage, le roi fit encore crier dans toute la ville, par les crieurs publics, qu'il donnerait mille pièces d'or à celui qui lui amènerait Noureddin et son esclave, et qu'il ferait punir sévèrement celui qui les aurait cachés. Mais, quelque soin qu'il prît et quelque diligence qu'il fît faire, il ne lui fut pas possible d'en avoir aucune nouvelle ; et le vizir Saouy n'eut que la consolation de voir que le roi avait pris son parti.

Noureddin et la belle Persienne cependant avançaient et faisaient leur route avec tout le bonheur possible. Ils abordèrent enfin à Bagdad ; et, dès que le capitaine, joyeux d'avoir achevé son voyage, eut aperçu la ville : « Enfants, s'écria-t-il en parlant aux passagers, réjouissez-vous ; la voilà, cette grande et merveilleuse ville, où il y a un concours général et perpétuel de tous les endroits du monde. Vous y trouverez une multitude de peuple innombrable, et vous n'y aurez pas le froid insupportable de l'hiver, ni les chaleurs excessives de l'été ; vous y jouirez d'un printemps qui dure toujours avec ses fleurs, et avec les fruits délicieux de l'automne. »

Quand le bâtiment eut mouillé un peu au-dessous de la ville, les passagers se débarquèrent et se rendirent chacun où ils devaient loger. Noureddin donna cinq pièces d'or pour son passage, et se débarqua aussi avec la belle Persienne. Mais il n'était jamais venu à Bagdad, et il ne savait où aller prendre logement. Ils marchèrent longtemps le long des jardins qui bordaient le Tigre et ils en côtoyèrent un qui était fermé d'une belle et longue muraille. En arrivant au bout, ils détournèrent par une longue rue bien pavée, où ils aperçurent la porte du jardin avec une belle fontaine auprès.

La porte, qui était très magnifique, était fermée, avec un vestibule ouvert où il y avait un sofa de chaque côté. « Voici un endroit fort commode, dit Noureddin à la belle Persienne ; la nuit approche, et nous avons mangé avant de nous débarquer ; je suis d'avis que nous y passions la nuit, et demain matin nous aurons le temps de chercher à nous loger. Qu'en dites-vous ? — Vous savez, Seigneur, répondit la belle Persienne, que je ne veux que ce que vous voulez ; ne passons pas plus outre si vous le souhaitez ainsi. » Ils burent chacun un coup à la fontaine, et montèrent sur un des deux sofas, où ils s'entretinrent quelque temps. Le sommeil les prit enfin, et ils s'endormirent au murmure agréable de l'eau.

Le jardin appartenait au calife, et il y avait au milieu un grand pavillon qu'on appelait le Pavillon des peintures, à cause que son principal ornement était des peintures à la persienne, de la main de plusieurs peintres de Perse que le calife avait fait venir exprès. Le grand et superbe salon que ce pavillon formait était éclairé par quatre-vingts fenêtres avec un lustre à chacune, et les quatre-vingts lustres ne s'allumaient que lorsque le calife y venait passer

la soirée, et que le temps était si tranquille qu'il n'y avait
pas un souffle de vent. Ils faisaient alors une très belle illumination qu'on apercevait bien loin à la campagne de ce
côté-là, et d'une grande partie de la ville.

Il ne demeurait qu'un concierge dans ce jardin, et c'était
un vieil officier fort âgé, nommé Scheich Ibrahim, qui
occupait ce poste où le calife l'avait mis lui-même par
récompense. Le calife lui avait bien recommandé de n'y
pas laisser entrer toutes sortes de personnes, et surtout de
ne pas souffrir qu'on s'assît et qu'on s'arrêtât sur les deux
sofas qui étaient à la porte en dehors, afin qu'ils fussent
toujours propres, et de châtier ceux qu'il y trouverait.

Une affaire avait obligé le concierge de sortir, et il
n'était pas encore revenu. Il revint enfin, et il arriva assez
de jour pour s'apercevoir que deux personnes dormaient
sur un des sofas, l'une et l'autre la tête sous un linge, pour
être à l'abri des cousins. « Bon, dit Scheich Ibrahim en lui-
même, voilà des gens qui contreviennent à la défense du
calife ; je vais leur apprendre le respect qu'ils lui doivent. »
Il ouvrit la porte sans faire de bruit ; et, un moment après,
il revint avec une grosse canne à la main, le bras retroussé.
Il allait frapper de toute sa force sur l'un et sur l'autre ;
mais il se retint. « Scheich Ibrahim, se dit-il à lui-même,
tu vas les frapper, et tu ne considères pas que ce sont peut-
être des étrangers qui ne savent où aller loger et qui
ignorent l'intention du calife ; il est mieux que tu saches
auparavant qui ils sont. » Il leva le linge qui leur couvrait
la tête avec une grande précaution, et il fut dans la dernière admiration de voir un jeune homme si bien fait et
une jeune femme si belle. Il éveilla Noureddin en le tirant
un peu par les pieds.

Noureddin leva aussitôt la tête, et dès qu'il eut vu un
vieillard à longue barbe blanche à ses pieds, il se leva sur
son séant, se coula sur les genoux, et, en lui prenant la
main, qu'il baisa : « Bon père, lui dit-il, que Dieu vous
conserve ! souhaitez-vous quelque chose ? — Mon fils,
reprit Scheich Ibrahim, qui êtes-vous ? d'où êtes-vous ? —
Nous sommes des étrangers qui ne faisons que d'arriver,
repartit Noureddin, et nous voulions passer ici la nuit
jusqu'à demain. — Vous seriez mal ici, répliqua Scheich
Ibrahim ; venez, entrez, je vous donnerai à coucher plus
commodément ; et la vue du jardin, qui est très beau, vous
réjouira pendant qu'il fait encore un peu de jour. — Et ce
jardin est-il à vous ? lui demanda Noureddin. — Vraiment

oui, c'est à moi, reprit Scheich Ibrahim en souriant : c'est un héritage que j'ai eu de mon père. Entrez, vous dis-je, vous ne serez pas fâché de le voir. »

Noureddin se leva, en témoignant à Scheich Ibrahim combien il lui était obligé de son honnêteté, et entra dans le jardin avec la belle Persienne. Scheich Ibrahim ferma la porte ; et, en marchant devant eux, il les mena dans un endroit d'où ils virent à peu près la disposition, la grandeur et la beauté du jardin d'un coup d'œil.

Noureddin avait vu d'assez beaux jardins à Balsora, mais il n'en avait pas encore vu de comparables à celui-ci. Quand il eut bien tout considéré, et qu'il se fut promené dans quelques allées, il se tourna du côté du concierge qui l'accompagnait, et lui demanda comment il s'appelait. Dès qu'il lui eut répondu qu'il s'appelait Scheich Ibrahim : « Scheich Ibrahim, lui dit-il, il faut avouer que voici un jardin merveilleux ; Dieu vous y conserve longtemps ! Nous ne pouvons assez vous remercier de la grâce que vous nous avez faite de nous faire voir un lieu si digne d'être vu ; il est juste que nous vous en témoignions notre reconnaissance par quelque endroit. Tenez, voilà deux pièces d'or : je vous prie de nous faire chercher quelque chose pour manger, que nous nous réjouissions ensemble. »

A la vue des deux pièces d'or, Scheich Ibrahim, qui aimait fort ce métal, sourit en sa barbe ; il les prit, et, en laissant Noureddin et la belle Persienne pour aller faire la commission, car il était seul : « Voilà de bonnes gens, dit-il en lui-même avec bien de la joie ; je me serais fait un grand tort à moi-même si j'eusse eu l'imprudence de les maltraiter et de les chasser. Je les régalerai en prince avec la dixième partie de cet argent, et le reste me demeurera, pour ma peine. »

Pendant que Scheich Ibrahim alla acheter de quoi souper autant pour lui que pour ses hôtes, Noureddin et la belle Persienne se promenèrent dans le jardin, et arrivèrent au Pavillon des peintures qui était au milieu. Ils s'arrêtèrent d'abord à contempler sa structure admirable, sa grandeur et sa hauteur ; et, après qu'ils en eurent fait le tour en le regardant de tous les côtés, ils montèrent à la porte du salon par un grand escalier de beau marbre blanc ; mais ils la trouvèrent fermée.

Noureddin et la belle Persienne ne faisaient que de descendre de l'escalier lorsque Scheich Ibrahim arriva chargé

de vivres. « Scheich Ibrahim, lui dit Noureddin avec étonnement, ne nous avez-vous pas dit que ce jardin vous
appartient ? — Je l'ai dit, reprit Scheich Ibrahim, et je le
dis encore. Pourquoi me faites-vous cette demande ? — Et
ce superbe pavillon, repartit Noureddin, est-il à vous
aussi ? » Scheich Ibrahim ne s'attendait pas à cette autre
demande, et il en parut un peu interdit. « Si je dis qu'il
n'est pas à moi, dit-il en lui-même, ils me demanderont
aussitôt comment il se peut faire que je sois maître du jardin, et que je ne le sois pas du pavillon. » Comme il avait
bien voulu feindre que le jardin était à lui, il feignit la
même chose à l'égard du pavillon. « Mon fils, repartit-il, le
pavillon ne va pas sans le jardin : l'un et l'autre m'appartiennent. — Puisque cela est, reprit alors Noureddin, et
que vous voulez bien que nous soyons vos hôtes cette nuit,
faites-nous, je vous en supplie, la grâce de nous en faire
voir le dedans : à juger du dehors, il doit être d'une magnificence extraordinaire. »

Il n'eût pas été honnête à Scheich Ibrahim de refuser à
Noureddin la demande qu'il faisait, après les avances qu'il
avait déjà faites. Il considéra de plus que le calife n'avait
pas envoyé l'avertir comme il avait coutume, et ainsi qu'il
ne viendrait pas ce soir-là, et qu'il pouvait même y faire
manger ses hôtes et y manger lui-même avec eux. Il posa
les vivres qu'il avait apportés sur le premier degré de
l'escalier, et alla chercher la clef dans le logement où il
demeurait. Il revint avec de la lumière, et il ouvrit la porte.

Noureddin et la belle Persienne entrèrent dans le salon,
et ils le trouvèrent si surprenant qu'ils ne pouvaient se lasser d'en admirer la beauté et la richesse. En effet, sans
parler des peintures, les sofas étaient magnifiques ; et,
avec les lustres qui pendaient à chaque fenêtre, il y avait
encore entre chaque croisée un bras d'argent chacun avec
sa bougie ; et Noureddin ne put voir tous ces objets sans se
ressouvenir de la splendeur dans laquelle il avait vécu, et
sans en soupirer.

Scheich Ibrahim cependant apporta les vivres, prépara
la table sur un sofa, et, quand tout fut prêt, Noureddin, la
belle Persienne et lui s'assirent et mangèrent ensemble.
Quand ils eurent achevé et qu'ils eurent lavé les mains,
Noureddin ouvrit une fenêtre et appela la belle Persienne.
« Approchez, lui dit-il, et admirez avec moi la belle vue et
la beauté du jardin au clair de lune qu'il fait : rien n'est
plus charmant. » Elle s'approcha, et ils jouirent ensemble

de ce spectacle, pendant que Scheich Ibrahim ôtait la table.

Quand Scheich Ibrahim eut fait, et qu'il fut venu rejoindre ses hôtes, Noureddin lui demanda s'il n'avait pas quelque boisson dont il voulût bien les régaler. « Quelle boisson voudriez-vous ? reprit Scheich Ibrahim. Est-ce du sorbet ? J'en ai du plus exquis ; mais vous savez bien, mon fils, qu'on ne boit pas le sorbet après le souper.

— Je le sais bien, repartit Noureddin : ce n'est pas aussi du sorbet que nous vous demandons ; c'est une autre boisson ; je m'étonne que vous ne m'entendiez pas. — C'est donc du vin dont vous voulez parler ? répliqua Scheich Ibrahim. — Vous l'avez deviné, lui dit Noureddin : si vous en avez, obligez-nous de nous en apporter une bouteille. Vous savez qu'on en boit après souper pour passer le temps jusqu'à ce qu'on se couche.

— Dieu me garde d'avoir du vin chez moi, s'écria Scheich Ibrahim, et même d'approcher d'un lieu où il y en aurait ! Un homme comme moi, qui a fait le pèlerinage de la Mecque quatre fois, a renoncé au vin pour toute sa vie.

— Vous nous feriez pourtant un grand plaisir de nous en trouver, reprit Noureddin ; et, si cela ne vous fait pas de peine, je vais vous enseigner un moyen, sans que vous entriez au cabaret et sans que vous mettiez la main à ce qu'il contiendra. — Je le veux bien à cette condition, repartit Scheich Ibrahim : dites-moi seulement ce qu'il faut que je fasse.

— Nous avons vu un âne attaché à l'entrée de votre jardin, dit alors Noureddin ; c'est à vous apparemment, et vous devez vous en servir dans le besoin. Tenez, voilà encore deux pièces d'or ; prenez l'âne avec ses paniers, et allez au premier cabaret, sans vous en approcher qu'autant qu'il vous plaira ; donnez quelque chose au premier passant, et priez-le d'aller jusqu'au cabaret avec l'âne, d'y prendre deux cruches de vin, que l'on mettra, l'une dans un panier et l'autre dans l'autre, et de vous ramener l'âne après qu'il aura payé le vin de l'argent que vous lui aurez donné. Vous n'aurez qu'à chasser l'âne devant vous jusqu'ici, et nous prendrons les cruches nous-mêmes dans les paniers. De cette manière, vous ne ferez rien qui doive vous faire la moindre répugnance. »

Les deux autres pièces d'or que Scheich Ibrahim venait de recevoir firent un puissant effet sur son esprit. « Ah ! mon fils ! s'écria-t-il quand Noureddin eut achevé, que vous l'entendez bien! Sans vous, je ne me fusse jamais avisé de ce moyen pour vous faire avoir du vin sans scrupule. » Il les quitta pour aller faire la commission, et il s'en acquitta en peu de temps. Dès qu'il fut de retour, Noureddin descendit, tira les cruches des paniers, et les porta au salon.

Scheich Ibrahim ramena l'âne à l'endroit où il l'avait pris; et, lorsqu'il fut revenu : « Scheich Ibrahim, lui dit Noureddin, nous ne pouvons assez vous remercier de la peine que vous avez bien voulu prendre; mais il nous manque encore quelque chose. — Et quoi? reprit Scheich Ibrahim; que puis-je faire encore pour votre service? — Nous n'avons pas de tasses, repartit Noureddin, et quelques fruits nous accommoderaient bien, si vous en aviez. — Vous n'avez qu'à parler, répliqua Scheich Ibrahim, il ne vous manquera rien de tout ce que vous pouvez souhaiter. »

Scheich Ibrahim descendit, et en peu de temps il leur prépara une table couverte de belles porcelaines remplies de plusieurs sortes de fruits, avec des tasses d'or et d'argent à choisir; et, quand il leur eut demandé s'ils avaient besoin de quelque autre chose, il se retira sans vouloir rester, quoiqu'ils l'en priassent avec beaucoup d'instances.

Noureddin et la belle Persienne se remirent à table, et ils commencèrent par boire chacun un coup; ils trouvèrent le vin excellent. « Hé bien, ma belle, dit Noureddin à la belle Persienne, ne sommes-nous pas les plus heureux du monde de ce que le hasard nous a amenés dans un lieu si agréable et si charmant? Réjouissons-nous, et remettons-nous de la mauvaise chère de notre voyage. Mon bonheur peut-il être plus grand que de vous avoir d'un côté et la tasse de l'autre? » Ils burent plusieurs autres fois, en s'entretenant agréablement et en chantant chacun leur chanson.

Comme ils avaient la voix parfaitement belle l'un et l'autre, particulièrement la belle Persienne, leur chant attira Scheich Ibrahim, qui les entendit longtemps de dessus le perron avec un grand plaisir, sans se faire voir. Il se fit voir enfin en mettant la tête à la porte. « Courage, Seigneur! dit-il à Noureddin qu'il croyait déjà ivre; je suis ravi de vous voir dans cette joie.

— Ah! Scheich Ibrahim, s'écria Noureddin en se tournant de son côté, que vous êtes un brave homme, et que nous vous sommes obligés! Nous n'oserions vous prier de boire un coup; mais ne laissez pas d'entrer. Venez, approchez-vous, et faites-nous au moins l'honneur de nous tenir compagnie. — Continuez, continuez, reprit Scheich Ibrahim, je me contente du plaisir d'entendre vos belles chansons! » Et en disant ces paroles il disparut.

La belle Persienne s'aperçut que Scheich Ibrahim s'était arrêté sur le perron, et elle en avertit Noureddin. « Seigneur, ajouta-t-elle, vous voyez qu'il témoigne une grande aversion pour le vin; je ne désespérerais pas de lui en faire boire si vous vouliez faire ce que je vous dirais. — Et quoi? demanda Noureddin : vous n'avez qu'à dire, je ferai ce que vous voudrez. — Engagez-le seulement à entrer et à demeurer avec nous, dit-elle; quelque temps après, versez à boire et présentez-lui la tasse; s'il vous refuse, buvez, et ensuite faites semblant de dormir; je ferai le reste. »

Noureddin comprit l'intention de la belle Persienne; il appela Scheich Ibrahim qui reparut à la porte. « Scheich Ibrahim, lui dit-il, nous sommes vos hôtes, et vous nous avez accueillis le plus obligeamment du monde; voudriez-vous nous refuser la prière que nous vous faisons de nous honorer de votre compagnie? Nous ne vous demandons pas que vous buviez, mais seulement de nous faire le plaisir de vous voir. »

Scheich Ibrahim se laissa persuader : il entra, et s'assit sur le bord du sofa qui était le plus près de la porte. « Vous n'êtes pas bien là, et nous ne pouvons avoir l'honneur de vous voir, dit alors Noureddin; approchez-vous, je vous en supplie, et asseyez-vous près de madame, elle le voudra bien. — Je ferai donc ce qu'il vous plaît », dit Scheich Ibrahim. Il s'approcha, et, en souriant du plaisir qu'il allait avoir d'être près d'une si belle personne, il s'assit à quelque distance de la belle Persienne. Noureddin la pria de chanter une chanson en considération de l'honneur que Scheich Ibrahim leur faisait, et elle en chanta une qui le ravit en extase.

Quand la belle Persienne eut achevé de chanter, Noureddin versa du vin dans une tasse, et présenta la tasse à Scheich Ibrahim. « Scheich Ibrahim, lui dit-il, buvez un coup à notre santé, je vous en prie. — Seigneur, reprit-il en se tirant en arrière comme s'il eût eu horreur de voir seulement du vin, je vous supplie de m'excuser : je vous ai déjà dit que j'ai renoncé au vin il y a longtemps. — Puisque absolument vous ne voulez pas boire à notre santé, dit

Noureddin, vous aurez donc pour agréable que je boive à la vôtre. »

Pendant que Noureddin buvait, la belle Persienne coupa la moitié d'une pomme, et, en la présentant à Scheich Ibrahim : « Vous n'avez pas voulu boire, lui dit-elle, mais je ne crois pas que vous fassiez la même difficulté de goûter de cette pomme qui est excellente. » Scheich Ibrahim ne put la refuser d'une si belle main ; il la prit avec une inclination de tête, et la porta à sa bouche. Elle lui dit quelques douceurs là-dessus, et Noureddin, cependant, se renversa sur le sofa, et fit semblant de dormir. Aussitôt la belle Persienne s'avança vers Scheich Ibrahim ; et, en lui parlant fort bas : « Le voyez-vous ? dit-elle ; il n'en agit pas autrement toutes les fois que nous nous réjouissons ensemble ; il n'a pas plutôt bu deux coups qu'il s'endort et me laisse seule ; mais je crois que vous voudrez bien me tenir compagnie pendant qu'il dormira. »

La belle Persienne prit une tasse, la remplit de vin ; et, en la présentant à Scheich Ibrahim : « Prenez, lui dit-elle, et buvez à ma santé ; je vais vous faire raison. » Scheich Ibrahim fit de grandes difficultés, et il la pria bien fort de vouloir l'en dispenser ; mais elle le pressa si vivement que, vaincu par ses charmes et par ses instances, il prit la tasse et but sans rien laisser.

Le bon vieillard aimait à boire le petit coup ; mais il avait honte de le faire devant des gens qu'il ne connaissait pas. Il allait au cabaret en cachette comme beaucoup d'autres, et il n'avait pas pris les précautions que Noureddin lui avait enseignées pour aller acheter le vin. Il était allé le prendre sans façon chez un cabaretier où il était très connu ; la nuit lui avait servi de manteau, et il avait épargné l'argent qu'il eût dû donner à celui qu'il eût chargé de faire la commission, selon la leçon de Noureddin.

Pendant que Scheich Ibrahim achevait de manger la moitié de pomme, après qu'il eut bu, la belle Persienne lui emplit une autre tasse, qu'il prit avec bien moins de difficulté : il n'en fit aucune à la troisième. Il buvait enfin la quatrième, lorsque Noureddin cessa de faire semblant de dormir ; il se leva sur son séant, et, en le regardant avec un grand éclat de rire : « Ha ! ha ! Scheich Ibrahim, lui dit-il, je vous y surprends : vous m'avez dit que vous aviez renoncé au vin, et vous ne laissez pas d'en boire ! »

Scheich Ibrahim ne s'attendait pas à cette surprise, et la

rougeur lui en monta un peu au visage. Cela ne l'empêcha pas néanmoins d'achever de boire ; et, quand il eut fait : « Seigneur, dit-il en riant, s'il y a péché dans ce que j'ai fait, il ne doit pas tomber sur moi, c'est sur madame : quel moyen de ne pas se rendre à tant de grâce ! »

La belle Persienne, qui s'entendait avec Noureddin, prit le parti de Scheich Ibrahim. « Scheich Ibrahim, lui dit-elle, laissez-le dire, et ne vous contraignez pas : continuez d'en boire et réjouissez-vous. » Quelques moments après, Noureddin se versa à boire, et en versa ensuite à la belle Persienne. Comme Scheich Ibrahim vit que Noureddin ne lui en versait pas, il prit une tasse et la lui présenta. » Et moi, dit-il, prétendez-vous que je ne boive pas aussi bien que vous ? »

A ces paroles de Scheich Ibrahim, Noureddin et la belle Persienne firent un grand éclat de rire ; Noureddin lui versa à boire, et ils continuèrent de se réjouir, de rire et de boire jusqu'à près de minuit. Environ ce temps-là, la belle Persienne s'avisa que la table n'était éclairée que d'une chandelle. « Scheich Ibrahim, dit-elle, au bon vieillard de concierge, vous ne nous avez apporté qu'une chandelle, et voilà tant de belles bougies ! Faites-nous, je vous prie, le plaisir de les allumer, que nous y voyions clair. »

Scheich Ibrahim usa de la liberté que donne le vin, lorsqu'on en a la tête échauffée ; et, afin de ne pas interrompre un discours dont il entretenait Noureddin : « Allumez-les vous-même, dit-il à cette belle personne, cela convient mieux à une jeunesse comme vous ; mais prenez garde de n'en allumer que cinq ou six, et pour cause ; cela suffira. » La belle Persienne se leva, alla prendre une bougie qu'elle vint allumer à la chandelle qui était sur la table, et elle alluma les quatre-vingts bougies, sans s'arrêter à ce que Scheich Ibrahim lui avait dit.

Quelque temps après, pendant que Scheich Ibrahim entretenait la belle Persienne sur un autre sujet, Noureddin à son tour le pria de vouloir bien allumer quelques lustres. Sans prendre garde que toutes les bougies étaient allumées : « Il faut, reprit Scheich Ibrahim, que vous soyez bien paresseux, ou que vous ayez moins de vigueur que moi, si vous ne pouvez les allumer vous-même. Allez, allumez-les ; mais n'en allumez que trois. » Au lieu de n'en allumer que ce nombre, il les alluma tous, et ouvrit les quatre-vingts fenêtres, à quoi Scheich Ibrahim, attaché à s'entretenir avec la belle Persienne, ne fit pas de réflexion.

Le calife Haroun-al-Raschid n'était pas encore retiré alors; il était dans un salon de son palais qui avançait jusqu'au Tigre, et qui avait vue du côté du jardin et du Pavillon des peintures. Par hasard il ouvrit une fenêtre de ce côté-là, et il fut extrêmement étonné de voir le pavillon tout illuminé, et d'autant plus qu'à la grande clarté il crut d'abord que le feu était dans la ville. Le grand-vizir Giafar était encore avec lui, et il n'attendait que le moment que le calife se retirât pour retourner chez lui. Le calife l'appela dans une grande colère. « Vizir négligent, s'écria-t-il, viens çà, approche-toi, regarde le Pavillon des peintures, et dis-moi pourquoi il est illuminé à l'heure qu'il est, que je n'y suis pas. »

Le grand-vizir trembla de frayeur à cette nouvelle, de la crainte qu'il eut que cela ne fût. Il s'approcha, et il trembla davantage dès qu'il eut vu que ce que le calife avait dit était vrai. Il fallait cependant un prétexte pour l'apaiser. « Commandeur des croyants, lui dit-il, je ne puis dire autre chose là-dessus à Votre Majesté, sinon qu'il y a quatre ou cinq jours que Scheich Ibrahim vint se présenter à moi; il me témoigna qu'il avait dessein de faire une assemblée des ministres de sa mosquée, pour une certaine cérémonie qu'il était bien aise de faire sous l'heureux règne de Votre Majesté. Je lui demandai ce qu'il souhaitait que je fisse pour son service en cette rencontre; sur quoi il me supplia d'obtenir de Votre Majesté qu'il lui fût permis de faire l'assemblée et la cérémonie dans le pavillon. Je le renvoyai en lui disant qu'il le pouvait faire, et que je ne manquerais pas d'en parler à Votre Majesté : je lui demande pardon de l'avoir oublié. Scheich Ibrahim apparemment, poursuivit-il, a choisi ce jour pour la cérémonie, et, en régalant les ministres de sa mosquée, il a voulu sans doute leur donner le plaisir de cette illumination.

— Giafar, reprit le calife d'un ton qui marquait qu'il était un peu apaisé, selon ce que tu viens de me dire, tu as commis trois fautes qui ne sont point pardonnables. La première, d'avoir donné à Scheich Ibrahim la permission de faire cette cérémonie dans mon pavillon : un simple concierge n'est pas un officier assez considérable pour mériter tant d'honneur; la seconde, de ne m'en avoir point parlé; et la troisième, de n'avoir pas pénétré dans la véritable intention de ce bonhomme. En effet, je suis persuadé qu'il n'en a pas eu d'autre que de voir s'il n'obtiendrait pas une gratification pour l'aider à faire cette dépense. Tu n'y as pas songé, et je ne lui donne pas de tort de se venger de ne l'avoir pas obtenue, par la dépense plus grande de cette illumination. »

Le grand-vizir Giafar, joyeux de ce que le calife prenait la chose sur ce ton, se chargea avec plaisir des fautes qu'il venait de lui reprocher, et il avoua franchement qu'il avait tort de n'avoir pas donné quelques pièces d'or à Scheich Ibrahim. « Puisque cela est ainsi, ajouta le calife en souriant, il est juste que tu sois puni de ces fautes; mais la punition en sera légère. C'est que tu passeras le reste de la nuit, comme moi, avec ces bonnes gens que je suis bien aise de voir. Pendant que je vais prendre un habit de bourgeois, va te déguiser de même avec Mesrour, et venez tous deux avec moi. » Le vizir Giafar voulut lui représenter qu'il était tard, et que la compagnie se serait retirée avant qu'il fût arrivé; mais il repartit qu'il voulait y aller absolument. Comme il n'était rien de ce que le vizir lui avait dit, le vizir fut au désespoir de cette résolution; mais il fallait obéir, et ne pas répliquer.

Le calife sortit donc de son palais, déguisé en bourgeois, avec le grand-vizir Giafar et Mesrour, chef des eunuques, et marcha par les rues de Bagdad jusqu'à ce qu'il arriva au jardin. La porte était ouverte par la négligence de Scheich Ibrahim, qui avait oublié de la fermer en revenant d'acheter du vin. Le calife en fut scandalisé. « Giafar, dit-il au grand-vizir, que veut dire que la porte est ouverte à l'heure qu'il est? Serait-il possible que ce fût la coutume de Scheich Ibrahim de la laisser ainsi ouverte la nuit? J'aime mieux croire que l'embarras de sa fête lui a fait commettre cette faute. »

Le calife entra dans le jardin, et, quand il fut arrivé au pavillon, comme il ne voulait pas monter au salon avant de savoir ce qui s'y passait, il consulta avec le grand-vizir s'il ne devait pas monter sur un des arbres qui en était le plus près pour s'en éclaircir. Mais, en regardant la porte du salon, le grand-vizir s'aperçut qu'elle était entrouverte, et l'en avertit. Scheich Ibrahim l'avait laissée ainsi lorsqu'il s'était laissé persuader d'entrer et de tenir compagnie à Noureddin et à la belle Persienne.

Le calife abandonna son premier dessein, il monta à la porte du salon sans faire de bruit; et la porte était entrouverte, de manière qu'il pouvait voir ceux qui étaient dedans sans être vu. Sa surprise fut des plus grandes quand il eut aperçu une dame d'une beauté sans égale et un jeune homme des mieux faits, avec Scheich Ibrahim assis à table avec eux. Scheich Ibrahim tenait la tasse à la main. « Ma belle dame, disait-il à la belle Persienne, un bon buveur ne doit jamais boire sans chanter la chansonnette auparavant. Faites-moi l'honneur de m'écouter : en voici une des plus jolies. »

Scheich Ibrahim chanta ; et le calife en fut d'autant plus étonné qu'il avait ignoré jusqu'alors qu'il bût du vin, et qu'il l'avait cru un homme sage et posé, comme il le lui avait toujours paru. Il s'éloigna de la porte avec la même précaution qu'il s'en était approché, et vint au grand-vizir Giafar qui était sur l'escalier, quelques degrés au-dessous du perron. « Monte, lui dit-il, et vois si ceux qui sont là-dedans sont des ministres de mosquée comme tu as voulu me le faire croire. »

Du ton dont le calife prononça ces paroles, le grand-vizir connut fort bien que la chose allait mal pour lui. Il monta, et, en regardant par l'ouverture de la porte, il trembla de frayeur pour sa personne, quand il eut vu les mêmes trois personnes dans la situation et dans l'état où elles étaient. Il revint au calife, tout confus, et il ne sut que lui dire. « Quel désordre, lui dit le calife, que des gens aient la hardiesse de venir se divertir dans mon jardin et dans mon pavillon ; que Scheich Ibrahim leur donne entrée, les souffre, et se divertisse avec eux ! Je ne crois pas néanmoins que l'on puisse voir un jeune homme et une jeune dame mieux faits et mieux assortis. Avant de faire éclater ma colère, je veux m'éclaircir davantage, et savoir qui ils peuvent être, et à quelle occasion ils sont ici. » Il retourna à la porte pour les observer encore, et le vizir, qui le suivit, demeura derrière lui pendant qu'il avait les yeux sur eux. Ils entendirent l'un et l'autre que Scheich Ibrahim disait à la belle Persienne : « Mon aimable dame, y a-t-il quelque chose que vous puissiez souhaiter pour rendre notre joie de cette soirée plus accomplie ? — Il me semble, reprit la belle Persienne, que tout irait bien si vous aviez un instrument dont je pusse jouer, et que vous voulussiez me l'apporter. — Madame, reprit Scheich Ibrahim, savez-vous jouer du luth ? — Apportez, lui dit la belle Persienne, je vous le ferai voir. »

Sans aller bien loin de sa place, Scheich Ibrahim tira un luth d'une armoire, et le présenta à la belle Persienne, qui commença à le mettre d'accord. Le calife cependant se tourna du côté du grand-vizir Giafar. « Giafar, lui dit-il, la

jeune dame va jouer du luth : si elle joue bien, je lui par-
donnerai de même qu'au jeune homme pour l'amour
d'elle; pour toi, je ne laisserai pas de te faire pendre. —
Commandeur des croyants, reprit le grand-vizir, si cela est
ainsi, je prie donc Dieu qu'elle joue mal. — Pourquoi cela ?
repartit le calife. — Plus nous serons de monde, répliqua
le grand-vizir, plus nous aurons lieu de nous consoler de
mourir en belle et bonne compagnie. » Le calife, qui
aimait les bons mots, se mit à rire de cette repartie; et, en
se retournant du côté de l'ouverture de la porte, il prêta
l'oreille pour entendre jouer la belle Persienne.

La belle Persienne préludait déjà d'une manière qui fit
comprendre d'abord au calife qu'elle jouait en maître. Elle
commença ensuite de chanter un air, et elle accompagna
sa voix, qu'elle avait admirable, avec le luth, et elle le fit
avec tant d'art et de perfection que le calife en fut charmé.

Dès que la belle Persienne eut achevé de chanter, le
calife descendit de l'escalier, et le vizir Giafar le suivit.
Quand il fut au bas : « De ma vie, dit-il au vizir, je n'ai
entendu une plus belle voix, ni mieux jouer du luth :
Isaac[1], que je croyais le plus habile joueur qu'il y eût au
monde, n'en approche pas. J'en suis si content que je veux
entrer pour l'entendre jouer devant moi : il s'agit de voir
de quelle manière je le ferai.

— Commandeur des croyants, reprit le grand-vizir, si
vous y entrez et que Scheich Ibrahim vous reconnaisse, il
en mourra de frayeur. — C'est aussi ce qui me fait de la
peine, repartit le calife, et je serais fâché d'être cause de sa
mort, après tant de temps qu'il me sert. Il me vient une
pensée qui pourra me réussir : demeure ici avec Mesrour,
et attendez dans la première allée que je revienne.

Le voisinage du Tigre avait donné lieu au calife d'en
détourner assez d'eau par-dessous une grande voûte bien
terrassée pour former une belle pièce d'eau, où ce qu'il y
avait de plus beau poisson dans le Tigre venait se retirer.
Les pêcheurs le savaient bien, et ils eussent fort souhaité
d'avoir la liberté d'y pêcher; mais le calife avait défendu
expressément à Scheich Ibrahim de souffrir qu'aucun en
approchât. Cette même nuit néanmoins un pêcheur qui
passait devant la porte du jardin depuis que le calife y
était entré, et qui l'avait laissée ouverte comme il l'avait
trouvée, avait profité de l'occasion, et s'était coulé dans le
jardin jusqu'à la pièce d'eau.

---

1. *Isaac* était un joueur de luth renommé à Bagdad.

Ce pêcheur avait jeté ses filets, et il était près de les tirer au moment que le calife, qui, après la négligence de Scheich Ibrahim, s'était douté de ce qui était arrivé et voulait profiter de cette conjoncture pour son dessein, vint au même endroit. Nonobstant son déguisement, le pêcheur le reconnut, et se jeta aussitôt à ses pieds en lui demandant pardon, et en s'excusant sur sa pauvreté. « Relève-toi et ne crains rien, reprit le calife ; tire seulement tes filets, que je voie le poisson qu'il y aura. »

Le pêcheur, rassuré, exécuta promptement ce que le calife souhaitait, et il amena cinq ou six beaux poissons, dont le calife choisit les deux plus gros, qu'il fit attacher ensemble par la tête avec un brin d'arbrisseau. Il dit ensuite au pêcheur : « Donne-moi ton habit, et prends le mien. » L'échange se fit en peu de moments, et, dès que le calife fut habillé en pêcheur, jusqu'à la chaussure et au turban : « Prends tes filets, dit-il au pêcheur, et va faire tes affaires. »

Quand le pêcheur fut parti, fort content de sa bonne fortune, le calife prit les deux poissons à la main, et alla retrouver le grand-vizir Giafar et Mesrour. Il s'arrêta devant le grand-vizir, et le grand-vizir ne le reconnut pas. « Que demandes-tu ? lui dit-il. Va, passe ton chemin. » Le calife se mit aussitôt à rire, et le grand-vizir le reconnut. « Commandeur des croyants, s'écria-t-il, est-il possible que ce soit vous ? Je ne vous reconnaissais pas, et je vous demande mille pardons de mon incivilité. Vous pouvez entrer présentement dans le salon, sans craindre que Scheich Ibrahim vous reconnaisse. — Restez donc encore ici, lui dit-il et à Mesrour, pendant que je vais faire mon personnage. »

Le calife monta au salon, et frappa à la porte. Noureddin, qui l'entendit le premier, en avertit Scheich Ibrahim ; et Scheich Ibrahim demanda qui c'était. Le calife ouvrit la porte, et, en avançant seulement un pas dans le salon pour se faire voir : « Scheich Ibrahim, répondit-il, je suis le pêcheur Kerim : comme je me suis aperçu que vous régaliez de vos amis, et que j'ai pêché deux beaux poissons dans le moment, je viens vous demander si vous n'en avez pas besoin. »

Noureddin et la belle Persienne furent ravis d'entendre parler de poisson. « Scheich Ibrahim, dit aussitôt la belle Persienne, je vous prie, faites-nous le plaisir de le faire entrer, que nous voyions son poisson. » Scheich Ibrahim n'était plus en état de demander au prétendu pêcheur comment ni par où il était venu, il songea seulement à plaire à la belle Persienne. Il tourna donc la tête du côté de la porte avec bien de la peine, tant il avait bu, et dit en bégayant au calife, qu'il prenait pour un pêcheur : « Approche, bon voleur de nuit, approche qu'on te voie. »

Le calife s'avança en contrefaisant parfaitement bien toutes les manières d'un pêcheur, et présenta les deux poissons. « Voilà de fort beau poisson, dit la belle Persienne ; j'en mangerais volontiers, s'il était cuit et bien accommodé. — Madame a raison, reprit Scheich Ibrahim ; que veux-tu que nous fassions de ton poisson, s'il n'est accommodé ? Va, accommode-le toi-même, et apporte-le-nous : tu trouveras de tout dans ma cuisine. »

Le calife revint trouver le grand-vizir Giafar. « Giafar, lui dit-il, j'ai été fort bien reçu, mais ils demandent que le poisson soit accommodé. — Je vais l'accommoder, reprit le grand-vizir ; cela sera fait dans un moment. — J'ai si fort à cœur, repartit le calife, de venir à bout de mon dessein que j'en prendrai bien la peine moi-même. Puisque je fais si bien le pêcheur, je puis bien faire aussi le cuisinier : je me suis mêlé de la cuisine dans ma jeunesse, et je ne m'en suis pas mal acquitté. » En disant ces paroles, il avait pris le chemin du logement de Scheich Ibrahim, et le grand-vizir et Mesrour le suivaient.

Ils mirent la main à l'œuvre tous trois ; et, quoique la cuisine de Scheich Ibrahim ne fût pas grande, comme néanmoins il n'y manquait rien des choses dont ils avaient besoin, ils eurent bientôt accommodé le plat de poisson. Le calife le porta ; et, en le servant, il mit aussi un citron devant chacun, afin qu'ils s'en servissent, s'ils le souhaitaient. Ils mangèrent d'un grand appétit, Noureddin et la belle Persienne particulièrement ; et le calife demeura debout devant eux.

Quand ils eurent achevé, Noureddin regarda le calife. « Pêcheur, lui dit-il, on ne peut pas manger de meilleur poisson, et tu nous as fait le plus grand plaisir du monde. Il mit la main dans son sein en même temps, et il en tira sa bourse où il y avait trente pièces d'or, le reste des quarante que Sangiar, huissier du roi de Balsora, lui avait données avant son départ. « Prends, lui dit-il, je t'en donnerais davantage si j'en avais ; je t'eusse mis à l'abri de la pauvreté, si je t'eusse connu avant que j'eusse dépensé mon patrimoine ; ne laisse pas de le recevoir d'aussi bon cœur que si le présent était beaucoup plus considérable. »

Le calife prit la bourse; et, en remerciant Noureddin, comme il sentit que c'était de l'or qui était dedans : « Seigneur, lui dit-il, je ne puis assez vous remercier de votre libéralité. On est bien heureux d'avoir affaire à d'honnêtes gens comme vous; mais, avant de me retirer, j'ai une prière à vous faire que je vous supplie de m'accorder. Voilà un luth qui me fait connaître que madame en sait jouer. Si vous pouviez obtenir d'elle qu'elle me fît la grâce d'en jouer une seule pièce, je m'en retournerais le plus content du monde : c'est un instrument que j'aime passionnément. — Belle Persienne, dit aussitôt Noureddin en s'adressant à elle, je vous demande cette grâce, j'espère que vous ne me la refuserez pas. » Elle prit le luth; et, après l'avoir accordé en peu de moments, elle joua et chanta un air qui enleva le calife. En achevant, elle continua de jouer sans chanter; et elle le fit avec tant de force et d'agrément qu'il fut ravi comme en extase.

Quand la belle Persienne eut cessé de jouer : « Ah! s'écria le calife, quelle voix, quelle main et quel jeu! A-t-on jamais mieux chanté, mieux joué du luth? Jamais on n'a rien vu ni entendu de pareil! »

Noureddin, accoutumé de donner ce qui lui appartenait à tous ceux qui en faisaient les louanges : « Pêcheur, reprit-il, je vois bien que tu t'y connais; puisqu'elle te plaît si fort, c'est à toi, et je t'en fais présent. » En même temps, il se leva, prit sa robe qu'il avait quittée, et il voulut partir et laisser le calife, qu'il ne connaissait que pour un pêcheur, en possession de la belle Persienne.

La belle Persienne, extrêmement étonnée de la libéralité de Noureddin, le retint. « Seigneur, lui dit-elle en le regardant tendrement, où prétendez-vous donc aller? Remettez-vous à votre place, je vous en supplie, et écoutez ce que je vais jouer et chanter. » Il fit ce qu'elle souhaitait; et alors, en touchant le luth et en le regardant les larmes aux yeux, elle chanta des vers qu'elle fit sur-le-champ, et elle lui reprocha vivement le peu d'amour qu'il avait pour elle, puisqu'il l'abandonnait si facilement à Kerim, et avec tant de dureté; elle voulait dire, sans s'expliquer davantage, à un pêcheur tel que Kerim, qu'elle ne connaissait pas pour le calife non plus que lui. En achevant, elle posa le luth près d'elle, et porta son mouchoir au visage pour cacher ses larmes qu'elle ne pouvait retenir.

Noureddin ne répondit pas un mot à ces reproches, et il marqua par son silence qu'il ne se repentait pas de la donation qu'il avait faite. Mais le calife, surpris de ce qu'il venait d'entendre, lui dit : « Seigneur, à ce que je vois, cette dame si belle, si rare, si admirable, dont vous venez de me faire présent avec tant de générosité, est votre esclave, et vous êtes son maître. — Cela est vrai, Kerim, reprit Noureddin, et tu serais beaucoup plus étonné que tu ne le parais si je te racontais toutes les disgrâces qui me sont arrivées à son occasion. — Eh! de grâce, Seigneur, repartit le calife, en s'acquittant toujours fort bien du personnage de pêcheur, obligez-moi de me faire part de votre histoire. »

Noureddin, qui venait de faire pour lui d'autres choses de plus grande conséquence, quoiqu'il ne le regardât que comme pêcheur, voulut bien avoir encore cette complaisance. Il lui raconta toute son histoire, à commencer par l'achat que le vizir son père avait fait de la belle Persienne pour le roi de Balsora, et n'omit rien de ce qu'il avait fait, et de tout ce qui lui était arrivé, jusqu'à son arrivée à Bagdad avec elle, et jusqu'au moment qu'il lui parlait.

Quand Noureddin eut achevé : « Et présentement où allez-vous? demanda le calife. — Où je vais? répondit-il. Où Dieu me conduira. — Si vous me croyez, reprit le calife, vous n'irez pas plus loin : il faut au contraire que vous retourniez à Balsora. Je vais vous donner un mot de lettre que vous donnerez au roi de ma part; vous verrez qu'il vous recevra fort bien dès qu'il l'aura lue, et que personne ne vous dira mot.

— Kerim, repartit Noureddin, ce que tu me dis est bien singulier : jamais on n'a dit qu'un pêcheur comme toi ait eu correspondance avec un roi! — Cela ne doit pas vous étonner, répliqua le calife : nous avons fait nos études ensemble sous les mêmes maîtres, et nous avons toujours été les meilleurs amis du monde. Il est vrai que la fortune ne nous a pas été également favorable : elle l'a fait roi, et moi pêcheur; mais cette inégalité n'a pas diminué notre amitié. Il a voulu me tirer hors de mon état avec tous les empressements imaginables. Je me suis contenté de la considération qu'il a de ne me rien refuser de tout ce que je lui demande pour le service de mes amis : laissez-moi faire, et vous en verrez le succès. »

Noureddin consentit à ce que le calife voulut. Comme il y avait dans le salon de tout ce qu'il fallait pour écrire, le calife écrivit cette lettre au roi de Balsora, au haut de laquelle, presque sur l'extrémité du papier, il ajouta cette

formule en très petits caractères : *Au nom de Dieu très
miséricordieux*, pour marquer qu'il voulait être obéi absolument.

LETTRE

DU CALIFE HAROUN-AL-RASCHID

AU ROI DE BALSORA

*Haroun-al-Raschid, fils de Mahdi, envoie cette lettre à
Mohammed Zineby, son cousin. Dès que Noureddin, fils du
vizir Khacan, porteur de cette lettre, te l'aura rendue et que
tu l'auras lue, à l'instant dépouille-toi du manteau royal,
mets-le-lui sur les épaules, et le fais asseoir à ta place, et n'y
manque pas. Adieu.*

Le calife plia et cacheta la lettre, et, sans dire à Noureddin ce qu'elle contenait : « Tenez, lui dit-il, et allez vous
embarquer incessamment sur un bâtiment qui va partir
bientôt, comme il en part un chaque jour à la même
heure ; vous dormirez quand vous serez embarqué. » Noureddin prit la lettre, et partit avec le peu d'argent qu'il
avait sur lui quand l'huissier Sangiar lui avait donné sa
bourse ; et la belle Persienne, inconsolable de son départ,
se tira à part sur le sofa, et fondit en pleurs.

A peine Noureddin était sorti du salon que Scheich
Ibrahim, qui avait gardé le silence pendant tout ce qui
venait de se passer, regarda le calife, qu'il prenait toujours
pour le pêcheur Kerim. « Écoute, Kerim, lui dit-il, tu nous
es venu apporter ici deux poissons qui valent bien vingt
pièces de monnaie de cuivre au plus, et pour cela on t'a
donné une bourse et une esclave ; penses-tu que tout cela
sera pour toi ? Je te déclare que je veux avoir l'esclave par
moitié. Pour ce qui est de la bourse, montre-moi ce qu'il y
a dedans : si c'est de l'argent, tu en prendras une pièce
pour toi ; et, si c'est de l'or, je te prendrai tout, et je te donnerai quelques pièces de cuivre qui me restent dans ma
bourse. »

Pour bien entendre ce qui va suivre, dit ici Scheheraza-
zade en s'interrompant, il est à remarquer qu'avant de
porter au salon le plat de poisson accommodé, le calife
avait chargé le grand-vizir Giafar d'aller en diligence
jusqu'au palais, pour lui amener quatre valets de chambre
avec un habit, et de venir attendre de l'autre côté du pavillon jusqu'à ce qu'il frappât des mains par une des fenêtres.

Le grand-vizir s'était acquitté de cet ordre; et lui et Mesrour, avec les quatre valets de chambre, attendaient au
lieu marqué qu'il donnât le signal.

Je reviens à mon discours, ajouta la sultane. Le calife,
toujours sous le personnage de pêcheur, répondit hardiment à Scheich Ibrahim : « Scheich Ibrahim, je ne sais pas
ce qu'il y a dans la bourse : argent ou or, je le partagerai
avec vous par moitié de très bon cœur; pour ce qui est de
l'esclave, je veux l'avoir à moi seul. Si vous ne voulez pas
vous en tenir aux conditions que je vous propose, vous
n'aurez rien. »

Scheich Ibrahim, emporté de colère à cette insolence,
comme il la regardait dans un pêcheur à son égard, prit
une des porcelaines qui étaient sur la table et la jeta à la
tête du calife. Le calife n'eut pas de peine à éviter la porcelaine jetée par un homme pris de vin; elle alla donner
contre le mur où elle se brisa en plusieurs morceaux.
Scheich Ibrahim, plus emporté qu'auparavant après avoir
manqué son coup, prend la chandelle qui était sur la table,
se lève en chancelant, et descend par un escalier dérobé
pour aller chercher une canne.

Le calife profita de ce temps-là, et frappa des mains à
une des fenêtres. Le grand-vizir, Mesrour et les quatre
valets de chambre furent à lui en un moment, et les valets
de chambre lui eurent bientôt ôté l'habit de pêcheur et mis
celui qu'ils lui avaient apporté. Ils n'avaient pas encore
achevé, et ils étaient occupés autour du calife qui était
assis sur le trône qu'il avait dans le salon, que Scheich
Ibrahim, animé par l'intérêt, rentra avec une grosse canne
à la main, dont il se promettait de bien régaler le prétendu
pêcheur. Au lieu de le rencontrer des yeux, il aperçut son
habit au milieu du salon, et il vit le calife assis sur son
trône, avec le grand-vizir et Mesrour à ses côtés. Il s'arrêta
à ce spectacle, et douta s'il était éveillé ou s'il dormait. Le
calife se mit à rire de son étonnement : « Scheich Ibrahim,
lui dit-il, que veux-tu? que cherches-tu? »

Scheich Ibrahim, qui ne pouvait plus douter que ce ne
fût le calife, se jeta aussitôt à ses pieds, la face et sa longue
barbe contre terre. « Commandeur des croyants, s'écriat-il, votre vil esclave vous a offensé, il implore votre clémence, et vous en demande mille pardons. » Comme les
valets de chambre eurent achevé de l'habiller en ce
moment, il lui dit en descendant de son trône : « Lève-toi,
je te pardonne. »

Le calife s'adressa ensuite à la belle Persienne, qui avait suspendu sa douleur dès qu'elle se fut aperçue que le jardin et le pavillon appartenaient à ce prince, et non pas à Scheich Ibrahim, comme Scheich Ibrahim l'avait dissimulé, et que c'était lui-même qui s'était déguisé en pêcheur. « Belle Persienne, lui dit-il, levez-vous et suivez-moi. Vous devez connaître qui je suis après ce que vous venez de voir, et que je ne suis pas d'un rang à me prévaloir du présent que Noureddin m'a fait de votre personne avec une générosité qui n'a point de pareille. Je l'ai envoyé à Balsora pour y être roi, et je vous y enverrai pour être reine dès que je lui aurai fait tenir les dépêches nécessaires pour son établissement. Je vais en attendant vous donner un appartement dans mon palais, où vous serez traitée selon votre mérite. »

Ce discours rassura et consola la belle Persienne par un endroit bien sensible ; et elle se dédommagea pleinement de son affliction, par la joie d'apprendre que Noureddin, qu'elle aimait passionnément, venait d'être élevé à une si haute dignité. Le calife exécuta la parole qu'il venait de lui donner ; il la recommanda même à Zobéide sa femme, après qu'il lui eut fait part de la considération qu'il venait d'avoir pour Noureddin.

Le retour de Noureddin à Balsora fut plus heureux et plus avancé de quelques jours qu'il n'eût été à souhaiter pour son bonheur. Il ne vit ni parent ni ami en arrivant ; il alla droit au palais du roi, et le roi donnait audience. Il fendit la presse en tenant la lettre, la main élevée ; on lui fit place, et il la présenta. Le roi la reçut, l'ouvrit, et changea de couleur en la lisant. Il la baisa par trois fois ; et il allait exécuter l'ordre du calife, lorsqu'il s'avisa de la montrer au vizir Saouy, ennemi irréconciliable de Noureddin.

Saouy, qui avait reconnu Noureddin, et qui cherchait en lui-même avec grande inquiétude à quel dessein il était venu, ne fut pas moins surpris que le roi de l'ordre que la lettre contenait. Comme il n'y était pas moins intéressé, il imagina en un moment le moyen d'éluder. Il fit semblant de ne l'avoir pas bien lue ; et, pour la lire une seconde fois, il se tourna un peu de côté, comme pour chercher un meilleur jour. Alors, sans que personne s'en aperçût et sans qu'il y parût, à moins de regarder de bien près, il arracha adroitement la formule du haut de la lettre, qui marquait que le calife voulait être obéi absolument, la porta à la bouche et l'avala.

Après une si grande méchanceté, Saouy se tourna du côté du roi, lui rendit la lettre ; et, en parlant bas : « Hé bien ! Sire, lui demanda-t-il, quelle est l'intention de Votre Majesté ? — De faire ce que le calife me commande, répondit le roi. — Gardez-vous-en bien, Sire, reprit le méchant vizir ; c'est bien là l'écriture du calife, mais la formule n'y est pas. » Le roi l'avait fort bien remarquée ; mais, dans le trouble où il était, il s'imagina qu'il s'était trompé quand il ne la vit plus.

« Sire, continua le vizir, il ne faut pas douter que le calife n'ait accordé cette lettre à Noureddin, sur les plaintes qu'il lui est allé faire contre Votre Majesté et contre moi, pour se débarrasser de lui ; mais il n'a pas entendu que vous exécutiez ce qu'elle contient. De plus, il est à considérer qu'il n'a pas envoyé un exprès avec la patente, sans quoi elle est inutile. On ne dépossède pas un roi comme Votre Majesté sans cette formalité : un autre que Noureddin pourrait venir de même avec une fausse lettre ; cela ne s'est jamais pratiqué. Sire, Votre Majesté peut s'en reposer sur ma parole, et je prends sur moi tout le mal qui peut en arriver. »

Le roi Zineby se laissa persuader, et abandonna Noureddin à la discrétion du vizir Saouy, qui l'emmena chez lui avec main-forte. Dès qu'il fut arrivé, il lui fit donner la bastonnade, jusqu'à ce qu'il demeurât comme mort ; et dans cet état il le fit porter en prison, où il commanda qu'on le mît dans le cachot le plus obscur et le plus profond, avec ordre au geôlier de ne lui donner que du pain et de l'eau.

Quand Noureddin, meurtri de coups, fut revenu à lui et qu'il se vit dans ce cachot, il poussa des cris pitoyables en déplorant son malheureux sort. « Ah ! pêcheur ! s'écria-t-il, que tu m'as trompé, et que j'ai été facile à te croire ! Pouvais-je m'attendre à une destinée si cruelle, après le bien que je t'ai fait ! Dieu te bénisse néanmoins ; je ne puis croire que ton intention ait été mauvaise, et j'aurai patience jusqu'à la fin de mes maux. »

L'affligé Noureddin demeura dix jours entiers dans cet état, et le vizir Saouy n'oublia pas qu'il l'y avait fait mettre. Résolu de lui faire perdre la vie honteusement, il n'osa l'entreprendre de son autorité. Pour réussir dans son pernicieux dessein, il chargea plusieurs de ses esclaves de riches présents, et alla se présenter au roi à leur tête. « Sire, lui dit-il avec une malice noire, voilà ce que le nouveau roi supplie Votre Majesté de vouloir bien agréer à son avènement à la couronne. »

Le roi comprit ce que Saouy voulait lui faire entendre. « Quoi! reprit-il, ce malheureux vit-il encore? Je croyais que tu l'eusses fait mourir. — Sire, repartit Saouy, ce n'est pas à moi qu'il appartient de faire ôter la vie à personne; c'est à Votre Majesté. — Va, répliqua le roi, fais-lui couper le cou, je t'en donne la permission. — Sire, dit alors Saouy, je suis infiniment obligé à Votre Majesté de la justice qu'elle me rend. Mais, comme Noureddin m'a fait si publiquement l'affront qu'elle n'ignore pas, je lui demande en grâce de vouloir bien que l'exécution s'en fasse devant le palais, et que les crieurs aillent l'annoncer dans tous les quartiers de la ville, afin que personne n'ignore que l'offense qu'il m'a faite aura été pleinement réparée. » Le roi lui accorda ce qu'il demandait; et les crieurs, en faisant leur devoir, répandirent une tristesse générale dans toute la ville. La mémoire toute récente des vertus du père fit que personne n'apprit qu'avec indignation qu'on allait faire mourir le fils ignominieusement, à la sollicitation et par la méchanceté du vizir Saouy.

Saouy alla à la prison en personne, accompagné d'une vingtaine de ses esclaves, ministres de sa cruauté. On lui amena Noureddin, et il le fit monter sur un méchant cheval sans selle. Dès que Noureddin se vit livré entre les mains de son ennemi : « Tu triomphes, lui dit-il, et tu abuses de ta puissance; mais j'ai confiance sur la vérité de ces paroles d'un de nos livres : *Vous jugez injustement, et dans peu vous serez jugé vous-même.* »

Le vizir Saouy, qui triomphait véritablement en lui-même : « Quoi! insolent, reprit-il, tu oses m'insulter encore! Va, je te le pardonne; il arrivera ce qu'il pourra, pourvu que je t'aie vu couper le cou à la vue de tout Balsora. Tu dois savoir aussi ce que dit un autre de nos livres : *Qu'importe de mourir le lendemain de la mort de son ennemi ?* »

Ce ministre implacable dans sa haine et dans son inimitié, environné d'une partie de ses esclaves armés, fit conduire Noureddin devant lui par les autres, et prit le chemin du palais. Le peuple fut sur le point de se jeter sur lui, et il l'eût lapidé, si quelqu'un eût commencé de donner l'exemple. Quand il l'eut mené jusqu'à la place du palais, à la vue de l'appartement du roi, il le laissa entre les mains du bourreau, et il alla se rendre près du roi, qui était déjà

dans son cabinet, prêt à repaître ses yeux avec lui du san-
glant spectacle qui se préparait.

La garde du roi et les esclaves du vizir Saouy, qui faisaient un grand cercle autour de Noureddin, eurent beaucoup de peine à contenir la populace, qui faisait tous les
efforts possibles, mais inutilement, pour les forcer, les
rompre et l'enlever. Le bourreau s'approcha de lui. « Seigneur, lui dit-il, je vous supplie de me pardonner votre
mort ; je ne suis qu'un esclave, et je ne puis me dispenser
de faire mon devoir : à moins que vous n'ayez besoin de
quelque chose, mettez-vous, s'il vous plaît, en état ; le roi
va me commander de frapper.

— Dans ce moment si cruel, quelque personne charitable, dit le désolé Noureddin, en tournant la tête à droite
et à gauche, ne voudrait-elle pas me faire la grâce de
m'apporter de l'eau pour étancher ma soif ? » On en
apporta un vase à l'instant, que l'on fit passer jusqu'à lui
de main en main. Le vizir Saouy, qui s'aperçut de ce retardement, cria au bourreau, de la fenêtre du cabinet du roi
où il était : « Qu'attends-tu ? Frappe. » A ces paroles bar-
bares et pleines d'inhumanité, toute la place retentit de
vives imprécations contre lui ; et le roi, jaloux de son autorité, n'approuva pas cette hardiesse en sa présence,
comme il le fit paraître en criant que l'on attendît. Il en eut
une autre raison : c'est qu'en ce moment il leva les yeux
vers une grande rue qui était devant lui, et qui aboutissait
à la place, et qu'il aperçut au milieu une troupe de cavaliers qui accouraient à toute bride. « Vizir, dit-il aussitôt à
Saouy, qu'est-ce que cela ? Regarde. » Saouy, qui se douta
de ce que ce pouvait être, pressa le roi de donner le signal
au bourreau. « Non, reprit le roi ; je veux savoir auparavant qui sont ces cavaliers. » C'était le grand-vizir Giafar
avec sa suite qui venait de Bagdad en personne, de la part
du calife.

Pour savoir le sujet de l'arrivée de ce ministre à Balsora,
nous remarquerons qu'après le départ de Noureddin avec
la lettre du calife, le calife ne s'était pas souvenu le lendemain, ni même plusieurs jours après, d'envoyer un exprès
avec la patente dont il avait parlé à la belle Persienne. Il
était dans le palais intérieur qui était celui des femmes, et,
en passant devant un appartement, il entendit une très
belle voix ; il s'arrêta, et il n'eut pas plus tôt entendu quelques paroles qui marquaient de la douleur pour une
absence, qu'il demanda à un officier des eunuques qui le

suivait, qui était la femme qui demeurait dans l'appartement. L'officier répondit que c'était l'esclave du jeune seigneur qu'il avait envoyé à Balsora pour être roi à la place de Mohammed Zineby.

« Ah ! pauvre Noureddin fils de Khacan, s'écria aussitôt le calife, je t'ai bien oublié ! Vite, ajouta-t-il, qu'on me fasse venir Giafar incessamment. » Ce ministre arriva. « Giafar, lui dit le calife, je ne me suis pas souvenu d'envoyer la patente pour faire reconnaître Noureddin roi de Balsora. Il n'y a pas de temps pour la faire expédier ; prends du monde et des chevaux de poste, et rends-toi à Balsora en diligence. Si Noureddin n'est plus au monde, et qu'on l'ait fait mourir, fais pendre le vizir Saouy ; s'il n'est pas mort, amène-le moi avec le roi et ce vizir. »

Le grand-vizir Giafar ne se donna que le temps qu'il fallait pour monter à cheval, et il partit aussitôt avec un bon nombre d'officiers de sa maison. Il arriva à Balsora de la manière et dans le temps que nous avons remarqué. Dès qu'il entra dans la place, tout le monde s'écarta pour lui faire place, en criant grâce pour Noureddin ; et il entra dans le palais du même train jusqu'à l'escalier, où il mit pied à terre.

Le roi de Balsora, qui avait reconnu le premier ministre du calife, alla au-devant de lui et le reçut à l'entrée de son appartement. Le grand-vizir demanda d'abord si Noureddin vivait encore, et, s'il vivait, qu'on le fît venir. Le roi répondit qu'il vivait, et donna ordre qu'on l'amenât. Comme il parut bientôt, mais lié et garrotté, il le fit délier et mettre en liberté, et commanda qu'on s'assurât du vizir Saouy et qu'on le liât des mêmes cordes.

Le grand-vizir Giafar ne coucha qu'une nuit à Balsora ; il repartit le lendemain, et, selon l'ordre qu'il avait, il emmena avec lui Saouy, le roi de Balsora et Noureddin. Quand il fut arrivé à Bagdad, il les présenta au calife ; et, après qu'il lui eut rendu compte de son voyage, et particulièrement de l'état où il avait trouvé Noureddin, et du traitement qu'on lui avait fait par le conseil et l'animosité de Saouy, le calife proposa à Noureddin de couper la tête lui-même au vizir Saouy. « Commandeur des croyants, reprit Noureddin, quelque mal que m'ait fait ce méchant homme et qu'il ait tâché de faire à feu mon père, je m'estimerais le plus infâme de tous les hommes si j'avais trempé mes mains dans son sang. » Le calife lui sut bon gré de sa générosité, et il fit faire cette justice par la main du bourreau.

Le calife voulut envoyer Noureddin à Balsora pour y régner ; mais Noureddin le supplia de vouloir l'en dispenser. « Commandeur des croyants, reprit-il, la ville de Balsora me sera désormais dans une aversion si grande, après ce qui m'y est arrivé, que j'ose supplier Votre Majesté d'avoir pour agréable que je tienne le serment que j'ai fait de n'y retourner de ma vie. Je mettrais toute ma gloire à lui rendre mes services près de sa personne, si elle avait la bonté de m'en accorder la grâce. » Le calife le mit au nombre de ses courtisans les plus intimes, lui rendit la belle Persienne, et lui fit de si grands biens qu'ils vécurent ensemble jusqu'à la mort avec tout le bonheur qu'ils pouvaient souhaiter.

Pour ce qui est du roi de Balsora, le calife se contenta de lui avoir fait connaître combien il devait être attentif au choix qu'il faisait des vizirs, et le renvoya dans son royaume.

HISTOIRE DE BEDER

PRINCE DE PERSE

ET DE GIAUHARE

PRINCESSE DU ROYAUME DE SAMANDAL

La Perse est une partie de la terre de si grande étendue que ce n'est pas sans raison que ses anciens rois ont porté le titre superbe de rois des rois. Autant qu'il y a de provinces, sans parler de tous les autres royaumes qu'ils avaient conquis, autant il y avait de rois. Ces rois ne leur payaient pas seulement de gros tributs, ils leur étaient même aussi soumis que les gouverneurs le sont aux rois de tous les autres royaumes.

Un de ces rois, qui avait commencé son règne par d'heureuses et grandes conquêtes, régnait, il y avait de longues années, avec un bonheur et une tranquillité qui le rendaient le plus satisfait de tous les monarques. Il n'y avait qu'un seul endroit par où il s'estimait malheureux, c'est qu'il était fort âgé, et que de toutes ses femmes il n'y en avait pas une qui lui eût donné un prince pour lui succéder après sa mort. Il en avait cependant plus de cent, toutes logées magnifiquement et séparément, avec des femmes esclaves pour les servir et des eunuques pour les garder. Malgré tous ces soins à les rendre contentes et à

prévenir leurs désirs, aucune ne remplissait son attente.
On lui en amenait souvent des pays les plus éloignés ; et il
ne se contentait pas de les payer, sans faire de prix, dès
qu'elles lui agréaient, il comblait encore les marchands
d'honneurs, de bienfaits et de bénédictions pour en attirer
d'autres, dans l'espérance qu'enfin il aurait un fils de
quelqu'une. Il n'y avait pas aussi de bonnes œuvres qu'il ne
fît pour fléchir le Ciel. Il faisait des aumônes immenses
aux pauvres, de grandes largesses aux plus dévots de sa
religion, et de nouvelles fondations toutes royales en leur
faveur, afin d'obtenir par leurs prières ce qu'il souhaitait si
ardemment.

Un jour que, selon la coutume, pratiquée tous les jours
par les rois ses prédécesseurs, lorsqu'ils étaient de rési-
dence dans leur capitale, il tenait l'assemblée de ses courtisans, où se trouvaient tous les ambassadeurs et tous les
étrangers de distinction qui étaient à sa cour, où l'on
s'entretenait, non pas de nouvelles qui regardaient l'État,
mais de sciences, d'histoire, de littérature, de poésie et de
toute autre chose capable de récréer l'esprit agréablement ; ce jour-là, dis-je, un eunuque vint lui annoncer
qu'un marchand, qui venait d'un pays très éloigné avec
une esclave qu'il lui amenait, demandait la permission de
la lui faire voir. « Qu'on le fasse entrer et qu'on le place, dit
le roi ; je lui parlerai après l'assemblée. » On introduisit le
marchand, et on le plaça dans un endroit d'où il pouvait
voir le roi à son aise, et l'entendre parler familièrement
avec ceux qui étaient le plus près de sa personne.

Le roi en usait ainsi avec tous les étrangers qui devaient
lui parler, et il le faisait exprès, afin qu'ils s'accoutu-
massent à le voir, et qu'en le voyant parler aux uns et aux
autres avec familiarité et avec bonté, ils prissent la
confiance de lui parler de même, sans se laisser surprendre par l'éclat et la grandeur dont il était environné,
capable d'ôter la parole à ceux qui n'y auraient pas été
accoutumés. Il le pratiquait même à l'égard des ambassadeurs : d'abord il mangeait avec eux, et, pendant le repas,
il s'informait de leur santé, de leur voyage et des particularités de leur pays. Cela leur donnait de l'assurance auprès
de sa personne, et ensuite il leur donnait audience.

Quand l'assemblée fut finie, que tout le monde se fut
retiré, et qu'il ne resta plus que le marchand, le marchand
se prosterna devant le trône du roi, la face contre terre, et
lui souhaita l'accomplissement de tous ses désirs. Dès qu'il

se fut relevé, le roi lui demanda s'il était vrai qu'il lui eût amené une esclave, comme on le lui avait dit, et si elle était belle.

« Sire, répondit le marchand, je ne doute pas que Votre Majesté n'en ait de très belles, depuis qu'on lui en cherche dans tous les endroits du monde avec tant de soin; mais je puis assurer, sans craindre de trop priser ma marchandise, qu'elle n'en a pas encore vu une qui puisse entrer en concurrence avec elle, si l'on considère sa beauté, sa belle taille, ses agréments et toutes les perfections dont elle est partagée. — Où est-elle? reprit le roi. Amène-la-moi. — Sire, repartit le marchand, je l'ai laissée entre les mains d'un officier de vos eunuques; Votre majesté peut commander qu'on la fasse venir. »

On amena l'esclave, et, dès que le roi la vit, il en fut charmé, à la considérer seulement par sa taille belle et dégagée. Il entra aussitôt dans un cabinet où le marchand le suivit avec quelques eunuques. L'esclave avait un voile de satin rouge rayé d'or, qui lui cachait le visage. Le marchand le lui ôta, et le roi de Perse vit une dame qui surpassait en beauté toutes celles qu'il avait alors et qu'il avait jamais eues. Il en devint passionnément amoureux, dès ce moment, et il demanda au marchand combien il la voulait vendre.

« Sire, répondit le marchand, j'en ai donné mille pièces d'or à celui qui me l'a vendue, et je compte que j'en ai déboursé autant depuis trois ans que je suis en voyage pour arriver à votre cour. Je me garderai bien de la mettre à prix à un si grand monarque : je supplie Votre Majesté de la recevoir en présent, si elle lui agrée.

— Je te suis obligé, reprit le roi; ce n'est pas ma coutume d'en user ainsi avec les marchands qui viennent de si loin dans la vue de me faire plaisir : je vais te faire compter dix mille pièces d'or. Seras-tu content?

— Sire, repartit le marchand, je me fusse estimé très heureux si Votre Majesté eût bien voulu l'accepter pour rien; mais je n'oserais refuser une si grande libéralité. Je ne manquerai pas de la publier dans mon pays et dans tous les lieux par où je passerai. » La somme lui fut comptée; et, avant qu'il se retirât, le roi le fit revêtir en sa présence d'une robe de brocart d'or.

Le roi fit loger la belle esclave dans l'appartement le plus magnifique après le sien, et lui assigna plusieurs matrones et autres femmes esclaves pour la servir, avec ordre de lui faire prendre le bain, de l'habiller d'un habit le plus magnifique qu'elles pussent trouver, et de se faire apporter les plus beaux colliers de perles et les diamants les plus fins, et autres pierreries les plus riches, afin qu'elle choisît elle-même ce qui lui conviendrait le mieux.

Les matrones officieuses, qui n'avaient autre attention que de plaire au roi, furent elles-mêmes ravies en admiration de la beauté de l'esclave. Comme elles s'y connaissaient parfaitement bien : « Sire, lui dirent-elles, si Votre Majesté a la patience de nous donner seulement trois jours, nous nous engageons de la lui faire voir alors si fort au-dessus de ce qu'elle est présentement qu'elle ne la reconnaîtra plus. » Le roi eut bien de la peine à se priver si longtemps du plaisir de la posséder entièrement. « Je le veux bien, reprit-il, mais à la charge que vous me tiendrez votre promesse. »

La capitale du roi de Perse était située dans une île, et son palais, qui était très superbe, était bâti sur le bord de la mer. Comme son appartement avait vue sur cet élément, celui de la belle esclave, qui n'était pas éloigné du sien, avait aussi la même vue; et elle était d'autant plus agréable que la mer battait presque au pied des murailles.

Au bout des trois jours, la belle esclave, parée et ornée magnifiquement, était seule dans sa chambre, assise sur un sofa et appuyée à une des fenêtres qui regardaient la mer, lorsque le roi, averti qu'il pouvait la voir, y entra. L'esclave, qui entendit que l'on marchait dans sa chambre d'un autre air que les femmes qui l'avaient servie jusqu'alors, tourna aussitôt la tête pour voir qui c'était. Elle reconnut le roi; mais, sans en témoigner la moindre surprise, sans même se lever pour lui faire civilité et pour le recevoir, comme s'il eût été la personne du monde la plus indifférente, elle se remit à la fenêtre comme auparavant.

Le roi de Perse fut extrêmement étonné de voir qu'une esclave si belle et si bien faite sût si peu ce que c'était que le monde. Il attribua ce défaut à la mauvaise éducation qu'on lui avait donnée et au peu de soin qu'on avait pris de lui apprendre les premières bienséances. Il s'avança vers elle jusqu'à la fenêtre, où, nonobstant la manière et la froideur avec laquelle elle venait de le recevoir, elle se laissa regarder, admirer, et même caresser et embrasser autant qu'il le souhaita.

Entre ces caresses et ces embrassements, ce monarque

s'arrêta pour la regarder, ou plutôt pour la dévorer des yeux. « Ma toute belle, ma charmante, ma ravissante, s'écria-t-il, dites-moi, je vous prie, d'où vous venez, d'où sont et qui sont l'heureux père et l'heureuse mère qui ont mis au monde un chef-d'œuvre de la nature aussi surprenant que vous êtes. Que je vous aime et que je vous aimerai ! Jamais je n'ai senti pour une femme ce que je sens pour vous ; j'en ai cependant bien vu, et j'en vois encore un grand nombre tous les jours ; mais jamais je n'ai vu tant de charmes tout à la fois qui m'enlèvent à moi-même pour me donner tout à vous. Mon cher cœur, ajoutait-il, vous ne me répondez rien ; vous ne me faites même connaître par aucune marque que vous soyez sensible à tant de témoignages que je vous donne de mon amour extrême ; vous ne détournez pas même vos yeux pour donner aux miens le plaisir de les rencontrer et de vous convaincre qu'on ne peut pas aimer plus que je vous aime. Pourquoi gardez-vous ce grand silence qui me glace ? D'où vient ce sérieux, ou plutôt cette tristesse qui m'afflige ? Regrettez-vous votre pays, vos parents, vos amis ? Hé quoi ! un roi de Perse qui vous aime, qui vous adore, n'est-il pas capable de vous consoler et de vous tenir lieu de toute chose au monde ? »

Quelques protestations d'amour que le roi de Perse fît à l'esclave et quoi qu'il pût dire pour l'obliger d'ouvrir la bouche et de parler, l'esclave demeura dans un froid surprenant, les yeux toujours baissés, sans les lever pour le regarder et sans proférer une seule parole.

Le roi de Perse, ravi d'avoir fait une acquisition dont il était si content, ne la pressa pas davantage, dans l'espérance que le bon traitement qu'il lui ferait la ferait changer. Il frappa des mains, et aussitôt plusieurs femmes entrèrent, à qui il commanda de faire servir le souper. Dès que l'on eut servi : « Mon cœur, dit-il à l'esclave, approchez-vous et venez souper avec moi. » Elle se leva de la place où elle était ; et, quand elle fut assise vis-à-vis du roi, le roi la servit avant qu'il commençât de manger, et la servit de même à chaque plat pendant le repas. L'esclave mangea comme lui, mais toujours les yeux baissés, sans répondre un seul mot chaque fois qu'il lui demandait si les mets étaient de son goût.

Pour changer de discours, le roi lui demanda comment elle s'appelait, si elle était contente de son habillement, des pierreries dont elle était ornée, ce qu'elle pensait de son appartement et de l'ameublement, et si la vue de la mer la divertissait; mais sur toutes ces demandes elle garda le même silence, dont il ne savait plus que penser. Il s'imagina que peut-être elle était muette. « Mais, disait-il en lui-même, serait-il possible que Dieu eût formé une créature si belle, si parfaite et si accomplie, et qu'elle eût un si grand défaut? Ce serait un grand dommage! Avec cela je ne pourrais m'empêcher de l'aimer comme je l'aime. »

Quand le roi se fut levé de table, il se lava les mains d'un côté, pendant que l'esclave se les lavait de l'autre. Il prit ce temps-là pour demander aux femmes qui lui présentaient le bassin et la serviette si elle leur avait parlé. Celle qui prit la parole lui répondit : « Sire, nous ne l'avons ni vue ni entendue parler plus que Votre Majesté vient de le voir elle-même. Nous lui avons rendu nos services dans le bain; nous l'avons peignée, coiffée, habillée dans sa chambre, et jamais elle n'a ouvert la bouche pour nous dire : « Cela est bien, je suis contente. » Nous lui demandions : « Madame, n'avez-vous besoin de rien? Souhaitez-vous quelque chose? Demandez, commandez-nous. » Nous ne savons si c'est mépris, affliction, bêtise, ou qu'elle soit muette : nous n'avons pu tirer d'elle une seule parole; c'est tout ce que nous pouvons dire à Votre Majesté. »

Le roi de Perse fut plus surpris qu'auparavant sur ce qu'il venait d'entendre. Comme il crut que l'esclave pouvait avoir quelque sujet d'affliction, il voulut essayer de la réjouir; pour cela, il fit une assemblée de toutes les dames de son palais. Elles vinrent; et celles qui savaient jouer des instruments en jouèrent, et les autres chantèrent ou dansèrent, ou firent l'un et l'autre tout à la fois : elles jouèrent enfin à plusieurs sortes de jeux qui réjouirent le roi. L'esclave seule ne prit aucune part à tous ces divertissements; elle demeura dans sa place, toujours les yeux baissés, et avec une tranquillité dont toutes les dames ne furent pas moins surprises que le roi. Elles se retirèrent chacune à son appartement; et le roi, qui demeura seul, coucha avec la belle esclave.

Le lendemain, le roi de Perse se leva plus content qu'il ne l'avait été de toutes les femmes qu'il eût jamais vues, sans en excepter aucune, et plus passionné pour la belle esclave que le jour d'auparavant. Il le fit bien paraître : en effet, il résolut de ne s'attacher uniquement qu'à elle, et il exécuta sa résolution. Dès le même jour, il congédia toutes ses autres femmes avec les riches habits, les pierreries et les bijoux qu'elles avaient à leur usage, et chacune une grosse somme d'argent, libres de se marier à qui bon leur semblerait, et il ne retint que les matrones et autres femmes âgées, nécessaires pour être auprès de la belle esclave. Elle ne lui donna pas la consolation de lui dire un seul mot pendant une année entière. Il ne laissa pas cependant d'être très assidu auprès d'elle, avec toutes les complaisances imaginables, et de lui donner les marques les plus signalées d'une passion très violente.

L'année était écoulée, et le roi, assis un jour près de sa belle, lui protestait que son amour, au lieu de diminuer, augmentait tous les jours avec plus de force. « Ma reine, lui disait-il, je ne puis deviner ce que vous en pensez; rien n'est plus vrai cependant, et je vous jure que je ne souhaite plus rien depuis que j'ai le bonheur de vous posséder. Je fais état de mon royaume, tout grand qu'il est, moins que d'un atome, lorsque je vous vois et que je puis vous dire mille fois que je vous aime. Je ne veux pas que mes paroles vous obligent de le croire; mais vous ne pouvez en douter après le sacrifice que j'ai fait à votre beauté du grand nombre de femmes que j'avais dans mon palais. Vous pouvez vous en souvenir : il y a un an passé que je les renvoyai toutes, et je m'en repens aussi peu au moment que je vous en parle qu'au moment que je cessai de les voir, et je ne m'en repentirai jamais. Rien ne manquerait à ma satisfaction, à mon contentement et à ma joie, si vous me disiez seulement un mot pour me marquer que vous m'en avez quelque obligation. Mais comment pourriez-vous me le dire, si vous êtes muette? Hélas! je ne crains que trop que cela ne soit! Et quel moyen de ne le pas craindre après un an entier que je vous prie mille fois chaque jour de me parler, et que vous gardez un silence si affligeant pour moi? S'il n'est pas possible que j'obtienne de vous cette consolation, fasse le Ciel au moins que vous me donniez un fils pour me succéder, après ma mort! Je me sens vieillir tous les jours, et dès à présent j'aurais besoin d'en avoir un pour m'aider à soutenir le plus grand poids de ma couronne. Je reviens au grand désir que j'ai de vous entendre parler : quelque chose me dit en moi-même que vous n'êtes pas muette. Hé! de grâce, Madame, je vous en conjure, rompez cette longue obstination, dites-moi un mot seulement, après cela je ne me soucie plus de mourir! »

A ce discours, la belle esclave, qui, selon sa coutume, avait écouté le roi toujours les yeux baissés, et qui ne lui avait pas seulement donné lieu de croire qu'elle était muette, mais même qu'elle n'avait jamais ri de sa vie, se mit à sourire. Le roi de Perse s'en aperçut avec une surprise qui lui en fit faire une exclamation de joie; et, comme il ne douta pas qu'elle ne voulût parler, il attendit ce moment avec une attention et avec une impatience qu'on ne peut exprimer.

La belle esclave enfin rompit un si long silence, et elle parla. « Sire, dit-elle, j'ai tant de choses à dire à Votre Majesté, en rompant mon silence, que je ne sais par où commencer. Je crois néanmoins qu'il est de mon devoir de la remercier d'abord de toutes les grâces et de tous les honneurs dont elle m'a comblée, et de demander au Ciel qu'il la fasse prospérer, qu'il détourne les mauvaises intentions de ses ennemis, et ne permette pas qu'elle meure après m'avoir entendue parler, mais lui donne une longue vie. Après cela, Sire, je ne puis vous donner une plus grande satisfaction qu'en vous annonçant que je suis grosse : je souhaite avec vous que ce soit un fils. Ce qu'il y a, Sire, ajouta-t-elle, c'est que sans ma grossesse (je supplie Votre Majesté de prendre ma sincérité en bonne part), j'étais résolue de ne jamais vous aimer, aussi bien qu'à garder un silence perpétuel, et que présentement je vous aime autant que je le dois. »

Le roi de Perse, ravi d'avoir entendu parler la belle esclave et lui annoncer une nouvelle qui l'intéressait si fort, l'embrassa tendrement. « Lumière éclatante de mes yeux, lui dit-il, je ne pouvais recevoir une plus grande joie que celle dont vous venez de me combler. Vous m'avez parlé, et vous m'avez annoncé votre grossesse; je ne me sens pas moi-même après ces deux sujets de me réjouir que je n'attendais pas. »

Dans le transport de joie où était le roi de Perse, il n'en dit pas davantage à la belle esclave; il la quitta, mais d'une manière à faire connaître qu'il allait revenir bientôt. Comme il voulait que le sujet de sa joie fût rendu public, il l'annonça à ses officiers, et fit appeler son grand-vizir. Dès qu'il fut arrivé, il le chargea de distribuer cent mille pièces d'or aux ministres de sa religion, qui faisaient vœu de pauvreté, aux hôpitaux et aux pauvres, en actions de grâces à Dieu; et sa volonté fut exécutée par les ordres de ce ministre.

Cet ordre donné, le roi de Perse vint retrouver sa belle esclave. « Madame, lui dit-il, excusez-moi si je vous ai quittée si brusquement ; vous m'en avez donné l'occasion vous-même ; mais vous voudrez bien que je remette à vous en entretenir une autre fois ; je désire de savoir de vous des choses d'une conséquence beaucoup plus grande. Dites-moi, je vous en supplie, ma chère âme, quelle raison si forte vous avez eue de me voir, de m'entendre parler, de manger et de coucher avec moi chaque jour toute une année, et d'avoir eu cette constance inébranlable, je ne dis point de ne pas ouvrir la bouche pour me parler, mais même de ne pas donner à comprendre que vous entendiez fort bien tout ce que je vous disais. Cela me passe, et je ne comprends pas comment vous avez pu vous contraindre jusqu'à ce point ; il faut que le sujet en soit bien extraordinaire. »

Pour satisfaire la curiosité du roi de Perse : « Sire, reprit cette belle personne, être esclave, être éloignée de son pays, avoir perdu l'espérance d'y retourner jamais, avoir le cœur percé de douleur de me voir séparée pour toujours d'avec ma mère, mon frère, mes parents, mes connaissances, ne sont-ce pas des motifs assez grands pour avoir gardé le silence que Votre Majesté trouve si étrange ? L'amour de la patrie n'est pas moins naturel que l'amour paternel, et la perte de la liberté est insupportable à quiconque n'est pas assez dépourvu de bon sens pour n'en pas connaître le prix. Le corps peut bien être assujetti à l'autorité d'un maître qui a la force et la puissance en main ; mais la volonté ne peut pas être maîtrisée, elle est toujours à elle-même : Votre Majesté en a vu un exemple en ma personne. C'est beaucoup que je n'aie pas imité une infinité de malheureux et de malheureuses que l'amour de la liberté réduit à la triste résolution de se procurer la mort en mille manières, par une liberté qui ne peut leur être ôtée.

— Madame, reprit le roi de Perse, je suis persuadé de ce que vous me dites ; mais il m'avait semblé jusqu'à présent qu'une personne belle, bien faite, de bon sens et de bon esprit comme vous, Madame, esclave par sa mauvaise destinée, devait s'estimer heureuse de trouver un roi pour maître.

— Sire, repartit la belle esclave, quelque esclave que ce soit, comme je viens de le dire à Votre Majesté, un roi ne peut maîtriser sa volonté. Comme elle parle néanmoins

d'une esclave capable de plaire à un monarque et de s'en
faire aimer, si l'esclave est d'un état inférieur, qu'il n'y ait
pas de proportion, je veux croire qu'elle peut s'estimer
heureuse dans son malheur. Quel bonheur cependant !
Elle ne laissera pas de se regarder comme une esclave
arrachée d'entre les bras de son père et de sa mère, et
peut-être d'un amant qu'elle ne laissera pas d'aimer toute
sa vie. Mais, si la même esclave ne cède en rien au roi qui
l'a acquise, que Votre Majesté elle-même juge de la
rigueur de son sort, de sa misère, de son affliction, de sa
douleur, et de quoi elle peut être capable ! »

Le roi de Perse, étonné de ce discours : « Quoi !
Madame, répliqua-t-il, serait-il possible, comme vous me
le faites entendre, que vous fussiez d'un sang royal ?
Éclaircissez-moi, de grâce, là-dessus, et n'augmentez pas
davantage mon impatience. Apprenez-moi qui sont l'heureux père et l'heureuse mère d'un si grand prodige de
beauté, qui sont vos frères, vos sœurs, vos parents, et surtout comment vous vous appelez.

— Sire, dit alors la belle esclave, mon nom est Gulnare
de la mer[1] ; mon père, qui est mort était un des plus puissants rois de la mer, et, en mourant, il laissa son royaume
à un frère que j'ai, nommé Saleh[2], et à la reine ma mère.
Ma mère est aussi princesse, fille d'un autre roi de la mer,
très puissant. Nous vivions tranquillement dans notre
royaume et dans une paix profonde, lorsqu'un ennemi,
envieux de notre bonheur, entra dans nos États avec une
puissante armée, pénétra jusqu'à notre capitale, s'en
empara, et ne nous donna que le temps de nous sauver
dans un lieu impénétrable et inaccessible, avec quelques
officiers fidèles qui ne nous abandonnèrent pas.

« Dans cette retraite, mon frère ne négligea pas de songer au moyen de chasser l'injuste possesseur de nos États,
et, dans cet intervalle, il me prit un jour en particulier :
« Ma sœur, me dit-il, les événements des moindres entre-
prises sont toujours très incertains ; je puis succomber
dans celle que je médite pour rentrer dans nos États, et je
serais moins fâché de ma disgrâce que de celle qui pourrait vous en arriver. Pour la prévenir et vous en préserver,
je voudrais bien vous voir mariée auparavant ; mais dans
le mauvais état où sont nos affaires, je ne vois pas que

---

1. *Gulnare* signifie rose ou fleur de grenadier.
2. *Saleh* veut dire bon.

vous puissiez vous donner à aucun de nos princes de la mer. Je souhaiterais que vous pussiez vous résoudre d'entrer dans mon sentiment, qui est que vous épousiez un prince de la terre ; je suis prêt d'y employer tous mes soins. De la beauté dont vous êtes, je suis sûr qu'il n'y en a pas un, si puissant qu'il soit, qui ne fût ravi de vous faire part de sa couronne. »

« Ce discours de mon frère me mit dans une grande colère contre lui. « Mon frère, lui dis-je, du côté de mon père et de ma mère, je descends comme vous de rois et de reines de la mer, sans aucune alliance avec les rois et reines de la terre ; je ne prétends pas me mésallier non plus qu'eux, et j'en ai fait le serment dès que j'ai eu assez de connaissance pour m'apercevoir de la noblesse et de l'ancienneté de notre maison. L'état où nous sommes réduits ne m'obligera pas de changer de résolution, et, si vous avez à périr dans l'exécution de votre dessein, je suis prête à périr avec vous plutôt que de suivre un conseil que je n'attendais pas de votre part. »

« Mon frère, entêté de ce mariage qui ne me convenait pas, à mon sens, voulut me représenter qu'il y avait des rois de la terre qui ne céderaient pas à ceux de la mer. Cela me mit dans une colère et dans un emportement contre lui qui m'attirèrent des duretés de sa part, dont je fus piquée au vif. Il me quitta aussi peu satisfait de moi que j'étais mal satisfaite de lui. Dans le dépit où j'étais, je m'élançai du fond de la mer, et j'allai aborder à l'île de la Lune.

« Nonobstant le cuisant mécontentement qui m'avait obligée de venir me jeter dans cette île, je ne laissais pas d'y vivre assez contente, et je me retirais dans les lieux écartés où j'étais commodément. Mes précautions néanmoins n'empêchèrent pas qu'un homme de quelque distinction, accompagné de domestiques, ne me surprît comme je dormais et ne m'emmenât chez lui. Il me témoigna beaucoup d'amour, et il n'oublia rien pour me persuader d'y correspondre. Quand il vit qu'il ne gagnait rien par la douceur, il crut qu'il réussirait mieux par la force ; mais je le fis si bien repentir de son insolence qu'il résolut de me vendre, et il me vendit au marchand qui m'a amenée et vendue à Votre Majesté. C'était un homme sage, doux et humain ; et, dans le long voyage qu'il me fit faire, il ne me donna jamais que des sujets de me louer de lui.

« Pour ce qui est de Votre Majesté, continua la princesse

Gulnare, si elle n'eût eu pour moi toutes les considérations
dont je lui suis obligée; si elle ne m'eût donné tant de
marques d'amour, avec une sincérité dont je n'ai pu douter; que sans hésiter elle n'eût pas chassé toutes ses
femmes, je ne feins pas de lui dire que je ne serais pas
demeurée avec elle. Je me serais jetée dans la mer par
cette fenêtre où elle m'aborda la première fois qu'elle me
vit dans cet appartement, et je serais allée retrouver mon
frère, ma mère et mes parents. J'eusse même persévéré
dans ce dessein, et je l'eusse exécuté, si après un certain
temps j'eusse perdu l'espérance d'une grossesse. Je me
garderais bien de la faire dans l'état où je suis. En effet,
quoique je puisse dire à ma mère et à mon frère, jamais ils
ne voudraient croire que j'eusse été esclave d'un roi
comme Votre Majesté, et jamais aussi ils ne reviendraient
de la faute que j'aurais commise contre mon honneur, de
mon consentement. Avec cela, Sire, soit un prince ou une
princesse que je mette au monde, ce sera un gage qui
m'obligera de ne me séparer jamais d'avec Votre Majesté.
J'espère aussi qu'elle ne me regardera plus comme une
esclave, mais comme une princesse qui n'est pas indigne
de son alliance. »

C'est ainsi que la princesse Gulnare acheva de se faire
connaître et de raconter son histoire au roi de Perse. « Ma
charmante, mon adorable princesse, s'écria alors ce
monarque, quelles merveilles viens-je d'entendre! Quelle
ample matière à ma curiosité, de vous faire des questions
sur des choses si inouïes! Mais auparavant je dois bien
vous remercier de votre bonté et de votre patience à
éprouver la sincérité et la constance de mon amour. Je ne
croyais pas pouvoir aimer plus que je vous aimais. Depuis
que je sais cependant que vous êtes une si grande princesse, je vous aime mille fois davantage. Que dis-je, princesse! Madame, vous ne l'êtes plus : vous êtes ma reine et
reine de Perse, comme j'en suis le roi, et ce titre va bientôt
retentir dans tout mon royaume. Dès demain, Madame, il
retentira dans ma capitale avec des réjouissances non
encore vues, qui feront connaître que vous l'êtes, et ma
femme légitime. Cela serait fait il y a longtemps, si vous
m'eussiez tiré plus tôt de mon erreur, puisque, dès le
moment que je vous ai vue, j'ai été dans le même sentiment qu'aujourd'hui de vous aimer toujours, et de ne
jamais aimer que vous. En attendant que je me satisfasse
moi-même pleinement et que je vous rende tout ce qui

vous est dû, je vous supplie, Madame, de m'instruire plus
particulièrement de ces États et de ces peuples de la mer
qui me sont inconnus. J'avais bien entendu parler
d'hommes marins, mais j'avais toujours pris ce que l'on
m'en avait dit pour des contes et des fables. Rien n'est plus
vrai cependant, après ce que vous m'en dites ; et j'en ai une
preuve bien certaine en votre personne, vous qui en êtes,
et qui avez bien voulu être ma femme, et cela par un avantage dont un autre habitant de la terre ne peut se vanter
que moi. Il y a une chose qui me fait de la peine, et sur
laquelle je vous supplie de m'éclaircir : c'est que je ne puis
comprendre comment vous pouvez vivre, agir ou vous
mouvoir dans l'eau sans vous noyer. Il n'y a que certaines
gens, parmi nous, qui ont l'art de demeurer sous l'eau ; ils
y périraient néanmoins s'ils ne s'en retiraient au bout d'un
certain temps, chacun selon leur adresse et leurs forces.

— Sire, répondit la reine Gulnare, je satisferai Votre
Majesté avec bien du plaisir. Nous marchons au fond de la
mer de même que l'on marche sur la terre, et nous respi-
rons dans l'eau comme on respire dans l'air. Ainsi, au lieu
de nous suffoquer comme elle vous suffoque, elle contri-
bue à notre vie. Ce qui est encore bien remarquable, c'est
qu'elle ne mouille pas nos habits, et que, quand nous
venons sur la terre, nous en sortons sans avoir besoin de
les sécher. Notre langage ordinaire est le même que celui
dans lequel l'Écriture gravée sur le sceau du grand prophète Salomon, fils de David, est conçue.

« Je ne dois pas oublier que l'eau ne nous empêche pas
aussi de voir dans la mer : nous y avons les yeux ouverts
sans en souffrir aucune incommodité. Comme nous les
avons excellents, nous ne laissons pas, nonobstant la profondeur de la mer, d'y voir aussi clair que l'on voit sur la
terre. Il en est de même de la nuit : la lune nous éclaire, et
les planètes et les étoiles ne nous sont pas cachées. J'ai
déjà parlé de nos royaumes : comme la mer est beaucoup
plus spacieuse que la terre, il y en a aussi en plus grand
nombre, et de beaucoup plus grands. Ils sont divisés en
provinces, et dans chaque province il y a plusieurs grandes villes très peuplées. Il y a enfin une infinité de nations,
de mœurs et de coutumes différentes, comme sur la terre.

« Les palais des rois et des princes sont superbes et
magnifiques : il y en a de marbre de différentes couleurs ;
de cristal de roche, dont la mer abonde ; de nacre de perle,
de corail et d'autres matériaux plus précieux. L'or, l'argent

et toutes sortes de pierreries y sont en plus grande abondance que sur la terre. Je ne parle pas des perles ; de quelque grosseur qu'elles soient sur la terre, on ne les regarde
pas dans nos pays : il n'y a que les moindres bourgeoises
qui s'en parent.

« Comme nous avons une agilité merveilleuse et
incroyable parmi nous de nous transporter où nous voulons en moins de rien, nous n'avons besoin ni de chars ni
de montures. Il n'y a pas de roi néanmoins qui n'ait ses
écuries et ses haras de chevaux marins ; mais ils ne s'en
servent ordinairement que dans les divertissements, dans
les fêtes et dans les réjouissances publiques. Les uns,
après les avoir bien exercés, se plaisent à les monter et à
faire paraître leur adresse dans les courses. D'autres les
attellent à des chars de nacre de perle, ornés de mille
coquillages de toutes sortes de couleurs les plus vives. Ces
chars sont à découvert avec un trône, où les rois sont assis
lorsqu'ils se font voir à leurs sujets. Ils sont adroits à les
conduire eux-mêmes, et ils n'ont pas besoin de cochers. Je
passe sous silence une infinité d'autres particularités très
curieuses touchant les pays marins, ajouta la reine Gulnare, qui feraient un très grand plaisir à Votre Majesté ;
mais elle voudra bien que je remette à l'en entretenir plus
à loisir, pour lui parler d'une autre chose qui est présentement de plus d'importance. Ce que j'ai à lui dire, Sire, c'est
que les couches des femmes de mer sont différentes des
couches des femmes de terre ; et j'ai un sujet de craindre
que les sages-femmes de ce pays ne m'accouchent mal.
Comme Votre Majesté n'y a pas moins d'intérêt que moi,
sous son bon plaisir, je trouve à propos, pour la sûreté de
mes couches, de faire venir la reine ma mère avec des cousines que j'ai, et en même temps le roi mon frère, avec qui
je suis bien aise de me réconcilier. Ils seront ravis de me
revoir dès que je leur aurai raconté mon histoire et qu'ils
auront appris que je suis femme du puissant roi de Perse.
Je supplie Votre Majesté de me le permettre ; ils seront
bien aises aussi de lui rendre leurs respects, et je puis lui
promettre qu'elle aura de la satisfaction de les voir.

— Madame, reprit le roi de Perse, vous êtes la maîtresse ; faites ce qu'il vous plaira ; je tâcherai de les recevoir avec tous les honneurs qu'ils méritent. Mais je voudrais bien savoir par quelle voie vous leur ferez savoir ce
que vous désirez d'eux, et quand ils pourront arriver, afin
que je donne ordre aux préparatifs pour leur réception, et

que j'aille moi-même au-devant d'eux. — Sire, repartit la reine Gulnare, il n'est pas besoin de ces cérémonies ; ils seront ici dans un moment, et Votre Majesté verra de quelle manière ils arriveront. Elle n'a qu'à entrer dans ce petit cabinet et regarder par la jalousie. »

Quand le roi de Perse fut entré dans le cabinet, la reine Gulnare se fit apporter une cassolette avec du feu par une de ses femmes, qu'elle renvoya en lui disant de fermer la porte. Lorsqu'elle fut seule, elle prit un morceau de bois d'aloès dans une boîte. Elle le mit dans la cassolette, et, dès qu'elle vit paraître la fumée, elle prononça des paroles inconnues au roi de Perse, qui observait avec grande attention tout ce qu'elle faisait ; et elle n'avait pas encore achevé que l'eau de la mer se troubla. Le cabinet où était le roi était disposé de manière qu'il s'en aperçut au travers de la jalousie, en regardant du côté des fenêtres qui étaient sur la mer.

La mer enfin s'entrouvrit à quelque distance ; et aussitôt il s'en éleva un jeune homme bien fait et de belle taille avec la moustache de vert de mer. Une dame déjà sur l'âge, mais d'un air majestueux, s'en éleva de même un peu derrière lui, avec cinq jeunes dames qui ne cédaient en rien à la beauté de la reine Gulnare.

La reine Gulnare se présenta aussitôt à une des fenêtres, et elle reconnut le roi son frère, la reine sa mère et ses parentes, qui la reconnurent de même. La troupe s'avança comme portée sur la surface de l'eau, sans marcher, et, quand ils furent tous sur le bord, ils s'élancèrent légèrement l'un après l'autre sur la fenêtre où la reine Gulnare avait paru, et d'où elle s'était retirée pour leur faire place. Le roi Saleh, la reine sa mère et ses parents l'embrassèrent avec beaucoup de tendresse et les larmes aux yeux, à mesure qu'ils entrèrent.

Quand la reine Gulnare les eut reçus avec tout l'honneur possible et qu'elle leur eut fait prendre place sur le sofa, la reine sa mère prit la parole. « Ma fille, lui dit-elle, j'ai bien de la joie de vous revoir après une si longue absence, et je suis sûre que votre frère et vos parentes n'en ont pas moins que moi. Votre éloignement sans en avoir rien dit à personne nous a jetés dans une affliction inexprimable, et nous ne pourrions vous dire combien nous en avons versé de larmes. Nous ne savons autre chose du sujet qui peut vous avoir obligée de prendre un parti si surprenant que ce que votre frère nous a rapporté de l'entretien qu'il avait

eu avec vous. Le conseil qu'il vous donna alors lui avait
paru avantageux pour votre établissement, dans l'état où
vous étiez aussi bien que nous. Il ne fallait pas vous alarmer si fort, s'il ne vous plaisait pas, et vous voudrez bien
que je vous dise que vous avez pris la chose tout autrement que vous ne le deviez. Mais laissons là ce discours,
qui ne ferait que renouveler des sujets de douleur et de
plainte que vous devez oublier avec nous, et faites-nous
part de tout ce qui vous est arrivé depuis un si long temps
que nous ne vous avons vue, et de l'état où vous êtes présentement; sur toute chose, marquez-nous si vous êtes
contente. »

La reine Gulnare se jeta aussitôt aux pieds de la reine sa
mère, et, après qu'elle lui eut baisé la main en se relevant :
« Madame, reprit-elle, j'ai commis une grande faute, je
l'avoue, et je ne suis redevable qu'à votre bonté du pardon
que vous voulez bien m'en accorder. Ce que j'ai à vous
dire, pour vous obéir, vous fera connaître que c'est en vain
bien souvent qu'on a de la répugnance pour de certaines
choses. J'ai éprouvé par moi-même que la chose à quoi ma
volonté était le plus opposée est justement celle où ma
destinée m'a conduite malgré moi. » Elle lui raconta tout
ce qui lui était arrivé depuis que le dépit l'avait portée à se
lever du fond de la mer pour venir sur la terre. Lorsqu'elle
eut achevé en marquant qu'enfin elle avait été vendue au
roi de Perse, chez qui elle se trouvait : « Ma sœur, lui dit le
roi son frère, vous avez grand tort d'avoir souffert tant
d'indignités, et vous ne pouvez vous en plaindre qu'à vous-
même. Vous aviez le moyen de vous en délivrer, et je
m'étonne de votre patience à demeurer si longtemps dans
l'esclavage : levez-vous, et revenez avec nous au royaume
que j'ai reconquis sur le fier ennemi qui s'en était
emparé. »

Le roi de Perse, qui entendit ces paroles du cabinet où il
était, en fut dans la dernière alarme. « Ah! dit-il en lui-
même, je suis perdu, et ma mort est certaine, si ma reine,
si ma Gulnare écoute un conseil si pernicieux! Je ne puis
plus vivre sans elle, et l'on m'en veut priver! » La reine
Gulnare ne le laissa pas longtemps dans la crainte où il
était.

« Mon frère, reprit-elle en souriant, ce que je viens
d'entendre me fait mieux comprendre que jamais combien
l'amitié que vous avez pour moi est sincère. Je ne pus supporter le conseil que vous me donniez de me marier à un

prince de la terre. Aujourd'hui, peu s'en faut que je ne me mette en colère contre vous de celui que vous me donnez, de quitter l'engagement que j'ai avec le plus puissant et le plus renommé de tous les princes. Je ne parle pas de l'engagement d'une esclave avec un maître : il nous serait aisé de lui restituer les dix mille pièces d'or que je lui ai coûté ; je parle de celui d'une femme avec un mari, et d'une femme qui ne peut se plaindre d'aucun sujet de mécontentement de sa part. C'est un monarque religieux, sage, modéré, qui m'a donné les marques d'amour les plus essentielles. Il ne pouvait pas m'en donner une plus signa-lée que de congédier, dès les premiers jours que je fus à lui, le grand nombre de femmes qu'il avait, pour ne s'atta-cher qu'à moi uniquement. Je suis sa femme, et il vient de me déclarer reine de Perse pour participer à ses conseils. Je dis, de plus, que je suis grosse, et que, si j'ai le bonheur, avec la faveur du Ciel, de lui donner un fils, ce sera un autre bien qui m'attachera à lui plus inséparablement. Ainsi, mon frère, poursuivit la reine Gulnare, bien loin de suivre votre conseil, toutes ces considérations, comme vous le voyez, ne m'obligent pas seulement d'aimer le roi de Perse autant qu'il m'aime, mais même de demeurer et de passer ma vie avec lui, plus par reconnaissance que par devoir. J'espère que ni ma mère, ni vous avec mes bonnes cousines, vous ne désapprouverez ma résolution, non plus que l'alliance que j'ai faite sans l'avoir cherchée, qui fait honneur également aux monarques de la mer et de la terre. Excusez-moi si je vous ai donné la peine de venir ici du plus profond des ondes pour vous en faire part et avoir le bien de vous voir après une si longue séparation.

— Ma sœur, reprit le roi Saleh, la proposition que je vous ai faite de revenir avec nous, sur le récit de vos aven-tures que je n'ai pu entendre sans douleur, n'a été que pour vous marquer combien nous vous aimons tous, combien je vous honore en particulier, et que rien ne nous touche davantage que tout ce qui peut contribuer à votre bonheur. Par ces mêmes motifs, je ne puis en mon parti-culier qu'approuver une résolution si raisonnable et si digne de vous, après ce que vous venez de nous dire de la personne du roi de Perse, votre époux, et des grandes obli-gations que vous lui avez. Pour ce qui est de la reine, votre mère et la mienne, je suis persuadé qu'elle n'est pas d'un autre sentiment. »

Cette princesse confirma ce que le roi son fils venait

d'avancer. « Ma fille, reprit-elle en s'adressant aussi à la reine Gulnare, je suis ravie que vous soyez contente, et je n'ai rien à ajouter à ce que le roi votre frère vient de vous témoigner. Je serais la première à vous condamner si vous n'aviez toute la reconnaissance que vous devez pour un monarque qui vous aime avec tant de passion et qui a fait de si grandes choses pour vous. »

Autant le roi de Perse, qui était dans le cabinet, avait été affligé par la crainte de perdre la reine Gulnare, autant il eut de joie de voir qu'elle était résolue de ne le pas abandonner. Comme il ne pouvait plus douter de son amour après une déclaration si authentique, il l'en aima mille fois davantage, et il se promit bien de lui en marquer sa reconnaissance par tous les endroits qu'il lui serait possible.

Pendant que le roi de Perse s'entretenait ainsi avec un plaisir incroyable, la reine Gulnare avait frappé des mains, et avait commandé à des esclaves qui étaient entrés aussitôt de servir la collation. Quand elle fut servie, elle invita la reine sa mère, le roi son frère et ses parentes de s'approcher et de manger. Mais ils eurent tous la même pensée, que, sans en avoir demandé la permission, ils se trouvaient dans le palais d'un puissant roi qui ne les avait jamais vus et qui ne les connaissait pas, et qu'il y aurait une grande incivilité à manger à sa table sans lui. La rougeur leur en monta au visage, et de l'émotion où ils en étaient, ils jetèrent des flammes par les narines et par la bouche, avec des yeux enflammés.

Le roi de Perse fut dans une frayeur inexprimable à ce spectacle, auquel il ne s'attendait pas, et dont il ignorait la cause. La reine Gulnare, qui se douta de ce qui en était, et qui avait compris l'intention de ses parents, ne fit que le leur marquer en se levant de sa place, et qu'elle allait revenir. Elle passa au cabinet, où elle rassura le roi par sa présence. « Sire, lui dit-elle, je ne doute pas que Votre Majesté ne soit bien contente du témoignage que je viens de rendre des grandes obligations dont je lui suis redevable. Il n'a tenu qu'à moi de m'abandonner à leurs désirs et de retourner avec eux dans nos États ; mais je ne suis pas capable d'une ingratitude dont je me condamnerais la première. — Ah ! ma reine ! s'écria le roi de Perse, ne parlez pas des obligations que vous m'avez ; vous ne m'en avez aucune. Je vous en ai moi-même de si grandes que jamais je ne pourrai vous en témoigner assez de reconnaissance. Je n'avais pas cru que vous m'aimassiez au point que je vois que vous m'aimez : vous venez de me le faire connaître de la manière la plus éclatante. — Eh ! Sire, reprit la reine Gulnare, pouvais-je en faire moins que ce que je viens de faire ? Je n'en fais pas encore assez après tous les honneurs que j'ai reçus, après tant de bienfaits dont vous m'avez comblée, après tant de marques d'amour auxquelles il n'est pas possible que je sois insensible ! Mais, Sire, ajouta la reine Gulnare, laissons là ce discours pour vous assurer de l'amitié sincère dont la reine ma mère et le roi mon frère vous honorent. Ils meurent de l'envie de vous voir et de vous en assurer eux-mêmes. J'ai même pensé me faire une affaire avec eux en voulant leur donner la collation avant de leur procurer cet honneur. Je supplie donc Votre Majesté de vouloir bien entrer et de les honorer de votre présence.

— Madame, repartit le roi de Perse, j'aurai un grand plaisir de saluer des personnes qui vous appartiennent de si près ; mais ces flammes que j'ai vues sortir de leurs narines et de leur bouche me donnent de la frayeur. — Sire, répliqua la reine en riant, ces flammes ne doivent pas lui faire la moindre peine : elles ne signifient autre chose que leur répugnance à manger de ses biens dans son palais qu'elle ne les honore de sa présence, et ne mange avec eux. »

Le roi de Perse, rassuré par ces paroles, se leva de sa place et entra dans la chambre avec la reine Gulnare ; et la reine Gulnare le présenta à la reine sa mère, au roi son frère et à ses parentes, qui se prosternèrent aussitôt la face contre terre. Le roi de Perse courut aussitôt à eux, les obligea de se relever, et les embrassa l'un après l'autre. Après qu'ils se furent tous assis, le roi Saleh prit la parole. « Sire, dit-il au roi de Perse, nous ne pouvons assez témoigner notre joie à Votre Majesté de ce que la reine Gulnare ma sœur, dans sa disgrâce, a eu le bonheur de se trouver sous la protection d'un monarque si puissant. Nous pouvons l'assurer qu'elle n'est pas indigne du haut rang où il lui a fait l'honneur de l'élever. Nous avons toujours eu une si grande amitié et tant de tendresse pour elle que nous n'avons pu nous résoudre de l'accorder à aucun des puissants princes de la mer qui nous l'avaient demandée en mariage avant même qu'elle fût en âge. Le Ciel vous la réservait, Sire, et nous ne pouvons mieux le remercier de la faveur qu'il lui a faite qu'en lui demandant d'accorder à

Votre Majesté la grâce de vivre de longues années avec
elle, avec toute sorte de prospérités et de satisfactions.

— Il fallait bien, reprit le roi de Perse, que le Ciel me
l'eût réservée comme vous le remarquez. En effet, la passion ardente dont je l'aime me fait connaître que je n'avais
jamais rien aimé avant de l'avoir vue. Je ne puis assez
témoigner de reconnaissance à la reine sa mère, ni à vous,
Prince, ni à toute votre parenté, de la générosité avec
laquelle vous consentez de me recevoir dans une alliance
qui m'est si glorieuse. » En achevant ces paroles, il les
invita à se mettre à table, et il s'y mit aussi avec la reine
Gulnare. La collation achevée, le roi de Perse s'entretint
avec eux bien avant dans la nuit ; et, lorsqu'il fut temps de
se retirer, il les conduisit lui-même chacun à l'appartement qu'il leur avait fait préparer.

Le roi de Perse régala ses illustres hôtes par des fêtes
continuelles, dans lesquelles il n'oublia rien de tout ce qui
pouvait faire paraître sa grandeur et sa magnificence ; et
insensiblement il les engagea de demeurer à la cour
jusqu'aux couches de la reine. Dès qu'elle en sentit les
approches il donna ordre à ce que rien ne lui manquât de
toutes les choses dont elle pouvait avoir besoin dans cette
conjoncture. Enfin, elle mit au monde un fils, avec une
grande joie de la reine sa mère, qui l'accoucha, et qui alla le
présenter au roi dès qu'il fut dans ses premiers langes, qui
étaient magnifiques.

Le roi de Perse reçut ce présent avec une joie qu'il est
plus aisé d'imaginer que d'exprimer. Comme le visage du
petit prince son fils était plein et éclatant de beauté, il ne
crut pas pouvoir lui donner un nom plus convenable que
celui de Beder[1]. En actions de grâces au Ciel, il assigna de
grandes aumônes aux pauvres, il fit sortir les prisonniers
hors des prisons, il donna la liberté à tous ses esclaves de
l'un et de l'autre sexe, et il fit distribuer de grosses
sommes aux ministres et aux dévots de sa religion. Il fit
aussi de grandes largesses à sa cour et au peuple, et l'on
publia, par son ordre, des réjouissances de plusieurs jours
par toute la ville.

Après que la reine Gulnare fut relevée de ses couches,
un jour que le roi de Perse, la reine Gulnare, la reine sa
mère, le roi Saleh son frère et les princesses leurs parentes
s'entretenaient ensemble dans la chambre de la reine, la

----

1. *Beder* signifie pleine lune.

nourrice y entra avec le petit prince Beder, qu'elle portait
entre ses bras. Le roi Saleh se leva aussitôt de sa place,
courut au petit prince, et, après l'avoir pris d'entre les bras
de la nourrice dans les siens, il se mit à le baiser et à le
caresser avec de grandes démonstrations de tendresse. Il
fit plusieurs tours par la chambre en jouant et le tenant en
l'air entre ses mains, et tout d'un coup, dans le transport
de sa joie, il s'élança par une fenêtre qui était ouverte, et se
plongea dans la mer avec le prince.

Le roi de Perse, qui ne s'attendait pas à ce spectacle,
poussa des cris épouvantables, dans la croyance qu'il ne
reverrait plus le prince son cher fils, ou, s'il avait à le
revoir, qu'il ne le reverrait que noyé. Peu s'en fallut qu'il ne
rendît l'âme au milieu de son affliction, de sa douleur et
de ses pleurs. « Sire, lui dit la reine Gulnare d'un visage et
d'un ton assurés à le rassurer lui-même, que Votre Majesté
ne craigne rien. Le petit prince est mon fils comme il est le
vôtre, et je ne l'aime pas moins que vous l'aimez : vous
voyez cependant que je n'en suis pas alarmée ; je ne le dois
pas être aussi. En effet, il ne court aucun risque, et vous
verrez bientôt reparaître le roi son oncle, qui le rapportera
sain et sauf. Quoiqu'il soit né de votre sang, par l'endroit
néanmoins qu'il m'appartient, il ne laisse pas d'avoir le
même avantage que nous, de pouvoir vivre également
dans la mer et sur la terre. » La reine sa mère et les princesses ses parentes lui confirmèrent la même chose ; mais
leurs discours ne firent pas un grand effet pour le guérir
de sa frayeur : il ne lui fut pas possible d'en revenir tout le
temps que le prince Beder ne parut plus à ses yeux.

La mer enfin se troubla, et l'on revit bientôt le roi Saleh
qui s'en éleva avec le petit prince entre les bras, et qui, en
se soutenant en l'air, rentra par la même fenêtre qu'il était
sorti. Le roi de Perse fut ravi, et dans une grande admiration de revoir le prince Beder aussi tranquille que quand il
avait cessé de le voir. Le roi Saleh lui demanda : « Sire,
Votre Majesté n'a-t-elle pas eu une grande peur quand elle
m'a vu plonger dans la mer avec le prince mon neveu ? —
Ah ! prince, reprit le roi de Perse, je ne puis vous l'exprimer ! Je l'ai cru perdu dès ce moment, et vous m'avez
redonné la vie en me le rapportant. — Sire, repartit le roi
Saleh, je m'en étais douté ; mais il n'y avait pas le moindre
sujet de crainte. Avant de me plonger, j'avais prononcé sur
lui les paroles mystérieuses qui étaient gravées sur le
sceau du grand roi Salomon, fils de David. Nous prati-

quons la même chose à l'égard de tous les enfants qui
nous naissent dans les régions du fond de la mer, et, en
vertu de ces paroles, ils reçoivent le même privilège que
nous avons par-dessus les hommes qui demeurent sur la
terre. De ce que Votre Majesté vient de voir, elle peut juger
de l'avantage que le prince Beder a acquis par sa naissance du côté de la reine Gulnare, ma sœur. Tant qu'il
vivra, et toutes les fois qu'il le voudra, il lui sera libre de se
plonger dans la mer et de parcourir les vastes empires
qu'elle renferme dans son sein. »

Après ces paroles, le roi Saleh, qui avait déjà remis le
petit prince Beder entre les bras de sa nourrice, ouvrit une
caisse qu'il était allé prendre dans son palais dans le peu
de temps qu'il avait disparu, et qu'il avait apportée rem-
plie de trois cents diamants gros comme des œufs de
pigeon, d'un pareil nombre de rubis d'une grosseur extraordinaire, d'autant de verges d'émeraudes de la longueur
d'un demi-pied, et de trente files ou colliers de perles, chacun de dix. « Sire, dit-il au roi de Perse en lui faisant
présent de cette caisse, lorsque nous avons été appelés par
la reine ma sœur, nous ignorions en quel endroit de la
terre elle était, et qu'elle eût l'honneur d'être l'épouse d'un
si grand monarque : c'est ce qui a fait que nous sommes
arrivés les mains vides. Comme nous ne pouvons assez
témoigner notre reconnaissance à Votre Majesté, nous la
supplions d'en agréer cette faible marque en considération
des faveurs singulières qu'il lui a plu de lui faire, auxquelles nous ne prenons pas moins de part qu'elle-
même. »

On ne peut exprimer quelle fut la surprise du roi de
Perse quand il vit tant de richesses renfermées dans un si
petit espace. « Hé quoi ! Prince, s'écria-t-il, appelez-vous
une faible marque de votre reconnaissance, lorsque vous
ne me devez rien, un présent d'un prix inestimable ? Je
vous déclare encore une fois que vous ne m'êtes redevables de rien, ni la reine votre mère, ni vous. Je m'estime
trop heureux du consentement que vous avez donné à
l'alliance que j'ai contractée avec vous. Madame, dit-il à la
reine Gulnare en se tournant de son côté, le roi votre frère
me met dans une confusion dont je ne puis revenir ; et je le
supplierais de trouver bon que je refuse son présent, si je
ne craignais qu'il ne s'en offensât : priez-le d'agréer que je
me dispense de l'accepter.

— Sire, repartit le roi Saleh, je ne suis pas surpris que

Votre Majesté trouve le présent extraordinaire : je sais qu'on n'est pas accoutumé sur la terre à voir des pierreries de cette qualité et en si grand nombre tout à la fois. Mais, si elle savait que je sais où sont les minières d'où on les tire, et qu'il est en ma disposition d'en faire un trésor plus riche que tout ce qu'il y en a dans les trésors des rois de la terre, elle s'étonnerait que nous ayons pris la hardiesse de lui faire un présent de si peu de chose. Aussi nous vous supplions de ne le pas regarder par cet endroit, mais par l'amitié sincère qui nous oblige de vous l'offrir, et de ne nous pas donner la mortification de ne pas le recevoir de même. » Des manières si honnêtes obligèrent le roi de Perse à l'accepter, et il lui en fit de grands remerciements, de même qu'à la reine sa mère.

Quelques jours après, le roi Saleh témoigna au roi de Perse que la reine sa mère, les princesses ses parentes et lui n'auraient pas un plus grand plaisir que de passer toute leur vie à sa cour; mais que, comme il y avait longtemps qu'ils étaient absents de leur royaume, et que leur présence y était nécessaire, ils le priaient de trouver bon qu'ils prissent congé de lui et de la reine Gulnare. Le roi de Perse leur marqua qu'il était bien fâché de ce qu'il n'était pas en son pouvoir de leur rendre la même civilité, d'aller leur rendre visite dans leurs États. « Mais, comme je suis persuadé, ajouta-t-il, que vous n'oublierez pas la reine Gulnare, et que vous la viendrez voir de temps en temps, j'espère que j'aurai l'honneur de vous revoir plus d'une fois. »

Il y eut beaucoup de larmes répandues de part et d'autre dans leur séparation. Le roi Saleh se sépara le premier; mais la reine sa mère et les princesses furent obligées, pour le suivre, de s'arracher en quelque manière des embrassements de la reine Gulnare, qui ne pouvait se résoudre de les laisser partir. Dès que cette troupe royale eut disparu, le roi de Perse ne put s'empêcher de dire à la reine Gulnare : « Madame, j'eusse regardé comme un homme qui eût voulu abuser de ma crédulité celui qui eût entrepris de me faire passer pour véritables les merveilles dont j'ai été témoin depuis le moment que votre illustre famille a honoré mon palais de sa présence. Mais je ne puis démentir mes yeux. Je m'en souviendrai toute ma vie, et je ne cesserai de bénir le Ciel de ce qu'il vous a adressée à moi préférablement à tout autre prince. »

Le petit prince Beder fut nourri et élevé dans le palais,

sous les yeux du roi et de la reine de Perse, qui le virent croître et augmenter en beauté avec une grande satisfaction. Il leur en donna beaucoup davantage, à mesure qu'il avança en âge, par son enjouement continuel, par ses manières agréables en tout ce qu'il faisait, et par les marques de la justesse et de la vivacité de son esprit en tout ce qu'il disait; et cette satisfaction leur était d'autant plus sensible que le roi Saleh, son oncle, la reine sa grand-mère et les princesses ses cousines venaient souvent en prendre leur part. On n'eut point de peine à lui apprendre à lire et à écrire, et on lui enseigna avec la même facilité toutes les sciences qui convenaient à un prince de son rang.

Quand le prince de Perse eut atteint l'âge de quinze ans, il s'acquittait déjà de tous ses exercices avec infiniment plus d'adresse et de bonne grâce que ses maîtres. Avec cela il était d'une sagesse et d'une prudence admirables. Le roi de Perse, qui avait reconnu en lui, presque dès sa naissance, ces vertus si nécessaires à un monarque, qui l'avait vu s'y fortifier jusqu'alors, et qui d'ailleurs s'apercevait tous les jours des grandes infirmités de la vieillesse, ne voulut pas attendre que sa mort lui donnât lieu de le mettre en possession du royaume. Il n'eut pas de peine à faire consentir son conseil à ce qu'il souhaitait là-dessus, et les peuples apprirent sa résolution avec d'autant plus de joie que le prince Beder était digne de les commander. En effet, comme il y avait longtemps qu'il paraissait en public, ils avaient eu tout le loisir de remarquer qu'il n'avait pas cet air dédaigneux, fier et rebutant, si familier à la plupart des autres princes, qui regardent tout ce qui est au-dessous d'eux avec une hauteur et un mépris insupportables. Ils savaient au contraire qu'il regardait tout le monde avec une bonté qui invitait à s'approcher de lui; qu'il écoutait favorablement ceux qui avaient à lui parler, qu'il leur répondait avec une bienveillance particulière, et qu'il ne refusait rien à personne, pour peu que ce qu'on lui demandait fût juste.

Le jour de la cérémonie fut arrêté; et ce jour-là, au milieu de son conseil qui était plus nombreux qu'à l'ordinaire, le roi de Perse, qui d'abord s'était assis sur son trône, en descendit, ôta la couronne de dessus sa tête, la mit sur celle du prince Beder, et, après l'avoir aidé à monter à sa place, il lui baisa la main pour marque qu'il lui remettait toute son autorité et tout son pouvoir; après quoi il se mit au-dessous de lui, au rang des vizirs et des émirs.

Aussitôt les vizirs, les émirs et tous les officiers principaux vinrent se jeter aux pieds du nouveau roi, et lui prêtèrent le serment de fidélité chacun dans son rang. Le grand-vizir fit ensuite le rapport de plusieurs affaires importantes, sur lesquelles il prononça avec une sagesse qui fit l'admiration de tout le conseil. Il déposa ensuite plusieurs gouverneurs convaincus de malversation, et en mit d'autres à leur place, avec un discernement si juste et si équitable qu'il s'attira les acclamations de tout le monde, d'autant plus honorables que la flatterie n'y avait aucune part. Il sortit enfin du conseil, et, accompagné du roi son père, il alla à l'appartement de la reine Gulnare. La reine ne le vit pas plus tôt avec la couronne sur la tête qu'elle courut à lui et l'embrassa avec beaucoup de tendresse, en lui souhaitant un règne de longue durée.

La première année de son règne, le roi Beder s'acquitta de toutes les fonctions royales avec une grande assiduité. Sur toutes choses il prit un grand soin de s'instruire de l'état des affaires et de tout ce qui pouvait contribuer à la félicité de ses sujets. L'année suivante, après qu'il eut laissé l'administration des affaires à son conseil, sous le bon plaisir de l'ancien roi son père, il sortit de la capitale sous prétexte de prendre le divertissement de la chasse ; mais c'était pour parcourir toutes les provinces de son royaume, afin d'y corriger les abus, d'établir le bon ordre et la discipline partout, et d'ôter aux princes ses voisins malintentionnés l'envie de rien entreprendre contre la sûreté et la tranquillité de ses États, en se faisant voir sur les frontières.

Il ne fallut pas moins de temps qu'une année entière à ce jeune roi pour exécuter un dessein si digne de lui. Il n'y avait pas longtemps qu'il était de retour, que le roi son père tomba malade si dangereusement que d'abord il connut lui-même qu'il n'en relèverait pas. Il attendit le dernier moment de sa vie avec une grande tranquillité, et l'unique soin qu'il eut fut de recommander aux ministres et aux seigneurs de la cour du roi son fils de persister dans la fidélité qu'ils lui avaient jurée ; et il n'y en eut pas un qui n'en renouvelât le serment avec autant de bonne volonté que la première fois. Il mourut enfin avec un regret très sensible du roi Beder et de la reine Gulnare, qui firent porter son corps dans un superbe mausolée avec une pompe proportionnée à sa dignité.

Après que les funérailles furent achevées, le roi Beder n'eut pas de peine à suivre la coutume en Perse de pleurer les morts un mois entier et de ne voir personne tout ce temps-là. Il eût pleuré son père toute sa vie s'il eût écouté l'excès de son affection, et s'il eût été permis à un grand roi de s'y abandonner tout entier. Dans cet intervalle, la reine mère de la reine Gulnare et le roi Saleh, avec les princesses leurs parentes, arrivèrent, et prirent une grande part à leur affliction avant de leur parler de se consoler.

Quand le mois fut écoulé, le roi ne put se dispenser de donner entrée à son grand-vizir et à tous les seigneurs de sa cour, qui le supplièrent de quitter l'habit de deuil, de se faire voir à ses sujets, et de reprendre le soin des affaires comme auparavant. Il témoigna d'abord une si grande répugnance à les écouter que le grand-vizir fut obligé de prendre la parole et de lui dire : « Sire, il n'est pas besoin de représenter à Votre Majesté qu'il n'appartient qu'à des femmes de s'opiniâtrer à demeurer dans un deuil perpétuel. Nous ne doutons pas qu'elle n'en soit très persuadée, et que ce n'est pas son intention de suivre leur exemple. Nos larmes ni les vôtres ne sont pas capables de redonner la vie au roi votre père, quand nous ne cesserions de pleurer toute notre vie. Il a subi la loi commune à tous les hommes, qui les soumet au tribut indispensable de la mort. Nous ne pouvons cependant dire absolument qu'il soit mort, puisque nous le revoyons en votre sacrée personne. Il n'a pas douté lui-même en mourant qu'il ne dût revivre en vous : c'est à Votre Majesté à faire voir qu'il ne s'est pas trompé. »

Le roi Beder ne put résister à des instances si pressantes : il quitta l'habit de deuil dès ce moment, et, après qu'il eut repris l'habillement et les ornements royaux, il commença de pourvoir aux besoins de son royaume et de ses sujets avec la même attention qu'avant la mort du roi son père. Il s'en acquitta avec une approbation universelle ; et, comme il était exact à maintenir l'observation des ordonnances de ses prédécesseurs, les peuples ne s'aperçurent pas d'avoir changé de maître.

Le roi Saleh, qui était retourné dans ses États de la mer avec la reine sa mère et les princesses, dès qu'il eut vu que le roi Beder avait repris le gouvernement, revint seul au bout d'un an, et le roi Beder et la reine Gulnare furent ravis de le revoir. Un soir, au sortir de table, après qu'on

eut desservi et qu'on les eut laissés seuls, ils s'entretinrent
de plusieurs choses.

Insensiblement le roi Saleh tomba sur les louanges du
roi son neveu, et témoigna à la reine sa sœur combien il
était satisfait de la sagesse avec laquelle il gouvernait, qui
lui avait acquis une si grande réputation, non seulement
auprès des rois ses voisins, mais même jusqu'aux
royaumes les plus éloignés. Le roi Beder, qui ne pouvait
entendre parler de sa personne si avantageusement, et ne
voulait pas aussi, par bienséance, imposer silence au roi
son oncle, se tourna de l'autre côté et fit semblant de dormir, en appuyant sa tête sur un coussin qui était derrière
lui.

Des louanges qui ne regardaient que la conduite merveilleuse et l'esprit supérieur en toutes choses du roi
Beder, le roi Saleh passa à celles du corps; et il en parla
comme d'un prodige qui n'avait rien de semblable sur la
terre, ni dans tous les royaumes de dessous les eaux de la
mer dont il eût connaissance. « Ma sœur, s'écria-t-il tout
d'un coup, tel qu'il est fait et tel que vous le voyez vous-
même, je m'étonne que vous n'ayez pas encore songé à le
marier. Si je ne me trompe, cependant, il est dans sa ving-
tième année; et à cet âge il n'est pas permis à un prince
comme lui d'être sans femme. Je veux y penser moi-même
puisque vous n'y pensez pas, et lui donner pour épouse
une princesse de nos royaumes qui soit digne de lui.

— Mon frère, reprit la reine Gulnare, vous me faites
souvenir d'une chose dont je vous avoue que je n'ai pas eu
la moindre pensée jusqu'à présent. Comme il n'a pas
encore témoigné qu'il eût aucun penchant pour le
mariage, je n'y avais pas fait d'attention moi-même, et je
suis bien aise que vous vous soyez avisé de m'en parler.
Comme j'approuve fort de lui donner une de nos princesses, je vous prie de m'en nommer quelqu'une, mais si
belle et si accomplie que le roi mon fils soit forcé de
l'aimer.

— J'en sais une, repartit le roi Saleh en parlant bas;
mais, avant de vous dire qui elle est, je vous prie de voir si
le roi mon neveu dort; je vous dirai pourquoi il est bon
que nous prenions cette précaution. » La reine Gulnare se
retourna, et, comme elle vit Beder dans la situation où il
était, elle ne douta nullement qu'il ne dormît profondément. Le roi Beder cependant, bien loin de dormir, redoubla son attention pour ne rien perdre de ce que le roi son

oncle avait à dire avec tant de secret. « Il n'est pas besoin que vous vous contraigniez, dit la reine au roi son frère, vous pouvez parler librement sans craindre d'être entendu.

— Il n'est pas à propos, reprit le roi Saleh, que le roi mon neveu ait sitôt connaissance de ce que j'ai à vous dire. L'amour, comme vous le savez, se prend quelquefois par l'oreille, et il n'est pas nécessaire qu'il aime de cette manière celle que j'ai à vous nommer. En effet, je vois de grandes difficultés à surmonter, non pas du côté de la princesse, comme je l'espère, mais du côté du roi son père. Je n'ai qu'à vous nommer la princesse Giauhare[1] et le roi de Samandal.

— Que dites-vous, mon frère! repartit la reine Gulnare; la princesse Giauhare n'est-elle pas encore mariée? Je me souviens de l'avoir vue peu de temps avant que je me séparasse d'avec vous : elle avait environ dix-huit mois, et dès lors elle était d'une beauté surprenante. Il faut qu'elle soit aujourd'hui la merveille du monde, si sa beauté a toujours augmenté depuis ce temps-là. Le peu d'âge qu'elle a plus que le roi mon fils ne doit pas nous empêcher de faire nos efforts pour lui procurer un parti si avantageux. Il ne s'agit que de savoir les difficultés que vous y trouvez, et de les surmonter.

— Ma sœur, répliqua le roi Saleh, c'est que le roi de Samandal est d'une vanité insupportable, et qu'il se regarde au-dessus de tous les autres rois; qu'il y a peu d'apparence de pouvoir entrer en traité avec lui sur cette alliance. J'irai moi-même néanmoins lui faire la demande de la princesse sa fille; et, s'il nous refuse, nous nous adresserons ailleurs où nous serons écoutés plus favorablement. C'est pour cela, comme vous le voyez, ajouta-t-il, qu'il est bon que le roi mon neveu ne sache rien de notre dessein que nous ne soyons certains du consentement du roi de Samandal, de crainte que l'amour de la princesse Giauhare ne s'empare de son cœur, et que nous ne puissions réussir à la lui obtenir. » Ils s'entretinrent encore quelque temps sur le même sujet; et, avant de se séparer, ils convinrent que le roi Saleh retournerait incessamment dans son royaume, et ferait la demande de la princesse Giauhare au roi de Samandal pour le roi de Perse.

---

1. *Giauhare* veut dire pierre précieuse.

La reine Gulnare et le roi Saleh, qui croyaient que le roi Beder dormait véritablement, l'éveillèrent quand ils voulurent se retirer; et le roi Beder réussit fort bien à faire semblant de se réveiller comme s'il eût dormi d'un profond sommeil. Il était vrai cependant qu'il n'avait pas perdu un mot de leur entretien, et que le portrait qu'ils avaient fait de la princesse Giauhare avait enflammé son cœur d'une passion qui lui était toute nouvelle. Il se forma une idée de sa beauté si avantageuse que le désir de la posséder lui fit passer toute la nuit dans des inquiétudes qui ne lui permirent pas de fermer l'œil un moment.

Le lendemain, le roi Saleh voulut prendre congé de la reine Gulnare et du roi son neveu. Le jeune roi de Perse, qui savait bien que le roi son oncle ne voulait partir sitôt que pour aller travailler à son bonheur sans perdre de temps, ne laissa pas de changer de couleur à ce discours. Sa passion était déjà si forte qu'elle ne lui permettait pas de demeurer sans voir l'objet qui la causait, aussi longtemps qu'il jugeait qu'il en mettrait à traiter de son mariage. Il prit la résolution de le prier de vouloir bien l'emmener avec lui; mais, comme il ne voulait pas que la reine sa mère en sût rien, afin d'avoir occasion de lui en parler en particulier, il l'engagea de demeurer encore ce jour-là pour être d'une partie de chasse avec lui le jour suivant, résolu de profiter de cette occasion pour lui déclarer son dessein.

La partie de chasse se fit, et le roi Beder se trouva seul plusieurs fois avec le roi son oncle; mais il n'eut pas la hardiesse d'ouvrir la bouche pour lui dire un mot de ce qu'il avait projeté. Au plus fort de la chasse, que le roi Saleh s'était séparé d'avec lui, et qu'aucun officier ni de ses gens n'était resté près de lui, il mit pied à terre près d'un ruisseau; et, après qu'il eut attaché son cheval à un arbre, qui faisait un très bel ombrage le long du ruisseau avec plusieurs autres qui le bordaient, il se coucha à demi sur le gazon et donna un libre cours à ses larmes, qui coulèrent en abondance, accompagnées de soupirs et de sanglots. Il demeura longtemps dans cet état, abîmé dans ses pensées, sans proférer une seule parole.

Le roi Saleh cependant, qui ne vit plus le roi son neveu, fut dans une grande peine de savoir où il était, et il ne trouvait personne qui lui en donnât des nouvelles. Il se sépara d'avec les autres chasseurs; et, en le cherchant, il l'aperçut de loin. Il avait remarqué dès le jour précédent, et encore plus clairement le même jour, qu'il n'avait pas son enjouement ordinaire, qu'il était rêveur contre sa coutume, et qu'il n'était pas prompt à répondre aux demandes qu'on lui faisait, ou, s'il y répondait, qu'il ne le faisait pas à propos. Mais il n'avait pas eu le moindre soupçon de la cause de ce changement. Dès qu'il le vit dans la situation où il était, il ne douta pas qu'il n'eût entendu l'entretien qu'il avait eu avec la reine Gulnare, et qu'il ne fût amoureux. Il mit pied à terre assez loin de lui; après qu'il eut attaché son cheval à un arbre, il prit un grand détour, et s'en approcha sans faire de bruit, si près qu'il lui entendit prononcer ces paroles :

« Aimable princesse du royaume de Samandal, s'écriait-il, on ne m'a fait sans doute qu'une faible ébauche de votre beauté incomparable. Je vous tiens encore plus belle, préférablement à toutes les princesses du monde, que le soleil n'est beau, préférablement à la lune et à tous les astres ensemble. J'irais dès ce moment vous offrir mon cœur, si je savais où vous trouver; il vous appartient, et jamais princesse ne le possédera que vous. »

Le roi Saleh n'en voulut pas entendre davantage; il s'avança, et, en se faisant voir au roi Beder : « A ce que je vois, mon neveu, lui dit-il, vous avez entendu ce que nous disions avant-hier de la princesse Giauhare, la reine votre mère et moi. Ce n'était pas notre intention, et nous avons cru que vous dormiez. — Mon cher oncle, reprit le roi Beder, je n'en ai pas perdu une parole, et j'en ai éprouvé l'effet que vous aviez prévu, et que vous n'avez pu éviter. Je vous avais retenu exprès, dans le dessein de vous parler de mon amour avant votre départ; mais la honte de vous faire un aveu de ma faiblesse, si c'en est une d'aimer une princesse si digne d'être aimée, m'a fermé la bouche. Je vous supplie donc, par l'amitié que vous avez pour un prince qui a l'honneur d'être votre allié de si près, d'avoir pitié de moi, et de ne pas attendre à me procurer la vue de la divine Giauhare que vous ayez obtenu le consentement du roi son père pour notre mariage, à moins que vous n'aimiez mieux que je meure d'amour pour elle avant de la voir. »

Ce discours du roi de Perse embarrassa fort le roi Saleh. Le roi Saleh lui représenta combien il était difficile qu'il lui donnât la satisfaction qu'il demandait; qu'il ne pouvait le faire sans l'emmener avec lui; et, comme sa présence était nécessaire dans son royaume, que tout était à craindre s'il s'en absentait, il le conjura de modérer sa passion jusqu'à ce qu'il eût mis les choses en état de pouvoir le contenter, en l'assurant qu'il y allait employer toute la diligence possible, et qu'il viendrait lui en rendre compte dans peu de jours. Le roi de Perse n'écouta pas ces raisons. « Oncle cruel, repartit-il, je vois bien que vous ne m'aimez pas autant que je me l'étais persuadé, et que vous aimez mieux que je meure que de m'accorder la première prière que je vous aie faite de ma vie !

— Je suis prêt de faire voir à Votre Majesté, répliqua le roi Saleh, qu'il n'y a rien que je ne veuille faire pour vous obliger ; mais je ne puis vous emmener avec moi que vous n'en ayez parlé à la reine votre mère. Que dirait-elle de vous et de moi ? Je le veux bien si elle y consent, et je joindrai mes prières aux vôtres. — Vous n'ignorez pas, reprit le roi de Perse, que la reine ma mère ne voudra jamais que je l'abandonne, et cette excuse me fait mieux connaître la dureté que vous avez pour moi. Si vous m'aimez autant que vous voulez que je le croie, il faut que vous retourniez en votre royaume dès ce moment et que vous m'emmeniez avec vous.

Le roi Saleh, forcé de céder à la volonté du roi de Perse, tira une bague qu'il avait au doigt, où étaient gravés les mêmes noms mystérieux de Dieu que sur le sceau de Salomon, qui avaient fait tant de prodiges par leur vertu. En la lui présentant : « Prenez cette bague, dit-il, mettez-la à votre doigt, et ne craignez ni les eaux de la mer ni sa profondeur. » Le roi de Perse prit la bague ; et, quand il l'eut mise au doigt : « Faites comme moi », lui dit encore le roi Saleh. Et en même temps ils s'élevèrent en l'air légèrement, en avançant vers la mer qui n'était pas éloignée, où ils se plongèrent.

Le roi marin ne mit pas beaucoup de temps à arriver à son palais avec le roi de Perse son neveu, qu'il mena d'abord à l'appartement de la reine, à qui il le présenta. Le roi de Perse baisa la main de la reine sa grand-mère, et la reine l'embrassa avec une grande démonstration de joie. « Je ne vous demande pas des nouvelles de votre santé, lui dit-elle, je vois que vous vous portez bien, et j'en suis ravie ; mais je vous prie de m'en apprendre de celles de la reine Gulnare, votre mère et ma fille. » Le roi de Perse se garda bien de lui dire qu'il était parti sans prendre congé d'elle ; il l'assura au contraire qu'il l'avait laissée en parfaite santé, et qu'elle l'avait chargé de lui bien faire ses

compliments. La reine lui présenta ensuite les princesses ;
et, pendant qu'elle lui donna lieu de s'entretenir avec elles,
elle entra dans un cabinet avec le roi Saleh, qui lui apprit
l'amour du roi de Perse pour la princesse Giauhare, sur le
seul récit de sa beauté, et contre son intention ; qu'il l'avait
amené sans avoir pu s'en défendre, et qu'il allait aviser aux
moyens de la lui procurer en mariage.

Quoique le roi Saleh, à proprement parler, fût innocent
de la passion du roi de Perse, la reine néanmoins lui sut
fort mauvais gré d'avoir parlé de la princesse Giauhare
devant lui avec si peu de précaution. « Votre imprudence
n'est point pardonnable, lui dit-elle : espérez-vous que le
roi de Samandal, dont le caractère vous est si connu, aura
plus de considération pour vous que pour tant d'autres
rois à qui il a refusé sa fille avec un mépris si éclatant ?
Voulez-vous qu'il vous renvoie avec la même confusion ?

— Madame, reprit le roi Saleh, je vous ai déjà marqué
que c'est contre mon intention que le roi mon neveu a
entendu ce que j'ai raconté de la beauté de la princesse
Giauhare à la princesse ma sœur. La faute est faite, et
nous devons songer qu'il l'aime très passionnément, et
qu'il mourra d'affliction et de douleur si nous ne la lui
obtenons, en quelque manière que ce soit. Je ne dois y rien
oublier, puisque c'est moi, quoique innocemment, qui ai
fait le mal, et j'emploierai tout ce qui est en mon pouvoir
pour y apporter le remède. J'espère, Madame, que vous
approuverez ma résolution d'aller trouver moi-même le
roi de Samandal avec un riche présent de pierreries, et lui
demander la princesse sa fille pour le roi de Perse, votre
petit-fils. J'ai quelque confiance qu'il ne me refusera pas,
et qu'il agréera de s'allier avec un des plus puissants
monarques de la terre.

— Il eût été à souhaiter, repartit la reine, que nous
n'eussions pas été dans la nécessité de faire cette
demande, dont il n'est pas sûr que nous ayons un succès
aussi heureux que nous le souhaiterions ; mais, comme il
s'agit du repos et de la satisfaction du roi mon petit-fils, j'y
donne mon consentement. Sur toutes choses, puisque
vous connaissez l'humeur du roi de Samandal, prenez
garde, je vous en supplie, de lui parler avec tous les égards
qui lui sont dus, et d'une manière si obligeante qu'il ne
s'en offense pas. »

La reine prépara le présent elle-même, et le composa de
diamants, de rubis, d'émeraudes et de files de perles, et les

mit dans une cassette fort riche et fort propre. Le lendemain, le roi Saleh prit congé d'elle et du roi de Perse, et
partit avec une troupe choisie et peu nombreuse de ses
officiers et de ses gens. Il arriva bientôt au royaume, à la
capitale et au palais du roi de Samandal ; et le roi de
Samandal ne différa pas de lui donner audience dès qu'il
eut appris son arrivée. Il se leva de son trône dès qu'il le vit
paraître ; et le roi Saleh, qui voulut bien oublier ce qu'il
était pour quelques moments, se prosterna à ses pieds, en
lui souhaitant l'accomplissement de tout ce qu'il pouvait
désirer. Le roi de Samandal se baissa aussitôt pour le faire
relever ; et, après qu'il lui eut fait prendre place auprès de
lui, il lui dit qu'il était le bienvenu, et lui demanda s'il y
avait quelque chose qu'il pût faire pour son service.

« Sire, répondit le roi Saleh, quand je n'aurais pas
d'autres motifs que celui de rendre mes respects à un
prince des plus puissants qu'il y ait au monde, et si distingué par sa sagesse et par sa valeur, je ne marquerais que
faiblement à Votre Majesté combien je l'honore. Si elle
pouvait pénétrer jusqu'au fond de mon cœur, elle connaî-
trait la grande vénération dont il est rempli pour elle, et le
désir ardent que j'ai de lui donner des témoignages de
mon attachement. » En disant ces paroles, il prit la cassette des mains d'un de ses gens, l'ouvrit, et, en la lui présentant, il le supplia de vouloir bien l'agréer.

« Prince, reprit le roi de Samandal, vous ne me faites
pas un présent de cette considération que vous n'ayez une
demande proportionnée à me faire. Si c'est quelque chose
qui dépende de mon pouvoir, je me ferai un très grand
plaisir de vous l'accorder. Parlez, et dites-moi librement
en quoi je puis vous obliger.

— Il est vrai, Sire, repartit le roi Saleh, que j'ai une
grâce à demander à Votre Majesté, et je me garderais bien
de la lui demander s'il n'était en son pouvoir de me la
faire. La chose dépend d'elle si absolument que je la
demanderais en vain à tout autre. Je la lui demande donc
avec toutes les instances possibles, et je la supplie de ne
me la pas refuser. — Si cela est ainsi, répliqua le roi de
Samandal, vous n'avez qu'à m'apprendre ce que c'est, et
vous verrez de quelle manière je sais obliger quand je le
puis.

— Sire, lui dit alors le roi Saleh, après la confiance que
Votre Majesté veut bien que je prenne sur sa bonne
volonté, je ne dissimulerai pas davantage que je viens la

supplier de nous honorer de son alliance par le mariage de
la princesse Giauhare, son honorable fille, et de fortifier
par là la bonne intelligence qui unit les deux royaumes
depuis si longtemps. »

A ce discours, le roi de Samandal fit de grands éclats de
rire en se laissant aller à la renverse sur le coussin où il
avait le dos appuyé, et d'une manière fort injurieuse au roi
Saleh. « Roi Saleh, lui dit-il d'un air de mépris, je m'étais
imaginé que vous étiez un prince d'un bon sens, sage et
avisé ; et votre discours au contraire me fait connaître
combien je me suis trompé. Dites-moi, je vous prie, où
était votre esprit quand vous vous êtes formé une chimère
aussi grande que celle dont vous venez de me parler ?
Avez-vous bien pu concevoir seulement la pensée d'aspirer
au mariage d'une princesse fille d'un roi aussi grand et
aussi puissant que je le suis ? Vous deviez mieux considérer auparavant la grande distance qu'il y a de vous à moi,
et ne pas venir perdre en un moment l'estime que je faisais
de votre personne. »

Le roi Saleh fut extrêmement offensé d'une réponse si
outrageante, et il eut bien de la peine à retenir son juste
ressentiment. « Que Dieu, Sire, reprit-il avec toute la
modération possible, récompense Votre Majesté comme
elle le mérite ; elle voudra bien que j'aie l'honneur de lui
dire que je ne demande pas la princesse sa fille en mariage
pour moi. Quand cela serait, bien loin que Votre Majesté
dût s'en offenser, ou la princesse elle-même, je croirais
faire beaucoup d'honneur à l'un et à l'autre. Votre Majesté
sait bien que je suis un des rois de la mer comme elle ; que
les rois mes prédécesseurs ne cèdent en rien par leur
ancienneté à aucune des autres familles royales, et que le
royaume que je tiens d'eux n'est pas moins florissant ni
moins puissant que de leur temps. Si elle ne m'eût pas
interrompu, elle eût bientôt compris que la grâce que je
lui demande ne me regarde pas, mais le jeune roi de Perse,
mon neveu, dont la puissance et la grandeur, non plus que
ses qualités personnelles, ne doivent pas lui être
inconnues. Tout le monde reconnaît que la princesse
Giauhare est la plus belle personne qu'il y ait sous les
cieux ; mais il n'est pas moins vrai que le jeune roi de
Perse est le prince le mieux fait et le plus accompli qu'il y
ait sur la terre et dans tous les royaumes de la mer, et les
avis ne sont point partagés là-dessus. Ainsi, comme la
grâce que je demande ne peut tourner qu'à une grande

gloire pour elle et pour la princesse Giauhare, elle ne doit pas douter que le consentement qu'elle donnera à une alliance si proportionnée ne soit suivi d'une approbation universelle. La princesse est digne du roi de Perse, et le roi de Perse n'est pas moins digne d'elle. Il n'y a ni roi ni prince au monde qui puisse le lui disputer. »

Le roi de Samandal n'eût pas donné le loisir au roi Saleh de lui parler si longtemps si l'emportement où il le mit lui en eût laissé la liberté. Il fut encore du temps sans prendre la parole après qu'il eut cessé, tant il était hors de lui-même. Il éclata enfin par des injures atroces et indignes d'un grand roi. « Chien, s'écria-t-il, tu oses me tenir ce discours et proférer seulement le nom de ma fille devant moi ! Penses-tu que le fils de ta sœur Gulnare puisse entrer en comparaison avec ma fille ? Qui es-tu, toi ? Qui était ton père ? Qui est ta sœur, et qui est ton neveu ? Son père n'était-il pas un chien, et fils de chien comme toi ? Qu'on arrête l'insolent, et qu'on lui coupe le cou ! »

Les officiers, en petit nombre, qui étaient autour du roi de Samandal, se mirent aussitôt en devoir d'obéir ; mais, comme le roi Saleh était dans la force de son âge, léger et dispos, il s'échappa avant qu'ils eussent tiré le sabre, et il gagna la porte du palais, où il trouva mille hommes de ses parents et de sa maison, bien armés et bien équipés, qui ne faisaient que d'arriver. La reine sa mère avait fait réflexion sur le peu de monde qu'il avait pris avec lui ; et, comme elle avait pressenti la mauvaise réception que le roi de Samandal pouvait lui faire, elle les avait envoyés et priés de faire grande diligence. Ceux de ses parents qui se trouvèrent à la tête se surent bon gré d'être arrivés si à propos, quand ils le virent venir avec ses gens qui le suivaient dans un grand désordre, et qu'on le poursuivait. « Sire, s'écrièrent-ils au moment qu'il les joignait, de quoi s'agit-il ? Nous voici prêts de vous venger : vous n'avez qu'à commander. »

Le roi Saleh leur raconta la chose en peu de mots, se mit à la tête d'une grosse troupe, pendant que les autres restèrent à la porte dont ils se saisirent, et retourna sur ses pas. Comme le peu d'officiers et de gardes qui l'avaient poursuivi se furent dissipés, il rentra dans l'appartement du roi de Samandal, qui fut d'abord abandonné des autres et arrêté en même temps. Le roi Saleh laissa du monde suffisamment auprès de lui pour s'assurer de sa personne, et il alla d'appartement en appartement, en cherchant celui de la princesse Giauhare. Mais, au premier bruit, cette princesse s'était élancée à la surface de la mer avec les femmes qui s'étaient trouvées auprès d'elle, et s'était sauvée dans une île déserte.

Comme ces choses se passaient au palais du roi de Samandal, des gens du roi Saleh qui avaient pris la fuite dès les premières menaces de ce roi mirent la reine sa mère dans une grande alarme en lui annonçant le danger où ils l'avaient laissé. Le jeune roi Beder, qui était présent à leur arrivée, en fut d'autant plus alarmé qu'il se regarda comme la première cause de tout le mal qui en pouvait arriver. Il ne se sentit pas assez de courage pour soutenir la présence de la reine sa grand-mère, après le danger où était le roi Saleh à son occasion. Pendant qu'il la vit occupée à donner les ordres qu'elle jugea nécessaires dans cette conjoncture, il s'élança du fond de la mer ; et, comme il ne savait quel chemin prendre pour retourner au royaume de Perse, il se sauva dans la même île où la princesse Giauhare s'était sauvée.

Comme ce prince était hors de lui-même, il alla s'asseoir au pied d'un grand arbre qui était environné de plusieurs autres. Dans le temps qu'il reprenait ses esprits, il entendit que l'on parlait : il prêta aussitôt l'oreille ; mais il était un peu trop éloigné pour rien comprendre de ce que l'on disait ; il se leva, et, en s'avançant, sans faire de bruit, du côté d'où venait le son des paroles, il aperçut entre des feuillages une beauté dont il fut ébloui. « Sans doute, dit-il en lui-même en s'arrêtant et en la considérant avec admiration, que c'est la princesse Giauhare, que la frayeur a peut-être obligée d'abandonner le palais du roi son père ; si ce n'est pas elle, elle ne mérite pas moins que je l'aime de toute mon âme. » Il ne s'arrêta pas davantage, il se fit voir, et, en s'approchant de la princesse avec une profonde révérence : « Madame, lui dit-il, je ne puis assez remercier le Ciel de la faveur qu'il me fait aujourd'hui d'offrir à mes yeux ce qu'il voit de plus beau. Il ne pouvait m'arriver un plus grand bonheur que l'occasion de vous faire offre de mes très humbles services. Je vous supplie, Madame, de l'accepter : une personne comme vous ne se trouve pas dans cette solitude sans avoir besoin de secours.

— Il est vrai, Seigneur, reprit la princesse Giauhare d'un air fort triste, qu'il est très extraordinaire à une dame de mon rang de se trouver dans l'état où je suis. Je suis princesse, fille du roi de Samandal, et je m'appelle Giau-hare. J'étais tranquillement dans son palais et dans mon appartement, lorsque tout à coup j'ai entendu un bruit effroyable. On est venu m'annoncer aussitôt que le roi Saleh, je ne sais pour quel sujet, avait forcé le palais et s'était saisi du roi mon père, après avoir fait main basse sur tous ceux de sa garde qui lui avaient fait résistance. Je n'ai eu que le temps de me sauver et de chercher ici un asile contre sa violence. »

Au discours de la princesse, le roi Beder eut de la confusion d'avoir abandonné la reine sa grand-mère si brusquement, sans attendre l'éclaircissement de la nouvelle qu'on lui avait apportée. Mais il fut ravi que le roi son oncle se fût rendu maître de la personne du roi de Samandal ; il ne douta pas en effet que le roi de Samandal ne lui accordât la princesse pour avoir sa liberté. « Adorable princesse, repartit-il, votre douleur est très juste, mais il est aisé de la faire cesser avec la captivité du roi votre père. Vous en tomberez d'accord lorsque vous saurez que je m'appelle Beder, que je suis roi de Perse, et que le roi Saleh est mon oncle. Je puis bien vous assurer qu'il n'a aucun dessein de s'emparer des États du roi votre père. Il n'a d'autre but que d'obtenir que j'aie l'honneur et le bonheur d'être son gendre, en vous recevant de sa main pour épouse. Je vous avais déjà abandonné mon cœur sur le seul récit de votre beauté et de vos charmes. Loin de m'en repentir, je vous supplie de le recevoir, et d'être persuadée qu'il ne brûlera jamais que pour vous. J'ose espérer que vous ne le refuserez pas, et que vous considérerez qu'un roi qui est sorti de ses États uniquement pour venir vous l'offrir mérite de la reconnaissance. Souffrez donc, belle princesse, que j'aie l'honneur d'aller vous présenter au roi mon oncle. Le roi votre père n'aura pas sitôt donné son consentement à notre mariage qu'il le laissera maître de ses États comme auparavant. »

La déclaration du roi Beder ne produisit pas l'effet qu'il en avait attendu. La princesse ne l'avait pas plus tôt aperçu qu'à sa bonne mine, à son air et à la bonne grâce avec laquelle il l'avait abordée, elle l'avait regardé comme une personne qui ne lui eût pas déplu. Mais, dès qu'elle eut appris par lui-même qu'il était la cause du mauvais traitement qu'on venait de faire au roi son père, de la douleur qu'elle en avait, de la frayeur qu'elle en avait eue elle-même par rapport à sa propre personne, et de la nécessité où elle avait été réduite de prendre la fuite, elle le regarda comme un ennemi avec qui elle ne devait pas avoir de commerce. D'ailleurs, quelque disposition qu'elle eût à consentir elle-même au mariage qu'il désirait, comme elle jugea qu'une des raisons que le roi son père pouvait avoir de rejeter cette alliance, c'était que le roi Beder était né d'un roi de la terre, elle était résolue de se soumettre entièrement à sa volonté sur cet article. Elle ne voulut pas néanmoins témoigner rien de son ressentiment ; elle imagina seulement un moyen de se délivrer adroitement des mains du roi Beder ; et, en faisant semblant de le voir avec plaisir : « Seigneur, reprit-elle avec tout l'honnêteté possible, vous êtes donc fils de la reine Gulnare, si célèbre par sa beauté singulière ? J'en ai bien de la joie, et je suis ravie de voir en vous un prince si digne d'elle. Le roi mon père a grand tort de s'opposer si fortement à nous unir ensemble. Il ne vous aura pas plus tôt vu qu'il n'hésitera pas à nous rendre heureux l'un et l'autre. » En disant ces paroles, elle lui présenta la main pour marque d'amitié.

Le roi Beder crut qu'il était au comble de son bonheur ; il avança la main, et, en prenant celle de la princesse, il se baissa pour la baiser par respect. La princesse ne lui en donna pas le temps.

Téméraire, lui dit-elle en le repoussant et en lui crachant au visage, faute d'eau, *quitte cette forme d'homme et prends celle d'un oiseau blanc, avec le bec et les pieds rouges.*

Dès qu'elle eut prononcé ces paroles, le roi Beder fut changé en oiseau de cette forme avec autant de mortification que d'étonnement. « Prenez-le, dit-elle aussitôt à une de ses femmes, et portez-le dans l'île Sèche. » Cette île n'était qu'un rocher affreux, où il n'y avait pas une goutte d'eau.

La femme prit l'oiseau, et, en exécutant l'ordre de la princesse Giauhare, elle eut compassion de la destinée du roi Beder. « Ce serait dommage, dit-elle en elle-même, qu'un prince si digne de vivre mourût de faim et de soif. La princesse, si bonne et si douce, se repentira peut-être elle-même d'un ordre si cruel, quand elle sera revenue de sa grande colère ; il vaut mieux que je le porte dans un lieu où il puisse mourir de sa belle mort. » Elle le porta dans une île bien peuplée et elle le laissa dans une campagne très agréable, plantée de toutes sortes d'arbres fruitiers, et arrosée de plusieurs ruisseaux.

Revenons au roi Saleh. Après qu'il eut cherché lui-même la princesse Giauhare et qu'il l'eut fait chercher par tout le palais sans la trouver, il fit enfermer le roi de Samandal dans son propre palais, sous bonne garde ; et, quand il eut donné les ordres nécessaires pour le gouvernement du royaume en son absence, il vint rendre compte à la reine sa mère de l'action qu'il venait de faire. Il demanda où était le roi son neveu en arrivant, et il apprit avec une grande surprise et beaucoup de chagrin qu'il avait disparu. « On est venu nous apprendre, lui dit la reine, le grand danger où vous étiez au palais du roi de Samandal, et, pendant que je donnais des ordres pour vous envoyer d'autres secours ou pour vous venger, il a disparu. Il faut qu'il ait été épouvanté d'apprendre que vous étiez en danger, et qu'il n'ait pas cru qu'il fût en sûreté avec nous. »

Cette nouvelle affligea extrêmement le roi Saleh, qui se repentit alors de la trop grande facilité qu'il avait eue de condescendre au désir du roi Beder sans en parler auparavant à la reine Gulnare. Il envoya après lui de tous les côtés ; mais, quelques diligences qu'il pût faire, on ne lui en apporta aucune nouvelle, et, au lieu de la joie qu'il s'était déjà faite d'avoir si fort avancé un mariage qu'il regardait comme son ouvrage, la douleur qu'il eut de cet incident auquel il ne s'attendait pas en fut plus mortifiante. En attendant qu'il apprît de ses nouvelles, bonnes ou mauvaises, il laissa son royaume sous l'administration de la reine sa mère, et alla gouverner celui du roi de Samandal, qu'il continua de faire garder avec beaucoup de vigilance, quoique avec tous les égards dus à son caractère.

Le même jour que le roi Saleh était parti pour retourner au royaume de Samandal, la reine Gulnare, mère du roi Beder, arriva chez la reine sa mère. Cette princesse ne s'était pas étonnée de n'avoir pas vu revenir le roi son fils le jour de son départ. Elle s'était imaginé que l'ardeur de la chasse, comme cela lui était arrivé quelquefois, l'avait emporté plus loin qu'il ne se l'était proposé. Mais, quand elle vit qu'il n'était pas revenu le lendemain ni le jour d'après, elle en fut dans une alarme dont il était aisé de juger par la tendresse qu'elle avait pour lui. Cette alarme fut beaucoup plus grande quand elle eut appris des officiers qui l'avaient accompagné, et qui avaient été obligés de revenir après l'avoir cherché longtemps, lui et le roi Saleh son oncle, sans les avoir trouvés, qu'il fallait qu'il leur fût arrivé quelque chose de fâcheux, ou qu'ils fussent ensemble en quelque endroit qu'ils ne pouvaient deviner ; qu'ils avaient bien trouvé leurs chevaux, mais que pour leurs personnes ils n'en avaient eu aucune nouvelle, quelques diligences qu'ils eussent faites pour en apprendre. Sur ce rapport, elle avait pris le parti de dissimuler et de cacher son affliction, et elle les avait chargés de retourner sur leurs pas et de faire encore leurs diligences. Pendant ce temps-là elle avait pris son parti, et, sans rien dire à personne et après avoir dit à ses femmes qu'elle voulait être seule, elle s'était plongée dans la mer pour s'éclaircir sur le soupçon qu'elle avait que le roi Saleh pouvait avoir emmené le roi de Perse avec lui.

Cette grande reine eût été reçue par la reine sa mère avec grand plaisir si, dès qu'elle l'eut aperçue, elle ne se fût doutée du sujet qui l'avait amenée. « Ma fille, lui dit-elle, ce n'est pas pour me voir que vous venez ici, je m'en aperçois bien. Vous venez me demander des nouvelles du roi votre fils, et celles que j'ai à vous en donner ne sont capables que d'augmenter votre affliction, aussi bien que la mienne. J'avais eu une grande joie de le voir arriver avec le roi son oncle ; mais je n'eus pas plus tôt appris qu'il était parti sans vous en avoir parlé que je pris part à la peine que vous en souffririez. » Elle lui fit ensuite le récit du zèle avec lequel le roi Saleh était allé faire lui-même la demande de la princesse Giauhare, et de ce qui en était arrivé, jusqu'à ce que le roi Beder avait disparu. « J'ai envoyé du monde après lui, ajouta-t-elle ; et le roi mon fils, qui ne fait que de repartir pour aller gouverner le royaume de Samandal, a fait aussi ses diligences de son côté : ç'a été sans succès jusqu'à présent ; mais il faut espérer que nous le reverrons lorsque nous ne l'attendrons pas. »

La désolée Gulnare ne se paya pas d'abord de cette espérance ; elle regarda le roi son cher fils comme perdu, et elle le pleura amèrement, en mettant toute la faute sur le roi son frère. La reine sa mère lui fit considérer la nécessité qu'il y avait qu'elle fît des efforts pour ne pas succomber à sa douleur. « Il est vrai, lui dit-elle, que le roi votre frère ne devait pas vous parler de ce mariage avec si peu de précaution, ni consentir jamais à amener le roi mon petit-fils sans vous en avertir auparavant. Mais, comme il n'y a pas de certitude que le roi de Perse ait péri absolument, vous ne devez rien négliger pour lui conserver son royaume. Ne perdez donc pas de temps, retournez à votre capitale : votre présence y est nécessaire; et il ne vous sera pas difficile de tenir toutes choses dans l'état paisible où elles sont, en faisant publier que le roi de Perse a été bien aise de venir nous voir. »

Il ne fallait pas moins qu'une raison aussi forte que celle-là pour obliger la reine Gulnare de s'y rendre. Elle prit congé de la reine sa mère, et elle fut de retour au palais de la capitale de Perse avant qu'on se fût aperçu qu'elle s'en était absentée. Elle dépêcha aussitôt des gens pour rappeler les officiers qu'elle avait renvoyés à la quête du roi son fils, et leur annoncer qu'elle savait où il était, et qu'on le reverrait bientôt. Elle en fit aussi répandre le bruit par toute la ville, et elle gouverna toutes choses de concert avec le premier ministre et le conseil, avec la même tranquillité que si le roi Beder eût été présent.

Pour revenir au roi Beder, que la femme de la princesse Giauhare avait porté et laissé dans l'île comme nous l'avons dit, ce monarque fut dans un grand étonnement quand il se vit seul et sous la forme d'un oiseau. Il s'estima d'autant plus malheureux dans cet état qu'il ne savait où il était, ni en quelle partie du monde le royaume de Perse était situé. Quand il l'eût su, et qu'il eût assez connu la force de ses ailes pour se hasarder à traverser tant de mers et à s'y rendre, qu'eût-il gagné autre chose que de se trouver dans la même peine et dans la même difficulté où il était, d'être connu non pas pour roi de Perse, mais même pour un homme ? Il fut contraint de demeurer où il était, de vivre de la même nourriture que les oiseaux de son espèce, et de passer la nuit sur un arbre.

Au bout de quelques jours, un paysan fort adroit à prendre des oiseaux aux filets arriva à l'endroit où il était, et eut une grande joie quand il eut aperçu un si bel oiseau, d'une espèce qui lui était inconnue, quoiqu'il y eût de longues années qu'il chassait aux filets. Il employa toute l'adresse dont il était capable, et il prit si bien ses mesures qu'il prit l'oiseau. Ravi d'une si bonne capture, qui, selon l'estime qu'il en fit, devait lui valoir plus que beaucoup d'autres oiseaux ensemble de ceux qu'il prenait ordinairement, à cause de la rareté, il le mit dans une cage et le porta à la ville. Dès qu'il fut arrivé au marché, un bourgeois l'arrêta, et lui demanda combien il voulait vendre l'oiseau.

Au lieu de répondre à cette demande, le paysan demanda au bourgeois, à son tour, ce qu'il en prétendait

faire quand il l'aurait acheté. « Bon homme, reprit le bourgeois, que veux-tu que j'en fasse, si je ne le fais rôtir pour
le manger ? — Sur ce pied-là, repartit le paysan, vous croi-
riez l'avoir bien acheté si vous m'en aviez donné la
moindre pièce d'argent. Je l'estime bien davantage ; et ce
ne serait pas pour vous, quand vous m'en donneriez une
pièce d'or. Je suis bien vieux, mais, depuis que je me
connais, je n'en ai pas encore vu un pareil. Je vais en faire
un présent au roi : il en connaîtra mieux le prix que
vous. »

Au lieu de s'arrêter au marché, le paysan alla au palais,
où il s'arrêta devant l'appartement du roi. Le roi était près
d'une fenêtre d'où il voyait tout ce qui se passait dans la
place. Comme il eut aperçu le bel oiseau, il envoya un officier des eunuques avec ordre de le lui acheter. L'officier
vint au paysan, et lui demanda combien il voulait le
vendre. « Si c'est pour Sa Majesté, reprit le paysan, je la
supplie d'agréer que je lui en fasse un présent, et je vous
prie de le lui porter. » L'officier porta l'oiseau au roi, et le
roi le trouva si particulier qu'il chargea l'officier de porter
dix pièces d'or au paysan, qui se retira très content ; après
quoi il mit l'oiseau dans une cage magnifique, et lui donna
du grain et de l'eau dans des vases précieux.

Le roi, qui était prêt de monter à cheval pour aller à la
chasse, et qui n'avait pas eu le temps de bien voir l'oiseau,
se le fit apporter dès qu'il fut de retour. L'officier apporta
la cage ; et, afin de le mieux considérer, le roi l'ouvrit lui-
même et prit l'oiseau sur sa main. En le regardant avec
une grande admiration, il demanda à l'officier s'il l'avait
vu manger. « Sire, reprit l'officier, Votre Majesté peut voir
que le vase de sa mangeaille est encore plein, et je n'ai pas
remarqué qu'il y ait touché. » Le roi dit qu'il fallait lui en
donner de plusieurs sortes, afin qu'il choisît celle qui lui
conviendrait.

Comme on avait déjà mis la table, on servit dans le
temps que le roi prescrivit cet ordre. Dès qu'on eut posé
les plats, l'oiseau battit des ailes, s'échappa de la main du
roi, vola sur la table, où il se mit à becqueter sur le pain et
sur les viandes, tantôt dans un plat et tantôt dans un
autre. Le roi en fut si surpris qu'il envoya l'officier des
eunuques avertir la reine de venir voir cette merveille.
L'officier raconta la chose à la reine en peu de mots, et la
reine vint aussitôt. Mais, dès qu'elle eut vu l'oiseau, elle se
couvrit le visage de son voile, et voulut se retirer. Le roi,

étonné de cette action, d'autant plus qu'il n'y avait que des eunuques dans la chambre, et des femmes qui l'avaient suivie, lui demanda la raison qu'elle avait d'en user ainsi.

« Sire, répondit la reine, Votre Majesté n'en sera plus étonnée quand elle aura appris que cet oiseau n'est pas un oiseau comme elle se l'imagine, et que c'est un homme. — Madame, reprit le roi plus étonné qu'auparavant, vous voulez vous railler de moi sans doute; vous ne me persuaderez pas qu'un oiseau soit un homme. — Sire, Dieu me garde de me railler de Votre Majesté. Rien n'est plus vrai que ce que j'ai l'honneur de lui dire, et je l'assure que c'est le roi de Perse, qui se nomme Beder, fils de la célèbre Gulnare, princesse d'un des plus grands royaumes de la mer, neveu de Saleh, roi de ce royaume, et petit-fils de la reine Farasche, mère de Gulnare et de Saleh; et c'est la princesse Giauhare, fille du roi de Samandal, qui l'a ainsi métamorphosé. » Afin que le roi n'en pût pas douter, elle lui raconta comment et pourquoi la princesse Giauhare s'était ainsi vengée du mauvais traitement que le roi Saleh avait fait au roi de Samandal son père.

Le roi eut d'autant moins de peine à ajouter foi à tout ce que la reine lui raconta de cette histoire qu'il savait qu'elle était une magicienne des plus habiles qu'il y eût jamais eu au monde, et que, comme elle n'ignorait rien de tout ce qui s'y passait, il était d'abord informé par son moyen des mauvais desseins des rois ses voisins contre lui, et les prévenait. Il eut compassion du roi de Perse, et il pria la reine avec instance de rompre l'enchantement qui le retenait sous cette forme.

La reine y consentit avec beaucoup de plaisir. « Sire, dit-elle au roi, que Votre Majesté prenne la peine d'entrer dans son cabinet avec l'oiseau, je lui ferai voir en peu de moments un roi digne de la considération qu'elle a pour lui. » L'oiseau, qui avait cessé de manger pour être attentif à l'entretien du roi et de la reine, ne donna pas au roi la peine de le prendre; il passa le premier dans le cabinet, et la reine y entra bientôt après avec un vase plein d'eau à la main. Elle prononça sur le vase des paroles inconnues au roi, jusqu'à ce que l'eau commençât à bouillonner; elle en prit aussitôt dans la main, et en la jetant sur l'oiseau:

Par la vertu des paroles saintes et mystérieuses que je viens de prononcer, dit-elle, *et au nom du Créateur du ciel et de la terre, qui ressuscite les morts et maintient l'univers dans son état, quitte cette forme d'oiseau, et reprends celle que tu as reçue de ton Créateur.*

La reine avait à peine achevé ces paroles qu'au lieu de l'oiseau, le roi vit paraître un jeune prince de belle taille dont le bel air et la bonne mine le charmèrent. Le roi Beder se prosterna d'abord, et rendit grâces à Dieu de celle qu'il venait de lui faire. Il prit la main du roi en se relevant, et la baisa pour lui marquer sa parfaite reconnaissance; mais le roi l'embrassa avec bien de la joie, et lui témoigna combien il avait de satisfaction de le voir. Il voulut aussi remercier la reine; mais elle était déjà retirée à son appartement. Le roi le fit mettre à table avec lui, et, après le repas, il le pria de lui raconter comment la princesse Giauhare avait eu l'inhumanité de transformer en oiseau un prince aussi aimable qu'il l'était, et le roi de Perse le satisfit d'abord. Quand il eut achevé, le roi, indigné du procédé de la princesse, ne put s'empêcher de la blâmer. « Il était louable à la princesse de Samandal, reprit-il, de n'être pas insensible au traitement qu'on avait fait au roi son père; mais qu'elle ait poussé la vengeance à un si grand excès contre un prince qui ne devait pas en être accusé, c'est de quoi elle ne se justifiera jamais auprès de personne. Mais laissons ce discours, et dites-moi en quoi je puis vous obliger davantage.

— Sire, repartit le roi Beder, l'obligation que j'ai à Votre Majesté est si grande que je devrais demeurer toute ma vie auprès d'elle pour lui en témoigner ma reconnaissance; mais, puisqu'elle ne met pas de bornes à sa générosité, je la supplie de vouloir bien m'accorder un de ses vaisseaux pour me ramener en Perse, où je crains que mon absence, qui n'est déjà que trop longue, n'ait causé du désordre, et même que la reine ma mère, à qui j'ai caché mon départ, ne soit morte de douleur, dans l'incertitude où elle doit avoir été de ma vie ou de ma mort. »

Le roi lui accorda ce qu'il demandait de la meilleure grâce du monde, et, sans différer, il donna l'ordre pour l'équipement d'un vaisseau le plus fort et le meilleur voilier qu'il eût dans sa flotte nombreuse. Le vaisseau fut bientôt fourni de tous ses agrès, de matelots, de soldats, de provisions et de munitions nécessaires; et, dès que le vent fut favorable, le roi Beder s'y embarqua, après avoir pris congé du roi et l'avoir remercié de tous les bienfaits dont il lui était redevable.

Le vaisseau mit à la voile avec le vent en poupe, qui le fit avancer considérablement dans sa route dix jours sans discontinuer; le onzième jour, il devint un peu contraire;

il augmenta, et enfin il fut si violent qu'il causa une tempête furieuse. Le vaisseau ne s'écarta pas seulement de sa route, il fut encore si fortement agité que tous ses mâts se rompirent, et que, porté au gré du vent, il donna sur une sèche et s'y brisa.

La plus grande partie de l'équipage fut submergée d'abord ; les uns se fièrent à la force de leurs bras pour se sauver à la nage, et les autres se prirent à quelque pièce de bois, ou à une planche. Beder fut des derniers ; et, emporté tantôt par les courants et tantôt par les vagues, dans une grande incertitude de sa destinée, il s'aperçut enfin qu'il était près de terre et peu loin d'une ville de grande apparence. Il profita de ce qui lui restait de force pour y aborder, et il arriva enfin si près du rivage, où la mer était tranquille, qu'il toucha le fond. Il abandonna aussitôt la pièce de bois qui lui avait été d'un si grand secours. Mais, en s'avançant dans l'eau pour gagner la grève, il fut fort surpris de voir accourir de toutes parts des chevaux, des chameaux, des mulets, des ânes, des bœufs, des vaches, des taureaux et d'autres animaux, qui bordèrent le rivage et se mirent en état de l'empêcher d'y mettre le pied. Il eut toutes les peines du monde à vaincre leur obstination et à se faire passage. Quand il en fut venu à bout, il se mit à l'abri de quelques rochers, jusqu'à ce qu'il eût un peu repris haleine et qu'il eût laissé sécher son habit au soleil.

Lorsque ce prince voulut s'avancer pour entrer dans la ville, il eut encore la même difficulté avec les mêmes animaux, comme s'ils eussent voulu le détourner de son dessein et lui faire comprendre qu'il y avait du danger pour lui.

Le roi Beder entra dans la ville, et il y vit plusieurs rues belles et spacieuses, mais avec un grand étonnement de ce qu'il ne rencontrait personne. Cette grande solitude lui fit considérer que ce n'était pas sans sujet que tant d'animaux avaient fait tout ce qui était en leur pouvoir pour l'obliger de s'en éloigner plutôt que d'entrer. En avançant néanmoins, il remarqua plusieurs boutiques ouvertes, qui lui firent connaître que la ville n'était pas aussi dépeuplée qu'il se l'était imaginé. Il s'approcha d'une de ces boutiques où il y avait plusieurs sortes de fruits exposés en vente d'une manière fort propre, et salua un vieillard qui y était assis.

Le vieillard, qui était occupé à quelque chose, leva la tête ; et, comme il vit un jeune homme qui marquait quelque chose de grand, il lui demanda, d'un air qui témoignait beaucoup de surprise, d'où il venait, et quelle occasion l'avait amené. Le roi Beder le satisfit en peu de mots, et le vieillard lui demanda encore s'il n'avait rencontré personne en son chemin. « Vous êtes le premier que j'aie vu, repartit le roi, et je ne puis comprendre qu'une ville si belle et de tant d'apparence soit déserte comme elle l'est. — Entrez, ne demeurez pas davantage à la porte, répliqua le vieillard ; peut-être vous en arriverait-il quelque mal. Je satisferai votre curiosité à loisir, et je vous dirai la raison pourquoi il est bon que vous preniez cette précaution. »

Le roi Beder ne se le fit pas dire deux fois, il entra et s'assit près du vieillard ; mais, comme le vieillard avait compris par le récit de sa disgrâce que le prince avait besoin de nourriture, il lui présenta d'abord de quoi reprendre des forces ; et, quoique le roi Beder l'eût prié de lui expliquer pourquoi il avait pris la précaution de le faire entrer, il ne voulut néanmoins lui rien dire qu'il n'eût achevé de manger. C'est qu'il craignait que les choses fâcheuses qu'il avait à lui dire ne l'empêchassent de manger tranquillement. En effet, quand il vit qu'il ne mangeait plus : « Vous devez bien remercier Dieu, lui dit-il, de ce que vous êtes venu jusque chez moi sans aucun accident. — Eh ! pour quel sujet ? reprit le roi Beder effrayé et alarmé. — Il faut que vous sachiez, repartit le vieillard, que cette ville s'appelle la ville des Enchantements, et qu'elle est gouvernée, non pas par un roi, mais par une reine ; et cette reine, qui est la plus belle personne de son sexe dont on ait jamais entendu parler, est aussi magicienne, mais la plus insigne et la plus dangereuse que l'on puisse connaître. Vous en serez convaincu quand vous saurez que tous ces chevaux, ces mulets et ces autres animaux que vous avez vus, sont autant d'hommes comme vous et comme moi, qu'elle a ainsi métamorphosés par son art diabolique. Autant de jeunes gens bien faits comme vous qui entrent dans la ville, elle a des gens apostés qui les arrêtent, et qui, de gré ou de force, les conduisent devant elle. Elle les reçoit avec un accueil des plus obligeants ; elle les caresse, elle les régale, elle les loge magnifiquement, et elle leur donne tant de facilités pour leur persuader qu'elle les aime, qu'elle n'a pas de peine à y réussir ; mais elle ne les laisse pas jouir longtemps de leur bonheur prétendu ; il n'y en a pas un qu'elle ne métamorphose en quelque animal ou en quelque oiseau au

bout de quarante jours, selon qu'elle le juge à propos.
Vous m'avez parlé de tous ces animaux qui se sont présentés pour vous empêcher d'aborder à terre et d'entrer dans
la ville ; c'est qu'ils ne pouvaient vous faire comprendre
d'une autre manière le danger auquel vous vous exposiez,
et qu'ils faisaient ce qui était en leur pouvoir pour vous en
détourner. »

Ce discours affligea très sensiblement le jeune roi de
Perse. « Hélas ! s'écria-t-il, à quelle extrémité suis-je réduit
par ma mauvaise destinée ! Je suis à peine délivré d'un
enchantement dont j'ai encore horreur que je me vois
exposé à quelque autre plus terrible. » Cela lui donna lieu
de raconter son histoire au vieillard plus au long, de lui
parler de sa naissance, de sa qualité, de sa passion pour la
princesse de Samandal, et de la cruauté qu'elle avait eue
de le changer en oiseau au moment qu'il venait de la voir
et de lui faire la déclaration de son amour.

Quand ce prince eut achevé par le bonheur qu'il avait eu
de trouver une reine qui avait rompu cet enchantement et
par des témoignages de la peur qu'il avait de retomber
dans un plus grand malheur, le vieillard qui voulut le rassurer : « Quoique ce que je vous ai dit de la reine magicienne et de sa méchanceté, lui dit-il, soit véritable, cela ne
doit pas néanmoins vous donner la grande inquiétude où
je vois que vous en êtes. Je suis aimé de toute la ville, je ne
suis pas même inconnu à la reine, et je puis dire qu'elle a
beaucoup de considération pour moi. Ainsi c'est un grand
bonheur pour vous que votre bonne fortune vous ait
adressé à moi plutôt qu'à un autre. Vous êtes en sûreté
dans ma maison, où je vous conseille de demeurer si vous
l'agréez ainsi. Pourvu que vous ne vous en écartiez pas, je
vous garantis qu'il ne vous arrivera rien qui puisse vous
donner sujet de vous plaindre de ma mauvaise foi. De la
sorte, il n'est pas besoin que vous vous contraigniez en
quoi que ce soit. »

Le roi Beder remercia le vieillard de l'hospitalité qu'il
exerçait envers lui et de la protection qu'il lui donnait avec
tant de bonne volonté. Il s'assit à l'entrée de la boutique ;
et il n'y parut pas plus tôt que sa jeunesse et sa bonne
mine attirèrent les yeux de tous les passants. Plusieurs
s'arrêtèrent même, et firent compliment au vieillard sur ce
qu'il avait acquis un esclave si bien fait, comme ils se
l'imaginaient ; et ils en paraissaient d'autant plus surpris
qu'ils ne pouvaient comprendre qu'un si beau jeune

homme eût échappé à la diligence de la reine. « Ne croyez
pas que ce soit un esclave, leur disait le vieillard ; vous
savez que je ne suis assez riche, ni de condition pour en
avoir de cette conséquence. C'est mon neveu, fils d'un
frère que j'avais, qui est mort ; et, comme je n'ai pas
d'enfants, je l'ai fait venir pour me tenir compagnie. » Ils
se réjouirent avec lui de la satisfaction qu'il devait avoir de
son arrivée ; mais en même temps ils ne purent s'empêcher de lui témoigner la crainte qu'ils avaient que la reine
ne le lui enlevât. « Vous la connaissez, lui disaient-ils, et
vous ne devez pas ignorer le danger auquel vous vous êtes
exposé, après tous les exemples que vous en avez. Quelle
douleur serait la vôtre, si elle lui faisait le même traitement qu'à tant d'autres que nous savons !

— Je vous suis bien obligé, reprenait le vieillard, de la
bonne amitié que vous me témoignez et de la part que
vous prenez à mes intérêts, et je vous en remercie avec
toute la reconnaissance qu'il m'est possible. Mais je me
garderai bien de penser même que la reine voulût me faire
le moindre déplaisir, après toutes les bontés qu'elle ne
cesse d'avoir pour moi. Au cas qu'elle en apprenne quelque chose et qu'elle m'en parle, j'espère qu'elle ne songera
pas seulement à lui dès que je lui aurai marqué qu'il est
mon neveu. »

Le vieillard était ravi d'entendre les louanges qu'on donnait au jeune roi de Perse ; il y prenait part comme si véritablement il eût été son propre fils, et il conçut pour lui
une amitié qui augmenta à mesure que le séjour qu'il fit
chez lui lui donna lieu de le mieux connaître. Il y avait
environ un mois qu'ils vivaient ensemble, lorsqu'un jour
que le roi Beder était assis à l'entrée de la boutique à son
ordinaire, la reine Labe, c'est ainsi que s'appelait la reine
magicienne, vint à passer devant la maison du vieillard
avec grande pompe. Le roi Beder n'eut pas plus tôt aperçu
la tête des gardes qui marchaient devant elle qu'il se leva,
rentra dans la boutique, et demanda au vieillard son hôte
ce que cela signifiait. « C'est la reine qui va passer, reprit-
il ; mais demeurez et ne craignez rien. »

Les gardes de la reine Labe, habillés d'un habit uni-
forme couleur de pourpre, montés et équipés avantageusement, passèrent en quatre files, le sabre haut, au
nombre de mille ; et il n'y eut pas un officier qui ne saluât
le vieillard en passant devant sa boutique. Ils furent suivis
d'un pareil nombre d'eunuques, habillés de brocart et

mieux montés, dont les officiers lui firent le même honneur. Après eux, autant de jeunes demoiselles, presque toutes également belles, richement habillées et ornées de pierreries, venaient à pied d'un pas grave, avec la demi-pique à la main ; et la reine Labe paraissait au milieu d'elles sur un cheval tout brillant de diamants, avec une selle d'or et une housse d'un prix inestimable. Les jeunes demoiselles saluèrent aussi le vieillard à mesure qu'elles passaient ; et la reine, frappée de la bonne mine du roi Beder, s'arrêta devant la boutique. « Abdallah, lui dit-elle, c'est ainsi qu'il s'appelait, dites-moi, je vous prie, est-ce à vous cet esclave si bien fait et si charmant ? Y a-t-il longtemps que vous avez fait cette acquisition ? »

Avant de répondre à la reine, Abdallah se prosterna contre terre, et en se relevant : « Madame, lui dit-il, c'est mon neveu, fils d'un frère que j'avais, qui est mort il n'y a pas longtemps. Comme je n'ai pas d'enfants, je le regarde comme mon fils, et je l'ai fait venir pour ma consolation et pour recueillir après ma mort le peu de bien que je laisserai. »

La reine Labe, qui n'avait encore vu personne de comparable au roi Beder, et qui venait de concevoir une forte passion pour lui, songea sur ce discours à faire en sorte que le vieillard le lui abandonnât. « Bon père, reprit-elle, ne voulez-vous pas bien me faire l'amitié de m'en faire un présent ? Ne me refusez pas, je vous en prie. Je jure par le feu et par la lumière que je le ferai si grand et si puissant que jamais particulier au monde n'aura fait une si haute fortune. Quand j'aurais le dessein de faire mal à tout le genre humain, il sera le seul à qui je me garderai bien d'en faire. J'ai confiance que vous m'accorderez ce que je vous demande, plus sur l'amitié que je sais que vous avez pour moi que sur l'estime que je fais et que j'ai toujours faite de votre personne.

— Madame, reprit le bon Abdallah, je suis infiniment obligé à Votre Majesté de toutes les bontés qu'elle a pour moi et de l'honneur qu'elle veut faire à mon neveu. Il n'est pas digne d'approcher d'une si grande reine : je supplie Votre Majesté de trouver bon qu'il s'en dispense.

— Abdallah, répliqua la reine, je m'étais flattée que vous m'aimiez davantage ; et je n'eusse jamais cru que vous dussiez me donner une marque si évidente du peu d'état que vous faites de mes prières. Mais je jure encore une fois par le feu et par la lumière, et même par ce qu'il y

a de plus sacré dans ma religion, que je ne passerai pas
outre que je n'aie vaincu votre opiniâtreté. Je comprends
fort bien ce qui vous fait de la peine; mais je vous promets
que vous n'aurez pas le moindre sujet de vous repentir de
m'avoir obligée si sensiblement. »

Le vieillard Abdallah eut une mortification inexprimable, par rapport à lui et par rapport au roi Beder, d'être
forcé de céder à la volonté de la reine. « Madame, reprit-il,
je ne veux pas que Votre Majesté ait lieu d'avoir si mauvaise opinion du respect que j'ai pour elle, ni de mon zèle
pour contribuer à tout ce qui peut lui faire plaisir. J'ai une
confiance entière sur sa parole, et je ne doute pas qu'elle
ne me la tienne. Je la supplie seulement de différer à faire
un si grand honneur à mon neveu jusqu'au premier jour
qu'elle repassera. — Ce sera donc demain », repartit la
reine. Et, en disant ces paroles, elle baissa la tête pour lui
marquer l'obligation qu'elle lui avait, et reprit le chemin
de son palais.

Quand la reine Labe eut achevé de passer avec toute la
pompe qui l'accompagnait : « Mon fils, dit le bon Abdallah
au roi Beder, qu'il s'était accoutumé d'appeler ainsi afin
de ne le pas faire connaître en parlant de lui en public, je
n'ai pu, comme vous l'avez vu vous-même, refuser à la
reine ce qu'elle m'a demandé avec la vivacité dont vous
avez été témoin, afin de ne lui pas donner lieu d'en venir à
quelque violence d'éclat ou secrète, en employant son art
magique, et de vous faire, autant par dépit contre vous
que contre moi, un traitement plus cruel et plus signalé
qu'à tous ceux dont elle a pu disposer jusqu'à présent,
comme je vous en ai déjà entretenu. J'ai quelque raison de
croire qu'elle en usera bien, comme elle me l'a promis, par
la considération toute particulière qu'elle a pour moi.
Vous l'avez pu remarquer vous-même par celle de toute sa
cour et par les honneurs qui m'ont été rendus. Elle serait
bien maudite du Ciel si elle me trompait; mais elle ne me
tromperait pas impunément, et je saurais bien m'en venger. »

Ces assurances, qui paraissaient fort incertaines, ne
firent pas un grand effet sur l'esprit du roi Beder. « Après
tout ce que vous m'avez raconté des méchancetés de cette
reine, reprit-il, je ne vous dissimule pas combien je
redoute de m'approcher d'elle. Je mépriserais peut-être
tout ce que vous m'en avez pu dire, et je me laisserais
éblouir par l'éclat de la grandeur qui l'environne, si je ne

savais déjà par expérience ce que c'est que d'être à la discrétion d'une magicienne. L'état où je me suis trouvé par
l'enchantement de la princesse Giauhare, et dont il semble
que je n'ai été délivré que pour rentrer presque aussitôt
dans un autre, me la fait regarder avec horreur. » Ses
larmes l'empêchèrent d'en dire davantage, et firent
connaître avec quelle répugnance il se voyait dans la
nécessité fatale d'être livré à la reine Labe.

« Mon fils, repartit le vieillard Abdallah, ne vous affligez
pas : j'avoue qu'on ne peut pas faire un grand fondement
sur les promesses et même sur les serments d'une reine si
pernicieuse. Je veux bien que vous sachiez que tout son
pouvoir ne s'étend pas jusqu'à moi. Elle ne l'ignore pas ; et
c'est pour cela, préférablement à toute chose, qu'elle a tant
d'égards pour moi. Je saurai bien l'empêcher de vous faire
le moindre mal, quand elle serait assez perfide pour oser
entreprendre de vous en faire. Vous pouvez vous fier à
moi ; et, pourvu que vous suiviez exactement les avis que
je vous donnerai avant que je vous abandonne à elle, je
vous suis garant qu'elle n'aura pas plus de puissance sur
vous que sur moi. »

La reine magicienne ne manqua pas de passer le lendemain devant la boutique du vieillard Abdallah avec la
même pompe que le jour d'auparavant, et le vieillard
l'attendait avec un grand respect. « Bon père, lui dit-elle
en s'arrêtant, vous devez juger de l'impatience où je suis
d'avoir votre neveu auprès de moi par mon exactitude à
venir vous faire souvenir de vous acquitter de votre promesse. Je sais que vous êtes homme de parole, et je ne
veux pas croire que vous ayez changé de sentiment. »

Abdallah, qui s'était prosterné dès qu'il avait vu que la
reine s'approchait, se releva quand elle eut cessé de parler ;
et, comme il ne voulait pas que personne entendît ce qu'il
avait à lui dire, il s'avança avec respect jusqu'à la tête de
son cheval, et en lui parlant bas : « Puissante reine, dit-il,
je suis persuadé que Votre Majesté ne prend pas en mauvaise part la difficulté que je fis de lui confier mon neveu
dès hier ; elle doit avoir compris elle-même le motif que
j'en ai eu. Je veux bien le lui abandonner aujourd'hui ;
mais je la supplie d'avoir pour agréable de mettre en oubli
tous les secrets de cette science merveilleuse qu'elle possède au souverain degré. Je regarde mon neveu comme
mon propre fils ; et Votre Majesté me mettrait au désespoir si elle en usait avec lui d'une autre manière qu'elle a
eu la bonté de me le promettre.

— Je vous le promets encore, repartit la reine, et je vous répète, par le même serment qu'hier, que vous et lui aurez tout sujet de vous louer de moi. Je vois bien que je ne vous suis pas encore assez connue, ajouta-t-elle, vous ne m'avez vue jusqu'à présent que le visage couvert ; mais, comme je trouve votre neveu digne de mon amitié, je veux vous faire voir que je ne suis pas indigne de la sienne. » En disant ces paroles, elle laissa voir au roi Beder, qui s'était approché avec Abdallah, une beauté incomparable ; mais le roi Beder en fut peu touché. « En effet, ce n'est pas assez d'être belle, dit-il en lui-même, il faut que les actions soient aussi régulières que la beauté est accomplie. »

Dans le temps que le roi Beder faisait ces réflexions les yeux attachés sur la reine Labe, le vieillard Abdallah se tourna de son côté ; et, en le prenant par la main, il le lui présenta. « Le voilà, Madame, lui dit-il ; je supplie Votre Majesté encore une fois de se souvenir qu'il est mon neveu, et de permettre qu'il vienne me voir quelquefois. » La reine le lui promit ; et, pour lui marquer sa reconnaissance, elle lui fit donner un sac de mille pièces d'or, qu'elle avait fait apporter. Il s'excusa d'abord de le recevoir ; mais elle voulut absolument qu'il l'acceptât, et il ne put s'en dispenser. Elle avait fait amener un cheval aussi richement harnaché que le sien pour le roi de Perse. On le lui présenta ; et, pendant qu'il mettait le pied à l'étrier : « J'oubliais, dit la reine à Abdallah, de vous demander comment s'appelle votre neveu. » Comme il lui répondit qu'il se nommait Beder : « On s'est mépris, reprit-elle, on devait plutôt le nommer Schems[1]. »

Dès que le roi Beder fut monté à cheval, il voulut prendre son rang derrière la reine ; mais elle le fit avancer à sa gauche, et voulut qu'il marchât à côté d'elle. Elle regarda Abdallah, et, après avoir fait une inclination, elle reprit sa marche.

Au lieu de remarquer sur le visage du peuple une certaine satisfaction accompagnée de respect à la vue de sa souveraine, le roi Beder s'aperçut au contraire qu'on la regardait avec mépris, et même que plusieurs faisaient mille imprécations contre elle. « La magicienne, disaient quelques-uns, a trouvé un nouveau sujet d'exercer sa méchanceté. Le Ciel ne délivrera-t-il jamais le monde de

---

1. *Schems* veut dire soleil. On vient de voir que *Beder* signifie pleine lune.

sa tyrannie? — Pauvre étranger, s'écriaient d'autres, tu es bien trompé, si tu crois que ton bonheur durera longtemps : c'est pour rendre ta chute plus assommante qu'on t'élève si haut! » Ces discours lui firent connaître que le vieillard Abdallah lui avait dépeint la reine Labe telle qu'elle était en effet; mais, comme il ne dépendait plus de lui de se tirer du danger où il était, il s'abandonna à la Providence et à ce qu'il plairait au Ciel de décider de son sort.

La reine magicienne arriva à son palais; et, quand elle eut mis pied à terre, elle se fit donner la main par le roi Beder, et entra avec lui, accompagnée de ses femmes et des officiers de ses eunuques. Elle lui fit voir elle-même tous les appartements, où il n'y avait qu'or massif, pierreries, et que meubles d'une magnificence singulière. Quand elle l'eut mené dans son cabinet, elle s'avança avec lui sur un balcon, d'où elle lui fit remarquer un jardin d'une beauté enchantée. Le roi Beder louait tout ce qu'il voyait avec beaucoup d'esprit, d'une manière néanmoins qu'elle ne pouvait se douter qu'il fût autre chose que le neveu du vieillard Abdallah. Ils s'entretinrent de plusieurs choses indifférentes, jusqu'à ce qu'on vint avertir la reine que l'on avait servi.

La reine et le roi Beder se levèrent, et allèrent se mettre à table. La table était d'or massif, et les plats de même matière. Ils mangèrent, et ils ne burent presque pas jusqu'au dessert; mais alors la reine se fit emplir sa coupe d'or d'excellent vin; et, après qu'elle eut bu à la santé du roi Beder, elle la fit remplir sans la quitter, et la lui présenta. Le roi Beder la reçut avec beaucoup de respect, et, par une inclination de tête fort bas, il lui marqua qu'il buvait réciproquement à sa santé.

Dans le même temps dix femmes de la reine Labe entrèrent avec des instruments, dont elles firent un agréable concert avec leurs voix, pendant qu'ils continuèrent de boire bien avant dans la nuit. A force de boire, enfin ils s'échauffèrent si fort l'un et l'autre qu'insensiblement le roi Beder oublia que la reine était magicienne, et qu'il ne la regarda plus que comme la plus belle reine qu'il y eût au monde. Dès que la reine se fut aperçue qu'elle l'avait amené au point qu'elle souhaitait, elle fit signe aux eunuques et à ses femmes de se retirer. Ils obéirent, et le roi Beder et elle couchèrent ensemble.

Le lendemain, la reine et le roi Beder allèrent au bain dès qu'ils furent levés; et, au sortir du bain, les femmes

qui y avaient servi le roi lui présentèrent du linge blanc et
un habit des plus magnifiques. La reine, qui avait pris
aussi un autre habit plus magnifique que celui du jour
d'auparavant, vint le prendre, et ils allèrent ensemble à
son appartement. On leur servit un bon repas; après quoi
ils passèrent la journée agréablement à la promenade
dans le jardin et à plusieurs sortes de divertissements.

La reine Labe traita et régala le roi Beder de cette
manière pendant quarante jours, comme elle avait coutume d'en user envers tous ses amants. La nuit du quaran-
tième qu'ils étaient couchés, comme elle croyait que le roi
Beder dormait, elle se leva sans faire de bruit; mais le roi
Beder, qui était éveillé et qui s'aperçut qu'elle avait quelque dessein, fit semblant de dormir et fut attentif à ses
actions. Lorsqu'elle fut levée, elle ouvrit une cassette, d'où
elle tira une boîte pleine d'une certaine poudre jaune. Elle
prit de cette poudre, et en fit une traînée au travers de la
chambre. Aussitôt cette traînée se changea en un ruisseau
d'une eau très claire, au grand étonnement du roi Beder. Il
en trembla de frayeur, et il se contraignit davantage à faire
semblant qu'il dormait, pour ne pas donner à connaître à
la magicienne qu'il fût éveillé.

La reine Labe puisa de l'eau du ruisseau dans un vase, et
en versa dans un bassin où il y avait de la farine, dont elle
fit une pâte qu'elle pétrit fort longtemps; elle y mit enfin
de certaines drogues qu'elle prit en différentes boîtes, et
elle en fit un gâteau qu'elle mit dans une tourtière couverte. Comme avant toute chose elle avait allumé un grand
feu, elle tira de la braise, mit la tourtière dessus, et, pendant que le gâteau cuisait, elle remit les vases et les boîtes
dont elle s'était servie en leur lieu, et, à de certaines
paroles qu'elle prononça, le ruisseau qui coulait au milieu
de la chambre disparut. Quand le gâteau fut cuit, elle l'ôta
de dessus la braise et le porta dans un cabinet; après quoi
elle revint coucher avec le roi Beder, qui sut si bien dissimuler qu'elle n'eut pas le moindre soupçon qu'il eût rien
vu de tout ce qu'elle venait de faire.

Le roi Beder, à qui les plaisirs et les divertissements
avaient fait oublier le bon vieillard Abdallah, son hôte,
depuis qu'il l'avait quitté, se souvint de lui, et crut qu'il
avait besoin de son conseil, après ce qu'il avait vu faire à la
reine Labe pendant la nuit. Dès qu'il fut levé, il témoigna à
la reine le désir qu'il avait de l'aller voir, et la supplia de
vouloir bien le lui permettre. « Hé quoi! mon cher Beder,

reprit la reine, vous ennuyez-vous déjà, je ne dis pas de demeurer dans un palais si superbe, et où vous devez trouver tant d'agréments, mais de la compagnie d'une reine qui vous aime si passionnément, et qui vous en donne tant de marques ?

— Grande reine, reprit le roi Beder, comment pourrais-je m'ennuyer de tant de grâces et de tant de faveurs dont Votre Majesté a la bonté de me combler ? Bien loin de cela, Madame, je demande cette permission plutôt pour rendre compte à mon oncle des obligations infinies que j'ai à Votre Majesté que pour lui faire connaître que je ne l'oublie pas. Je ne désavoue pas néanmoins que c'est en partie pour cette raison : comme je sais qu'il m'aime avec tendresse, et qu'il y a quarante jours qu'il ne m'a vu, je ne veux pas lui donner lieu de penser que je n'y corresponds pas, en demeurant plus longtemps sans le voir. — Allez, repartit la reine, je le veux bien ; mais vous ne serez pas longtemps à revenir, si vous vous souvenez que je ne puis vivre sans vous. » Elle lui fit donner un cheval richement harnaché, et il partit.

Le vieillard Abdallah fut ravi de revoir le roi Beder : sans avoir égard à sa qualité, il l'embrassa tendrement, et le roi Beder l'embrassa de même, afin que personne ne doutât qu'il ne fût son neveu. Quand ils se furent assis : « Hé bien, demanda Abdallah au roi, comment vous êtes-vous trouvé, et comment vous trouvez-vous encore avec cette infidèle, cette magicienne ?

— Jusqu'à présent, reprit le roi Beder, je puis dire qu'elle a eu pour moi toutes sortes d'égards imaginables, et qu'elle a eu toute la considération et tout l'empressement possible pour mieux me persuader qu'elle m'aime parfaitement. Mais j'ai remarqué une chose cette nuit qui me donne un juste sujet de soupçonner que tout ce qu'elle en a fait n'est que dissimulation. Dans le temps qu'elle croyait que je dormais profondément, quoique je fusse éveillé, je m'aperçus qu'elle s'éloigna de moi avec beaucoup de précaution, et qu'elle se leva. Cette précaution fit qu'au lieu de me rendormir, je m'attachai à l'observer, en feignant cependant que je dormais toujours. » En continuant son discours, il lui raconta comment et avec quelles circonstances il lui avait vu faire le gâteau ; et en achevant : « Jusqu'alors, ajouta-t-il, j'avoue que je vous avais presque oublié, avec tous les avis que vous m'aviez donnés de ses méchancetés ; mais cette action me fait craindre

qu'elle ne tienne ni les paroles qu'elle vous a données, ni
ses serments si solennels. J'ai songé à vous aussitôt ; et je
m'estime heureux de ce qu'elle m'a permis de vous venir
voir avec plus de facilité que je ne m'y étais attendu.

— Vous ne vous êtes pas trompé, repartit le vieillard
Abdallah avec un souris qui marquait qu'il n'avait pas cru
lui-même qu'elle dût en user autrement ; rien n'est capable
d'obliger la perfide de se corriger. Mais ne craignez rien, je
sais le moyen de faire en sorte que le mal qu'elle veut vous
faire retombe sur elle. Vous êtes entré dans le soupçon
fort à propos, et vous ne pouviez mieux faire que de recourir à moi. Comme elle ne garde pas ses amants plus de
quarante jours, et qu'au lieu de les renvoyer honnêtement
elle en fait autant d'animaux dont elle remplit ses forêts,
ses parcs et la campagne, je pris dès hier les mesures pour
empêcher qu'elle ne vous fasse le même traitement. Il y a
trop longtemps que la terre porte ce monstre : il faut
qu'elle soit traitée elle-même comme elle le mérite. »

En achevant ces paroles, Abdallah mit deux gâteaux
entre les mains du roi Beder, et lui dit de les garder pour
en faire l'usage qu'il allait entendre. « Vous m'avez dit,
continua-t-il, que la magicienne a fait un gâteau cette
nuit : c'est pour vous en faire manger, n'en doutez pas ;
mais gardez-vous bien d'en goûter. Ne laissez pas cependant d'en prendre quand elle vous en présentera, et, au
lieu de le mettre à la bouche, faites en sorte de manger, à
la place, d'un des deux que je viens de vous donner, sans
qu'elle s'en aperçoive. Dès qu'elle aura cru que vous aurez
avalé du sien, elle ne manquera pas d'entreprendre de
vous métamorphoser en quelque animal. Elle n'y réussira
pas, et elle tournera la chose en plaisanterie, comme si elle
n'eût voulu le faire que pour rire et vous faire un peu de
peur, pendant qu'elle en aura un dépit mortel dans l'âme,
et qu'elle s'imaginera d'avoir manqué en quelque chose
dans la composition de son gâteau. Pour ce qui est de
l'autre gâteau, vous lui en ferez présent, et vous la presse-
rez d'en manger. Elle en mangera, quand ce ne serait que
pour vous faire voir qu'elle ne se méfie pas de vous, après
le sujet qu'elle vous aura donné de vous méfier d'elle.
Quand elle en aura mangé, prenez un peu d'eau dans le
creux de la main, et, en la lui jetant au visage, dites-lui :
Quitte cette forme, et prends celle (de tel ou tel animal qu'il
vous plaira), et venez avec l'animal ; je vous dirai ce qu'il
faudra que vous fassiez. »

Le roi Beder marqua au vieillard Abdallah, en des termes les plus expressifs, combien il lui était obligé de l'intérêt qu'il prenait à empêcher qu'une magicienne si dangereuse n'eût le pouvoir d'exercer sa méchanceté contre lui ; et, après qu'il se fut encore entretenu quelque temps avec lui, il le quitta et retourna au palais. En arrivant, il apprit que la magicienne l'attendait dans le jardin avec grande impatience. Il alla la chercher, et la reine Labe ne l'eut pas plus tôt aperçu qu'elle vint à lui avec grand empressement. « Cher Beder, lui dit-elle, on a grande raison de dire que rien ne fait mieux connaître la force et l'excès de l'amour que l'éloignement de l'objet que l'on aime. Je n'ai pas eu de repos depuis que je vous ai perdu de vue, et il me semble qu'il y a des années que je ne vous ai vu. Pour peu que vous eussiez différé, je me préparais à vous aller chercher moi-même.

— Madame, reprit le roi Beder, je puis assurer Votre Majesté que je n'ai pas eu moins d'impatience de me rendre auprès d'elle ; mais je n'ai pu refuser quelques moments d'entretien à un oncle qui m'aime et qui ne m'avait vu depuis si longtemps. Il voulait me retenir ; mais je me suis arraché à sa tendresse pour venir où l'amour m'appelait ; et, de la collation qu'il m'avait préparée, je me suis contenté d'un gâteau que je vous ai apporté. » Le roi Beder, qui avait enveloppé l'un des deux gâteaux dans un mouchoir fort propre, le développa, et, en le lui présentant : « Le voilà, Madame, ajouta-t-il ; je vous supplie de l'agréer.

— Je l'accepte de bon cœur, repartit la reine en le prenant, et j'en mangerai avec plaisir pour l'amour de vous et de votre oncle mon bon ami ; mais auparavant je veux que pour l'amour de moi vous mangiez de celui-ci, que j'ai fait pendant votre absence. — Belle reine, lui dit le roi Beder en le recevant avec respect, des mains comme celles de Votre Majesté ne peuvent rien faire que d'excellent ; et elle me fait une faveur dont je ne puis assez lui témoigner ma reconnaissance. »

Le roi Beder substitua adroitement à la place du gâteau de la reine l'autre que le vieillard Abdallah lui avait donné, et il en rompit un morceau qu'il porta à sa bouche. « Ah ! reine, s'écria-t-il en le mangeant, je n'ai jamais rien goûté de plus exquis ! » Comme ils étaient près d'un jet d'eau, la magicienne, qui vit qu'il avait avalé le morceau et qu'il en allait manger un autre, puisa de l'eau du bassin dans le creux de sa main, et, en la lui jetant au visage :

Malheureux, lui dit-elle, *quitte cette figure d'homme, et prends celle d'un vilain cheval borgne et boiteux.*

Ces paroles ne firent pas d'effet, et la magicienne fut extrêmement étonnée de voir le roi Beder dans le même état, et donner seulement une marque de grande frayeur. La rougeur lui en monta au visage; et, comme elle vit qu'elle avait manqué son coup : « Cher Beder, lui dit-elle, ce n'est rien, remettez-vous, je n'ai pas voulu vous faire de mal, je l'ai fait seulement pour voir ce que vous en diriez. Vous pouvez juger que je serais la plus misérable et la plus exécrable de toutes les femmes si je commettais une action si noire, je ne dis pas seulement après les serments que j'ai faits, mais même après les marques d'amour que je vous ai données.

— Puissante reine, repartit le roi Beder, quelque persuadé que je sois que Votre Majesté ne l'a fait que pour se divertir, je n'ai pu néanmoins me garantir de la surprise. Quel moyen aussi de s'empêcher de n'avoir pas au moins quelque émotion à des paroles capables de faire un changement si étrange ? Mais, Madame, laissons là ce discours, et, puisque j'ai mangé de votre gâteau, faites-moi la grâce de goûter du mien. »

La reine Labe, qui ne pouvait mieux se justifier qu'en donnant cette marque de confiance au roi de Perse, rompit un morceau de gâteau et le mangea. Dès qu'elle l'eut avalé, elle parut toute troublée et elle demeura comme immobile. Le roi Beder ne perdit pas de temps ; il prit de l'eau du même bassin, et, en la lui jetant au visage :

Abominable magicienne, s'écria-t-il, *sors de cette figure, et change-toi en cavale.*

Au même moment la reine Labe fut changée en une très belle cavale ; et sa confusion fut si grande de se voir ainsi métamorphosée qu'elle répandit des larmes en abondance. Elle baissa la tête jusqu'aux pieds du roi Beder, comme pour le toucher de compassion. Mais, quand il eût voulu se laisser fléchir, il n'était pas en son pouvoir de réparer le mal qu'il lui avait fait. Il mena la cavale à l'écurie du palais, où il la mit entre les mains d'un palefrenier pour la faire seller et brider ; mais, de toutes les brides que le palefrenier présenta à la cavale, pas une ne se trouva propre. Il fit seller et brider deux chevaux, un pour lui et l'autre pour le palefrenier, et il se fit suivre par le palefrenier jusque chez le vieillard Abdallah avec la cavale en main.

Abdallah, qui aperçut de loin le roi Beder et la cavale, ne douta pas que le roi Beder n'eût fait ce qu'il lui avait recommandé. « Maudite magicienne, dit-il aussitôt en lui-même avec joie, le Ciel enfin t'a châtiée comme tu le méritais. » Le roi Beder mit pied à terre en arrivant, et entra dans la boutique d'Abdallah, qu'il embrassa en le remerciant de tous les services qu'il lui avait rendus. Il lui raconta de quelle manière le tout s'était passé, et lui marqua qu'il n'avait pas trouvé de bride propre pour la cavale. Abdallah, qui en avait une à tout cheval, en brida la cavale lui-même ; et, dès que le roi Beder eut renvoyé le palefrenier avec les deux chevaux : « Sire, lui dit-il, vous n'avez pas besoin de vous arrêter davantage en cette ville, montez la cavale, et retournez en votre royaume. La seule chose que j'ai à vous recommander, c'est, au cas que vous veniez à vous défaire de la cavale, de vous bien garder de la livrer avec la bride. » Le roi Beder lui promit qu'il s'en souviendrait, et, après qu'il lui eut dit adieu, il partit.

Le jeune roi de Perse ne fut pas plus tôt hors de la ville qu'il ne se sentit pas de joie d'être délivré d'un si grand danger, et d'avoir à sa disposition la magicienne, qu'il avait eu un si grand sujet de redouter. Trois jours après son départ il arriva à une grande ville. Comme il était dans le faubourg, il fut rencontré par un vieillard de quelque considération qui allait à pied à une maison de plaisance qu'il avait. « Seigneur, lui dit le vieillard en s'arrêtant, oserais-je vous demander de quel côté vous venez ? » Il s'arrêta aussitôt pour le satisfaire ; et, comme le vieillard lui faisait plusieurs questions, une vieille survint qui s'arrêta pareillement, et se mit à pleurer en regardant la cavale avec de grands soupirs.

Le roi Beder et le vieillard interrompirent leur entretien pour regarder la vieille, et le roi Beder lui demanda quel sujet elle avait de pleurer. « Seigneur, reprit-elle, c'est que votre cavale ressemble si parfaitement à une que mon fils avait, et que je regrette encore pour l'amour de lui, que je croirais que c'est la même si elle n'était morte. Vendez-la-moi, je vous en supplie, je vous la payerai ce qu'elle vaut, et, avec cela, je vous en aurai une très grande obligation.

— Bonne mère, repartit le roi Beder, je suis fâché de ne pouvoir vous accorder ce que vous demandez ; ma cavale n'est pas à vendre. — Ah ! Seigneur ! insista la vieille, ne me refusez pas, je vous en conjure au nom de Dieu ! Nous mourrions de déplaisir, mon fils et moi, si vous ne nous accordiez pas cette grâce. — Bonne mère, répliqua le roi Beder, je vous l'accorderais très volontiers si je m'étais déterminé à me défaire d'une si bonne cavale ; mais, quand cela serait, je ne crois pas que vous en voulussiez donner mille pièces d'or : car en ce cas-là je ne l'estimerais pas moins. — Pourquoi ne les donnerais-je pas ? repartit la vieille. Vous n'avez qu'à donner votre consentement à la vente, je vais vous les compter. »

Le roi Beder, qui voyait que la vieille était habillée assez pauvrement, ne put s'imaginer qu'elle fût en état de trouver une si grosse somme. Pour éprouver si elle tiendrait le marché : « Donnez-moi l'argent, lui dit-il, la cavale est à vous. » Aussitôt la vieille détacha une bourse qu'elle avait autour de sa ceinture, et, en la lui présentant : « Prenez la peine de descendre, lui dit-elle, que nous comptions si la somme y est ; au cas qu'elle n'y soit pas, j'aurai bientôt trouvé le reste, ma maison n'est pas loin. »

L'étonnement du roi Beder fut extrême quand il vit la bourse. « Bonne mère, reprit-il, ne voyez-vous pas que ce que je vous en ai dit n'est que pour rire ? je vous répète que ma cavale n'est pas à vendre. »

Le vieillard, qui avait été témoin de tout cet entretien, prit alors la parole. « Mon fils, dit-il au roi Beder, il faut que vous sachiez une chose que je vois bien que vous ignorez, c'est qu'il n'est pas permis en cette ville de mentir en aucune manière sous peine de mort. Ainsi vous ne pouvez vous dispenser de prendre l'argent de cette bonne femme, et de lui livrer votre cavale, puisqu'elle vous en donne la somme que vous avez demandée. Vous ferez mieux de faire la chose sans bruit que de vous exposer au malheur qui pourrait vous en arriver. »

Le roi Beder, bien affligé de s'être engagé dans cette méchante affaire avec tant d'inconsidération, mit pied à terre avec un grand regret. La vieille fut prompte à se saisir de la bride et à débrider la cavale, et encore plus à prendre dans la main de l'eau d'un ruisseau qui coulait au milieu de la rue, et de la jeter sur la cavale, avec ces paroles :

Ma fille, quittez cette forme étrangère, et reprenez la vôtre.

Le changement se fit en un moment ; et le roi Beder, qui s'évanouit dès qu'il vit paraître la reine Labe devant lui, fût tombé par terre, si le vieillard ne l'eût retenu.

La vieille, qui était mère de la reine Labe, et qui l'avait instruite de tous les secrets de la magie, n'eut pas plus tôt embrassé sa fille, pour lui témoigner sa joie, qu'en un instant elle fit paraître par un sifflement un génie hideux, d'une figure et d'une grandeur gigantesques. Le génie prit aussitôt le roi Beder sur une épaule, embrassa la vieille et la reine magicienne de l'autre, et les transporta en peu de moments au palais de la reine Labe, dans la ville des Enchantements.

La reine magicienne, en furie, fit de grands reproches au roi Beder, dès qu'elle fut de retour dans son palais. « Ingrat, lui dit-elle, c'est donc ainsi que ton indigne oncle et toi vous m'avez donné des marques de reconnaissance, après tout ce que j'ai fait pour vous : je vous en ferai sentir à l'un et à l'autre ce que vous méritez. » Elle ne lui en dit pas davantage; mais elle prit de l'eau, et, en la lui jetant au visage :

Sors de cette figure, dit-elle, *et prends celle d'un vilain hibou.*

Ces paroles furent suivies de l'effet, et aussitôt elle commanda à une de ses femmes d'enfermer le hibou dans une cage et de ne lui donner ni à boire ni à manger.

La femme emporta la cage, et, sans avoir égard à l'ordre de la reine Labe, elle y mit de la mangeaille et de l'eau; et cependant, comme elle était amie du vieillard Abdallah, elle envoya l'avertir secrètement de quelle manière la reine venait de traiter son neveu, et de son dessein de les faire périr l'un et l'autre, afin qu'il donnât ordre à l'en empêcher, et qu'il songeât à sa propre conservation.

Abdallah vit bien qu'il n'y avait pas de ménagements à prendre avec la reine Labe. Il ne fit que siffler d'une certaine manière, et aussitôt un grand génie à quatre ailes se fit voir devant lui, et lui demanda pour quel sujet il l'avait appelé.

« L'Éclair, lui dit-il (c'est ainsi que s'appelait ce génie), il s'agit de conserver la vie du roi Beder, fils de la reine Gulnare. Va au palais de la magicienne, et transporte incessamment à la capitale de Perse la femme pleine de compassion à qui elle a donné la cage en garde, afin qu'elle informe la reine Gulnare du danger où est le roi son fils et du besoin qu'il a de son secours; prends garde de ne la pas épouvanter en te présentant devant elle, et dis-lui bien de ma part ce qu'elle doit faire. »

L'Éclair disparut, et passa en un instant au palais de la magicienne. Il instruisit la femme, il l'enleva dans l'air, et la transporta à la capitale de Perse, où il la posa sur le toit

en terrasse qui répondait à l'appartement de la reine Gulnare. La femme descendit par l'escalier qui y conduisait,
et elle trouva la reine Gulnare et la reine Farasche, sa
mère, qui s'entretenaient du triste sujet de leur affliction
commune. Elle leur fit une profonde révérence, et, par le
récit qu'elle leur fit, elles connurent le besoin que le roi
Beder avait d'être secouru promptement.

A cette nouvelle, la reine Gulnare fut dans un transport
de joie qu'elle marqua en se levant de sa place et en
embrassant l'obligeante femme, pour lui témoigner
combien elle lui était obligée du service qu'elle venait de
lui rendre. Elle sortit aussitôt, et commanda qu'on fît
jouer les trompettes, les timbales et les tambours du
palais, pour annoncer à toute la ville que le roi de Perse
arriverait bientôt. Elle revint, et elle trouva le roi Saleh,
son frère, que la reine Farasche avait déjà fait venir par
une certaine fumigation. « Mon frère, lui dit-elle, le roi
votre neveu, mon cher fils, est dans la ville des Enchantements, sous la puissance de la reine Labe. C'est à vous,
c'est à moi, d'aller le délivrer; il n'y a pas de temps à
perdre. »

Le roi Saleh assembla une puissante armée des troupes
de ses États marins, qui s'éleva bientôt de la mer. Il appela
même à son secours les génies ses alliés, qui parurent avec
une autre armée plus nombreuse que la sienne. Quand les
deux armées furent jointes, il se mit à leur tête avec la
reine Farasche, la reine Gulnare et les princesses, qui voulurent avoir part dans l'action. Ils s'élevèrent dans l'air, et
ils fondirent bientôt sur le palais et sur la ville des
Enchantements, où la reine magicienne, sa mère et tous
les adorateurs du feu furent détruits en un clin d'œil.

La reine Gulnare s'était fait suivre par la femme de la
reine Labe qui était venue lui annoncer la nouvelle de
l'enchantement et de l'emprisonnement du roi son fils; et
elle lui avait recommandé de n'avoir pas d'autre soin dans
la mêlée que d'aller prendre la cage et de la lui apporter.
Cet ordre fut exécuté comme elle l'avait souhaité. Elle
ouvrit la cage elle-même, elle tira le hibou dehors; et, en
jetant sur lui de l'eau qu'elle s'était fait apporter :

Mon cher fils, dit-elle, *quittez cette figure étrangère, et prenez celle d'homme, qui est la vôtre.*

Dans le moment la reine Gulnare ne vit plus le vilain
hibou : elle vit le roi Beder son fils; elle l'embrassa aussitôt
avec un excès de joie, qu'elle n'était pas en état de dire par

ses paroles ; dans le transport où elle était, ses larmes y suppléèrent d'une manière qui l'exprimait avec beaucoup de force. Elle ne pouvait se résoudre à le quitter, et il fallut que la reine Farasche le lui arrachât d'entre les bras pour l'embrasser à son tour. Après elle, il fut embrassé de même par le roi son oncle et par les princesses ses parentes.

Le premier soin de la reine Gulnare fut de faire chercher le vieillard Abdallah, à qui elle était obligée du recouvrement du roi de Perse. Dès qu'on le lui eut amené : « L'obligation que je vous ai, lui dit-elle, est si grande qu'il n'y a rien que je ne sois prête de faire pour vous en marquer ma reconnaissance ; faites connaître vous-même en quoi je le puis : vous serez satisfait. — Grande reine, reprit-il, si la dame que je vous ai envoyée veut bien consentir à la foi de mariage que je lui offre, et que le roi de Perse veuille bien me souffrir à sa cour, je consacre de bon cœur le reste de mes jours à son service. » La reine Gulnare se tourna aussitôt du côté de la dame, qui était présente, et, comme la dame fit connaître par une honnête pudeur qu'elle n'avait pas de répugnance pour ce mariage, elle leur fit prendre la main l'un à l'autre, et le roi de Perse et elle prirent le soin de leur fortune.

Ce mariage donna lieu au roi de Perse de prendre la parole en l'adressant à la reine sa mère. « Madame, dit-il en souriant, je suis ravi du mariage que vous venez de faire ; il en reste un auquel vous devriez bien songer. » La reine Gulnare ne comprit pas d'abord de quel mariage il entendait parler ; elle y pensa un moment, et, dès qu'elle l'eut compris : « C'est du vôtre dont vous voulez parler, reprit-elle ; j'y consens très volontiers. » Elle regarda aussitôt les sujets marins du roi son frère et les génies qui étaient présents. « Partez, dit-elle, et parcourez tous les palais de la mer et de la terre, et venez nous donner avis de la princesse la plus belle et la plus digne du roi mon fils que vous aurez remarquée.

— Madame, repartit le roi Beder, il est inutile de prendre toute cette peine. Vous n'ignorez pas sans doute que j'ai donné mon cœur à la princesse de Samandal sur le simple récit de sa beauté : je l'ai vue, et je ne me suis pas repenti du présent que je lui ai fait. En effet, il ne peut pas y avoir, ni sur la terre ni sous les ondes, une princesse qu'on puisse lui comparer. Il est vrai que, sur la déclaration que je lui ai faite, elle m'a traité d'une manière qui eût pu éteindre la flamme de tout autre amant moins embrasé que moi de son amour; mais elle est excusable, et elle ne pouvait me traiter moins rigoureusement après l'emprisonnement du roi son père, dont je ne laissais pas d'être la cause, quoique innocent. Peut-être que le roi de Samandal aura changé de sentiment, et qu'elle n'aura plus de répugnance à m'aimer et à me donner sa foi dès qu'il y aura consenti.

— Mon fils, répliqua la reine Gulnare, s'il n'y a que la princesse Giauhare au monde capable de vous rendre heureux, ce n'est pas mon intention de m'opposer à votre union, s'il est possible qu'elle se fasse. Le roi votre oncle n'a qu'à faire venir le roi de Samandal, et nous aurons bientôt appris s'il est toujours aussi peu traitable qu'il l'a été. »

Quelque étroitement que le roi de Samandal eût été gardé jusqu'alors, depuis sa captivité, par les ordres du roi Saleh, il avait toujours été traité néanmoins avec beaucoup d'égards, et il s'était apprivoisé avec les officiers qui le gardaient. Le roi Saleh se fit apporter un réchaud avec du feu, et il y jeta une certaine composition en prononçant des paroles mystérieuses. Dès que la fumée commença à s'élever, le palais s'ébranla, et l'on vit bientôt paraître le roi de Samandal avec les officiers du roi Saleh qui l'accompagnaient. Le roi de Perse se jeta aussitôt à ses pieds, et, en demeurant le genou en terre : « Sire, dit-il, ce n'est plus le roi Saleh qui demande à Votre Majesté l'honneur de son alliance pour le roi de Perse; c'est le roi de Perse lui-même qui la supplie de lui faire cette grâce. Je ne puis me persuader qu'elle veuille être la cause de la mort d'un roi qui ne peut plus vivre s'il ne vit avec l'aimable princesse Giauhare. »

Le roi de Samandal ne souffrit pas plus longtemps que le roi de Perse demeurât à ses pieds. Il l'embrassa, et, en l'obligeant de se relever : « Sire, reprit-il, je serais bien fâché d'avoir contribué en rien à la mort d'un monarque si digne de vivre. S'il est vrai qu'une vie si précieuse ne puisse se conserver sans la possession de ma fille, vivez, Sire, elle est à vous. Elle a toujours été très soumise à ma volonté; je ne crois pas qu'elle s'y oppose. » En achevant ces paroles, il chargea un de ses officiers, que le roi Saleh avait bien voulu qu'il eût auprès de lui, d'aller chercher la princesse Giauhare, et de l'amener incessamment.

La princesse Giauhare était toujours restée où le roi de

Perse l'avait rencontrée. L'officier l'y trouva, et on le vit
bientôt de retour avec elle et avec ses femmes. Le roi de
Samandal embrassa la princesse. « Ma fille, lui dit-il, je
vous ai donné un époux : c'est le roi de Perse que voilà, le
monarque le plus accompli qu'il y ait aujourd'hui dans
tout l'univers. La préférence qu'il vous a donnée par-dessus toutes les autres princesses nous oblige, vous et moi,
de lui en marquer notre reconnaissance.

— Sire, reprit la princesse Giauhare, Votre Majesté sait
bien que je n'ai jamais manqué à la déférence que je
devais à tout ce qu'elle a exigé de mon obéissance. Je suis
encore prête d'obéir ; et j'espère que le roi de Perse voudra
bien oublier le mauvais traitement que je lui ai fait : je le
crois assez équitable pour ne l'imputer qu'à la nécessité de
mon devoir. »

Les noces furent célébrées dans le palais de la ville des
Enchantements, avec une solennité d'autant plus grande
que tous les amants de la reine magicienne, qui avaient
repris leur première forme au moment qu'elle avait cessé
de vivre, et qui en étaient venus faire leurs remerciements
au roi de Perse, à la reine Gulnare et au roi Saleh, y assis-
tèrent. Ils étaient tous fils de rois, ou princes, ou d'une
qualité très distinguée.

Le roi Saleh enfin conduisit le roi de Samandal dans
son royaume, et le remit en possession de ses États. Le roi
de Perse, au comble de ses désirs, partit et retourna à la
capitale de Perse avec la reine Giauhare, la reine Gulnare,
la reine Farasche et les princesses ; et la reine Farasche et
les princesses y demeurèrent jusqu'à ce que le roi Saleh
vînt les prendre et les ramenât en son royaume sous les
flots de la mer.

HISTOIRE DE GANEM

FILS D'ABOU AIBOU, L'ESCLAVE D'AMOUR

Sire, dit Scheherazade au sultan des Indes, il y avait
autrefois à Damas un marchand qui, par son industrie et
par son travail, avait amassé de grands biens dont il vivait
fort honorablement. Abou Aibou, c'était son nom, avait un
fils et une fille. Le fils fut d'abord appelé Ganem, et depuis

surnommé l'Esclave d'amour. Il était très bien fait ; et son
esprit, qui était naturellement excellent, avait été cultivé
par de bons maîtres que son père avait pris soin de lui
donner. Et la fille fut nommée Force de cœurs[1], parce
qu'elle était pourvue d'une beauté si parfaite que tous ceux
qui la voyaient ne pouvaient s'empêcher de l'aimer.

Abou Aibou mourut. Il laissa des richesses immenses.
Cent charges de brocarts et d'autres étoffes de soie qui se
trouvèrent dans son magasin n'en faisaient que la
moindre partie. Les charges étaient toutes faites, et sur
chaque balle on lisait en gros caractères : *Pour Bagdad*.

En ce temps-là, Mohammed, fils de Soliman, surnommé Zinebi, régnait dans la ville de Damas, capitale de
Syrie. Son parent Haroun-al-Raschid, qui faisait sa rési-
dence à Bagdad, lui avait donné ce royaume à titre de tributaire.

Peu de temps après la mort d'Abou Aibou, Ganem
s'entretenait avec sa mère des affaires de leur maison, et, à
propos des charges de marchandises qui étaient dans le
magasin, il demanda ce que voulait dire l'écriture qu'on
lisait sur chaque balle. « Mon fils, lui répondit sa mère,
votre père voyageait tantôt dans une province et tantôt
dans une autre ; et il avait coutume, avant son départ,
d'écrire sur chaque balle le nom de la ville où il se propo-
sait d'aller. Il avait mis toutes choses en état pour faire le
voyage de Bagdad, et il était prêt à partir quand la
mort... » Elle n'eut pas la force d'achever ; un souvenir trop
vif de la perte de son mari ne lui permit pas d'en dire
davantage, et lui fit verser un torrent de larmes.

Ganem ne put voir sa mère attendrie sans en être attendri lui-même. Ils demeurèrent quelques moments sans
parler ; mais il se remit enfin, et, lorsqu'il vit sa mère en
état de l'écouter, il prit la parole. « Puisque mon père,
dit-il, a destiné ces marchandises pour Bagdad et qu'il
n'est plus en état d'exécuter son dessein, je vais donc me
disposer à faire ce voyage. Je crois même qu'il est à propos
que je presse mon départ, de peur que ces marchandises
ne dépérissent, ou que nous ne perdions l'occasion de les
vendre avantageusement. »

La veuve d'Abou Aibou, qui aimait tendrement son fils,
fut très alarmée de cette résolution. « Mon fils, lui répondit-elle, je ne puis que vous louer de vouloir imiter votre

---

1. Le nom arabe de Force de cœurs est *Alcolomb*.

père ; mais songez que vous êtes trop jeune, sans expérience et nullement accoutumé aux fatigues des voyages. D'ailleurs, voulez-vous m'abandonner et ajouter une nouvelle douleur à celle dont je suis accablée ? Ne vaut-il pas mieux vendre ces marchandises aux marchands de Damas, et nous contenter d'un profit raisonnable, que de vous exposer à périr ? »

Elle avait beau combattre le dessein de Ganem par de bonnes raisons, il ne les pouvait goûter. L'envie de voyager et de perfectionner son esprit par une entière connaissance des choses du monde le sollicitait à partir, et l'emporta sur les remontrances, les prières, et sur les pleurs même de sa mère. Il alla au marché des esclaves ; il en acheta de robustes, loua cent chameaux, et, s'étant enfin pourvu de toutes les choses nécessaires, il se mit en chemin avec cinq ou six marchands de Damas, qui allaient négocier à Bagdad.

Ces marchands, suivis de tous leurs esclaves et accompagnés de plusieurs autres voyageurs, composaient une caravane si considérable qu'ils n'eurent rien à craindre de la part des Bédouins, c'est-à-dire des Arabes qui n'ont d'autre profession que de battre la campagne, d'attaquer et piller les caravanes, quand elles ne sont pas assez fortes pour repousser leurs insultes. Ils n'eurent donc à essuyer que les fatigues ordinaires d'une longue route, ce qu'ils oublièrent facilement à la vue de la ville de Bagdad, où ils arrivèrent heureusement.

Ils allèrent mettre pied à terre dans le khan le plus magnifique et le plus fréquenté de la ville ; mais Ganem, qui voulait être logé commodément et en particulier, n'y prit pas d'appartement ; il se contenta d'y laisser ses marchandises dans un magasin, afin qu'elles y fussent en sûreté. Il loua dans le voisinage une très belle maison, richement meublée, où il y avait un jardin fort agréable par la quantité de jets d'eau et de bosquets qu'on y voyait.

Quelques jours après que ce jeune marchand se fut établi dans cette maison et qu'il se fut entièrement remis de la fatigue du voyage, il s'habilla fort proprement et se rendit au lieu public où s'assemblaient les marchands pour vendre ou acheter des marchandises. Il était suivi d'un esclave qui portait un paquet de plusieurs pièces d'étoffes et de toiles fines.

Les marchands reçurent Ganem avec beaucoup d'honnêteté, et leur chef ou syndic, à qui d'abord il s'adressa, prit et acheta tout le paquet au prix marqué par l'étiquette qui était attachée à chaque pièce d'étoffe. Ganem continua ce négoce avec tant de bonheur qu'il vendait toutes les marchandises qu'il faisait porter chaque jour.

Il ne lui restait plus qu'une balle, qu'il avait fait tirer du magasin et apporter chez lui, lorsqu'un jour il alla au lieu public. Il en trouva toutes les boutiques fermées. La chose lui parut extraordinaire; il en demanda la cause, et on lui dit qu'un des premiers marchands, qui ne lui était pas inconnu, était mort, et que tous ses confrères, suivant la coutume, étaient allés à son enterrement.

Ganem s'informa de la mosquée où se devait faire la prière, et d'où le corps devait être porté au lieu de sa sépulture; et, quand on le lui eut enseigné, il renvoya son esclave avec son paquet de marchandises et prit le chemin de la mosquée. Il y arriva que la prière n'était pas encore achevée, et on la faisait dans une salle toute tendue de satin noir. On enleva le corps, que la parenté, accompagnée des marchands et de Ganem, suivit jusqu'au lieu de sa sépulture, qui était hors de la ville et fort éloigné. C'était un édifice de pierre en forme de dôme, destiné à recevoir les corps de toute la famille du défunt; et, comme il était fort petit, on avait dressé des tentes à l'entour, afin que tout le monde fût à couvert pendant la cérémonie. On ouvrit le tombeau, et l'on y posa le corps, puis on le referma. Ensuite l'imam et les autres ministres de la mosquée s'assirent en rond sur des tapis sous la principale tente, et récitèrent le reste des prières. Ils firent aussi la lecture des chapitres de l'Alcoran prescrits pour l'enterrement des morts. Les parents et les marchands, à l'exemple de ces ministres, s'assirent en rond derrière eux.

Il était presque nuit lorsque tout fut achevé. Ganem, qui ne s'était pas attendu à une si longue cérémonie, commençait à s'inquiéter, et son inquiétude augmenta quand il vit qu'on servait un repas en mémoire du défunt, selon l'usage de Bagdad. On lui dit même que les tentes n'avaient pas été tendues seulement contre l'ardeur du soleil, mais aussi contre le serein, parce que l'on ne s'en retournerait à la ville que le lendemain. Ce discours alarma Ganem. « Je suis étranger, dit-il en lui-même, et je passe pour un riche marchand; des voleurs peuvent profiter de mon absence et aller piller ma maison. Mes esclaves mêmes peuvent être tentés d'une si belle occasion; ils n'ont qu'à prendre la fuite avec tout l'or que j'ai reçu pour mes marchandises, où les irai-je chercher? » Vivement occupé de ces pensées, il mangea quelques morceaux à la hâte et se déroba finement à la compagnie.

Il précipita ses pas pour faire plus de diligence; mais, comme il arrive assez souvent que plus on est pressé, moins on avance, il prit un chemin pour un autre et s'égara dans l'obscurité, de manière qu'il était près de minuit quand il arriva à la porte de la ville. Pour surcroît de malheur, il la trouva fermée. Ce contretemps lui causa une peine nouvelle, et il fut obligé de prendre le parti de chercher un endroit pour passer le reste de la nuit et attendre qu'on ouvrît la porte. Il entra dans un cimetière si vaste qu'il s'étendait depuis la ville jusqu'au lieu d'où il venait; il s'avança jusqu'à des murailles assez hautes, qui entouraient un petit champ qui faisait le cimetière particulier d'une famille, et où était un palmier. Il y avait encore une infinité d'autres cimetières particuliers, dont on n'était pas exact à fermer les portes. Ainsi Ganem, trouvant ouvert celui où il y avait un palmier, y entra et ferma la porte après lui; il se coucha sur l'herbe et fit tout ce qu'il put pour s'endormir; mais l'inquiétude où il était de se voir hors de chez lui l'en empêcha. Il se leva, et, après avoir, en se promenant, passé et repassé plusieurs fois devant la porte, il l'ouvrit sans savoir pourquoi; aussitôt il aperçut de loin une lumière qui semblait venir à lui. A cette vue, la frayeur le saisit; il poussa la porte qui ne se fermait qu'avec un loquet, et monta promptement au haut du palmier, qui, dans la crainte dont il était agité, lui parut le plus sûr asile qu'il pût rencontrer.

Il n'y fut pas plus tôt qu'à la faveur de la lumière qui l'avait effrayé il distingua et vit entrer dans le cimetière où il était trois hommes qu'il reconnut pour des esclaves à leur habillement. L'un marchait devant avec une lanterne, et les deux autres le suivaient chargés d'un coffre long de cinq à six pieds qu'ils portaient sur leurs épaules; ils le mirent à terre, et alors un des trois esclaves dit à ses camarades : « Frères, si vous m'en croyez, nous laisserons là ce coffre, et nous reprendrons le chemin de la ville. — Non, non, répondit un autre; ce n'est pas ainsi qu'il faut exécuter les ordres que notre maîtresse nous donne. Nous pourrions nous repentir de les avoir négligés : enterrons ce coffre, puisqu'on nous l'a commandé. » Les deux autres esclaves se rendirent à ce sentiment : ils commencèrent à remuer la terre avec des instruments qu'ils avaient apportés pour cela; et, quand ils eurent fait une profonde fosse, ils mirent le coffre dedans, et le couvrirent de la terre qu'ils avaient ôtée. Ils sortirent du cimetière après cela et s'en retournèrent chez eux.

Ganem, qui du haut du palmier avait entendu les paroles que les esclaves avaient prononcées, ne savait que penser de cette aventure. Il jugea qu'il fallait que ce coffre renfermât quelque chose de précieux, et que la personne à qui il appartenait avait ses raisons pour le faire cacher dans ce cimetière. Il résolut de s'en éclaircir sur-le-champ. Il descendit du palmier. Le départ des esclaves lui avait ôté sa frayeur. Il se mit à travailler sur la fosse, et il y employa si bien les pieds et les mains qu'en peu de temps il vit le coffre à découvert; mais il le trouva fermé d'un gros cadenas. Il fut très mortifié de ce nouvel obstacle qui l'empêchait de satisfaire sa curiosité. Cependant il ne perdit point courage; et le jour, venant à paraître sur ces entrefaites, lui fit découvrir dans le cimetière plusieurs gros cailloux. Il en choisit un avec quoi il n'eut pas beaucoup de peine à forcer le cadenas. Alors, plein d'impatience, il ouvrit le coffre. Au lieu d'y trouver de l'argent, comme il se l'était imaginé, Ganem fut dans une surprise que l'on ne peut exprimer d'y voir une jeune dame d'une beauté sans pareille. A son teint frais et vermeil, et encore plus à une respiration douce et réglée, il connut qu'elle était pleine de vie; mais il ne pouvait comprendre pourquoi, si elle n'était qu'endormie, elle ne s'était pas réveillée au bruit qu'il avait fait en forçant le cadenas. Elle avait un habillement si magnifique, des bracelets et des pendants d'oreilles de diamants, avec un collier de perles fines si grosses, qu'il ne douta pas un moment que ce ne fût une dame des premières de la cour. A la vue d'un si bel objet, non seulement la pitié et l'inclination naturelle à secourir les personnes qui sont en danger, mais même quelque chose de plus fort que Ganem alors ne pouvait pas bien démêler, le portèrent à donner à cette jeune beauté tout le secours qui dépendait de lui.

Avant toute chose, il alla fermer la porte du cimetière que les esclaves avaient laissée ouverte; il revint ensuite prendre la dame entre ses bras. Il la tira hors du coffre et la coucha sur la terre qu'il avait ôtée. La dame fut à peine dans cette situation et exposée au grand air qu'elle éternua, et qu'avec un petit effort qu'elle fit en tournant la tête elle rendit par la bouche une liqueur dont il parut qu'elle avait l'estomac chargé; puis, entrouvrant et se frottant les yeux, elle s'écria d'une voix dont Ganem, qu'elle ne voyait pas, fut enchanté : « Fleur du jardin, Branche du corail, Canne de sucre, Lumière du jour, Étoile du matin, Délices du temps[1], parlez donc, où êtes-vous? » C'étaient autant de noms de femmes esclaves qui avaient coutume de la servir. Elle les appelait, et elle était fort étonnée de ce que personne ne répondait. Elle ouvrit enfin les yeux, et, se voyant dans un cimetière, elle fut saisie de crainte. « Quoi donc! s'écria-t-elle plus fort qu'auparavant, les morts ressuscitent-ils? Sommes-nous au jour du jugement? Quel étrange changement du soir au matin! »

Ganem ne voulut pas laisser la dame plus longtemps dans cette inquiétude. Il se présenta devant elle aussitôt avec tout le respect possible et de la manière la plus honnête du monde. « Madame, lui dit-il, je ne puis vous exprimer que faiblement la joie que j'ai de m'être trouvé ici pour vous rendre le service que je vous ai rendu, et de pouvoir vous offrir tous les secours dont vous avez besoin dans l'état où vous êtes. »

Pour engager la dame à prendre toute confiance en lui, il lui dit premièrement qui il était, et par quel hasard il se trouvait dans ce cimetière. Il lui raconta ensuite l'arrivée des trois esclaves, et de quelle manière ils avaient enterré le coffre. La dame, qui s'était couvert le visage de son voile dès que Ganem s'était présenté, fut vivement touchée de l'obligation qu'elle lui avait. « Je rends grâces à Dieu, lui dit-elle, de m'avoir envoyé un honnête homme comme vous pour me délivrer de la mort. Mais, puisque vous avez commencé une œuvre si charitable, je vous conjure de ne la pas laisser imparfaite. Allez, de grâce, dans la ville chercher un muletier qui vienne avec un mulet me prendre et me transporter chez vous dans ce même coffre : car, si j'allais avec vous à pied, mon habillement étant différent de celui des dames de la ville, quelqu'un y pourrait faire attention et me suivre; ce qu'il m'est de la dernière importance de prévenir. Quand je serai dans votre maison, vous apprendrez qui je suis par le récit que je vous ferai de mon

---

1. Voici quels sont, en arabe, ces différents noms de femmes : Fleur du jardin, *Zohorob bostan*; Branche du corail, *Schagrom marglan*; Canne de sucre, *Cassabos souccar*; Lumière du jour, *Nouronnihar*; Étoile du matin, *Nagmatos sobi*; Délices du temps, *Noushetos zaman*. — Il y a bien, dans l'édition que nous suivons : « Fleur *du* jardin » et « Branche du corail ».

histoire ; et cependant soyez persuadé que vous n'avez pas obligé une ingrate. »

Avant que de quitter la dame, le jeune marchand tira le coffre hors de la fosse, il la combla de terre, remit la dame dans le coffre et l'y renferma de telle sorte qu'il ne paraissait pas que le cadenas eût été forcé. Mais, de peur qu'elle n'étouffât, il ne referma pas exactement le coffre et y laissa entrer de l'air. En sortant du cimetière, il tira la porte après lui ; et, comme celle de la ville était ouverte, il eut bientôt trouvé ce qu'il cherchait. Il revint au cimetière, où il aida le muletier à charger le coffre en travers sur le mulet ; et, pour lui ôter tout soupçon, il lui dit qu'il était arrivé la nuit avec un autre muletier, qui, pressé de s'en retourner, avait déchargé le coffre dans ce cimetière.

Ganem, qui depuis son arrivée à Bagdad ne s'était occupé que de son négoce, n'avait pas encore éprouvé la puissance de l'amour. Il en sentit alors les premiers traits. Il n'avait pu voir la jeune dame sans en être ébloui ; et l'inquiétude dont il se sentit agité en suivant de loin le muletier, et la crainte qu'il n'arrivât en chemin quelque accident qui lui fît perdre sa conquête, lui apprirent à démêler ses sentiments. Sa joie fut extrême lorsque, étant arrivé heureusement chez lui, il vit décharger le coffre. Il renvoya le muletier, et, ayant fait fermer par un de ses esclaves la porte de sa maison, il ouvrit le coffre, aida la dame à en sortir, lui présenta la main et la conduisit à son appartement, en la plaignant de ce qu'elle devait avoir souffert dans une si étroite prison. « Si j'ai souffert, lui dit-elle, j'en suis bien dédommagée par ce que vous avez fait pour moi et par le plaisir que je sens à me voir en sûreté. »

L'appartement de Ganem, tout richement meublé qu'il était, attira moins les regards de la dame que la taille et la bonne mine de son libérateur, dont la politesse et les manières engageantes lui inspirèrent une vive reconnaissance. Elle s'assit sur un sofa, et, pour commencer à faire connaître au marchand combien elle était sensible au service qu'elle en avait reçu, elle ôta son voile. Ganem, de son côté, sentit toute la grâce qu'une dame si aimable lui faisait de se montrer à lui le visage découvert, ou plutôt il sentit qu'il avait déjà pour elle une passion violente. Quelque obligation qu'elle lui eût, il se crut trop récompensé par une faveur si précieuse.

La dame pénétra les sentiments de Ganem, et n'en fut pas alarmée parce qu'il paraissait fort respectueux.

Comme il jugea qu'elle avait besoin de manger, et ne voulant pas charger personne que lui-même du soin de régaler une hôtesse si charmante, il sortit suivi d'un esclave, et alla chez un traiteur ordonner un repas. De chez le traiteur il passa chez un fruitier, où il choisit les plus beaux et les meilleurs fruits. Il fit aussi provision d'excellent vin et du même pain qu'on mangeait au palais du calife.

Dès qu'il fut de retour chez lui, il dressa de sa propre main une pyramide de tous les fruits qu'il avait achetés, et, les servant lui-même à la dame dans un bassin de porcelaine très fine : « Madame, lui dit-il, en attendant un repas plus solide et plus digne de vous, choisissez, de grâce, prenez quelques-uns de ces fruits. » Il voulait demeurer debout ; mais elle lui dit qu'elle ne toucherait à rien qu'il ne fût assis et qu'il ne mangeât avec elle. Il obéit, et, après qu'ils eurent mangé quelques morceaux, Ganem, remarquant que le voile de la dame, qu'elle avait mis auprès d'elle sur le sofa, avait le bord brodé d'une écriture en or, lui demanda la permission de voir cette broderie. La dame mit aussitôt la main sur le voile, et le lui présenta en lui demandant s'il savait lire. « Madame, répondit-il d'un air modeste, un marchand ferait mal ses affaires s'il ne savait au moins lire et écrire. — Hé bien, reprit-elle, lisez les paroles qui sont écrites sur ce voile ; aussi bien c'est une occasion pour moi de vous raconter mon histoire. »

Ganem prit le voile et lut ces mots : *Je suis à vous, et vous êtes à moi, ô descendant de l'oncle du prophète !* Ce descendant de l'oncle du prophète était le calife Haroun-al-Raschid, qui régnait alors, et qui descendait d'Abbas, oncle de Mahomet.

Quand Ganem eut compris le sens de ces paroles : « Ah ! Madame ! s'écria-t-il tristement, je viens de vous donner la vie, et voilà une écriture qui me donne la mort ! Je n'en comprends pas tout le mystère ; mais elle ne me fait que trop connaître que je suis le plus malheureux de tous les hommes. Pardonnez-moi, Madame, la liberté que je prends de vous le dire. Je n'ai pu vous voir sans vous donner mon cœur ; vous n'ignorez pas vous-même qu'il n'a pas été en mon pouvoir de vous le refuser, et c'est ce qui rend excusable ma témérité. Je me proposais de toucher le vôtre par mes respects, mes soins, mes complaisances, mes assiduités, mes soumissions, ma constance ; et à peine j'ai conçu ce dessein flatteur que me voilà déchu de toutes mes espérances. Je ne réponds pas de soutenir longtemps un si grand malheur. Mais, quoi qu'il en puisse être, j'aurai la consolation de mourir tout à vous. Achevez, Madame, je vous en conjure, achevez de me donner un entier éclaircissement de ma triste destinée. »

Il ne put prononcer ces paroles sans répandre quelques larmes. La dame en fut touchée. Loin de se plaindre de la déclaration qu'elle venait d'entendre, elle en sentit une joie secrète : car son cœur commençait à se laisser surprendre. Elle dissimula toutefois ; et, comme si elle n'eût pas fait d'attention au discours de Ganem : « Je me serais bien gardée, lui répondit-elle, de vous montrer mon voile si j'eusse cru qu'il dût vous causer tant de déplaisir, et je ne vois pas que les choses que j'ai à vous dire doivent rendre votre sort aussi déplorable que vous vous l'imaginez. Vous saurez donc, poursuivit-elle, pour vous apprendre mon histoire, que je me nomme Tourmente[1], nom qui me fut donné au moment de ma naissance, à cause que l'on jugea que ma vue causerait un jour bien des maux. Il ne vous doit pas être inconnu, puisqu'il n'y a personne dans Bagdad qui ne sache que le calife Haroun-al-Raschid, mon souverain maître et le vôtre, a une favorite qui s'appelle ainsi. On m'amena dans son palais dès mes plus tendres années, et j'y ai été élevée avec tout le soin que l'on a coutume d'avoir des personnes de mon sexe destinées à y demeurer. Je ne réussis pas mal dans tout ce qu'on prit la peine de m'enseigner ; et cela, joint à quelques traits de beauté, m'attira l'amitié du calife, qui me donna un appartement particulier auprès du sien. Ce prince n'en demeura pas à cette distinction, il nomma vingt femmes pour me servir, avec autant d'eunuques ; et depuis ce temps-là il m'a fait des présents si considérables que je me suis vue plus riche qu'aucune reine qu'il y ait au monde. Vous jugez bien par là que Zobéide, femme et parente du calife, n'a pu voir mon bonheur sans en être jalouse. Quoique Haroun ait pour elle toutes les considérations imaginables, elle a cherché toutes les occasions possibles de me perdre. Jusqu'à présent je m'étais assez bien garantie de ses pièges ; mais enfin j'ai succombé au dernier effort de sa jalousie, et sans vous je serais à l'heure qu'il est dans l'attente d'une mort inévitable. Je ne doute pas qu'elle n'ait corrompu une de mes esclaves, qui me présenta hier au soir dans de la limonade une drogue qui cause un assou-

---

1. Le nom arabe de Tourmente est *Fetnah*.

pissement si grand qu'il est aisé de disposer de ceux à qui
l'on en fait prendre ; et cet assoupissement est tel que pendant sept ou huit heures rien n'est capable de le dissiper.
J'ai d'autant plus de sujet de faire ce jugement que j'ai le
sommeil naturellement très léger et que je m'éveille au
moindre bruit. Zobéide, pour exécuter son mauvais dessein, a pris le temps de l'absence du calife, qui depuis peu
de jours est allé se mettre à la tête de ses troupes pour
punir l'audace de quelques rois voisins qui se sont ligués
pour lui faire la guerre. Sans cette conjoncture, ma rivale,
toute furieuse qu'elle est, n'aurait osé rien entreprendre
contre ma vie. Je ne sais ce qu'elle fera pour dérober au
calife la connaissance de cette action ; mais vous voyez
que j'ai un très grand intérêt que vous me gardiez le
secret. Il y va de ma vie ; je ne serai pas en sûreté chez vous
tant que le calife sera hors de Bagdad. Vous êtes intéressé
vous-même à tenir mon aventure secrète : car, si Zobéide
apprenait l'obligation que je vous ai, elle vous punirait
vous-même de m'avoir conservée. Au retour du calife,
j'aurai moins de mesures à garder. Je trouverai moyen de
l'instruire de tout ce qui s'est passé, et je suis persuadée
qu'il sera plus empressé que moi-même à reconnaître un
service qui me rend à son amour. »

Aussitôt que la belle favorite d'Haroun-al-Raschid eut
cessé de parler, Ganem prit la parole. « Madame, lui dit-il,
je vous rends mille grâces de m'avoir donné l'éclaircissement que j'ai pris la liberté de vous demander, et je vous
supplie de croire que vous êtes ici en sûreté. Les sentiments que vous m'avez inspirés vous répondent de ma discrétion. Pour celle de mes esclaves, j'avoue qu'il faut s'en
défier. Ils pourraient manquer à la fidélité qu'ils me
doivent, s'ils savaient par quel hasard et dans quel lieu j'ai
eu le bonheur de vous rencontrer. Mais c'est ce qu'il leur
est impossible de deviner. J'oserai même vous assurer
qu'ils n'auront pas la moindre curiosité de s'en informer.
Il est si naturel aux jeunes gens de chercher de belles
esclaves qu'ils ne seront nullement surpris de vous voir ici,
dans l'opinion qu'ils auront que vous en êtes une, et que je
vous ai achetée. Ils croiront encore que j'ai eu mes raisons
pour vous amener chez moi de la manière qu'ils l'ont vu :
ayez donc l'esprit en repos là-dessus, et soyez sûre que
vous serez servie avec tout le respect qui est dû à la favorite d'un monarque aussi grand que le nôtre. Mais, quelle
que soit la grandeur qui l'environne, permettez-moi de

vous déclarer, Madame, que rien ne sera capable de me
faire révoquer le don que je vous ai fait de mon cœur. Je
sais bien que je n'oublierai jamais que *ce qui appartient au*
maître est défendu à l'esclave. Mais je vous aimais avant
que vous m'eussiez appris que votre foi était engagée au
calife ; il ne dépend pas de moi de vaincre une passion qui,
quoique encore naissante, a toute la force d'un amour for-
tifié par une parfaite correspondance. Je souhaite que
votre auguste et trop heureux amant vous venge de la
malignité de Zobéide en vous rappelant auprès de lui, et,
quand vous vous verrez rendue à ses souhaits, que vous
vous souveniez de l'infortuné Ganem, qui n'est pas moins
votre conquête que le calife. Tout puissant qu'il est, ce
prince, si vous n'êtes sensible qu'à la tendresse, je me
flatte qu'il ne m'effacera point de votre souvenir. Il ne peut
vous aimer avec plus d'ardeur que je vous aime ; et je ne
cesserai de brûler pour vous en quelque lieu du monde
que j'aille expirer après vous avoir perdue. »

Tourmente s'aperçut que Ganem était pénétré de la plus
vive douleur ; elle en fut attendrie ; mais, voyant l'embarras où elle allait se jeter en continuant la conversation sur
cette matière, qui pouvait insensiblement la conduire à
faire paraître le penchant qu'elle se sentait pour lui : « Je
vois bien, lui dit-elle, que ce discours vous fait trop de
peine ; laissons-le, et parlons de l'obligation infinie que je
vous ai. Je ne puis assez vous exprimer ma joie, quand je
songe que sans votre secours je serais privée de la lumière
du jour. »

Heureusement pour l'un et pour l'autre, on frappa à la
porte en ce moment. Ganem se leva pour aller voir ce que
ce pouvait être, et il se trouva que c'était un des esclaves
qui venait lui annoncer l'arrivée du traiteur. Ganem, qui,
pour plus grande précaution, ne voulait pas que ses
esclaves entrassent dans la chambre où était Tourmente,
alla prendre ce que le traiteur avait apprêté, et le servit lui-
même à sa belle hôtesse qui, dans le fond de son âme, était
ravie des soins qu'il avait pour elle.

Après le repas, Ganem desservit comme il avait servi ; et,
quand il eut remis toutes choses à la porte de la chambre
entre les mains de ses esclaves : « Madame, dit-il à Tourmente, vous serez peut-être bien aise de vous reposer présentement. Je vous laisse ; et, quand vous aurez pris quelque repos, vous me verrez prêt à recevoir vos ordres. » En
achevant ces paroles il sortit et alla acheter deux femmes

esclaves; il acheta aussi deux paquets, l'un de linge fin et l'autre de tout ce qui pouvait composer une toilette digne de la favorite du calife. Il mena chez lui les deux esclaves, et, les présentant à Tourmente : « Madame, lui dit-il, une personne comme vous a besoin de deux filles au moins pour la servir; trouvez bon que je vous donne celles-ci. »

Tourmente admira l'attention de Ganem. « Seigneur, dit-elle, je vois bien que vous n'êtes pas homme à faire les choses à demi. Vous augmentez par vos manières l'obligation que je vous ai; mais j'espère que je ne mourrai pas ingrate, et que le Ciel me mettra bientôt en état de reconnaître toutes vos actions généreuses. »

Quand les femmes esclaves se furent retirées dans une chambre voisine où le jeune marchand les envoya, il s'assit sur le sofa où était Tourmente, mais à certaine distance d'elle pour lui marquer plus de respect. Il remit l'entretien sur sa passion, et dit des choses très touchantes sur les obstacles invincibles qui lui ôtaient toute espérance. « Je n'ose même espérer, disait-il, d'exciter par ma tendresse le moindre mouvement de sensibilité dans un cœur comme le vôtre, destiné au plus puissant prince du monde. Hélas! dans mon malheur, ce serait une consolation pour moi, si je pouvais me flatter que vous n'avez pu voir avec indifférence l'excès de mon amour! — Seigneur, lui répondit Tourmente... — Ah! Madame, interrompit Ganem à ce mot de seigneur, c'est pour la seconde fois que vous me faites l'honneur de me traiter de seigneur! La présence des femmes esclaves m'a empêché la première fois de vous dire ce que j'en pensais : au nom de Dieu, Madame, ne me donnez point ce titre d'honneur, il ne me convient pas. Traitez-moi, de grâce, comme votre esclave. Je le suis, et je ne cesserai jamais de l'être.

— Non, non, interrompit Tourmente à son tour, je me garderai bien de traiter ainsi un homme à qui je dois la vie. Je serais une ingrate si je disais ou si je faisais quelque chose qui ne vous convînt pas. Laissez-moi donc suivre les mouvements de ma reconnaissance, et n'exigez pas pour prix de vos bienfaits que j'en use malhonnêtement avec vous. C'est ce que je ne ferai jamais. Je suis trop touchée de votre conduite respectueuse pour en abuser, et je vous avouerai que je ne vois point d'un œil indifférent tous les soins que vous prenez. Je ne vous en puis dire davantage. Vous savez les raisons qui me condamnent au silence. »

Ganem fut enchanté de cette déclaration : il en pleura

de joie, et, ne pouvant trouver de termes assez forts à son gré pour remercier Tourmente, il se contenta de lui dire que, si elle savait bien ce qu'elle devait au calife, il n'ignorait pas de son côté que *ce qui appartient au maître est défendu à l'esclave.*

Comme il s'aperçut que la nuit approchait, il se leva pour aller chercher de la lumière. Il en apporta lui-même, et de quoi faire la collation, selon l'usage ordinaire de la ville de Bagdad, où, après avoir fait un bon repas à midi, on passe la soirée à manger quelques fruits et à boire du vin, en s'entretenant agréablement jusqu'à l'heure de se retirer.

Ils se mirent tous deux à table. D'abord ils se firent des compliments sur les fruits qu'ils se présentaient l'un à l'autre. Insensiblement l'excellence du vin les engagea tous deux à boire ; et ils n'eurent pas plus tôt bu deux ou trois coups qu'ils se firent une loi de ne plus boire sans chanter quelque air auparavant. Ganem chantait des vers qu'il composait sur-le-champ et qui exprimaient la force de sa passion ; et Tourmente, animée par son exemple, composait et chantait aussi des chansons qui avaient du rapport à son aventure, et dans lesquelles il y avait toujours quelque chose que Ganem pouvait expliquer favorablement pour lui. A cela près, la fidélité qu'elle devait au calife y fut exactement gardée. La collation dura fort longtemps. La nuit était déjà fort avancée, qu'ils ne songeaient point encore à se séparer. Ganem toutefois se retira dans un autre appartement, et laissa Tourmente dans celui où elle était, où les femmes esclaves qu'il avait achetées entrèrent pour la servir.

Ils vécurent ensemble de cette manière pendant plusieurs jours. Le jeune marchand ne sortait que pour des affaires de la dernière importance ; encore prenait-il le temps que sa dame reposait : car il ne pouvait se résoudre à perdre un seul des moments qu'il lui était permis de passer auprès d'elle. Il n'était occupé que de sa chère Tourmente, qui, de son côté, entraînée par son penchant, lui avoua qu'elle n'avait pas moins d'amour pour lui qu'il n'en avait pour elle. Cependant, quelque épris qu'ils fussent l'un de l'autre, la considération du calife eut le pouvoir de les retenir dans les bornes qu'elle exigeait d'eux ; ce qui rendait leur passion plus vive.

Tandis que Tourmente, arrachée pour ainsi dire des mains de la mort, passait si agréablement le temps chez

Ganem, Zobéide n'était pas sans embarras au palais
d'Haroun-al-Raschid.

Les trois esclaves ministres de sa vengeance n'eurent
pas plus tôt enlevé le coffre sans savoir ce qu'il y avait
dedans, ni même sans avoir la moindre curiosité de
l'apprendre, comme gens accoutumés à exécuter aveuglé-
ment ses ordres, qu'elle devint la proie d'une cruelle
inquiétude. Mille importunes réflexions vinrent troubler
son repos. Elle ne put goûter un moment la douceur du
sommeil ; elle passa la nuit à rêver aux moyens de cacher
son crime. « Mon époux, disait-elle, aime Tourmente plus
qu'il n'a jamais aimé aucune de ses favorites. Que lui
répondrai-je à son retour, lorsqu'il me demandera de ses
nouvelles ? » Il lui vint dans l'esprit plusieurs stratagèmes ;
mais elle n'en était pas contente : elle y trouvait toujours
des difficultés, et elle ne savait à quoi se déterminer. Elle
avait auprès d'elle une vieille dame qui l'avait élevée dès sa
plus tendre enfance ; elle la fit venir dès la pointe du jour,
et, après lui avoir fait confidence de son secret : « Ma
bonne mère, lui dit-elle, vous m'avez toujours aidée de vos
bons conseils ; si jamais j'en ai eu besoin, c'est dans cette
occasion-ci, où il s'agit de calmer mon esprit, qu'un
trouble mortel agite, et de me donner un moyen de
contenter le calife.

— Ma chère maîtresse, répondit la vieille dame, il eût
beaucoup mieux valu ne vous pas mettre dans l'embarras
où vous êtes ; mais, comme c'est une affaire faite, il n'en
faut plus parler. Il ne faut songer qu'au moyen de tromper
le Commandeur des croyants, et je suis d'avis que vous
fassiez tailler en diligence une pièce de bois en forme de
cadavre ; nous l'envelopperons de vieux linges, et, après
l'avoir enfermée dans une bière, nous la ferons enterrer
dans quelque endroit du palais ; ensuite, sans perdre de
temps, vous ferez bâtir un mausolée de marbre en dôme
sur le lieu de la sépulture, et dresser une représentation
que vous ferez couvrir d'un drap noir et accompagner de
grands chandeliers et de gros cierges à l'entour. Il y a
encore une chose, poursuivit la vieille dame, qu'il est bon
de ne pas oublier ; il faudra que vous preniez le deuil, et
que vous le fassiez prendre à vos femmes, aussi bien qu'à
celles de Tourmente, à vos eunuques, et enfin à tous les
officiers du palais. Quand le calife sera de retour, qu'il
verra tout son palais en deuil et vous-même, il ne manquera pas d'en demander le sujet. Alors vous aurez lieu de

vous en faire un mérite auprès de lui, en disant que c'est à
sa considération que vous avez voulu rendre les derniers
devoirs à Tourmente qu'une mort subite a enlevée. Vous
lui direz que vous avez fait bâtir un mausolée, et qu'enfin
vous avez fait à sa favorite tous les honneurs qu'il lui
aurait rendus lui-même s'il avait été présent. Comme sa
passion pour elle a été extrême, il ira sans doute répandre
des larmes sur son tombeau. Peut-être aussi, ajouta la
vieille, ne croira-t-il point qu'elle soit morte effectivement : il pourra vous soupçonner de l'avoir chassée du
palais par jalousie, et regarder tout ce deuil comme un
artifice pour le tromper et l'empêcher de la faire chercher.
Il est à croire qu'il fera déterrer et ouvrir la bière, et il est
sûr qu'il sera persuadé de sa mort sitôt qu'il verra la figure
d'un mort enseveli. Il vous saura bon gré de tout ce que
vous aurez fait, il vous en témoignera de la reconnaissance. Quant à la pièce de bois, je me charge de la faire
tailler moi-même par un charpentier de la ville, qui ne
saura pas l'usage qu'on en veut faire. Pour vous, Madame,
ordonnez à cette femme de Tourmente, qui lui présenta
hier la limonade, d'annoncer à ses compagnes qu'elle vient
de trouver leur maîtresse morte dans son lit, et, afin
qu'elles ne songent qu'à la pleurer sans vouloir entrer dans
sa chambre, qu'elle ajoute qu'elle vous en a donné avis, et
que vous avez déjà donné ordre à Mesrour de la faire ensevelir et enterrer. »

D'abord que la vieille dame eut achevé de parler,
Zobéide tira un riche diamant de sa cassette, et, le lui mettant au doigt et l'embrassant : « Ah ! ma bonne mère ! lui
dit-elle toute transportée de joie, que je vous ai d'obligation ! Je ne me serais jamais avisée d'un expédient si ingé-
nieux. Il ne peut manquer de réussir, et je sens que je
commence à reprendre ma tranquillité. Je me remets donc
sur vous du soin de la pièce de bois, et je vais donner
ordre au reste. »

La pièce de bois fut préparée avec toute la diligence que
Zobéide pouvait souhaiter, et portée ensuite par la vieille
dame même à la chambre de Tourmente, où elle l'ensevie-
lit comme un mort et la mit dans une bière ; puis Mesrour,
qui fut trompé lui-même, fit enlever la bière et le fantôme
de Tourmente, que l'on enterra avec les cérémonies accoutumées dans l'endroit que Zobéide avait marqué, et aux
pleurs que versaient les femmes de la favorite, dont celle
qui avait présenté la limonade encourageait les autres par
ses cris et ses lamentations.

Dès le même jour, Zobéide fit venir l'architecte du palais et des autres maisons du calife, et, sur les ordres qu'elle lui donna, le mausolée fut achevé en très peu de temps. Des princesses aussi puissantes que l'était l'épouse d'un prince qui commandait du levant au couchant sont toujours obéies à point nommé dans l'exécution de leurs volontés. Elle eut aussi bientôt pris le deuil avec toute sa cour, ce qui fut cause que la nouvelle de la mort de Tourmente se répandit dans toute la ville.

Ganem fut des derniers à l'apprendre : car, comme je l'ai déjà dit, il ne sortait presque point. Il l'apprit pourtant un jour. « Madame, dit-il à la belle favorite du calife, on vous croit morte dans Bagdad, et je ne doute pas que Zobéide elle-même n'en soit bien persuadée. Je bénis le Ciel d'être la cause et l'heureux témoin que vous vivez. Et plût à Dieu que, profitant de ce faux bruit, vous voulussiez lier votre sort au mien, et venir avec moi loin d'ici régner sur mon cœur ! Mais où m'emporte un transport trop doux ? Je ne songe pas que vous êtes née pour faire le bonheur du plus puissant prince de la terre, et que le seul Haroun-al-Raschid est digne de vous. Quand même vous seriez capable de me le sacrifier, quand vous voudriez me suivre, devrais-je y consentir ? Non, je dois me souvenir sans cesse que *ce qui appartient au maître est défendu à l'esclave*. »

L'aimable Tourmente, quoique sensible aux tendres mouvements qu'il faisait paraître, gagnait sur elle de n'y pas répondre. « Seigneur, lui dit-elle, nous ne pouvons empêcher Zobéide de triompher. Je suis peu surprise de l'artifice dont elle se sert pour couvrir son crime ; mais laissons-la faire, je me flatte que ce triomphe sera bientôt suivi de douleur. Le calife reviendra, et nous trouverons moyen de l'informer secrètement de tout ce qui s'est passé. Cependant prenons plus de précautions que jamais pour qu'elle ne puisse apprendre que je vis : je vous en ai déjà dit les conséquences. »

Au bout de trois mois, le calife revint à Bagdad, glorieux et vainqueur de tous ses ennemis. Impatient de revoir Tourmente et de lui faire hommage de ses nouveaux lauriers, il entre dans son palais. Il est étonné de voir les officiers qu'il y avait laissés tous habillés de noir. Il en frémit sans savoir pourquoi ; et son émotion redoubla lorsqu'en arrivant à l'appartement de Zobéide, il aperçut cette princesse qui venait au-devant de lui en deuil, aussi bien que toutes les femmes de sa suite. Il lui demanda d'abord le sujet de ce deuil avec beaucoup d'agitation. « Commandeur des croyants, répondit Zobéide, je l'ai pris pour Tourmente, votre esclave, qui est morte si promptement qu'il n'a pas été possible d'apporter aucun remède à son mal. » Elle voulut poursuivre, mais le calife ne lui en donna pas le temps. Il fut si saisi de cette nouvelle qu'il en poussa un grand cri; ensuite il s'évanouit entre les bras de Giafar, son vizir, dont il était accompagné. Il revint pourtant bientôt de sa faiblesse; et, d'une voix qui marquait son extrême douleur, il demanda où sa chère Tourmente avait été enterrée. « Seigneur, lui dit Zobéide, j'ai pris soin moi-même de ses funérailles, et je n'ai rien épargné pour les rendre superbes. J'ai fait bâtir un mausolée de marbre sur le lieu de sa sépulture. Je vais vous y conduire, si vous le souhaitez. »

Le calife ne voulut pas que Zobéide prît cette peine, et se contenta de s'y faire mener par Mesrour. Il y alla dans l'état où il était, c'est-à-dire en habit de campagne. Quand il vit la représentation couverte d'un drap noir, les cierges allumés tout autour et la magnificence du mausolée, il s'étonna que Zobéide eût fait les obsèques de sa rivale avec tant de pompe; et, comme il était naturellement soupçonneux, il se défia de la générosité de sa femme, et pensa que sa maîtresse pouvait n'être pas morte; que Zobéide, profitant de sa longue absence, l'avait peut-être chassée du palais, avec ordre à ceux qu'elle avait chargés de sa conduite de la mener si loin que l'on n'entendît jamais parler d'elle. Il n'eut pas d'autre soupçon : car il ne croyait pas Zobéide assez méchante pour avoir attenté à la vie de sa favorite.

Pour s'éclaircir par lui-même de la vérité, ce prince commanda qu'on ôtât la représentation, et fit ouvrir la fosse et la bière en sa présence; mais, dès qu'il eut vu le linge qui enveloppait la pièce de bois, il n'osa passer outre. Ce religieux calife craignit d'offenser la religion en permettant que l'on touchât au corps de la défunte; et cette scrupuleuse crainte l'emporta sur l'amour et sur la curiosité. Il ne douta plus de la mort de Tourmente. Il fit refermer la bière, remplir la fosse, et remettre la représentation en l'état où elle était auparavant.

Le calife, se croyant obligé de rendre quelques soins au tombeau de sa favorite, envoya chercher les ministres de la religion, ceux du palais, et les lecteurs de l'Alcoran; et,

tandis que l'on était occupé à les rassembler, il demeura
dans le mausolée, où il arrosa de ses larmes la terre qui
couvrait le fantôme de son amante. Quand tous les
ministres qu'il avait appelés furent arrivés, il se mit à la
tête de la représentation, et eux se rangèrent à l'entour et
récitèrent de longues prières, après quoi les lecteurs de
l'Alcoran lurent plusieurs chapitres.

La même cérémonie se fit tous les jours pendant
l'espace d'un mois, le matin et l'après-dîner, et toujours en
présence du calife, du grand-vizir Giafar et des principaux
officiers de la cour, qui tous étaient en deuil, aussi bien
que le calife, qui, durant tout ce temps-là, ne cessa d'honorer de ses larmes la mémoire de Tourmente, et ne voulut
entendre parler d'aucune affaire.

Le dernier jour du mois, les prières et la lecture de
l'Alcoran durèrent depuis le matin jusqu'à la pointe du
jour suivant; et enfin, lorsque tout fut achevé, chacun se
retira chez soi : Haroun-al-Raschid, fatigué d'une si
longue veille, alla se reposer dans son appartement, et
s'endormit sur un sofa entre deux dames de son palais,
dont l'une assise au chevet et l'autre au pied de son lit
s'occupaient durant son sommeil à des ouvrages de broderie et demeuraient dans un grand silence.

Celle qui était au chevet et qui s'appelait Aube du jour,
voyant le calife endormi, dit tout bas à l'autre dame :
« Étoile du matin[1], car elle se nommait ainsi, il y a bien
des nouvelles. Le Commandeur des croyants, notre cher
seigneur et maître, sentira une grande joie à son réveil
lorsqu'il apprendra ce que j'ai à lui dire. Tourmente n'est
pas morte; elle est en parfaite santé. — O Ciel! s'écria
d'abord Étoile du matin toute transportée de joie, serait-il
bien possible que la belle, la charmante, l'incomparable
Tourmente fût encore du monde? » Étoile du matin prononça ces paroles avec tant de vivacité et d'un ton si haut
que le calife s'éveilla. Il demanda pourquoi on avait interrompu son sommeil. « Ah! Seigneur! reprit Étoile du
matin, pardonnez-moi cette indiscrétion. Je n'ai pu
apprendre tranquillement que Tourmente vit encore. J'en
ai senti un transport que je n'ai pu retenir. — Hé! qu'est-
elle donc devenue, dit le calife, s'il est vrai qu'elle ne soit
pas morte? — Commandeur des croyants, répondit Aube

_____

1. Le nom arabe d'Aube du jour est *Nouronnihar*; celui d'Étoile du
matin est *Nagmatos sobi*.

du jour, j'ai reçu ce soir, d'un homme inconnu, un billet sans signature, mais écrit de la propre main de Tourmente, qui me mande sa triste aventure et m'ordonne de vous en instruire. J'attendais, pour m'acquitter de ma commission, que vous eussiez pris quelques moments de repos, jugeant que vous deviez en avoir besoin après la fatigue, et... — Donnez, donnez-moi ce billet, interrompit avec précipitation le calife ; vous avez mal à propos différé de me le remettre. »

Aube du jour lui présenta aussitôt le billet ; il l'ouvrit avec beaucoup d'impatience. Tourmente y faisait un détail de tout ce qui s'était passé ; mais elle s'étendait un peu trop sur les soins que Ganem avait d'elle. Le calife, naturellement jaloux, au lieu d'être touché de l'inhumanité de Zobéide, ne fut sensible qu'à l'infidélité qu'il s'imagina que Tourmente lui avait faite. « Hé quoi ! dit-il après avoir lu le billet, il y a quatre mois que la perfide est avec un jeune marchand dont elle a l'effronterie de me vanter l'attention pour elle ! Il y a trente jours que je suis de retour à Bagdad, et elle s'avise aujourd'hui de me donner de ses nouvelles ! L'ingrate, pendant que je consume les jours à la pleurer, elle les passe à me trahir ! Allons, vengeons-nous d'une infidèle et du jeune audacieux qui m'outrage. » En achevant ces mots, ce prince se leva, et entra dans une grande salle où il avait coutume de se faire voir et de donner audience aux seigneurs de sa cour. La première porte en fut ouverte, et aussitôt les courtisans, qui attendaient ce moment, entrèrent. Le grand-vizir Giafar parut, et se prosterna devant le trône où le calife s'était assis. Ensuite il se releva et se tint debout devant son maître, qui lui dit d'un air à lui marquer qu'il voulait être obéi promptement : « Giafar, ta présence est nécessaire pour l'exécution d'un ordre important dont je vais te charger. Prends avec toi quatre cents hommes de ma garde, et t'informe premièrement où demeure un marchand de Damas, nommé Ganem, fils d'Abou Aibou. Quand tu le sauras, rends-toi à sa maison et fais-la raser jusqu'aux fondements ; mais saisis-toi auparavant de la personne de Ganem, et me l'amène ici avec Tourmente mon esclave, qui demeure chez lui depuis quatre mois. Je veux la châtier, et faire un exemple du téméraire qui a eu l'insolence de me manquer de respect. »

Le grand-vizir, après avoir reçu cet ordre précis, fit une profonde révérence au calife, en se mettant la main sur la tête pour marquer qu'il voulait la perdre plutôt que de ne lui pas obéir, et puis il sortit. La première chose qu'il fit fut d'envoyer demander au syndic des marchands d'étoffes étrangères et de toiles fines des nouvelles de Ganem, avec ordre surtout de s'informer de sa rue et de la maison où il demeurait. L'officier qu'il chargea de cet ordre lui rapporta bientôt qu'il y avait quelques mois qu'il ne paraissait presque plus, et que l'on ignorait ce qui pouvait le retenir chez lui, s'il y était. Le même officier apprit aussi à Giafar l'endroit où demeurait Ganem, et jusqu'au nom de la veuve qui lui avait loué la maison.

Sur ces avis auxquels on pouvait se fier, ce ministre, sans perdre de temps, se mit en marche avec les soldats que le calife lui avait ordonné de prendre; il alla chez le juge de police, dont il se fit accompagner; et, suivi d'un grand nombre de maçons et de charpentiers munis des outils nécessaires pour raser une maison, il arriva devant celle de Ganem. Comme elle était isolée, il disposa les soldats à l'entour pour empêcher que le jeune marchand ne lui échappât.

Tourmente et Ganem achevaient alors de dîner. La dame était assise près d'une fenêtre qui donnait sur la rue. Elle entend du bruit : elle regarde par la jalousie; et, voyant le grand-vizir qui s'approchait avec toute sa suite, elle jugea qu'on n'en voulait pas moins à elle qu'à Ganem. Elle comprit que son billet avait été reçu; mais elle ne s'était pas attendue à une pareille réponse, et elle avait espéré que le calife prendrait la chose d'une autre manière. Elle ne savait pas depuis quel temps ce prince était de retour; et, quoiqu'elle lui connût du penchant à la jalousie, elle ne craignait rien de ce côté-là. Cependant la vue du grand-vizir et des soldats la fit trembler, non pour elle à la vérité, mais pour Ganem. Elle ne douta point qu'elle ne se justifiât, pourvu que le calife voulût bien l'entendre. A l'égard de Ganem, qu'elle chérissait moins par reconnaissance que par inclination, elle prévoyait que son rival irrité voudrait le voir et pourrait le condamner sur sa jeunesse et sa bonne mine. Prévenue de cette pensée, elle se tourna vers le jeune marchand. « Ah! Ganem! lui dit-elle, nous sommes perdus. C'est vous et moi que l'on cherche. » Il regarda aussitôt par la jalousie, et fut saisi de frayeur lorsqu'il aperçut les gardes du calife, le sabre nu, et le grand-vizir avec le juge de police à leur tête. A cette vue, il demeura immobile et n'eut pas la force de

prononcer une seule parole. « Ganem, reprit la favorite, il
n'y a point de temps à perdre. Si vous m'aimez, prenez vite
l'habit d'un de vos esclaves, et frottez-vous le visage et les
bras de noir de cheminée. Mettez ensuite quelques-uns de
ces plats sur votre tête ; on pourra vous prendre pour le
garçon du traiteur, et on vous laissera passer. Si l'on vous
demande où est le maître de la maison, répondez sans
hésiter qu'il est au logis. — Ah ! Madame ! dit à son tour
Ganem, moins effrayé pour lui que pour Tourmente, vous
ne songez qu'à moi. Hélas ! qu'allez-vous devenir ? — Ne
vous en mettez pas en peine, reprit-elle ; c'est à moi d'y
songer. A l'égard de ce que vous laissez dans cette maison,
j'en aurai soin, et j'espère qu'un jour tout vous sera fidèlement rendu quand la colère du calife sera passée ; mais
évitez sa violence. Les ordres qu'il donne dans ses premiers mouvements sont toujours funestes. » L'affliction
du jeune marchand était telle qu'il ne savait à quoi se
déterminer ; et il se serait sans doute laissé surprendre par
les soldats du calife, si Tourmente ne l'eût pressé de se
déguiser. Il se rendit à ses instances : il prit un habit
d'esclave, se barbouilla de suie ; et il était temps, car on
frappa à la porte, et tout ce qu'ils purent faire, ce fut de
s'embrasser tendrement. Ils étaient tous deux si pénétrés
de douleur qu'il leur fut impossible de se dire un seul mot.
Tels furent leurs adieux. Ganem sortit enfin avec quelques
plats sur la tête. On le prit effectivement pour un garçon
traiteur, et on ne l'arrêta point. Au contraire, le grand-
vizir, qui le rencontra le premier, se rangea pour le laisser
passer, étant fort éloigné de s'imaginer que ce fût celui
qu'il cherchait. Ceux qui étaient derrière le grand-vizir lui
firent place de même et favorisèrent ainsi sa fuite. Il gagna
une des portes de la ville en diligence et se sauva.

Pendant qu'il se dérobait aux poursuites du grand-vizir
Giafar, ce ministre entra dans la chambre où était Tourmente, assise sur un sofa, et où il y avait une assez grande
quantité de coffres remplis des hardes de Ganem, et de
l'argent qu'il avait fait de ses marchandises.

Dès que Tourmente vit entrer le grand-vizir, elle se prosterna la face contre terre ; et, demeurant en cet état
comme disposée à recevoir la mort : « Seigneur, dit-elle, je
suis prête à subir l'arrêt que le Commandeur des croyants
a prononcé contre moi ; vous n'avez qu'à me l'annoncer. —
Madame, lui répondit Giafar en se prosternant aussi
jusqu'à ce qu'elle se fût relevée, à Dieu ne plaise que per-

sonne ose mettre sur vous une main profane! Je n'ai pas
dessein de vous faire le moindre déplaisir. Je n'ai point
d'autre ordre que de vous supplier de vouloir bien venir au
palais avec moi, et de vous y conduire avec le marchand
qui demeure en cette maison. — Seigneur, reprit la favorite en se levant, partons, je suis prête à vous suivre. Pour
ce qui est du jeune marchand à qui je dois la vie, il n'est
point ici. Il y a près d'un mois qu'il est allé à Damas, où ses
affaires l'ont appelé, et, jusqu'à son retour, il m'a laissé en
garde ces coffres que vous voyez. Je vous conjure de vouloir bien les faire porter au palais, et de donner ordre
qu'on les mette en sûreté, afin que je tienne la promesse
que je lui ai faite d'en avoir tout le soin imaginable.

— Vous serez obéie, Madame », répliqua Giafar. Et aussitôt il fit venir des porteurs. Il leur ordonna d'enlever les
coffres et de les porter à Mesrour.

D'abord que les porteurs furent partis, il parla à l'oreille
du juge de police; il le chargea du soin de faire raser la
maison, et d'y faire auparavant chercher partout Ganem,
qu'il soupçonnait d'être caché, quoi que lui eût dit Tourmente. Ensuite il sortit et emmena avec lui cette jeune
dame, suivie des deux femmes esclaves qui la servaient. A
l'égard des esclaves de Ganem, on n'y fit pas d'attention.
Ils se mêlèrent parmi la foule, et on ne sait ce qu'ils
devinrent.

Giafar fut à peine hors de la maison que les maçons et
les charpentiers commencèrent à la raser; et ils firent si
bien leur devoir qu'en moins d'une heure il n'en resta
aucun vestige. Mais le juge de police, n'ayant pu trouver
Ganem, quelque perquisition qu'il en eût faite, en fit donner avis au grand-vizir avant que ce ministre arrivât au
palais. « Hé bien, lui dit Haroun-al-Raschid en le voyant
entrer dans son cabinet, as-tu exécuté mes ordres? — Oui,
Seigneur, répondit Giafar; la maison où demeurait
Ganem est rasée de fond en comble, et je vous amène
Tourmente, votre favorite; elle est à la porte de votre cabinet; je vais la faire entrer, si vous me l'ordonnez. Pour le
jeune marchand, on ne l'a pu trouver, quoiqu'on l'ait cherché partout. Tourmente assure qu'il est parti pour Damas
depuis un mois. »

Jamais emportement n'égala celui que le calife fit
paraître lorsqu'il apprit que Ganem lui était échappé. Pour
sa favorite, prévenu qu'elle lui avait manqué de fidélité, il
ne voulut ni la voir ni lui parler. « Mesrour, dit-il au chef

des eunuques qui était présent, prends l'ingrate, la perfide Tourmente, et va l'enfermer dans la tour obscure. » Cette tour était dans l'enceinte du palais, et servait ordinairement de prison aux favorites qui donnaient quelque sujet de plainte au calife.

Mesrour, accoutumé à exécuter sans réplique les ordres de son maître, quelque violents qu'ils fussent, obéit à regret à celui-ci. Il en témoigna sa douleur à Tourmente, qui en fut d'autant plus affligée qu'elle avait compté que le calife ne refuserait pas de lui parler. Il lui fallut céder à sa triste destinée et suivre Mesrour, qui la conduisit à la tour obscure, où il la laissa.

Cependant le calife, irrité, renvoya son grand-vizir, et, n'écoutant que sa passion, écrivit de sa propre main la lettre qui suit, au roi de Syrie son cousin et son tributaire, qui demeurait à Damas :

LETTRE

DU CALIFE HAROUN-AL-RASCHID

À MOHAMMED ZINEBY, ROI DE SYRIE

Mon cousin, cette lettre est pour vous apprendre qu'un marchand de Damas, nommé Ganem, fils d'Abou Aibou, a séduit la plus aimable de mes esclaves, nommée Tourmente, et qu'il a pris la fuite. Mon intention est qu'après ma lettre reçue vous fassiez chercher et saisir Ganem. Dès qu'il sera en votre puissance, vous le ferez charger de chaînes, et, pendant trois jours consécutifs, vous lui ferez donner cinquante coups de nerf de bœuf. Qu'il soit conduit ensuite par tous les quartiers de la ville, avec un crieur qui crie devant lui : « Voilà le plus léger des châtiments que le Commandeur des croyants fait souffrir à celui qui offense son seigneur et séduit une de ses esclaves. » Après cela, vous me l'enverrez sous bonne garde. Ce n'est pas tout : je veux que vous mettiez sa maison au pillage ; et, quand vous l'aurez fait raser, ordonnez que l'on en transporte les matériaux hors de la ville au milieu de la campagne. Outre cela, s'il a père, mère, sœurs, femmes, filles et autres parents, faites-les dépouiller ; et, quand ils seront nus, donnez-les en spectacle trois jours de suite à toute la ville, avec défense, sous peine de la vie, de leur donner retraite. J'espère que vous n'apporterez aucun retardement à l'exécution de ce que je vous recommande.

HAROUN-AL-RASCHID.

Le calife, après avoir écrit cette lettre, en chargea un courrier, lui ordonnant de faire diligence et de porter avec lui des pigeons, afin d'être plus promptement informé de ce qu'aurait fait Mohammed Zineby.

Les pigeons de Bagdad ont cela de particulier, qu'en quelque lieu éloigné qu'on les porte, ils reviennent à Bagdad dès qu'on les a lâchés, surtout lorsqu'ils y ont des petits. On leur attache sous l'aile un billet roulé, et par ce moyen on a bientôt des nouvelles des lieux d'où l'on en veut savoir.

Le courrier du calife marcha jour et nuit pour s'accommoder à l'impatience de son maître, et, en arrivant à Damas, il alla droit au palais du roi Zineby, qui s'assit sur son trône pour recevoir la lettre du calife. Le courrier l'ayant présentée, Mohammed la prit, et, reconnaissant l'écriture, il se leva par respect, baisa la lettre et la mit sur sa tête, pour marquer qu'il était prêt d'exécuter avec soumission les ordres qu'elle pouvait contenir. Il l'ouvrit, et, sitôt qu'il l'eut lue, il descendit de son trône et monta sans délai à cheval avec les principaux officiers de sa maison. Il fit aussi avertir le juge de police qui le vint trouver, et, suivi de tous les soldats de sa garde, il se rendit à la maison de Ganem.

Depuis que ce jeune marchand était parti de Damas, sa mère n'en avait reçu aucune lettre. Cependant les autres marchands avec qui il avait entrepris le voyage de Bagdad étaient de retour. Ils lui dirent tous qu'ils avaient laissé son fils en parfaite santé; mais, comme il ne revenait point et qu'il négligeait de donner lui-même de ses nouvelles, il n'en fallut pas davantage pour faire croire à cette tendre mère qu'il était mort. Elle se le persuada si bien qu'elle en prit le deuil. Elle pleura Ganem comme si elle l'eût vu mourir, et qu'elle lui eût elle-même fermé les yeux. Jamais mère ne montra tant de douleur; et, loin de chercher à se consoler, elle prenait plaisir à nourrir son affliction. Elle fit bâtir au milieu de la cour de sa maison un dôme, sous lequel elle mit une figure qui représentait son fils et qu'elle couvrit elle-même d'un drap noir. Elle passait presque les jours et les nuits à pleurer sous ce dôme, de même que si le corps de son fils eût été enterré là; et la belle Force des cœurs, sa fille, lui tenait compagnie et mêlait ses pleurs avec les siens.

Il y avait déjà du temps qu'elles s'occupaient ainsi à s'affliger, et que le voisinage, qui entendait leurs cris et leurs lamentations, plaignait des parents si tendres, lorsque Mohammed Zineby vint frapper à la porte ; et, une esclave du logis lui ayant ouvert, il entra brusquement en demandant où était Ganem, fils d'Abou Aibou.

Quoique l'esclave n'eût jamais vu le roi Zineby, elle jugea néanmoins, à sa suite, qu'il devait être un des principaux officiers de Damas. « Seigneur, lui répondit-elle, ce Ganem que vous cherchez est mort. Ma maîtresse, sa mère, est dans le tombeau que vous voyez, où elle pleure actuellement sa perte. » Le roi, sans s'arrêter au rapport de l'esclave, fit faire par ses gardes une exacte perquisition de Ganem dans tous les endroits de la maison. Ensuite il s'avança vers le tombeau, où il vit la mère et la fille assises sur une simple natte auprès de la figure qui représentait Ganem, et leurs visages lui parurent baignés de larmes. Ces pauvres femmes se couvrirent de leurs voiles aussitôt qu'elles aperçurent un homme à la porte du dôme. Mais la mère, qui reconnut le roi de Damas, se leva et courut se prosterner à ses pieds. « Ma bonne dame, lui dit ce prince, je cherchais votre fils Ganem ; est-il ici ? — Ah ! Sire ! s'écria-t-elle, il y a longtemps qu'il n'est plus ! Plût à Dieu que je l'eusse au moins enseveli de mes propres mains, et que j'eusse la consolation d'avoir ses os dans ce tombeau ! Ah ! mon fils ! mon cher fils !... » Elle voulut continuer ; mais elle fut saisie d'une si vive douleur qu'elle n'en eut pas la force.

Zineby en fut touché. C'était un prince d'un naturel fort doux et très compatissant aux peines des malheureux. « Si Ganem est seul coupable, disait-il en lui-même, pourquoi punir la mère et la sœur qui sont innocentes ! Ah ! cruel Haroun-al-Raschid ! à quelle mortification me réduis-tu en me faisant ministre de ta vengeance, en m'obligeant à persécuter des personnes qui ne t'ont point offensé ! »

Les gardes que le roi avait chargés de chercher Ganem lui vinrent dire qu'ils avaient fait une recherche inutile. Il en demeura très persuadé : les pleurs de ces deux femmes ne lui permettaient pas d'en douter. Il était au désespoir de se voir dans la nécessité d'exécuter les ordres du calife ; mais, de quelque pitié qu'il se sentît saisi, il n'osait se résoudre à tromper le ressentiment du calife. « Ma bonne dame, dit-il à la mère de Ganem, sortez de ce tombeau, vous et votre fille, vous n'y seriez pas en sûreté. » Elles sortirent, et en même temps, pour les mettre hors d'insulte, il ôta sa robe de dessus qui était fort ample, et les couvrit toutes deux en leur recommandant de ne pas s'éloigner de

lui. Cela fait, il ordonna de laisser entrer la populace pour
commencer le pillage, qui se fit avec une extrême avidité,
et avec des cris dont la mère et la sœur de Ganem furent
d'autant plus épouvantées qu'elles en ignoraient la cause.
On emporta les plus précieux meubles, des coffres pleins
de richesses, des tapis de Perse et des Indes, des coussins
garnis d'étoffes d'or et d'argent, des porcelaines ; enfin on
enleva tout, on ne laissa dans la maison que les murs ; et
ce fut un spectacle bien affligeant pour ces malheureuses
dames de voir piller tous leurs biens, sans savoir pourquoi
on les traitait si cruellement.

Mohammed, après le pillage de la maison, donna ordre
au juge de police de la faire raser avec le tombeau, et, pendant qu'on y travaillait, il emmena dans son palais Force
des cœurs et sa mère. Ce fut là qu'il redoubla leur affliction en leur déclarant les volontés du calife. « Il veut, leur
dit-il, que je vous fasse dépouiller et que je vous expose
toutes nues aux yeux du peuple pendant trois jours. C'est
avec une extrême répugnance que je fais exécuter cet arrêt
cruel et plein d'ignominie. » Le roi prononça ces paroles
d'un air qui faisait connaître qu'il était effectivement
pénétré de douleur et de compassion. Quoique la crainte
d'être détrôné l'empêchât de suivre les mouvements de sa
pitié, il ne laissa pas d'adoucir en quelque façon la rigueur
des ordres d'Haroun-al-Raschid, en faisant faire pour la
mère de Ganem et pour Force des cœurs de grosses chemises sans manches d'un gros tissu de crin de cheval.

Le lendemain ces deux victimes de la colère du calife
furent dépouillées de leurs habits et revêtues de leurs chemises de crin. On leur ôta aussi leurs coiffures, de sorte
que leurs cheveux épars flottaient sur leurs épaules. Force
des cœurs les avait du plus beau blond du monde, et ils
tombaient jusqu'à terre. Ce fut dans cet état qu'on les fit
voir au peuple. Le juge de police, suivi de ses gens, les
accompagnait, et on les promena par toute la ville. Elles
étaient précédées d'un crieur, qui de temps en temps
disait à haute voix : *Tel est le châtiment de ceux qui se sont
attiré l'indignation du Commandeur des croyants*.

Pendant qu'elles marchaient ainsi dans les rues de
Damas, les bras et les pieds nus, couvertes d'un si étrange
habillement et tâchant de cacher leur confusion sous leurs
cheveux dont elles se couvraient le visage, tout le peuple
fondait en larmes.

Les dames, surtout, les regardant comme innocentes au

170 LES MILLE ET UNE NUITS

travers des jalousies, et touchées principalement de la jeunesse et de la beauté de Force des cœurs, faisaient retentir l'air de cris effroyables à mesure qu'elles passaient sous leurs fenêtres. Les enfants mêmes, effrayés par ces cris et par le spectacle qui les causait, mêlaient leurs pleurs à cette désolation générale, et y ajoutaient une nouvelle horreur. Enfin, quand les ennemis de l'État auraient été dans la ville de Damas et qu'ils y auraient tout mis à feu et à sang, on n'y aurait pas vu régner une plus grande consternation.

Il était presque nuit lorsque cette scène affreuse finit. On ramena la mère et la fille au palais du roi Mohammed. Comme elles n'étaient point accoutumées à marcher les pieds nus, elles se trouvèrent si fatiguées en arrivant qu'elles demeurèrent longtemps évanouies. La reine de Damas, vivement touchée de leur malheur, malgré la défense que le calife avait faite de les secourir, leur envoya quelques-unes de ses femmes pour les consoler, avec toutes sortes de rafraîchissements et du vin pour leur faire reprendre des forces.

Les femmes de la reine les trouvèrent encore évanouies et presque hors d'état de profiter du secours qu'elles leur apportaient. Cependant, à force de soins, on leur fit reprendre leurs esprits. La mère de Ganem les remercia d'abord de leur honnêteté. « Ma bonne dame, lui dit une des femmes de la reine, nous sommes très sensibles à vos peines ; et la reine de Syrie, notre maîtresse, nous a fait plaisir quand elle nous a chargées de vous secourir. Nous pouvons vous assurer que cette princesse prend beaucoup de part à vos malheurs, aussi bien que le roi son époux. » La mère de Ganem pria les femmes de la reine de rendre à cette princesse mille grâces pour elle et pour Force des cœurs ; et, s'adressant ensuite à celle qui lui avait parlé : « Madame, lui dit-elle, le roi ne m'a point dit pourquoi le Commandeur des croyants nous fait souffrir tant d'outrages ; apprenez-nous, de grâce, quels crimes nous avons commis. — Ma bonne dame, répondit la femme de la reine, l'origine de votre malheur vient de votre fils Ganem ; il n'est pas mort, ainsi que vous le croyez. On l'accuse d'avoir enlevé la belle Tourmente, la plus chérie des favorites du calife ; et, comme il s'est dérobé par une prompte fuite à la colère de ce prince, le châtiment est tombé sur vous. Tout le monde condamne le ressentiment du calife ; mais tout le monde le craint, et vous voyez que le roi Zineby lui-même n'ose contrevenir à ses ordres, de peur de lui déplaire. Ainsi, tout ce que nous pouvons faire, c'est de vous plaindre et de vous exhorter à prendre patience.

— Je connais mon fils, reprit la mère de Ganem ; je l'ai élevé avec grand soin et dans le respect dû au Commandeur des croyants. Il n'a point commis le crime dont on l'accuse, et je réponds de son innocence. Je cesse donc de murmurer et de me plaindre, puisque c'est pour lui que je souffre et qu'il n'est pas mort. Ah ! Ganem ! ajouta-t-elle, emportée par un mouvement mêlé de tendresse et de joie, mon cher fils Ganem ! est-il possible que tu vives encore ? Je ne regrette plus mes biens ; et, à quelque excès que puissent aller les ordres du calife, je lui en pardonne toute la rigueur, pourvu que le Ciel ait conservé mon fils. Il n'y a que ma fille qui m'afflige ; ses maux seuls font toute ma peine. Je la crois pourtant assez bonne sœur pour suivre mon exemple. »

A ces paroles, Force des cœurs, qui avait paru insensible jusque-là, se tourna vers sa mère, et, lui jetant ses bras au cou : « Oui, ma chère mère, lui dit-elle, je suivrai toujours votre exemple, à quelque extrémité que puisse vous porter votre amour pour mon frère. »

La mère et la fille, confondant ainsi leurs soupirs et leurs larmes, demeurèrent assez longtemps dans un embrassement si touchant. Cependant les femmes de la reine, que ce spectacle attendrissait fort, n'oublièrent rien pour engager la mère de Ganem à prendre quelque nourriture. Elle mangea un morceau pour les satisfaire, et Force des cœurs en fit autant.

Comme l'ordre du calife portait que les parents de Ganem paraîtraient trois jours de suite aux yeux du peuple dans l'état qu'on a dit, Force des cœurs et sa mère servirent de spectacle le lendemain pour la seconde fois, depuis le matin jusqu'au soir ; mais, ce jour-là et le jour suivant, les choses ne se passèrent pas de la même manière : les rues, qui avaient été d'abord pleines de monde, devinrent désertes. Tous les marchands, indignés du traitement qu'on faisait à la veuve et à la fille d'Abou Aibou, fermèrent leurs boutiques et demeurèrent enfermés chez eux. Les dames, au lieu de regarder par leurs jalousies, se retirèrent dans le derrière de leurs maisons. Il ne se trouva pas une âme dans les places publiques par où l'on fit passer ces deux infortunées ; il semblait que tous les habitants de Damas eussent abandonné leur ville.

Le quatrième jour, le roi Mohammed Zineby, qui voulait exécuter fidèlement les ordres du calife, quoiqu'il ne
les approuvât point, envoya des crieurs dans tous les quartiers de la ville, publier une défense rigoureuse à tout
citoyen de Damas ou étranger, de quelque condition qu'il
fût, sous peine de la vie et d'être livré aux chiens pour leur
servir de pâture après sa mort, de donner retraite à la
mère et à la sœur de Ganem, ni de leur fournir un morceau de pain ni une seule goutte d'eau; en un mot, de leur
prêter la moindre assistance et d'avoir aucune communication avec elles.

Après que les crieurs eurent fait ce que le roi leur avait
ordonné, ce prince commanda qu'on mît la mère et la fille
hors du palais, et qu'on leur laissât la liberté d'aller où
elles voudraient. On ne les vit pas plus tôt paraître que
tout le monde s'éloigna d'elles, tant la défense qui venait
d'être publiée avait fait d'impression sur les esprits. Elles
s'aperçurent bien qu'on les fuyait; mais, comme elles en
ignoraient la cause, elles en furent très surprises; et leur
étonnement augmenta encore lorsqu'en entrant dans une
rue où parmi plusieurs personnes elles reconnurent quelques-uns de leurs meilleurs amis, elles les virent dispa-
raître avec autant de précipitation que les autres. « Quoi
donc ! dit alors la mère de Ganem, sommes-nous pestifé-
rées ? Le traitement injuste et barbare qu'on nous fait
doit-il nous rendre odieuses à nos concitoyens ? Allons,
ma fille, poursuivit-elle, sortons au plus tôt de Damas; ne
demeurons plus dans une ville où nous faisons horreur à
nos amis mêmes. »

En parlant ainsi, ces deux misérables dames gagnèrent
une des extrémités de la ville, et se retirèrent dans une
masure pour y passer la nuit. Là, quelques musulmans,
poussés par un esprit de charité et de compassion, les
vinrent trouver dès que la fin du jour fut arrivée. Ils leur
apportèrent des provisions; mais ils n'osèrent s'arrêter
pour les consoler, de peur d'être découverts et punis
comme désobéissant aux ordres du calife.

Cependant le roi Zineby avait lâché le pigeon pour
informer Haroun-al-Raschid de son exactitude. Il lui man-
dait tout ce qui s'était passé, et le conjurait de lui faire
savoir ce qu'il voulait ordonner de la mère et de la sœur de
Ganem. Il reçut bientôt par la même voie la réponse du
calife, qui lui écrivit qu'il les bannissait pour jamais de
Damas. Aussitôt le roi de Syrie envoya des gens dans la

masure, avec ordre de prendre la mère et la fille, de les conduire à trois journées de Damas et de les laisser là, en leur faisant défense de revenir dans la ville.

Les gens de Zineby s'acquittèrent de leur commission; mais, moins exacts que leur maître à exécuter de point en point les ordres d'Haroun-al-Raschid, ils donnèrent par pitié à Force des cœurs et à sa mère quelques menues monnaies pour se procurer de quoi vivre, et à chacune un sac qu'ils leur passèrent au cou, pour mettre leurs provisions.

Dans cette situation déplorable, elles arrivèrent au premier village. Les paysannes s'assemblèrent autour d'elles; et, comme au travers de leur déguisement on ne laissait pas de remarquer que c'étaient des personnes de quelque condition, on leur demanda ce qui les obligeait à voyager ainsi sous un habillement qui ne paraissait pas être leur habillement naturel. Au lieu de répondre à la question qu'on leur faisait, elles se prirent à pleurer, ce qui ne servit qu'à augmenter la curiosité des paysannes et à leur inspirer de la compassion. La mère de Ganem leur conta ce qu'elle et sa fille avaient souffert. Les bonnes villageoises en furent attendries et tâchèrent de les consoler. Elles les régalèrent autant que leur pauvreté le leur permit. Elles leur firent quitter leurs chemises de crin de cheval qui les incommodaient fort, pour en prendre d'autres qu'elles leur donnèrent, avec des souliers, et de quoi se couvrir la tête pour conserver leurs cheveux.

De ce village, après avoir bien remercié ces paysannes charitables, Force des cœurs et sa mère s'avancèrent du côté d'Alep à petites journées. Elles avaient coutume de se retirer autour des mosquées ou dans les mosquées mêmes, où elles passaient la nuit sur la natte, lorsque le pavé en était couvert, autrement elles couchaient sur le pavé même, ou bien elles allaient loger dans les lieux publics destinés à servir de retraite aux voyageurs. A l'égard de la nourriture, elles n'en manquaient pas : elles rencontraient souvent de ces lieux où l'on fait des distributions de pain, de riz cuit et d'autres mets, à tous les voyageurs qui en demandent.

Enfin, elles arrivèrent à Alep; mais elles ne voulurent, pas s'y arrêter, et, continuant leur chemin vers l'Euphrate, elles passèrent ce fleuve et entrèrent dans la Mésopotamie, qu'elles traversèrent jusqu'à Mossoul. De là, quelques peines qu'elles eussent déjà souffertes, elles se rendirent à

Bagdad. C'était le lieu où tendaient leurs désirs, dans l'espérance d'y rencontrer Ganem, quoiqu'elles ne dussent pas se flatter qu'il fût dans une ville où le calife faisait sa demeure; mais elles l'espéraient, parce qu'elles le souhaitaient. Leur tendresse pour lui, malgré tous leurs malheurs, augmentait au lieu de diminuer. Leurs discours roulaient ordinairement sur lui; elles en demandaient même des nouvelles à tous ceux qu'elles rencontraient. Mais laissons là Force des cœurs et sa mère pour revenir à Tourmente.

Elle était toujours enfermée très étroitement dans la tour obscure, depuis le jour qui avait été si funeste à Ganem et à elle. Cependant, quelque désagréable que lui fût sa prison, elle en était beaucoup moins affligée que du malheur de Ganem, dont le sort incertain lui causait une inquiétude mortelle. Il n'y avait presque pas de moment qu'elle ne le plaignît.

Une nuit que le calife se promenait seul dans l'enceinte de son palais, ce qui lui arrivait assez souvent, car c'était le prince du monde le plus curieux, et quelquefois dans ses promenades nocturnes il apprenait des choses qui se passaient dans le palais et qui sans cela ne seraient jamais venues à sa connaissance; une nuit donc, en se promenant, il passa près de la tour obscure, et, comme il crut entendre parler, il s'arrêta; il s'approcha de la porte pour mieux écouter, et il ouït distinctement ces paroles, que Tourmente, toujours en proie au souvenir de Ganem, prononça d'une voix assez haute : « O Ganem! trop infortuné Ganem! où es-tu présentement? Dans quel lieu ton destin déplorable t'a-t-il conduit? Hélas! c'est moi qui t'ai rendu malheureux! Que ne me laissais-tu périr misérablement, au lieu de me prêter un secours généreux? Quel triste fruit as-tu recueilli de tes soins et de tes respects? Le Commandeur des croyants, qui devrait te récompenser, te persécute pour prix de m'avoir toujours regardée comme une personne réservée à son lit; tu perds tous tes biens, et te vois obligé de chercher ton salut dans la fuite. Ah! calife! barbare calife! que direz-vous pour votre défense lorsque vous vous trouverez avec Ganem devant le tribunal du juge souverain, et que les anges rendront témoignage de la vérité en votre présence? Toute la puissance que vous avez aujourd'hui, et sous qui tremble presque toute la terre, n'empêchera pas que vous ne soyez condamné et puni de votre injuste violence. » Tourmente cessa de parler à ces

mots, car ses soupirs et ses larmes l'empêchèrent de continuer.

Il n'en fallut pas davantage pour obliger le calife à rentrer en lui-même. Il vit bien que, si ce qu'il venait
d'entendre était vrai, sa favorite était innocente, et qu'il
avait donné des ordres contre Ganem et sa famille avec
trop de précipitation. Pour approfondir une chose où
l'équité dont il se piquait paraissait fort intéressée, il
retourna aussitôt à son appartement, et, dès qu'il y fut
arrivé, il chargea Mesrour d'aller à la tour obscure et de
lui amener Tourmente.

Le chef des eunuques jugea par cet ordre, et encore plus
à l'air du calife, que ce prince voulait pardonner à sa favorite et la rappeler auprès de lui ; il en fut ravi, car il aimait
Tourmente et avait pris beaucoup de part à sa disgrâce. Il
vole sur-le-champ à la tour. « Madame, dit-il à la favorite
d'un ton qui marquait sa joie, prenez la peine de me
suivre ; j'espère que vous ne reviendrez plus dans cette
vilaine tour ténébreuse ; le Commandeur des croyants veut
vous entretenir, et j'en conçois un heureux présage. »

Tourmente suivit Mesrour, qui la mena et l'introduisit
dans le cabinet du calife. D'abord elle se prosterna devant
ce prince, et elle demeura dans cet état le visage baigné de
larmes. « Tourmente, lui dit le calife sans lui dire de se
relever, il me semble que tu m'accuses de violence et
d'injustice : qui est donc celui qui, malgré les égards et la
considération qu'il a eus pour moi, se trouve dans une
situation misérable ? Parle, tu sais combien je suis bon
naturellement, et que j'aime à rendre justice. »

La favorite comprit par ce discours que le calife l'avait
entendue parler ; et, profitant d'une si belle occasion de
justifier son cher Ganem : « Commandeur des croyants,
répondit-elle, s'il m'est échappé quelque parole qui ne soit
point agréable à Votre Majesté, je vous supplie très humblement de me la pardonner. Mais celui dont vous voulez
connaître l'innocence et la misère, c'est Ganem, le malheureux fils d'Abou Aibou, marchand de Damas. C'est lui
qui m'a sauvé la vie, et qui m'a donné un asile en sa maison. Je vous avouerai que, dès qu'il me vit, peut-être
forma-t-il la pensée de se donner à moi et l'espérance de
m'engager à souffrir ses soins : j'en jugeai ainsi à l'empressement qu'il fit paraître à me régaler et à me rendre tous
les services dont j'avais besoin dans l'état où je me trouvais. Mais, sitôt qu'il apprit que j'avais l'honneur de vous

appartenir : « Ah! Madame! me dit-il, *ce qui appartient au maître est défendu à l'esclave.* » Depuis ce moment, je dois cette justice à sa vertu, sa conduite n'a point démenti ses paroles. Cependant vous savez, Commandeur des croyants, avec quelle rigueur vous l'avez traité, et vous en répondrez devant le tribunal de Dieu. »

Le calife ne sut point mauvais gré à Tourmente de la liberté qu'il y avait dans ce discours. « Mais, reprit-il, puis-je me fier aux assurances que tu me donnes de la retenue de Ganem ? — Oui, repartit-elle, vous le pouvez : je ne voudrais pas pour toute chose au monde vous déguiser la vérité ; et, pour vous prouver que je suis sincère, il faut que je vous fasse un aveu qui vous déplaira peut-être, mais j'en demande pardon par avance à Votre Majesté. — Parle, ma fille, dit alors Haroun-al-Raschid ; je te pardonne tout, pourvu que tu ne me caches rien. — Hé bien, répliqua Tourmente, apprenez que l'attention respectueuse de Ganem, jointe à tous les bons offices qu'il m'a rendus, me firent concevoir de l'estime pour lui. Je passai même plus avant. Vous connaissez la tyrannie de l'amour : je sentis naître en mon cœur de tendres sentiments ; il s'en aperçut ; mais, loin de chercher à profiter de ma faiblesse, et malgré tout le feu dont il se sentait brûler, il demeura toujours ferme dans son devoir ; et tout ce que sa passion pouvait lui arracher, c'étaient ces termes que j'ai déjà dits à Votre Majesté : *Ce qui appartient au maître est défendu à l'esclave.*

Cette déclaration ingénue aurait peut-être aigri tout autre que le calife, mais ce fut ce qui acheva d'adoucir ce prince. Il lui ordonna de se relever ; et, la faisant asseoir auprès de lui : « Raconte-moi, lui dit-il, ton histoire depuis le commencement jusqu'à la fin. » Alors elle s'en acquitta avec beaucoup d'adresse et d'esprit. Elle passa légèrement sur ce qui regardait Zobéide ; elle s'étendit davantage sur les obligations qu'elle avait à Ganem, sur la dépense qu'il avait faite pour elle, et surtout elle vanta fort sa discrétion, voulant par là faire comprendre au calife qu'elle s'était trouvée dans la nécessité de demeurer cachée chez Ganem pour tromper Zobéide ; et elle finit enfin par la fuite du jeune marchand, à laquelle, sans déguisement, elle dit au calife qu'elle l'avait forcé pour se dérober à sa colère.

Quand elle eut cessé de parler, ce prince lui dit : « Je crois tout ce que vous m'avez raconté ; mais pourquoi avez-vous tant tardé à me donner de vos nouvelles ? Fal-

lait-il attendre un mois après mon retour pour me faire
savoir où vous étiez ? — Commandeur des croyants,
répondit Tourmente, Ganem sortait si rarement de sa
maison qu'il ne faut pas vous étonner que nous n'ayons
point appris les premiers votre retour. D'ailleurs, Ganem,
qui s'était chargé de faire tenir le billet que j'ai écrit à
Aube du jour, a été longtemps sans trouver le moment
favorable de le remettre en main propre.

— C'est assez, Tourmente, reprit le calife ; je reconnais
ma faute, et voudrais la réparer en comblant de bienfaits
ce jeune marchand de Damas. Vois donc, que puis-je faire
pour lui ? demande-moi ce que tu voudras, je te l'accorderai. » A ces mots, la favorite se jeta aux pieds du calife, la
face contre terre, et, se relevant : « Commandeur des
croyants, dit-elle, après avoir remercié Votre Majesté pour
Ganem, je la supplie très humblement de faire publier
dans vos États que vous pardonnez au fils d'Abou Aibou,
et qu'il n'a qu'à vous venir trouver. — Je ferai plus, repartit
ce prince : pour t'avoir conservé la vie, pour reconnaître la
considération qu'il a eue pour moi, pour le dédommager
de la perte de ses biens, et enfin pour réparer le tort que
j'ai fait à sa famille, je te le donne pour époux. » Tourmente ne pouvait trouver d'expressions assez fortes pour
remercier le calife de sa générosité. Ensuite elle se retira
dans l'appartement qu'elle occupait avant sa cruelle aventure. Le même ameublement y était encore ; on n'y avait
nullement touché. Mais ce qui lui fit le plus de plaisir, ce
fut d'y voir les coffres et les ballots de Ganem, que Mesrour avait eu soin d'y faire porter.

Le lendemain, Haroun-al-Raschid donna ordre au
grand-vizir de faire publier par toutes les villes de ses
États qu'il pardonnait à Ganem fils d'Abou Aibou ; mais
cette publication fut inutile, car il se passa un temps
considérable sans qu'on entendît parler de ce jeune marchand. Tourmente crut que sans doute il n'avait pu sur-
vivre à la douleur de l'avoir perdue. Une affreuse inquiétude s'empara de son esprit ; mais, comme l'espérance est
la dernière chose qui abandonne les amants, elle supplia
le calife de lui permettre de faire elle-même la recherche
de Ganem ; ce qui lui ayant été accordé, elle prit une
bourse de mille pièces d'or qu'elle tira de sa cassette, et
sortit un matin du palais, montée sur une mule des
écuries du calife très richement enharnachée. Deux
eunuques noirs l'accompagnaient, qui avaient de chaque
côté la main sur la croupe de la mule.

Elle alla de mosquée en mosquée faire des largesses aux dévots de la religion musulmane, en implorant le secours de leurs prières pour l'accomplissement d'une affaire importante, d'où dépendait, leur disait-elle, le repos de deux personnes. Elle employa toute la journée et ses mille pièces d'or à faire des aumônes dans les mosquées, et sur le soir elle retourna au palais.

Le jour suivant elle prit une autre bourse de la même somme, et dans le même équipage elle se rendit à la joaillerie. Elle s'arrêta devant la porte, et, sans mettre pied à terre, elle fit appeler le syndic par un des eunuques noirs. Le syndic, qui était un homme très charitable, et qui employait plus des deux tiers de son revenu à soulager les pauvres étrangers, soit qu'ils fussent malades, ou mal dans leurs affaires, ne fit point attendre Tourmente, qu'il reconnut à son habillement pour une dame du palais. « Je m'adresse à vous, lui dit-elle en lui mettant sa bourse entre les mains, comme à un homme dont on vante dans la ville la piété. Je vous prie de distribuer ces pièces d'or aux pauvres étrangers que vous assistez, car je n'ignore pas que vous faites profession de secourir les étrangers qui ont recours à votre charité. Je sais même que vous prévenez leurs besoins, et que rien n'est plus agréable pour vous que de trouver occasion d'adoucir leur misère. — Madame, lui répondit le syndic, j'exécuterai avec plaisir ce que vous m'ordonnez; mais, si vous souhaitez d'exercer votre charité par vous-même, et prendre la peine de venir jusque chez moi, vous y verrez deux femmes dignes de votre pitié. Je les rencontrai hier comme elles arrivaient dans la ville; elles étaient dans un état pitoyable, et j'en fus d'autant plus touché qu'il me parut que c'étaient des personnes de condition. Au travers des haillons qui les couvraient, malgré l'impression que l'ardeur du soleil a faite sur leur visage, je démêlai un air noble que n'ont point ordinairement les pauvres que j'assiste. Je les menai toutes deux dans ma maison et les mis entre les mains de ma femme, qui en porta d'abord le même jugement que moi. Elle leur fit préparer de bons lits par ses esclaves, pendant qu'elle-même s'occupait à leur laver le visage et à leur faire changer de linge. Nous ne savons point encore qui elles sont, parce que nous voulons leur laisser prendre quelque repos avant que de les fatiguer par nos questions. »

Tourmente, sans savoir pourquoi, se sentit quelque

curiosité de les voir. Le syndic se mit en devoir de la
mener chez lui ; mais elle ne voulut pas qu'il prît cette
peine, et elle s'y fit conduire par un esclave qu'il lui donna.
Quand elle fut à la porte, elle mit pied à terre et suivit
l'esclave du syndic, qui avait pris les devants pour aller
avertir sa maîtresse qui était dans la chambre de Force des
cœurs et de sa mère : car c'était d'elles dont le syndic
venait de parler à Tourmente.

La femme du syndic, ayant appris par son esclave
qu'une dame du palais était dans sa maison, voulut sortir
de la chambre où elle était pour l'aller recevoir ; mais
Tourmente, qui suivait de près l'esclave, ne lui en donna
pas le temps et entra. La femme du syndic se prosterna
devant elle, pour marquer le respect qu'elle avait pour tout
ce qui appartenait au calife. Tourmente la releva, et lui
dit : « Ma bonne dame, je vous prie de me faire parler aux
deux étrangères qui sont arrivées à Bagdad hier au soir. —
Madame, répondit la femme du syndic, elles sont cou-
chées dans ces deux petits lits que vous voyez l'un auprès
de l'autre. » Aussitôt la favorite s'approcha de celui de la
mère, et, la considérant avec attention : « Ma bonne
femme, lui dit-elle, je viens vous offrir mon secours. Je ne
suis pas sans crédit dans cette ville, et je pourrai vous être
utile à vous et à votre compagne. — Madame, répondit la
mère de Ganem, aux offres obligeantes que vous nous
faites, je vois que le Ciel ne nous a point encore abandon-
nées. Nous avions pourtant sujet de le croire, après les
malheurs qui nous sont arrivés. » En achevant ces paroles,
elle se prit à pleurer si amèrement que Tourmente et la
femme du syndic ne purent aussi retenir leurs larmes.

La favorite du calife, après avoir essuyé les siennes, dit à
la mère de Ganem : « Apprenez-nous, de grâce, vos malheurs, et nous racontez votre histoire ; vous ne sauriez
faire ce récit à des gens plus disposés que nous à chercher
tous les moyens possibles de vous consoler. — Madame,
reprit la triste veuve d'Abou Aibou, une favorite du
Commandeur des croyants, une dame nommée Tourmente, cause toute notre infortune. » A ce discours, la
favorite se sentit frappée comme d'un coup de foudre ;
mais, dissimulant son trouble et son agitation, elle laissa
parler la mère de Ganem, qui poursuivit de cette manière :
« Je suis veuve d'Abou Aibou, marchand de Damas ; j'avais
un fils nommé Ganem, qui, étant venu trafiquer à Bagdad,
a été accusé d'avoir enlevé cette Tourmente. Le calife l'a

fait chercher partout pour le faire mourir ; et, ne l'ayant pu
trouver, il a écrit au roi de Damas de faire piller et raser
notre maison, et de nous exposer, ma fille et moi, trois
jours de suite, toutes nues aux yeux du peuple, et puis de
nous bannir de Syrie à perpétuité. Mais, avec quelque
indignité qu'on nous ait traitées, je m'en consolerais si
mon fils vivait encore et que je puisse le rencontrer. Quel
plaisir pour sa sœur et pour moi de le revoir ! Nous oublie-
rions en l'embrassant la perte de nos biens et tous les
maux que nous avons soufferts pour lui. Hélas ! je suis
persuadée qu'il n'en est que la cause innocente, et qu'il
n'est pas plus coupable envers le calife que sa sœur et moi.
— Non, sans doute, interrompit Tourmente en cet endroit,
il n'est pas plus criminel que vous. Je puis vous assurer de
son innocence, puisque cette même Tourmente dont vous
avez tant à vous plaindre, c'est moi, qui, par la fatalité des
astres, ai causé tous vos malheurs. C'est à moi que vous
devez imputer la perte de votre fils, s'il n'est plus au
monde ; mais, si j'ai fait votre infortune, je puis aussi la
soulager. J'ai déjà justifié Ganem dans l'esprit du calife :
ce prince a fait publier par tous ses États qu'il pardonnait
au fils d'Abou Aïbou ; et ne doutez pas qu'il ne vous fasse
autant de bien qu'il vous a fait de mal. Vous n'êtes plus ses
ennemis. Il attend Ganem pour le récompenser du service
qu'il m'a rendu, en unissant nos fortunes ; il me donne à
lui pour épouse. Ainsi, regardez-moi comme votre fille, et
permettez que je vous consacre une éternelle amitié. » En
disant cela, elle se pencha sur la mère de Ganem, qui ne
put répondre à ce discours, tant il lui causa d'étonnement.
Tourmente la tint longtemps embrassée, et ne la quitta
que pour courir à l'autre lit embrasser Force des cœurs,
qui, s'étant levée sur son séant pour la recevoir, lui tendit
les bras.

Après que la charmante favorite du calife eut donné à la
mère et à la fille toutes les marques de tendresse qu'elles
pouvaient attendre de la femme de Ganem, elle leur dit :
« Cessez de vous affliger l'une et l'autre ; les richesses que
Ganem avait en cette ville ne sont pas perdues ; elles sont
au palais du calife, dans mon appartement. Je sais bien
que toutes les richesses du monde ne sauraient vous
consoler sans Ganem : c'est le jugement que je fais de sa
mère et de sa sœur, si je dois juger d'elles par moi-même.
Le sang n'a pas moins de force que l'amour dans les
grands cœurs. Mais pourquoi faut-il désespérer de le

revoir ? Nous le retrouverons ; le bonheur de vous avoir rencontrées m'en fait concevoir l'espérance. Peut-être même que c'est aujourd'hui le dernier jour de vos peines, et le commencement d'un bonheur plus grand que celui dont vous jouissiez à Damas dans le temps que vous y possédiez Ganem. »

Tourmente allait poursuivre, lorsque le syndic des joailliers arriva. « Madame, lui dit-il, je viens de voir un objet bien touchant : c'est un jeune homme qu'un chamelier amenait à l'hôpital de Bagdad. Il était lié avec des cordes sur un chameau, parce qu'il n'avait pas la force de se soutenir. On l'avait déjà délié, et on était prêt à le porter à l'hôpital, lorsque j'ai passé par là. Je me suis approché du jeune homme, je l'ai considéré avec attention, et il m'a paru que son visage ne m'était pas tout à fait inconnu. Je lui ai fait des questions sur sa famille et sur son pays ; mais, pour toute réponse, je n'en ai tiré que des pleurs et des soupirs. J'en ai eu pitié ; et, connaissant, par l'habitude que j'ai de voir des malades, qu'il était dans un pressant besoin d'être soigné, je n'ai pas voulu qu'on le mît à l'hôpital : car je sais trop de quelle manière on y gouverne les malades, et je connais l'incapacité des médecins. Je l'ai fait apporter chez moi par mes esclaves, qui, dans une chambre particulière où je l'ai mis, lui donnent par mon ordre de mon propre linge et le servent comme ils me serviraient moi-même. »

Tourmente tressaillit à ce discours du joaillier, et sentit une émotion dont elle ne pouvait se rendre raison. « Menez-moi, dit-elle au syndic, dans la chambre de ce malade ; je souhaite de le voir. » Le syndic l'y conduisit ; et, tandis qu'elle y allait, la mère de Ganem dit à Force des cœurs : « Ah ! ma fille, quelque misérable que soit cet étranger malade, votre frère, s'il est encore en vie, n'est peut-être pas dans un état plus heureux ! »

La favorite du calife, étant dans la chambre où était le malade, s'approcha du lit où les esclaves du syndic l'avaient déjà couché. Elle vit un jeune homme qui avait les yeux fermés, le visage pâle, défiguré et tout couvert de larmes. Elle l'observe avec attention, son cœur palpite, elle croit reconnaître Ganem ; mais bientôt elle se défie du rapport de ses yeux. Si elle trouve quelque chose de Ganem dans l'objet qu'elle considère, il lui paraît d'ailleurs si différent qu'elle n'ose s'imaginer que c'est lui qui s'offre à sa vue. Ne pouvant toutefois résister à l'envie de s'en éclaircir : « Ganem, lui dit-elle d'une voix tremblante, est-ce vous que je vois ? » A ces mots elle s'arrêta pour donner le temps au jeune homme de répondre ; mais, s'apercevant qu'il y paraissait insensible : « Ah ! Ganem, reprit-elle, ce n'est point à toi que je parle. Mon imagination, trop pleine de ton image, a prêté à cet étranger une trompeuse ressemblance. Le fils d'Abou Aibou, quelque malade qu'il pût être, entendrait la voix de Tourmente. » Au nom de Tourmente, Ganem (car c'était effectivement lui) ouvrit la paupière, et tourna la tête vers la personne qui lui adressait la parole ; et, reconnaissant la favorite du calife : « Ah ! Madame, est-ce vous ? par quel miracle... » Il ne put achever. Il fut tout à coup saisi d'un transport de joie si vif qu'il s'évanouit. Tourmente et le syndic s'empressèrent à le secourir ; mais, dès qu'ils remarquèrent qu'il commençait à revenir de son évanouissement, le syndic pria la dame de se retirer, de peur que sa vue n'irritât le mal de Ganem.

Ce jeune homme, ayant repris ses esprits, regarda de tous côtés, et, ne voyant pas ce qu'il cherchait : « Belle Tourmente, s'écria-t-il, qu'êtes-vous devenue ? Vous êtes-vous en effet présentée à mes yeux, ou n'est-ce qu'une illusion ? — Non, Seigneur, lui dit le syndic, ce n'est point une illusion : c'est moi qui ai fait sortir cette dame, mais vous la reverrez sitôt que vous serez en état de soutenir sa vue. Vous avez besoin de repos présentement, et rien ne doit vous empêcher d'en prendre. Vos affaires ont changé de face, puisque vous êtes, ce me semble, ce Ganem à qui le Commandeur des croyants a fait publier dans Bagdad qu'il pardonnait le passé. Qu'il vous suffise à l'heure qu'il est de savoir cela. La dame qui vient de vous parler vous en instruira plus amplement. Ne songez donc qu'à rétablir votre santé ; pour moi, je vais y contribuer autant qu'il me sera possible. » En achevant ces mots, il laissa reposer Ganem, et alla lui faire préparer tous les remèdes qu'il jugea nécessaires pour réparer ses forces épuisées par la diète et par la fatigue.

Pendant ce temps-là, Tourmente était dans la chambre de Force des cœurs et de sa mère, où se passa la même scène à peu près : car, quand la mère de Ganem apprit que cet étranger malade que le syndic venait de faire apporter chez lui était Ganem lui-même, elle en eut tant de joie qu'elle s'évanouit aussi. Et lorsque, par les soins de Tourmente et de la femme du syndic, elle fut revenue de sa fai-

blesse, elle voulut se lever pour aller voir son fils ; mais le
syndic, qui arriva sur ces entrefaites, l'en empêcha en lui
représentant que Ganem était si faible et si exténué que
l'on ne pouvait, sans intéresser sa vie, exciter en lui les
mouvements que doit causer la vue inopinée d'une mère
et d'une sœur qu'on aime. Le syndic n'eut pas besoin de
longs discours pour persuader la mère de Ganem. Dès
qu'on lui dit qu'elle ne pouvait entretenir son fils sans
mettre en danger ses jours, elle ne fit plus d'instances pour
l'aller trouver. Alors Tourmente, prenant la parole :
« Bénissons le Ciel, dit-elle, de nous avoir tous rassemblés
dans un même lieu. Je vais retourner au palais informer le
calife de toutes ces aventures, et demain matin je reviendrai vous joindre. » Après avoir parlé de cette manière,
elle embrassa la mère et la fille et sortit. Elle arriva au
palais ; et, dès qu'elle y fut, elle fit demander par Mesrour
une audience particulière au calife. Elle l'obtint dans le
moment. On l'introduisit dans le cabinet de ce prince ; il y
était seul. Elle se jeta d'abord à ses pieds, la face contre
terre, selon la coutume. Il lui dit de se relever, et, l'ayant
fait asseoir, il lui demanda si elle avait appris des nouvelles de Ganem. « Commandeur des croyants, lui dit-elle,
j'ai si bien fait que je l'ai retrouvé avec sa mère et sa
sœur. » Le calife fut curieux d'apprendre comment elle
avait pu les rencontrer en si peu de temps. Elle satisfit sa
curiosité, et lui dit tant de bien de la mère de Ganem et de
Force des cœurs qu'il eut envie de les voir aussi bien que le
jeune marchand.

Si Haroun-al-Raschid était violent et si, dans ses emportements, il se portait quelquefois à des actions cruelles, en
récompense, il était équitable et le plus généreux prince
du monde dès que sa colère était passée et qu'on lui faisait
connaître son injustice. Ainsi, ne pouvant douter qu'il
n'eût injustement persécuté Ganem et sa famille, et les
ayant maltraités publiquement, il résolut de leur faire une
satisfaction publique. « Je suis ravi, dit-il à Tourmente, de
l'heureux succès de tes recherches ; j'en ai une extrême
joie, moins pour l'amour de toi qu'à cause de moi-même.
Je tiendrai la promesse que je t'ai faite : tu épouseras
Ganem, et je déclare dès à présent que tu n'es plus mon
esclave ; tu es libre. Va retrouver ce jeune marchand ; et,
dès que sa santé sera rétablie, tu me l'amèneras avec sa
mère et sa sœur. »

Le lendemain de grand matin, Tourmente ne manqua

pas de se rendre chez le syndic des joailliers, impatiente de savoir l'état de la santé de Ganem, et d'apprendre à la mère et à la fille les bonnes nouvelles qu'elle avait à leur annoncer. La première personne qu'elle rencontra fut le syndic, qui lui dit que Ganem avait fort bien passé la nuit ; que, son mal ne provenant que de mélancolie et la cause en étant ôtée, il serait bientôt guéri.

Effectivement, le fils d'Abou Aïbou se trouva beaucoup mieux. Le repos et les bons remèdes qu'il avait pris, et, plus que tout cela, la nouvelle situation de son esprit, avaient produit un si bon effet que le syndic jugea qu'il pouvait sans péril voir sa mère, sa sœur et sa maîtresse, pourvu qu'on le préparât à les recevoir, parce qu'il était à craindre que, ne sachant pas que sa mère et sa sœur fussent à Bagdad, leur vue ne lui causât trop de surprise et de joie. Il fut résolu que Tourmente entrerait d'abord toute seule dans la chambre de Ganem, et qu'elle ferait signe aux deux autres dames de paraître quand il en serait temps.

Les choses étant ainsi réglées, Tourmente fut annoncée par le syndic au malade, qui fut si charmé de la revoir que peu s'en fallut qu'il ne s'évanouît encore. « Hé bien ! Ganem, lui dit-elle en s'approchant de son lit, vous retrouvez votre Tourmente, que vous vous imaginiez avoir perdue pour jamais. — Ah ! Madame, interrompit-il avec précipitation, par quel miracle venez-vous vous offrir à mes yeux ? Je vous croyais au palais du calife. Ce prince vous a sans doute écoutée : vous avez dissipé ses soupçons, et il vous a redonné sa tendresse. — Oui, mon cher Ganem, reprit Tourmente, je me suis justifiée dans l'esprit du Commandeur des croyants, qui, pour réparer le mal qu'il vous a fait souffrir, me donne à vous pour épouse. » Ces dernières paroles causèrent à Ganem une joie si vive qu'il ne put d'abord s'exprimer que par ce silence tendre si connu des amants. Mais il le rompit enfin. « Ah ! belle Tourmente ! s'écria-t-il, puis-je ajouter foi au discours que vous me tenez ? Croirai-je qu'en effet le calife vous cède au fils d'Abou Aïbou ? — Rien n'est plus véritable, repartit la dame : ce prince qui vous faisait auparavant chercher pour vous ôter la vie, et qui, dans sa fureur, a fait souffrir mille indignités à votre mère et à votre sœur, souhaite de vous voir présentement pour vous récompenser du respect que vous avez eu pour lui ; et il ne faut pas douter qu'il ne comble de bienfaits toute votre famille. »

Ganem demanda de quelle manière le calife avait traité sa mère et sa sœur ; ce que Tourmente lui raconta. Il ne put entendre ce récit sans pleurer, malgré la situation où la nouvelle de son mariage avec sa maîtresse avait mis son esprit. Mais, lorsque Tourmente lui dit qu'elles étaient actuellement à Bagdad et dans la même maison où il se trouvait, il parut avoir une si grande impatience de les voir que la favorite ne différa point à la satisfaire. Elle les appela ; elles étaient à la porte, où elles n'attendaient que ce moment. Elles entrent, s'avancent vers Ganem, et, l'embrassant tour à tour, elles le baisent à plusieurs reprises. Que de larmes furent répandues dans ces embrassements ! Ganem en avait le visage tout couvert, aussi bien que sa mère et sa sœur. Tourmente en versait abondamment. Le syndic même et sa femme, que ce spectacle attendrissait, ne pouvaient retenir leurs pleurs, ni se lasser d'admirer les ressorts secrets de la Providence, qui rassemblait chez eux quatre personnes que la fortune avait si cruellement séparées.

Après qu'ils eurent tous essuyé leurs larmes, Ganem en arracha de nouvelles en faisant le récit de tout ce qu'il avait souffert depuis le jour qu'il avait quitté Tourmente jusqu'au moment où le syndic l'avait fait apporter chez lui. Il leur apprit que, s'étant réfugié dans un petit village, il y était tombé malade ; que quelques paysans charitables en avaient eu soin ; mais que, ne guérissant point, un chamelier s'était chargé de l'amener à l'hôpital de Bagdad. Tourmente raconta aussi tous les ennuis de sa prison, comment le calife, après l'avoir entendue parler dans la tour, l'avait fait venir dans son cabinet, et par quels discours elle s'était justifiée. Enfin, quand ils se furent instruits des choses qui leur étaient arrivées, Tourmente dit : « Bénissons le Ciel qui nous a tous réunis, et ne songeons qu'au bonheur qui nous attend. Dès que la santé de Ganem sera rétablie, il faudra qu'il paraisse devant le calife avec sa mère et sa sœur ; mais, comme elles ne sont pas en état de se montrer, je vais y mettre bon ordre : je vous prie de m'attendre un moment. »

En disant ces mots, elle sortit, alla au palais, et revint en peu de temps chez le syndic avec une bourse où il y avait encore mille pièces d'or. Elle la donna au syndic, en le priant d'acheter des habits pour Force des cœurs et pour sa mère. Le syndic, qui était un homme de bon goût, en choisit de fort beaux, et les fit faire avec toute la diligence

possible. Ils se trouvèrent prêts au bout de trois jours ; et
Ganem, se sentant assez fort pour sortir, s'y disposa. Mais
le jour qu'il avait pris pour aller saluer le calife, comme il
s'y préparait avec Force des cœurs et sa mère, on vit arriver chez le syndic le grand-vizir Giafar.

Ce ministre était à cheval avec une grande suite d'officiers. « Seigneur, dit-il à Ganem en entrant, je viens ici de
la part du Commandeur des croyants, mon maître et le
vôtre. L'ordre dont je suis chargé est bien différent de
celui dont je ne veux pas vous renouveler le souvenir : je
dois vous accompagner et vous présenter au calife, qui
souhaite de vous voir. » Ganem ne répondit au
compliment du grand-vizir que par une très profonde
inclination de tête, et monta un cheval des écuries du
calife, qu'on lui présenta et qu'il mania avec beaucoup de
grâce. On fit monter la mère et la fille sur des mules du
palais ; et, tandis que Tourmente, aussi montée sur une
mule, les menait chez le prince par un chemin détourné,
Giafar conduisit Ganem par un autre, et l'introduisit dans
la salle d'audience. Le calife y était assis sur son trône,
environné des émirs, des vizirs, des chefs des huissiers et
des autres courtisans arabes, persans, égyptiens, africains
et syriens, de sa domination, sans parler des étrangers.

Quand le grand-vizir eut amené Ganem au pied du
trône, ce jeune marchand fit sa révérence en se jetant la
face contre terre ; et puis, s'étant levé, il débita un beau
compliment en vers, qui, bien que composé sur-le-champ,
ne laissa pas d'attirer l'approbation de toute la cour. Après
son compliment, le calife le fit approcher et lui dit : « Je
suis bien aise de te voir, et d'apprendre de toi-même où tu
as trouvé ma favorite et tout ce que tu as fait pour elle. »
Ganem obéit, et parut si sincère que le calife fut
convaincu de sa sincérité. Ce prince lui fit donner une
robe fort riche, selon la coutume observée envers ceux à
qui l'on donne audience. Ensuite il lui dit : « Ganem, je
veux que tu demeures dans ma cour. — Commandeur des
croyants, répondit le jeune marchand, l'esclave n'a point
d'autre volonté que celle de son maître, de qui dépendent
sa vie et son bien. » Le calife fut très satisfait de la réponse
de Ganem, et lui donna une grosse pension. Ensuite ce
prince descendit du trône, et, se faisant suivre par Ganem
et par le grand-vizir seulement, il entra dans son appartement.

Comme il ne doutait pas que Tourmente n'y fût avec la

mère et la fille d'Abou Aibou, il ordonna qu'on les lui amenât. Elles se prosternèrent devant lui. Il les fit relever ; et il
trouva Force des cœurs si belle qu'après l'avoir considérée
avec attention : « J'ai tant de douleur, lui dit-il, d'avoir
traité si indignement vos charmes, que je leur dois une
réparation qui surpasse l'offense que je leur ai faite. Je
vous épouse, et par là je punirai Zobéide, qui deviendra la
première cause de votre bonheur, comme elle l'est de vos
malheurs passés. Ce n'est pas tout, ajouta-t-il en se tournant vers la mère de Ganem, Madame, vous êtes encore
jeune, et je crois que vous ne dédaignerez pas l'alliance de
mon grand-vizir : je vous donne à Giafar ; et vous, Tourmente, à Ganem. Que l'on fasse venir un cadi et des
témoins, et que les trois contrats soient dressés et signés
tout à l'heure. Ganem voulut représenter au calife que sa
sœur serait trop honorée d'être seulement au nombre de
ses favorites ; mais ce prince voulut épouser Force des
cœurs.

Il trouva cette histoire si extraordinaire qu'il fit ordonner à un fameux historien de la mettre par écrit avec
toutes ses circonstances. Elle fut ensuite déposée dans son
trésor, d'où plusieurs copies tirées sur cet original l'ont
rendue publique.

La sultane Scheherazade venait de raconter l'histoire de
Ganem avec tant d'agrément que le sultan des Indes, son
époux, ne put s'empêcher de lui témoigner qu'il l'avait
entendue avec un très grand plaisir.

« Sire, lui dit la sultane, je ne doute pas que Votre
Majesté n'ait eu bien de la satisfaction d'avoir vu le calife
Haroun-al-Raschid changer de sentiments en faveur de
Ganem, de sa mère et de sa sœur Force des cœurs, et je
crois qu'elle doit avoir été touchée sensiblement des disgrâces des uns et des mauvais traitements faits aux autres ;
mais je suis persuadée que, si Votre Majesté voulait bien
entendre l'histoire du Dormeur éveillé, au lieu de tous ces
mouvements d'indignation et de compassion que celle de
Ganem doit avoir excités dans son cœur, et dont il est
encore ému, celle-ci au contraire ne lui inspirerait que de
la joie et du plaisir. »

Au seul titre de l'histoire dont la sultane venait de lui
parler, le sultan, qui s'en promettait des aventures toutes
nouvelles et toutes réjouissantes, eût bien voulu en
entendre le récit dès le même jour ; mais il était temps
qu'il se levât : c'est pourquoi il remit au lendemain à

entendre la sultane Scheherazade, à qui cette histoire servit à se faire prolonger la vie encore plusieurs nuits et plusieurs jours. Ainsi, le jour suivant, après que Dinarzade l'eut éveillée, elle commença à la lui raconter en cette manière :

HISTOIRE
DU DORMEUR ÉVEILLÉ[1]

Sous le règne du calife Haroun-al-Raschid, il y avait à Bagdad un marchand fort riche dont la femme était déjà vieille. Ils avaient un fils unique nommé Abou Hassan, âgé d'environ trente ans, qui avait été élevé dans une grande retenue de toutes choses.

Le marchand mourut, et Abou Hassan, qui se vit seul héritier, se mit en possession des grandes richesses que son père avait amassées pendant sa vie avec beaucoup d'épargne et avec un grand attachement à son négoce. Le fils, qui avait des vues et des inclinations différentes de celles de son père, en usa aussi tout autrement. Comme son père ne lui avait donné d'argent pendant sa jeunesse que ce qui suffisait précisément pour son entretien, et qu'il avait toujours porté envie aux jeunes gens de son âge qui n'en manquaient pas et qui ne se refusaient aucun des plaisirs auxquels la jeunesse ne s'abandonne que trop aisément, il résolut de se signaler à son tour en faisant des dépenses proportionnées aux grands biens dont la fortune venait de le favoriser. Pour cet effet il partagea son bien en deux parts : l'une fut employée en acquisition de terres à la campagne et de maisons dans la ville, et dont il se fit un revenu suffisant pour vivre à son aise, avec promesse de ne point toucher aux sommes qui en reviendraient, mais de les amasser à mesure qu'il les recevrait ; l'autre moitié, qui consistait en une somme considérable en argent comptant, fut destinée à réparer tout le temps qu'il croyait

---

1. Dans le tome VIII de l'édition originale, on trouve, à la suite de l'*Histoire de Ganem*, l'*Histoire du prince Zeyn Alasnam et du roi des génies*, ainsi que l'*Histoire de Codadad et ses frères et de la princesse de Deryabar* ; mais un avis placé en tête du tome IX dit que ces deux contes ont été insérés et imprimés dans le tome VIII à l'insu du traducteur, et qu'en conséquence, on aura soin, dans la seconde édition, de les retrancher comme étrangers. C'est ce que nous avons fait.

avoir perdu sous la dure contrainte où son père l'avait
retenu jusqu'à sa mort; mais il se fit une loi indispensable,
qu'il se promit à lui-même de garder inviolablement, de ne
rien dépenser au-delà de cette somme, dans le dérègle-
ment de vie qu'il s'était proposé.

Dans ce dessein, Abou Hassan se fit en peu de jours une
société de gens à peu près de son âge et de sa condition, et
il ne songea plus qu'à leur faire passer le temps très agréablement. Pour cet effet, il ne se contenta pas de les bien
régaler les jours et les nuits, et de leur faire des festins
splendides où les mets les plus délicats et les vins les plus
exquis étaient servis en abondance, il y joignit encore la
musique, en y appelant les meilleures voix de l'un et de
l'autre sexe. La jeune bande, de son côté, le verre à la
main, mêlait quelquefois ses chansons à celles des musiciens, et tous ensemble ils semblaient s'accorder avec tous
les instruments de musique dont ils étaient accompagnés.
Ces fêtes étaient ordinairement terminées par des bals, où
les meilleurs danseurs et baladins de l'un et de l'autre sexe
de la ville de Bagdad étaient appelés. Tous ces divertissements, renouvelés chaque jour par des plaisirs nouveaux,
jetèrent Abou Hassan dans des dépenses si prodigieuses
qu'il ne put continuer une si grande profusion au-delà
d'une année. La grosse somme qu'il avait consacrée à cette
prodigalité et l'année finirent ensemble. Dès qu'il eut cessé
de tenir table, ses amis disparurent; il ne les rencontrait
pas même en quelque endroit qu'il allât. En effet, ils le
fuyaient dès qu'ils l'apercevaient; et, si par hasard il en joignait quelqu'un et qu'il voulût l'arrêter, il s'excusait sur
différents prétextes.

Abou Hassan fut plus sensible à la conduite étrange de
ses amis qui l'abandonnaient avec tant d'indignité et
d'ingratitude, après toutes les démonstrations et les protestations d'amitié qu'ils lui avaient faites, et d'avoir pour
lui un attachement inviolable, qu'à tout l'argent qu'il avait
dépensé avec eux si mal à propos. Triste, rêveur, la tête
baissée et avec un visage sur lequel un morne chagrin était
dépeint, il entra dans l'appartement de sa mère et il s'assit
sur le bout du sofa, assez éloigné d'elle. « Qu'avez-vous
donc, mon fils? lui demanda sa mère en le voyant en cet
état. Pourquoi êtes-vous si changé, si abattu et si différent
de vous-même? Quand vous auriez perdu tout ce que vous
avez au monde, vous ne seriez pas fait autrement. Je sais
la dépense effroyable que vous avez faite; et, depuis que

vous vous y êtes abandonné, je veux croire qu'il ne vous reste pas grand argent. Vous étiez maître de votre bien, et, si je ne me suis point opposée à votre conduite déréglée, c'est que je savais la sage précaution que vous aviez prise de conserver la moitié de votre bien. Après cela, je ne vois pas ce qui peut vous avoir plongé dans cette profonde mélancolie. »

Abou Hassan fondit en larmes à ces paroles; et, au milieu de ses pleurs et de ses soupirs : « Ma mère, s'écria-t-il, je connais enfin, par une expérience bien douloureuse, combien la pauvreté est insupportable. Oui, je sens vivement que, comme le coucher du soleil nous prive de la splendeur de cet astre, de même la pauvreté nous ôte toute sorte de joie. C'est elle qui fait oublier entièrement toutes les louanges qu'on nous donnait et tout le bien que l'on disait de nous avant d'y être tombés; elle nous réduit à ne marcher qu'en prenant des mesures pour ne pas être remarqués, et à passer les nuits en versant des larmes de sang. En un mot, celui qui est pauvre n'est plus regardé, même par ses parents et par ses amis, que comme un étranger. Vous savez, ma mère, poursuivit-il, de quelle manière j'en ai usé avec mes amis depuis un an. Je leur ai fait toute la bonne chère que j'ai pu imaginer, jusqu'à m'épuiser; et, aujourd'hui que je n'ai plus de quoi la continuer, je m'aperçois qu'ils m'ont tous abandonné. Quand je dis que je n'ai plus de quoi continuer à leur faire bonne chère, j'entends parler de l'argent que j'avais mis à part pour l'employer à l'usage que j'en ai fait. Pour ce qui est de mon revenu, je rends grâces à Dieu de m'avoir inspiré de le réserver, sous la condition et sous le serment que j'ai fait de n'y pas toucher pour le dissiper si follement. Je l'observai, ce serment, et je sais le bon usage que je ferai de ce qui me reste si heureusement. Mais, auparavant, je veux éprouver jusqu'à quel point mes amis, s'ils méritent d'être appelés de ce nom, pousseront leur ingratitude. Je veux les voir tous l'un après l'autre, et, quand je leur aurai représenté les efforts que j'ai faits pour l'amour d'eux, je les solliciterai de me faire entre eux une somme qui serve en quelque façon à me relever de l'état malheureux où je me suis réduit pour leur faire plaisir. Mais je ne veux faire ces démarches, comme je vous ai déjà dit, que pour voir si je trouverai en eux quelque sentiment de reconnaissance.

— Mon fils, reprit la mère d'Abou Hassan, je ne prétends pas vous dissuader d'exécuter votre dessein; mais je

puis vous dire par avance que votre espérance est mal fondée. Croyez-moi : quoi que vous puissiez faire, il est inutile que vous en veniez à cette épreuve ; vous ne trouverez
de secours qu'en ce que vous vous êtes réservé par-devers
vous. Je vois bien que vous ne connaissiez pas encore ces
amis qu'on appelle vulgairement de ce nom parmi les gens
de votre sorte ; mais vous allez les connaître. Dieu veuille
que ce soit de la manière que je le souhaite, c'est-à-dire
pour votre bien ! — Ma mère, repartit Abou Hassan, je suis
bien persuadé de la vérité de ce que vous me dites ; je serai
plus certain d'un fait qui me regarde de si près, quand je
me serai éclairci par moi-même de leur lâcheté et de leur
insensibilité. »

Abou Hassan partit à l'heure même, et il prit si bien son
temps qu'il trouva tous ses amis chez eux. Il leur représenta le grand besoin où il était, et il les pria de lui ouvrir
leur bourse pour le secourir efficacement. Il promit même
de s'engager envers chacun d'eux en particulier, de leur
rendre les sommes qu'ils lui auraient prêtées, dès que ses
affaires seraient rétablies, sans néanmoins leur faire
connaître que c'était en grande partie à leur considération
qu'il s'était si fort incommodé, afin de les piquer davantage de générosité. Il n'oublia pas de les leurrer aussi de
l'espérance de recommencer un jour avec eux la bonne
chère qu'il leur avait déjà faite.

Aucun de ses amis de bouteille ne fut touché des vives
couleurs dont l'affligé Abou Hassan se servit pour tâcher
de les persuader. Il eut même la mortification de voir que
plusieurs lui dirent nettement qu'ils ne le connaissaient
pas, et qu'ils ne se souvenaient pas même de l'avoir vu. Il
revint chez lui le cœur pénétré de douleur et d'indignation. « Ah ! ma mère, s'écria-t-il, en rentrant dans son
appartement, vous me l'aviez bien dit : au lieu d'amis, je
n'ai trouvé que des perfides, des ingrats et des méchants,
indignes de mon amitié ! C'en est fait, je renonce à la leur,
et je vous promets de ne les revoir jamais. »

Abou Hassan demeura ferme dans la résolution de tenir
sa parole. Pour cet effet, il prit les précautions les plus
convenables pour en éviter les occasions ; et, afin de ne
plus tomber dans le même inconvénient, il promit avec
serment de ne donner à manger de sa vie à aucun homme
de Bagdad. Ensuite il tira le coffre-fort où était l'argent de
son revenu du lieu où il l'avait mis en réserve, et il le mit à
la place de celui qu'il venait de vider. Il résolut de n'en

tirer pour sa dépense de chaque jour qu'une somme réglée
et suffisante pour régaler honnêtement une seule personne avec lui à souper. Il fit encore serment que cette
personne ne serait pas de Bagdad, mais un étranger qui y
serait arrivé le même jour, et qu'il le renverrait le lendemain matin, après lui avoir donné le couvert une nuit seulement.

Selon ce projet, Abou Hassan avait soin lui-même
chaque matin de faire la provision nécessaire pour ce
régal; et, vers la fin du jour, il allait s'asseoir au bout du
pont de Bagdad, et, dès qu'il voyait un étranger, de quelque état ou condition qu'il fût, il l'abordait civilement et
l'invitait de même à lui faire l'honneur de venir souper et
loger chez lui pour la première nuit de son arrivée, et,
après l'avoir informé de la loi qu'il s'était faite et de la
condition qu'il avait mise à son honnêteté, il l'emmenait
en son logis.

Le repas dont Abou Hassan régalait son hôte n'était pas
somptueux, mais il y avait suffisamment de quoi se
contenter. Le bon vin[1] surtout n'y manquait pas. On faisait durer le repas jusque bien avant dans la nuit, et, au
lieu d'entretenir son hôte d'affaires d'État, de famille ou
de négoce, comme il arrive fort souvent, il affectait au
contraire de ne parler que de choses indifférentes,
agréables et réjouissantes. Il était naturellement plaisant,
de belle humeur et fort divertissant; et, sur quelque sujet
que ce fût, il savait donner un tour à son discours capable
d'inspirer la joie aux plus mélancoliques.

En renvoyant son hôte le lendemain matin : « En quelque lieu que vous puissiez aller, lui disait Abou Hassan,
Dieu vous préserve de tout sujet de chagrin! Quand je
vous invitai hier à venir prendre un repas chez moi, je
vous informai de la loi que je me suis imposée; ainsi ne
trouvez pas mauvais si je vous dis que nous ne boirons
plus ensemble, et même que nous ne nous verrons plus ni
chez moi ni ailleurs : j'ai mes raisons pour en user ainsi.
Dieu vous conduise! »

Abou Hassan était exact dans l'observation de cette
règle; il ne regardait plus les étrangers qu'il avait une fois
reçus chez lui, et il ne leur parlait plus. Quand il les ren-

---

1. On peut remarquer que, bien que leur religion leur interdit le
vin, les musulmans ne se faisaient pas faute d'en user en mainte circonstance.

contrait dans les rues, dans les places ou dans les assemblées publiques, il faisait semblant de ne les pas voir ; il se détournait même, pour éviter qu'ils ne vinssent l'aborder ; enfin il n'avait plus aucun commerce avec eux. Il y avait du temps qu'il se gouvernait de la sorte, lorsqu'un peu avant le coucher du soleil, comme il était assis à son ordinaire au bout du pont, le calife Haroun-al-Raschid vint à paraître, mais déguisé de manière qu'on ne pouvait pas le reconnaître.

Quoique ce monarque eût des ministres et des officiers chefs de justice d'une grande exactitude à bien s'acquitter de leur devoir, il voulait néanmoins prendre connaissance de toutes choses par lui-même. Dans ce dessein, comme nous l'avons déjà vu, il allait souvent déguisé en différentes manières par la ville de Bagdad. Il ne négligeait pas même les dehors ; et, à cet égard, il s'était fait une coutume d'aller, chaque premier jour du mois, sur les grands chemins par où on y abordait, tantôt d'un côté, tantôt d'un autre. Ce jour-là, premier du mois, il parut déguisé en marchand de Mossoul qui venait de se débarquer de l'autre côté du pont, et suivi d'un esclave grand et puissant.

Comme le calife avait dans son déguisement un air grave et respectable, Abou Hassan, qui le croyait marchand de Mossoul, se leva de l'endroit où il était assis, et, après l'avoir salué d'un air gracieux et lui avoir baisé la main : « Seigneur, lui dit-il, je vous félicite de votre heureuse arrivée ; je vous supplie de me faire l'honneur de venir souper avec moi, et de passer cette nuit en ma maison, pour tâcher de vous remettre de la fatigue de votre voyage. » Et, afin de l'obliger davantage à ne lui pas refuser la grâce qu'il lui demandait, il lui expliqua en peu de mots la coutume qu'il s'était faite de recevoir chez lui chaque jour, autant qu'il lui serait possible, et pour une nuit seulement, le premier étranger qui se présenterait à lui.

Le calife trouva quelque chose de si singulier dans la bizarrerie du goût d'Abou Hassan que l'envie lui prit de le connaître à fond. Sans sortir du caractère de marchand, il lui marqua qu'il ne pouvait mieux répondre à une si grande honnêteté, à laquelle il ne s'était pas attendu à son arrivée à Bagdad, qu'en acceptant l'offre obligeante qu'il venait de lui faire ; qu'il n'avait qu'à lui montrer le chemin, et qu'il était tout prêt de le suivre.

Abou Hassan, qui ne savait pas que l'hôte que le hasard venait de lui présenter était infiniment au-dessus de lui, en agit avec le calife comme avec son égal. Il le mena à sa maison et le fit entrer dans une chambre meublée fort proprement, où il lui fit prendre place sur le sofa, à l'endroit le plus honorable. Le souper était prêt, et le couvert était mis. La mère d'Abou Hassan, qui entendait fort bien la cuisine, servit trois plats : l'un, au milieu, garni d'un bon chapon, cantonné de quatre gros poulets ; et les deux autres à côté qui servaient d'entrée, l'un d'une oie grasse, et l'autre de pigeonneaux en ragoût. Il n'y avait rien de plus, mais ces viandes étaient bien choisies et d'un goût délicieux.

Abou Hassan se mit à table vis-à-vis de son hôte, et le calife et lui commencèrent à manger de bon appétit en prenant chacun ce qui était de son goût, sans parler et même sans boire, selon la coutume du pays. Quand ils eurent achevé de manger, l'esclave du calife leur donna à laver, et cependant la mère d'Abou Hassan desservit, et apporta le dessert, qui consistait en diverses sortes de fruits de la saison, comme raisins, pêches, pommes, poires et plusieurs sortes de pâtes d'amandes sèches. Sur la fin du jour on alluma les bougies, après quoi Abou Hassan fit mettre les bouteilles et les tasses près de lui, et prit soin que sa mère fît souper l'esclave du calife.

Quand le feint marchand de Mossoul, c'est-à-dire le calife, et Abou Hassan se furent remis à table, Abou Hassan, avant de toucher au fruit, prit une tasse, se versa à boire le premier, et, en la tenant à la main : « Seigneur, dit-il au calife, qui était selon lui un marchand de Mossoul, vous savez comme moi que le coq ne boit jamais qu'il n'appelle les poules pour venir boire avec lui : je vous invite donc à suivre mon exemple. Je ne sais ce que vous en pensez ; pour moi, il me semble qu'un homme qui hait le vin, et qui veut faire le sage, ne l'est pas. Laissons là ces sortes de gens avec leur humeur sombre et chagrine, et cherchons la joie ; elle est dans la tasse, et la tasse la communique à ceux qui la vident. »

Pendant qu'Abou Hassan buvait : « Cela me plaît, dit le calife en se saisissant de la tasse qui lui était destinée, et voilà ce qu'on appelle un brave homme. Je vous aime de cette humeur et avec cette gaieté, et j'attends que vous m'en versiez autant. »

Abou Hassan n'eut pas plus tôt bu qu'en remplissant la

tasse que le calife lui présentait : « Goûtez, Seigneur, dit-il, vous le trouverez bon.

— J'en suis bien persuadé, reprit le calife d'un air riant ; il n'est pas possible qu'un homme comme vous ne sache faire le choix des meilleures choses. »

Pendant que le calife buvait : « Il ne faut que vous regarder, repartit Abou Hassan, pour s'apercevoir, du premier coup d'œil, que vous êtes de ces gens qui ont vu le monde et qui savent vivre.

« Si ma maison, ajouta-t-il en vers arabes, était capable de sentiment et qu'elle fût sensible au sujet de joie qu'elle a de vous posséder, elle le marquerait hautement, et, en se prosternant devant vous, elle s'écrierait : « Ah ! quel plai-« sir, quel bonheur de me voir honorée de la présence « d'une personne si honnête et si complaisante qu'elle ne « dédaigne pas de prendre le couvert chez moi ! »

« Enfin, Seigneur, je suis au comble de ma joie, d'avoir fait aujourd'hui la rencontre d'un homme de votre mérite. »

Ces saillies d'Abou Hassan divertissaient fort le calife, qui avait naturellement l'esprit très enjoué, et qui se faisait un plaisir de l'exciter à boire en demandant souvent lui-même du vin, afin de le mieux connaître dans son entretien, par la gaieté que le vin lui inspirerait. Pour entrer en conversation, il lui demanda comment il s'appelait, à quoi il s'occupait et de quelle manière il passait la vie. « Seigneur, répondit-il, mon nom est Abou Hassan. J'ai perdu mon père qui était marchand, non pas à la vérité des plus riches, mais au moins de ceux qui vivaient le plus commodément à Bagdad. En mourant, il me laissa une succession plus que suffisante pour vivre sans ambition selon mon état. Comme sa conduite à mon égard avait été fort sévère, et que jusqu'à sa mort j'avais passé la meilleure partie de ma jeunesse dans une grande contrainte, je voulus tâcher de réparer le bon temps que je croyais avoir perdu. En cela néanmoins, poursuivit Abou Hassan, je me gouvernais d'une autre manière que ne font ordinairement tous les jeunes gens. Ils se livrent à la débauche sans considération, et ils s'y abandonnent jusqu'à ce que, réduits à la dernière pauvreté, ils fassent malgré eux une pénitence forcée pendant le reste de leurs jours. Afin de ne pas tomber dans ce malheur, je partageai tout mon bien en deux parts, l'une en fonds, et l'autre en argent comptant. Je destinai l'argent comptant pour les dépenses

que je méditais, et je pris une ferme résolution de ne point
toucher à mes revenus. Je fis une société de gens de ma
connaissance et à peu près de mon âge; et, sur l'argent
comptant que je dépensais à pleines mains, je les régalais
splendidement chaque jour, de manière que rien ne manquait à nos divertissements. Mais la durée n'en fut pas
longue. Je ne trouvai plus rien au fond de ma cassette à la
fin de l'année, et en même temps tous mes amis de table
disparurent. Je les vis l'un après l'autre. Je leur représentai
l'état malheureux où je me trouvais; mais aucun ne
m'offrit de quoi me soulager. Je renonçai donc à leur amitié, et, en me réduisant à ne plus dépenser que mon
revenu, je me retranchai à n'avoir plus de société qu'avec
le premier étranger que je rencontrerais chaque jour à son
arrivée à Bagdad, avec cette condition de ne le régaler que
ce seul jour-là. Je vous ai informé du reste, et je remercie
ma bonne fortune de m'avoir présenté aujourd'hui un
étranger de votre mérite. »

Le calife, fort satisfait de cet éclaircissement, dit à Abou
Hassan : « Je ne puis assez vous louer du bon parti que
vous avez pris d'avoir agi avec tant de prudence en vous
jetant dans la débauche, et de vous être conduit d'une
manière qui n'est pas ordinaire à la jeunesse; je vous
estime encore d'avoir été fidèle à vous-même au point que
vous l'avez été. Le pas était bien glissant, et je ne puis
assez admirer comment, après avoir vu la fin de votre
argent comptant, vous avez eu assez de modération pour
ne pas dissiper votre revenu, et même votre fonds. Pour
vous dire ce que j'en pense, je tiens que vous êtes le seul
débauché à qui pareille chose est arrivée, et à qui elle arrivera peut-être jamais. Enfin, je vous avoue que j'envie
votre bonheur. Vous êtes le plus heureux mortel qu'il y ait
sur la terre, d'avoir chaque jour la compagnie d'un honnête homme avec qui vous pouvez vous entretenir si
agréablement, et à qui vous donnez lieu de publier partout
la bonne réception que vous lui faites. Mais ni vous ni moi
nous ne nous apercevons pas que c'est parler trop longtemps sans boire : buvez, et versez-m'en ensuite. » Le
calife et Abou Hassan continuèrent de boire longtemps en
s'entretenant de choses très agréables.

La nuit était déjà fort avancée, et le calife, en feignant
d'être fort fatigué du chemin qu'il avait fait, dit à Abou
Hassan qu'il avait besoin de repos. « Je ne veux pas aussi
de mon côté, ajouta-t-il, que vous perdiez rien du vôtre

pour l'amour de moi. Avant que nous nous séparions (car peut-être serai-je sorti demain de chez vous avant que vous soyez éveillé), je suis bien aise de vous marquer combien je suis sensible à votre honnêteté, à votre bonne chère et à l'hospitalité que vous avez exercée envers moi si obligeamment. La seule chose qui me fait de la peine, c'est que je ne sais par quel endroit vous en témoigner ma reconnaissance. Je vous supplie de me le faire connaître, et vous verrez que je ne suis pas un ingrat. Il ne se peut pas faire qu'un homme comme vous n'ait quelque affaire, quelque besoin, et ne souhaite enfin quelque chose qui lui ferait plaisir. Ouvrez votre cœur, et parlez-moi franchement. Tout marchand que je suis, je ne laisse pas d'être en état d'obliger par moi-même ou par l'entremise de mes amis. »

A ces offres du calife, qu'Abou Hassan ne prenait toujours que pour un marchand : « Mon bon seigneur, reprit Abou Hassan, je suis très persuadé que ce n'est point par compliment que vous me faites des avances si généreuses. Mais, foi d'honnête homme, je puis vous assurer que je n'ai ni chagrin, ni affaire, ni désir, et que je ne demande rien à personne. Je n'ai pas la moindre ambition, comme je vous l'ai déjà dit, et je suis très content de mon sort. Ainsi je n'ai qu'à vous remercier, non seulement de vos offres si obligeantes, mais même de la complaisance que vous avez eue de me faire un si grand honneur que celui de venir prendre un méchant repas chez moi. Je vous dirai néanmoins, poursuivit Abou Hassan, qu'une seule chose me fait de la peine, sans pourtant qu'elle aille jusqu'à troubler mon repos. Vous saurez que la ville de Bagdad est divisée par quartiers, et que dans chaque quartier il y a une mosquée avec un iman pour faire la prière aux heures ordinaires, à la tête du quartier qui s'y assemble. L'iman est un grand vieillard, d'un visage austère, et parfait hypocrite, s'il y en eut jamais au monde. Pour conseil, il s'est associé quatre autres barbons, mes voisins, gens à peu près de sa sorte, qui s'assemblent chez lui régulièrement chaque jour, et, dans leur conciliabule, il n'y a médisance, calomnie et malice qu'ils ne mettent en usage contre moi et contre tout le quartier, pour en troubler la tranquillité et y faire régner la dissension. Ils se rendent redoutables aux uns, ils menacent les autres; ils veulent enfin se rendre les maîtres, et que chacun se gouverne selon leur caprice, eux qui ne savent pas se gouverner eux-mêmes.

Pour dire la vérité, je souffre de voir qu'ils se mêlent de toute autre chose que de leur Alcoran, et qu'ils ne laissent pas vivre le monde en paix.

— Hé bien, reprit le calife, vous voudriez apparemment trouver un moyen pour arrêter le cours de ce désordre ? — Vous l'avez dit, repartit Abou Hassan ; et la seule chose que je demanderais à Dieu pour cela, ce serait d'être calife à la place du Commandeur des croyants, Haroun-al-Raschid, notre souverain seigneur et maître, seulement pour un jour. — Que feriez-vous si cela arrivait ? demanda le calife. — Je ferais une chose d'un grand exemple, répondit Abou Hassan, et qui donnerait de la satisfaction à tous les honnêtes gens. Je ferais donner cent coups de bâton sur la plante des pieds à chacun des quatre vieillards, et quatre cents à l'iman, pour leur apprendre qu'il ne leur appartient pas de troubler et de chagriner ainsi leurs voisins. »

Le calife trouva la pensée d'Abou Hassan fort plaisante ; et, comme il était né pour les aventures extraordinaires, elle lui fit naître l'envie de s'en faire un divertissement tout singulier. « Votre souhait me plaît d'autant plus, dit le calife, que je vois qu'il part d'un cœur droit et d'un homme qui ne peut souffrir que la malice des méchants demeure impunie. J'aurais un grand plaisir d'en voir l'effet, et peut-être n'est-il pas aussi impossible que cela arrive que vous pourriez vous l'imaginer. Je suis persuadé que le calife se dépouillerait volontiers de sa puissance pour vingt-quatre heures entre vos mains, s'il était informé de votre bonne intention et du bon usage que vous en feriez. Quoique marchand étranger, je ne laisse pas néanmoins d'avoir du crédit pour y contribuer en quelque chose.

— Je vois bien, repartit Abou Hassan, que vous vous moquez de ma folle imagination, et le calife s'en moquerait aussi s'il avait connaissance d'une telle extravagance. Ce que cela pourrait peut-être produire, c'est qu'il se ferait informer de la conduite de l'iman et de ses conseillers, et qu'il les ferait châtier.

— Je ne me moque pas de vous, répliqua le calife : Dieu me garde d'avoir une pensée si déraisonnable pour une personne comme vous qui m'avez si bien régalé, tout inconnu que je vous suis ; et je vous assure que le calife ne s'en moquerait pas aussi. Mais laissons là ce discours : il n'est pas loin de minuit, et il est temps de nous coucher.

— Brisons donc là notre entretien, dit Abou Hassan ; je ne veux pas apporter d'obstacle à votre repos. Mais, comme il reste encore du vin dans la bouteille, il faut, s'il vous plaît, que nous la vidions ; après cela nous nous coucherons. La seule chose que je vous recommande, c'est qu'en sortant demain matin, au cas que je ne sois pas éveillé, vous ne laissiez pas la porte ouverte, mais que vous preniez la peine de la fermer. » Ce que le calife lui promit d'exécuter fidèlement.

Pendant qu'Abou Hassan parlait, le calife s'était saisi de la bouteille et des deux tasses. Il se versa du vin le premier en faisant connaître à Abou Hassan que c'était pour le remercier. Quand il eut bu, il jeta adroitement dans la tasse d'Abou Hassan une pincée d'une poudre qu'il avait sur lui, et versa par-dessus le reste de la bouteille. En la présentant à Abou Hassan : « Vous avez, dit-il, pris la peine de me verser à boire toute la soirée ; c'est bien la moindre chose que je doive faire que de vous en épargner la peine pour la dernière fois ; je vous prie de prendre cette tasse de ma main, et de boire ce coup pour l'amour de moi. »

Abou Hassan prit la tasse ; et, pour marquer davantage à son hôte avec combien de plaisir il recevait l'honneur qu'il lui faisait, il but et il la vida presque tout d'un trait. Mais à peine eut-il mis la tasse sur la table que la poudre fit son effet. Il fut saisi d'un assoupissement si profond que la tête lui tomba presque sur ses genoux d'une manière si subite que le calife ne put s'empêcher d'en rire. L'esclave par qui il s'était fait suivre était revenu dès qu'il avait eu soupé, et il y avait quelque temps qu'il était là tout prêt à recevoir ses commandements. « Charge cet homme sur tes épaules, lui dit le calife ; mais prends garde de bien remarquer l'endroit où est cette maison, afin que tu le rapportes quand je te le commanderai. »

Le calife, suivi de l'esclave qui était chargé d'Abou Hassan, sortit de la maison, mais sans fermer la porte comme Abou Hassan l'en avait prié, et il le fit exprès. Dès qu'il fut arrivé à son palais, il rentra par une porte secrète, et il se fit suivre par l'esclave jusqu'à son appartement, où tous les officiers de sa chambre l'attendaient. « Déshabillez cet homme, leur dit-il, et couchez-le dans mon lit ; je vous dirai ensuite mes intentions. »

Les officiers déshabillèrent Abou Hassan, le revêtirent de l'habillement de nuit du calife et le couchèrent, selon son ordre. Personne n'était encore couché dans le palais. Le calife fit venir tous ses autres officiers et toutes les

dames et, quand ils furent tous en sa présence : « Je veux,
leur dit-il, que tous ceux qui ont coutume de se trouver à
mon lever ne manquent pas de se rendre demain matin
auprès de cet homme que voilà couché dans mon lit, et
que chacun fasse auprès de lui, lorsqu'il s'éveillera, les
mêmes fonctions qui s'observent ordinairement auprès de
moi. Je veux aussi qu'on ait pour lui les mêmes égards que
pour ma propre personne, et qu'il soit obéi en tout ce qu'il
commandera. On ne lui refusera rien de tout ce qu'il
pourra demander, et on ne le contredira en quoi que ce
soit de ce qu'il pourra dire ou souhaiter. Dans toutes les
occasions où il s'agira de lui parler ou de lui répondre, on
ne manquera pas de le traiter de Commandeur des
croyants. En un mot, je demande qu'on ne songe non plus
à ma personne, tout le temps qu'on sera près de lui, que
s'il était véritablement ce que je suis, c'est-à-dire le calife
et le Commandeur des croyants. Sur toutes choses, qu'on
prenne bien garde de se méprendre en la moindre circonstance. »

Les officiers et les dames, qui comprirent d'abord que le
calife voulait se divertir, ne répondirent que par une profonde inclination, et dès lors chacun de son côté se prépara à contribuer de tout son pouvoir, en tout ce qui serait
de sa fonction, à se bien acquitter de son personnage.

En rentrant dans son palais, le calife avait envoyé appeler le grand-vizir Giafar par le premier officier qu'il avait
rencontré, et ce premier ministre venait d'arriver. Le calife
lui dit : « Giafar, je t'ai fait venir pour t'avertir de ne pas
t'étonner quand tu verras demain, en entrant à mon
audience, l'homme que voilà couché dans mon lit, assis
sur mon trône avec mon habit de cérémonie. Aborde-le
avec les mêmes égards et le même respect que tu as coutume de me rendre, en le traitant aussi de Commandeur
des croyants. Écoute, et exécute ponctuellement tout ce
qu'il te commandera, comme si je te le commandais. Il ne
manquera pas de faire des libéralités et de te charger de la
distribution : fais tout ce qu'il te commandera là-dessus,
quand même il s'agirait d'épuiser tous les coffres de mes
finances. Souviens-toi d'avertir aussi mes émirs, mes huissiers et tous les autres officiers du dehors de mon palais,
de lui rendre demain à l'audience publique les mêmes
honneurs qu'à ma personne, et de dissimuler si bien qu'il
ne s'aperçoive pas de la moindre chose qui puisse troubler
le divertissement que je veux me donner. Va, retire-toi, je

n'ai rien à t'ordonner davantage, et donne-moi la satisfaction que je te demande. »

Après que le grand-vizir se fut retiré, le calife passa dans
un autre appartement ; et, en se couchant, il donna à Mesrour, chef des eunuques, les ordres qu'il devait exécuter de
son côté, afin que tout réussît de la manière qu'il l'entendait, pour remplir le souhait d'Abou Hassan et voir comment il userait de la puissance et de l'autorité de calife
dans le peu de temps qu'il l'avait désiré. Sur toutes choses,
il lui enjoignit de ne pas manquer de venir l'éveiller à
l'heure accoutumée, et avant qu'on éveillât Abou Hassan,
parce qu'il voulait y être présent.

Mesrour ne manqua pas d'éveiller le calife dans le temps
qu'il lui avait commandé. Dès que le calife fut entré dans
la chambre où Abou Hassan dormait, il se plaça dans un
petit cabinet élevé d'où il pouvait voir par une jalousie
tout ce qui s'y passait sans être vu. Tous les officiers et
toutes les dames qui devaient se trouver au lever d'Abou
Hassan entrèrent en même temps et se postèrent chacun à
sa place accoutumée, selon son rang et dans un grand
silence, comme si c'eût été le calife qui eût dû se lever, et
prêts de s'acquitter de la fonction à laquelle ils étaient destinés.

Comme la pointe du jour avait déjà commencé de
paraître et qu'il était temps de se lever pour faire la prière
d'avant le lever du soleil, l'officier qui était le plus près du
chevet du lit approcha du nez d'Abou Hassan une petite
éponge trempée dans du vinaigre.

Abou Hassan éternua aussitôt en tournant la tête sans
ouvrir les yeux, et, avec un petit effort, il jeta comme de la
pituite qu'on fut prompt à recevoir dans un petit bassin
d'or, pour empêcher qu'elle ne tombât sur le tapis de pied
et ne le gâtât. C'est l'effet ordinaire de la poudre que le
calife lui avait fait prendre, quand, à proportion de la
dose, elle cesse, en plus ou en moins de temps, de causer
l'assoupissement pour lequel on la donne.

En remettant la tête sur le chevet, Abou Hassan ouvrit
les yeux, et, autant que le peu de jour qu'il faisait le lui
permettait, il se vit au milieu d'une grande chambre
magnifique et superbement meublée, avec un plafond à
plusieurs enfoncements de diverses figures peints à l'ara-
besque, ornée de grands vases d'or massif, de portières et
d'un tapis de pied or et soie, et environné de jeunes dames,
dont plusieurs avaient différentes sortes d'instruments de

musique, prêtes à en toucher, toutes d'une beauté charmante, d'eunuques noirs, tous richement habillés et debout, dans une grande modestie. En jetant les yeux sur la couverture du lit, il vit qu'elle était de brocart d'or à fond rouge, rehaussée de perles et de diamants, et près du lit un habit de même étoffe et de même parure, et à côté de lui, sur un coussin, un bonnet de calife.

A ces objets si éclatants, Abou Hassan fut dans un étonnement et dans une confusion inexprimables. Il les regardait tous comme dans un songe : songe si véritable à son égard qu'il désirait que ce n'en fût pas un. « Bon ! disait-il en lui-même, me voilà calife ; mais, ajoutait-il un peu après en se reprenant, il ne faut pas que je me trompe, c'est un songe, effet du souhait dont je m'entretenais tantôt avec mon hôte. » Et il refermait les yeux comme pour dormir.

En même temps un eunuque s'approcha. « Commandeur des croyants, lui dit-il respectueusement, que Votre Majesté ne se rendorme pas, il est temps qu'elle se lève pour faire sa prière ; l'aurore commence à paraître. »

A ces paroles, qui furent d'une grande surprise pour Abou Hassan : « Suis-je éveillé, ou si je dors ? disait-il encore en lui-même. Mais je dors, continuait-il en tenant toujours les yeux fermés, je ne dois pas en douter. »

Un moment après : « Commandeur des croyants, reprit l'eunuque, qui vit qu'il ne répondait rien et ne donnait aucune marque de vouloir se lever, Votre Majesté aura pour agréable que je lui répète qu'il est temps qu'elle se lève, à moins qu'elle ne veuille laisser passer le moment de faire sa prière du matin ; le soleil va se lever, et elle n'a pas coutume d'y manquer. »

« Je me trompais, dit aussitôt Abou Hassan, je ne dors pas, je suis éveillé ; ceux qui dorment n'entendent pas, et j'entends qu'on me parle. » Il ouvrit encore les yeux ; et, comme il était grand jour, il vit distinctement tout ce qu'il n'avait aperçu que confusément. Il se leva sur son séant avec un air riant, comme un homme plein de joie de se voir dans un état si fort au-dessus de sa condition ; et le calife, qui l'observait sans être vu, pénétra dans sa pensée avec un grand plaisir.

Alors les jeunes dames du palais se prosternèrent la face contre terre devant Abou Hassan, et celles qui tenaient des instruments de musique lui donnèrent le bonjour par un concert de flûtes douces, de hautbois, de téorbes et

d'autres instruments harmonieux dont il fut enchanté et
ravi en extase, de manière qu'il ne savait où il était et qu'il
ne se possédait pas lui-même. Il revint néanmoins à sa
première idée, et il doutait encore si tout ce qu'il voyait et
entendait était un songe ou une réalité : Il se mit les mains
devant les yeux, et, en baissant la tête : « Que veut dire
tout ceci ? disait-il en lui-même. Où suis-je ? Que m'est-il
arrivé ? Qu'est-ce que ce palais ? Que signifient ces
eunuques, ces officiers si bien faits et si bien mis ; ces
dames si belles, et ces musiciennes qui m'enchantent ?
Est-il possible que je ne puisse distinguer si je rêve ou si je
suis dans mon bon sens ? » Il ôte enfin les mains de devant
ses yeux, les ouvre, et, en levant la tête, il vit que le soleil
jetait déjà ses premiers rayons au travers des fenêtres de la
chambre où il était.

Dans ce moment, Mesrour, chef des eunuques, entra, se
prosterna profondément devant Abou Hassan, et lui dit en
se relevant : « Commandeur des croyants, Votre Majesté
me permettra de lui représenter qu'elle n'a pas coutume
de se lever si tard, et qu'elle a laissé passer le temps de
faire sa prière. A moins qu'elle n'ait passé une mauvaise
nuit et qu'elle ne soit indisposée, elle n'a plus que celui
d'aller monter sur son trône pour tenir son conseil et se
faire voir à l'ordinaire. Les généraux de ses armées, les
gouverneurs de ses provinces et les autres grands officiers
de sa cour n'attendent que le moment que la porte de la
salle du conseil leur soit ouverte. »

Au discours de Mesrour, Abou Hassan fut comme persuadé qu'il ne dormait pas et que l'état où il se trouvait
n'était pas un songe. Il ne se trouva pas moins embarrassé
que confus dans l'incertitude du parti qu'il prendrait.
Enfin il regarda Mesrour entre les deux yeux, et, d'un ton
sérieux : « A qui donc parlez-vous, lui demanda-t-il, et qui
est celui que vous appelez Commandeur des croyants,
vous que je ne connais pas ? Il faut que vous me preniez
pour un autre. »

Tout autre que Mesrour se fût peut-être déconcerté à la
demande d'Abou Hassan ; mais, instruit par le calife, il
joua merveilleusement bien son personnage. « Mon respectable seigneur et maître, s'écria-t-il, Votre Majesté me
parle ainsi aujourd'hui apparemment pour m'éprouver :
Votre Majesté n'est-elle pas le Commandeur des croyants,
le monarque du monde, de l'orient à l'occident, et le
vicaire sur la terre du prophète envoyé de Dieu maître de

ce monde terrestre et du céleste ? Mesrour, votre chétif
esclave, ne l'a pas oublié depuis tant d'années qu'il a l'honneur et le bonheur de rendre ses respects et ses services à
Votre Majesté. Il s'estimerait le plus malheureux des
hommes s'il avait encouru votre disgrâce : il vous supplie
donc très humblement d'avoir la bonté de le rassurer ; il
aime mieux croire qu'un songe fâcheux a troublé son
repos cette nuit. »

Abou Hassan fit un si grand éclat de rire à ces paroles
de Mesrour qu'il se laissa aller à la renverse sur le chevet
du lit, avec une grande joie du calife, qui en eût ri de
même s'il n'eût craint de mettre fin, dès son commencement, à la plaisante scène qu'il avait résolu de se donner.

Abou Hassan, après avoir ri longtemps en cette posture,
se remit sur son séant, et, en s'adressant à un petit
eunuque noir comme Mesrour : « Écoute, lui dit-il, dis-
moi qui je suis. — Seigneur, répondit le petit eunuque
d'un air modeste, Votre Majesté est le Commandeur des
croyants et le vicaire en terre du maître des deux mondes.
— Tu es un petit menteur, face de couleur de poix », reprit
Abou Hassan.

Abou Hassan appela ensuite une des dames qui était
plus près de lui que les autres. « Approchez-vous, la belle,
dit-il en lui présentant la main ; tenez, mordez-moi le bout
du doigt, que je sente si je dors ou si je veille. »

La dame, qui savait que le calife voyait tout ce qui se
passait dans la chambre, fut ravie d'avoir occasion de faire
voir de quoi elle était capable quand il s'agissait de le
divertir. Elle s'approcha donc d'Abou Hassan avec tout le
sérieux possible, et, en serrant légèrement entre ses dents
le bout du doigt qu'il lui avait avancé, elle lui fit sentir un
peu de douleur.

En retirant la main promptement : « Je ne dors pas, dit
aussitôt Abou Hassan, je ne dors pas certainement. Par
quel miracle suis-je donc devenu calife en une nuit ? Voilà
la chose du monde la plus merveilleuse et la plus surprenante ! » En s'adressant ensuite à la même dame : « Ne me
cachez pas la vérité, dit-il, je vous en conjure par la protection de Dieu, en qui vous avez confiance aussi bien que
moi. Est-il bien vrai que je sois le Commandeur des
croyants ? — Il est si vrai, répondit la dame, que Votre
Majesté est le Commandeur des croyants que nous avons
sujet, tous tant que nous sommes de vos esclaves, de nous
étonner qu'elle veuille faire accroire qu'elle ne l'est pas. —

Vous êtes une menteuse, reprit Abou Hassan : je sais bien ce que je suis. »

Comme le chef des eunuques s'aperçut qu'Abou Hassan voulait se lever, il lui présenta la main, et l'aida à se mettre hors du lit. Dès qu'il fut sur ses pieds, toute la chambre retentit du salut que tous les officiers et toutes les dames lui firent en même temps par une acclamation en ces termes : « Commandeur des croyants, que Dieu donne le bonjour à Votre Majesté !

— Ah ! Ciel ! quelle merveille ! s'écria alors Abou Hassan. J'étais hier au soir Abou Hassan, et ce matin je suis le Commandeur des croyants. Je ne comprends rien à un changement si prompt et si surprenant ! » Les officiers destinés à ce ministère l'habillèrent promptement ; et, quand ils eurent achevé, comme les autres officiers, les eunuques et les dames s'étaient rangés en deux files jusqu'à la porte par où il devait entrer dans la chambre du conseil, Mesrour marcha devant, et Abou Hassan le suivit. La portière fut tirée, et la porte ouverte par un huissier. Mesrour entra dans la chambre du conseil, et marcha encore avant lui jusqu'au pied du trône, où il s'arrêta pour l'aider à monter, en le prenant d'un côté par-dessous l'épaule, pendant qu'un autre officier, qui suivait, l'aidait de même à monter de l'autre.

Abou Hassan s'assit aux acclamations des huissiers, qui lui souhaitèrent toute sorte de bonheur et de prospérité, et, en se tournant à droite et à gauche, il vit les officiers des gardes rangés dans un bel ordre et en bonne contenance.

Le calife cependant, qui était sorti du cabinet où il était caché au moment qu'Abou Hassan était entré dans la chambre du conseil, passa à un autre cabinet qui avait aussi vue sur la même chambre, d'où il pouvait voir et entendre tout ce qui se passait au conseil quand son grand-vizir y présidait à sa place, et que quelque incommodité l'empêchait d'y être en personne. Ce qui lui plut d'abord fut de voir qu'Abou Hassan le représentait sur son trône presque avec autant de gravité que lui-même.

Dès qu'Abou Hassan eut pris place, le grand-vizir Giafar, qui venait d'arriver, se prosterna devant lui au pied du trône, se releva, et, en s'adressant à sa personne : « Commandeur des croyants, dit-il, que Dieu comble Votre Majesté de ses faveurs en cette vie, la reçoive dans son paradis dans l'autre, et précipite ses ennemis dans les flammes de l'enfer ! »

Abou Hassan, après tout ce qui lui était arrivé depuis qu'il était éveillé et ce qu'il venait d'entendre de la bouche du grand-vizir, ne douta plus qu'il ne fût calife, comme il avait souhaité de l'être. Ainsi, sans examiner comment ou par quelle aventure un changement de fortune si peu attendu s'était fait, il prit sur-le-champ le parti d'en exercer le pouvoir. Aussi demanda-t-il au grand-vizir, en le regardant avec gravité, s'il avait quelque chose à lui dire.

« Commandeur des croyants, reprit le grand-vizir, les émirs, les vizirs, et les autres officiers qui ont séance au conseil de Votre Majesté, sont à la porte, et ils n'attendent que le moment que Votre Majesté leur donne la permission d'entrer et de venir lui rendre leurs respects accoutumés. » Abou Hassan dit aussitôt qu'on leur ouvrît ; et le grand-vizir, en se retournant et en s'adressant au chef des huissiers qui n'attendait que l'ordre : « Chef des huissiers, dit-il, le Commandeur des croyants commande que vous fassiez votre devoir. »

La porte fut ouverte, et en même temps les vizirs, les émirs et les principaux officiers de la cour, tous en habits de cérémonie magnifiques, entrèrent dans un bel ordre, s'avancèrent jusqu'au pied du trône et rendirent leurs respects à Abou Hassan, chacun à son rang, le genou en terre et le front contre le tapis de pied, comme à la propre personne du calife, et le saluèrent en lui donnant le titre de Commandeur des croyants, selon l'instruction que le grand-vizir leur avait donnée ; et ils prirent chacun leur place à mesure qu'ils s'étaient acquittés de ce devoir.

Quand la cérémonie fut achevée et qu'ils se furent tous placés, il se fit un grand silence.

Alors le grand-vizir, toujours debout devant le trône, commença à faire son rapport de plusieurs affaires, selon l'ordre des papiers qu'il tenait à la main. Les affaires, à la vérité, étaient ordinaires et de peu de conséquence. Abou Hassan néanmoins ne laissa pas de se faire admirer, même par le calife. En effet, il ne demeura pas court ; il ne parut pas même embarrassé sur aucune. Il prononça juste sur toutes, selon que le bon sens lui inspirait, soit qu'il s'agit d'accorder ou de rejeter ce que l'on demandait.

Avant que le grand-vizir eût achevé son rapport, Abou Hassan aperçut le juge de police, qu'il connaissait de vue, assis en son rang. « Attendez un moment, dit-il au grand-vizir en l'interrompant ; j'ai un ordre qui presse à donner au juge de police. »

Le juge de police, qui avait les yeux sur Abou Hassan, et qui s'aperçut qu'Abou Hassan le regardait particulièrement, s'entendant nommer, se leva aussitôt de sa place et s'approcha gravement du trône, au pied duquel il se prosterna la face contre terre. « Juge de police, lui dit Abou Hassan après qu'il se fut relevé, allez sur l'heure et sans perdre de temps dans un tel quartier et dans une rue (qu'il lui indiqua) ; il y a dans cette rue une mosquée où vous trouverez l'iman et quatre vieillards à barbe blanche ; saisissez-vous de leurs personnes, et faites donner à chacun des quatre vieillards cent coups de nerf de bœuf et quatre cents à l'iman. Après cela, vous les ferez monter tous cinq chacun sur un chameau, vêtus de haillons et la face tournée vers la queue du chameau. En cet équipage, vous les ferez promener par tous les quartiers de la ville, précédés d'un crieur qui criera à haute voix :

« *Voilà le châtiment de ceux qui se mêlent des affaires qui ne les regardent pas, et qui se font une occupation de jeter le trouble dans les familles de leurs voisins, et de leur causer tout le mal dont ils sont capables.* »

« Mon intention est encore que vous leur enjoigniez de changer de quartier, avec défense de jamais remettre le pied dans celui d'où ils auront été chassés. Pendant que votre lieutenant leur fera faire la promenade que je viens de vous dire, vous reviendrez me rendre compte de l'exécution de mes ordres. »

Le juge de police mit la main sur sa tête, pour marquer qu'il allait exécuter l'ordre qu'il venait de recevoir, sous peine de la perdre lui-même s'il y manquait. Il se prosterna une seconde fois devant le trône, et, après s'être relevé, il s'en alla.

Cet ordre donné avec tant de fermeté fit au calife un plaisir d'autant plus sensible qu'il connut par là qu'Abou Hassan ne perdait pas le temps de profiter de l'occasion pour châtier l'iman et les vieillards de son quartier, puisque la première chose à quoi il avait pensé en se voyant calife avait été de les faire punir.

Le grand-vizir cependant continua de faire son rapport, et il était près de le finir, lorsque le juge de police, de retour, se présenta pour rendre compte de sa commission. Il s'approcha du trône, et, après la cérémonie ordinaire de se prosterner : « Commandeur des croyants, dit-il à Abou

Hassan, j'ai trouvé l'iman et les quatre vieillards dans la mosquée que Votre Majesté m'a indiquée, et, pour preuve que je me suis acquitté fidèlement de l'ordre que j'avais reçu de Votre Majesté, en voici le procès-verbal signé de plusieurs témoins des principaux du quartier. » En même temps il tira un papier de son sein et le présenta au calife prétendu.

Abou Hassan prit le procès-verbal, le lut tout entier, même jusqu'aux noms des témoins, tous gens qui lui étaient connus ; et, quand il eut achevé : « Cela est bien, dit-il au juge de police en souriant, je suis content et vous m'avez fait plaisir ; reprenez votre place. Des cagots, dit-il en lui-même avec un air de satisfaction, qui s'avisaient de gloser sur mes actions, et qui trouvaient mauvais que je reçusse et que je régalasse d'honnêtes gens chez moi, méritaient bien cette avanie et ce châtiment. » Le calife, qui l'observait, pénétra dans sa pensée, et sentit en lui-même une joie inconcevable d'une si belle expédition.

Abou Hassan s'adressa ensuite au grand-vizir : « Faites-vous donner par le grand trésorier, lui dit-il, une bourse de mille pièces de monnaie d'or, et allez, au quartier où j'ai envoyé le juge de police, la porter à la mère d'un certain Abou Hassan, surnommé le Débauché. C'est un homme connu dans tout le quartier sous ce nom ; il n'y a personne qui ne vous enseigne sa maison. Partez, et revenez promptement. »

Le grand-vizir Giafar mit la main sur sa tête, pour marquer qu'il allait obéir ; et, après s'être prosterné devant le trône, il sortit et s'en alla chez le grand trésorier, qui lui délivra la bourse. Il la fit prendre par un des esclaves qui le suivaient, et s'en alla la porter à la mère d'Abou Hassan. Il la trouva, et lui dit que le calife lui envoyait ce présent, sans s'expliquer davantage. Elle le reçut avec d'autant plus de surprise qu'elle ne pouvait imaginer ce qui pouvait avoir obligé le calife de lui faire une si grande libéralité, et qu'elle ignorait ce qui se passait au palais.

Pendant l'absence du grand-vizir, le juge de police fit le rapport de plusieurs affaires qui regardaient sa fonction, et ce rapport dura jusqu'au retour du vizir. Dès qu'il fut rentré dans la chambre du conseil et qu'il eut assuré Abou Hassan qu'il s'était acquitté de l'ordre qu'il lui avait donné, le chef des eunuques, c'est-à-dire Mesrour, qui était entré dans l'intérieur du palais après avoir accompagné Abou Hassan jusqu'au trône, revint, et marqua par un signe aux vizirs, aux émirs et à tous les officiers que le conseil était fini et que chacun pouvait se retirer : ce qu'ils firent, après avoir pris congé par une profonde révérence au pied du trône, dans le même ordre que quand ils étaient entrés. Il ne resta auprès d'Abou Hassan que les officiers de la garde du calife et le grand-vizir.

Abou Hassan ne demeura pas plus longtemps sur le trône du calife; il en descendit de la même manière qu'il y était monté, c'est-à-dire aidé par Mesrour et par un autre officier des eunuques, qui le prirent par-dessous les bras, et qui l'accompagnèrent jusqu'à l'appartement d'où il était sorti. Il y entra, précédé du grand-vizir. Mais à peine y eut-il fait quelques pas qu'il témoigna avoir quelque besoin pressant. Aussitôt on lui ouvrit un cabinet fort propre qui était pavé de marbre, au lieu que l'appartement où il se trouvait était couvert de riches tapis de pied, ainsi que les autres appartements du palais. On lui présenta une chaussure de soie brochée d'or, qu'on avait coutume de mettre avant que d'y entrer. Il la prit; et, comme il n'en savait pas l'usage, il la mit dans une de ses manches, qui étaient fort larges.

Comme il arrive fort souvent que l'on rit plutôt d'une bagatelle que de quelque chose de conséquence, peu s'en fallut que le grand-vizir, Mesrour et tous les officiers du palais qui étaient près de lui, ne fissent un éclat de rire, par l'envie qui leur en prit, et ne gâtassent toute la fête; mais ils se retinrent, et le grand-vizir fut enfin obligé de lui expliquer qu'il devait la chausser pour entrer dans ce cabinet de commodité.

Pendant qu'Abou Hassan était dans le cabinet, le grand-vizir alla trouver le calife, qui s'était déjà placé dans un autre endroit pour continuer d'observer Abou Hassan sans être vu, et lui raconta ce qui venait d'arriver, et le calife s'en fit encore un nouveau plaisir.

Abou Hassan sortit du cabinet. Mesrour, en marchant devant lui pour lui montrer le chemin, le conduisit dans l'appartement intérieur où le couvert était mis. La porte qui y donnait communication fut ouverte, et plusieurs eunuques coururent avertir les musiciennes que le faux calife approchait. Aussitôt elles commencèrent un concert de voix et d'instruments des plus mélodieux avec tant de charme pour Abou Hassan qu'il se trouva transporté de joie et de plaisir, et ne savait absolument que penser de ce qu'il voyait et de ce qu'il entendait. « Si c'est un songe, se disait-il à lui-même, le songe est de longue durée. Mais ce n'est pas un songe, continuait-il ; je me sens bien, je raisonne, je vois, je marche, j'entends. Quoi qu'il en soit, je me remets à Dieu sur ce qui en est. Je ne puis croire néanmoins que je ne sois pas le Commandeur des croyants : il n'y a qu'un Commandeur des croyants qui puisse être dans la splendeur où je suis. Les honneurs et les respects que l'on m'a rendus et que l'on me rend, les ordres que j'ai donnés et qui ont été exécutés, en sont des preuves suffisantes. »

Enfin Abou Hassan tint pour constant qu'il était le calife et le Commandeur des croyants ; et il en fut pleinement convaincu lorsqu'il se vit dans un salon très magnifique et des plus spacieux. L'or mêlé avec les couleurs les plus vives y brillait de toutes parts. Sept troupes de musiciennes, toutes plus belles les unes que les autres, entouraient ce salon ; et sept lustres d'or à sept branches pendaient de divers endroits du plafond, où l'or et l'azur ingénieusement mêlés faisaient un effet merveilleux. Au milieu était une table couverte de sept grands plats d'or massif qui embaumaient le salon de l'odeur des épiceries et de l'ambre dont les viandes étaient assaisonnées. Sept jeunes dames debout, d'une beauté ravissante, vêtues d'habits de différentes étoffes les plus riches et les plus éclatantes en couleurs, environnaient cette table. Elles avaient chacune à la main un éventail, dont elles devaient se servir pour donner de l'air à Abou Hassan pendant qu'il serait à table.

Si jamais mortel fut charmé, ce fut Abou Hassan lorsqu'il entra dans ce magnifique salon. A chaque pas qu'il y faisait, il ne pouvait s'empêcher de s'arrêter pour contempler à loisir toutes les merveilles qui se présentaient à sa vue. Il se tournait à tout moment de côté et d'autre avec un plaisir très sensible du calife, qui l'observait très attentivement. Enfin, il s'avança jusqu'au milieu, et il se mit à table. Aussitôt les sept belles dames qui étaient à l'entour agitèrent l'air toutes ensemble avec leurs éventails pour rafraîchir le nouveau calife. Il les regardait l'une après l'autre, et, après avoir admiré la grâce avec laquelle elles s'acquittaient de cet office, il leur dit, avec un sourire gracieux, qu'il croyait qu'une seule d'entre elles suffisait pour lui donner tout l'air dont il aurait besoin ; et il voulut que les six autres se missent à table avec lui, trois à sa droite et les autres à sa gauche, pour lui tenir compagnie. La table était ronde, et Abou Hassan les fit placer tout autour, afin que, de quelque côté qu'il jetât la vue, il ne pût rencontrer que des objets agréables et tous divertissants.

Les six dames obéirent et se mirent à table. Mais Abou Hassan s'aperçut bientôt qu'elles ne mangeaient point par respect pour lui, ce qui lui donna occasion de les servir lui-même en les invitant et les pressant de manger dans des termes tout à fait obligeants. Il leur demanda encore comment elles s'appelaient, et chacune le satisfit sur sa curiosité. Leurs noms étaient : Cou d'albâtre, Bouche de corail, Face de la lune, Éclat du soleil, Plaisir des yeux, Délices du cœur. Il fit aussi la même demande à la septième, qui tenait l'éventail, et elle lui répondit qu'elle s'appelait Canne de sucre. Les douceurs qu'il leur dit à chacune sur leurs noms firent voir qu'il avait infiniment d'esprit, et l'on ne peut croire combien cela servit à augmenter l'estime que le calife, qui n'avait rien perdu de tout ce qu'il avait dit sur ce sujet, avait déjà conçue pour lui.

Quand les dames virent qu'Abou Hassan ne mangeait plus : « Le Commandeur des croyants, dit l'une en s'adressant aux eunuques qui étaient présents pour servir, veut passer au salon du dessert ; qu'on apporte à laver. » Elles se levèrent toutes de table en même temps, et elles prirent des mains des eunuques, l'une un bassin d'or, l'autre une aiguière de même métal, et la troisième une serviette, et se présentèrent le genou en terre devant Abou Hassan qui était encore assis et lui donnèrent à laver. Quand il eut fait, il se leva, et à l'instant un eunuque tira la portière et ouvrit la porte d'un autre salon où il devait passer.

Mesrour, qui n'avait pas abandonné Abou Hassan, marcha encore devant lui et l'introduisit dans un salon de pareille grandeur à celui d'où il sortait, mais orné de diverses peintures des plus excellents maîtres, et tout autrement enrichi de vases de l'un et de l'autre métal, de tapis de pied et d'autres meubles plus précieux. Il y avait dans ce salon sept troupes de musiciennes, autres que celles qui étaient dans le premier salon, et ces sept troupes, ou plutôt ces sept chœurs de musique, commencèrent un nouveau concert dès qu'Abou Hassan parut. Le salon était orné de sept autres grands lustres, et la table au milieu se trouva couverte de sept grands bassins d'or, remplis en pyramide de toutes sortes de fruits de la saison, les plus beaux, les mieux choisis et les plus exquis ; et à l'entour sept autres jeunes dames, chacune avec un éventail à la main, qui surpassaient les premières en beauté.

Ces nouveaux objets jetèrent Abou Hassan dans une admiration plus grande qu'auparavant, et firent qu'en s'arrêtant il donna des marques plus sensibles de sa surprise et de son étonnement. Il s'avança enfin jusqu'à la table, et, après qu'il s'y fut assis et qu'il eut contemplé les sept dames à son aise l'une après l'autre, avec un embarras qui marquait qu'il ne savait à laquelle il devait donner la préférence, il leur ordonna de quitter chacune leur éventail, de se mettre à table et de manger avec lui, en disant que la chaleur n'était pas assez incommode pour avoir besoin de leur ministère.

Quand les dames se furent placées à la droite et à la gauche d'Abou Hassan, il voulut, avant toutes choses, savoir comment elles s'appelaient, et il apprit qu'elles avaient chacune un nom différent des noms des sept dames du premier salon, et que ces noms signifiaient de même quelque perfection de l'âme ou de l'esprit qui les distinguait les unes d'avec les autres. Cela lui plut extrêmement, et il le fit connaître par les bons mots qu'il dit encore à cette occasion, en leur présentant l'une après l'autre des fruits de chaque bassin. « Mangez cela pour l'amour de moi, dit-il à Chaîne des cœurs, qu'il avait à sa droite, en lui présentant une figue, et rendez plus supportables les chaînes que vous me faites porter depuis le moment que je vous ai vue. » Et, en présentant un raisin à Tourment de l'âme : « Prenez ce raisin, dit-il, à la charge que vous ferez cesser bientôt les tourments que j'endure pour l'amour de vous. » Et ainsi des autres dames. Et, par ces endroits, Abou Hassan faisait que le calife, qui était fort attaché à toutes ses actions et à toutes ses paroles, se savait bon gré de plus en plus d'avoir trouvé en lui un homme qui le divertissait si agréablement, et qui lui avait donné lieu d'imaginer le moyen de le connaître plus à fond.

Quand Abou Hassan eut mangé, de tous les fruits qui étaient dans les bassins, ce qui lui plut selon son goût, il se leva ; et aussitôt Mesrour, qui ne l'abandonnait pas, marcha encore devant lui et l'introduisit dans un troisième salon, orné, meublé et enrichi aussi magnifiquement que les deux premiers.

Abou Hassan y trouva sept autres chœurs de musique et sept autres dames autour d'une table couverte de sept bassins d'or remplis de confitures liquides de différentes couleurs et de plusieurs façons. Après avoir jeté les yeux de tous côtés avec une nouvelle admiration, il s'avança jusqu'à la table au bruit harmonieux des sept chœurs de musique, qui cessa dès qu'il s'y fut mis. Les sept dames s'y mirent aussi à ses côtés par son ordre, et, comme il ne pouvait leur faire la même honnêteté de les servir qu'il avait faite aux autres, il les pria de se choisir elles-mêmes les confitures qui seraient le plus à leur goût. Il s'informa aussi de leurs noms, qui ne lui plurent pas moins que les noms des autres dames par leur diversité, et qui lui fournirent une nouvelle matière de s'entretenir avec elles, et de leur dire des douceurs qui leur firent autant de plaisir qu'au calife, qui ne perdait rien de tout ce qu'il disait.

Le jour commençait à finir, lorsque Abou Hassan fut conduit dans le quatrième salon. Il était orné, comme les autres, des meubles les plus magnifiques et les plus précieux. Il y avait aussi sept grands lustres d'or qui se trouvèrent remplis de bougies allumées, et tout le salon éclairé par une quantité prodigieuse de lumières qui y faisaient un effet merveilleux et surprenant. On n'avait rien vu de pareil dans les trois autres, parce qu'il n'en avait pas été besoin. Abou Hassan trouva encore dans ce dernier salon, comme il avait trouvé dans les trois autres, sept nouveaux chœurs de musiciennes, qui concertaient toutes ensemble d'une manière plus gaie que dans les autres salons, et qui semblaient inspirer une plus grande joie. Il y vit aussi sept autres dames qui étaient debout autour d'une table aussi couverte de sept bassins d'or remplis de gâteaux feuilletés, de toutes sortes de confitures sèches et de toutes autres choses propres à exciter à boire. Mais ce qu'Abou Hassan y aperçut, qu'il n'avait point vu aux autres salons, c'était un buffet chargé de sept grands flacons d'argent pleins d'un vin des plus exquis et de sept verres de cristal de roche d'un très beau travail auprès de chaque flacon.

Jusque-là, c'est-à-dire dans les trois premiers salons, Abou Hassan n'avait bu que de l'eau, selon la coutume qui s'observe à Bagdad, aussi bien parmi le peuple et dans les ordres supérieurs qu'à la cour du calife, où l'on ne boit le vin ordinairement que le soir. Tous ceux qui en usent autrement sont regardés comme des débauchés, et ils n'osent se montrer de jour. Cette coutume est d'autant plus louable qu'on a besoin de tout son bon sens dans la journée pour vaquer aux affaires, et que par là, comme on ne boit du vin que le soir, on ne voit pas d'ivrognes en plein jour causer du désordre dans les rues de cette ville.

Abou Hassan entra donc dans ce quatrième salon, et il s'avança jusqu'à la table. Quand il s'y fut assis, il demeura un grand espace de temps comme en extase, à admirer les sept dames qui étaient autour de lui, et les trouva plus belles que celles qu'il avait vues dans les autres salons. Il eut envie de savoir les noms de chacune en particulier; mais, comme le grand bruit de la musique, et surtout les tambours de basque, dont on jouait à chaque chœur, ne lui permettaient pas de se faire entendre, il frappa des mains pour la faire cesser, et aussitôt il se fit un grand silence.

Alors, en prenant par la main la dame qui était plus près de lui, à sa droite, il la fit asseoir, et, après lui avoir présenté d'un gâteau feuilleté, il lui demanda comment elle s'appelait. « Commandeur des croyants, répondit la dame, mon nom est Bouquet de perles. — On ne pouvait vous donner un nom plus convenable, reprit Abou Hassan, et qui fît mieux connaître ce que vous valez; sans blâmer néanmoins celui qui vous l'a donné, je trouve que vos belles dents effacent la plus belle eau de toutes les perles qui soient au monde. Bouquet de perles, ajouta-t-il, puisque c'est votre nom, obligez-moi de prendre un verre et de m'apporter à boire de votre belle main. »

La dame alla aussitôt au buffet, et revint avec un verre plein de vin qu'elle présenta à Abou Hassan d'un air tout gracieux. Il le prit avec plaisir, et, la regardant passionnément : « Bouquet de perles, lui dit-il, je bois à votre santé; je vous prie de vous en verser autant et de me faire raison. » Elle courut vite au buffet, et revint le verre à la main; mais, avant de boire, elle chanta une chanson qui ne le ravit pas moins par sa nouveauté que par les charmes d'une voix qui le surprit encore davantage.

Abou Hassan, après avoir bu, choisit ce qui lui plut dans les bassins, et le présenta à une autre dame qu'il fit asseoir auprès de lui. Il lui demanda aussi son nom. Elle répondit qu'elle s'appelait Étoile du matin. « Vos beaux yeux, reprit-il, ont plus d'éclat et de brillant que l'étoile dont vous portez le nom. Allez, et faites-moi le plaisir de m'apporter à boire. » Ce qu'elle fit sur-le-champ de la meilleure grâce du monde. Il en usa de même envers la troisième dame, qui se nommait Lumière du jour, et de même jusqu'à la septième, et toutes lui versèrent à boire avec une satisfaction extrême du calife.

Quand Abou Hassan eut achevé de boire autant de coups qu'il y avait de dames, Bouquet de perles, la première à qui il s'était adressé, alla au buffet, prit un verre qu'elle remplit de vin après y avoir jeté une pincée de la poudre dont le calife s'était servi le jour précédent, et vint le lui présenter : « Commandeur des croyants, lui dit-elle, je supplie Votre Majesté par l'intérêt que je prends à la conservation de sa santé de prendre ce verre de vin et de me faire la grâce, avant de le boire, d'entendre une chanson, laquelle, si j'ose me flatter, ne lui déplaira pas. Je ne l'ai faite que d'aujourd'hui, et je ne l'ai encore chantée à qui que ce soit.

— Je vous accorde cette grâce avec plaisir, lui dit Abou Hassan en prenant le verre qu'elle lui présentait, et je vous ordonne, en qualité de Commandeur des croyants, de me la chanter, persuadé que je suis qu'une belle personne comme vous n'en peut faire que de très agréables et pleines d'esprit. » La dame prit un luth, et elle chanta la chanson, en accordant sa voix au son de cet instrument, avec tant de justesse, de grâce et d'expression qu'elle tint Abou Hassan comme en extase depuis le commencement jusqu'à la fin. Il la trouva si belle qu'il la lui fit répéter, et il n'en fut pas moins charmé que la première fois.

Quand la dame eut achevé, Abou Hassan, qui voulait la louer comme elle le méritait, vida le verre auparavant tout d'un trait. Puis, tournant la tête du côté de la dame comme pour lui parler, il en fut empêché par la poudre, qui fit son effet si subitement qu'il ne fit qu'ouvrir la bouche en bégayant. Aussitôt ses yeux se fermèrent ; et, en laissant tomber sa tête jusque sur la table comme un homme accablé de sommeil, il s'endormit aussi profondément qu'il avait fait le jour précédent environ à la même heure, quand le calife lui eut fait prendre de la même poudre ; et dans le même instant une des dames qui était auprès de lui fut assez diligente pour recevoir le verre, qu'il laissa tomber de sa main. Le calife, qui s'était donné lui-même ce divertissement avec une satisfaction au-delà de ce qu'il s'en était promis, et qui avait été spectateur de cette dernière scène aussi bien que de toutes les autres qu'Abou Hassan lui avait données, sortit de l'endroit où il était et parut dans le salon, tout joyeux d'avoir si bien réussi dans ce qu'il avait imaginé. Il commanda premièrement qu'on dépouillât Abou Hassan de l'habit de calife, dont on l'avait revêtu le matin, et qu'on lui remît celui dont il était habillé il y avait vingt-quatre heures, quand l'esclave qui l'accompagnait l'avait apporté en son palais. Il fit appeler ensuite le même esclave ; et, quand il se fut présenté : « Reprends cet homme, lui dit-il, reporte-le chez lui sur son sofa sans faire de bruit, et, en te retirant de même, laisse la porte ouverte. »

L'esclave prit Abou Hassan, l'emporta par la porte secrète du palais, le remit chez lui comme le calife lui avait ordonné, et revint en diligence lui rendre compte de ce qu'il avait fait : « Abou Hassan, dit alors le calife, avait souhaité d'être calife pendant un jour seulement, pour châtier l'iman de la mosquée de son quartier et les quatre scheiks ou vieillards dont la conduite ne lui plaisait pas ; je lui ai procuré le moyen de se satisfaire, et il doit être content sur cet article. »

Abou Hassan, remis sur son sofa par l'esclave, dormit jusqu'au lendemain fort tard, et il ne s'éveilla que quand la poudre qu'on avait jetée dans le dernier verre qu'il avait bu eut fait tout son effet. Alors, en ouvrant les yeux, il fut fort surpris de se voir chez lui. « Bouquet de perles, Étoile du matin, Aube du jour, Bouche de corail, Face de lune, s'écria-t-il en appelant les dames du palais qui lui avaient tenu compagnie chacune par leur nom, autant qu'il put s'en souvenir, où êtes-vous ? Venez, approchez. »

Abou Hassan criait de toute sa force. Sa mère, qui l'entendit de son appartement, accourut au bruit ; et, en entrant dans sa chambre : « Qu'avez-vous donc, mon fils ? lui demanda-t-elle. Que vous est-il arrivé ? »

A ces paroles, Abou Hassan leva la tête, et, en regardant sa mère fièrement et avec mépris : « Bonne femme, lui demanda-t-il à son tour, qui est donc celui que tu appelles ton fils ?

— C'est vous-même, répondit la mère avec beaucoup de douceur. N'êtes-vous pas Abou Hassan mon fils ? Ce serait la chose du monde la plus singulière que vous l'eussiez oublié en si peu de temps.

— Moi, ton fils, vieille exécrable ! reprit Abou Hassan ; tu ne sais ce que tu dis, et tu es une menteuse ! Je ne suis pas l'Abou Hassan que tu dis, je suis le Commandeur des croyants.

— Taisez-vous, mon fils, repartit la mère ; vous n'êtes pas sage ; on vous prendrait pour un fou si l'on vous entendait.

— Tu es une vieille folle toi-même, répliqua Abou Has-

san, et je ne suis pas fou comme tu le dis. Je te répète que
je suis le Commandeur des croyants et le vicaire en terre
du maître des deux mondes.

— Ah! mon fils! s'écria la mère, est-il possible que je
vous entende proférer des paroles qui marquent une si
grande aliénation d'esprit? Quel malin génie vous obsède
pour vous faire tenir un semblable discours? Que la béné-
diction de Dieu soit sur vous, et qu'il vous délivre de la
malignité de Satan! Vous êtes mon fils Abou Hassan, et je
suis votre mère. »

Après lui avoir donné toutes les marques qu'elle put
imaginer pour le faire rentrer en lui-même et lui faire voir
qu'il était dans l'erreur : « Ne voyez-vous pas, continua-
t-elle, que cette chambre où vous êtes est la vôtre, et non
pas la chambre d'un palais digne d'un Commandeur des
croyants, et que vous ne l'avez pas abandonnée depuis que
vous êtes au monde en demeurant inséparablement avec
moi? Faites bien réflexion à tout ce que je vous dis, et ne
vous allez pas mettre dans l'imagination des choses qui ne
sont pas et qui ne peuvent pas être. Encore une fois, mon
fils, pensez-y sérieusement. »

Abou Hassan entendit paisiblement ces remontrances
de sa mère; et, les yeux baissés et la main au bas du
visage, comme un homme qui rentre en lui-même pour
examiner la vérité de tout ce qu'il voit et de ce qu'il
entend : « Je crois que vous avez raison, dit-il à sa mère
quelques moments après, en revenant comme d'un profond sommeil, sans pourtant changer de posture : il me
semble, dit-il, que je suis Abou Hassan, que vous êtes ma
mère, et que je suis dans ma chambre. Encore une fois,
ajouta-t-il en jetant les yeux sur lui et sur tout ce qui se
présentait à sa vue, je suis Abou Hassan, je n'en doute
plus; et je ne comprends pas comment je m'étais mis cette
rêverie dans la tête. »

La mère crut de bonne foi que son fils était guéri du
trouble qui agitait son esprit et qu'elle attribuait à un
songe. Elle se préparait même à en rire avec lui et à l'inter-
roger sur ce songe, quand tout à coup il se mit sur son
séant, et, en la regardant de travers : « Vieille sorcière,
vieille magicienne, dit-il, tu ne sais ce que tu dis : je ne suis
pas ton fils, et tu n'es pas ma mère. Tu te trompes toi-
même, et tu veux m'en faire accroire. Je te dis que je suis
le Commandeur des croyants, et tu ne me persuaderas pas
le contraire.

— De grâce, mon fils, recommandez-vous à Dieu, et abstenez-vous de tenir ce langage, de crainte qu'il ne vous arrive quelque malheur. Parlons plutôt d'autre chose, et laissez-moi vous raconter ce qui arriva hier dans notre quartier à l'iman de notre mosquée et à quatre scheiks de nos voisins. Le juge de police les fit prendre, et, après leur avoir fait donner en sa présence à chacun je ne sais combien de coups de nerf de bœuf, il fit publier par un crieur que c'était là le châtiment de ceux qui se mêlaient des affaires qui ne les regardaient pas, et qui se faisaient une occupation de jeter le trouble dans les familles de leurs voisins. Ensuite il les fit promener par tous les quartiers de la ville avec le même cri, et leur fit défense de remettre jamais le pied dans notre quartier. »

La mère d'Abou Hassan, qui ne pouvait s'imaginer que son fils eût eu quelque part à l'aventure qu'elle lui racontait, avait exprès changé de discours, et regardé le récit de cette affaire comme un moyen capable d'effacer l'impression fantastique où elle le voyait d'être le Commandeur des croyants.

Mais il en arriva tout autrement; et ce récit, loin d'effacer l'idée qu'il avait toujours d'être le Commandeur des croyants, ne servit qu'à la lui rappeler et à la lui graver d'autant plus profondément dans son imagination qu'en effet elle n'était pas fantastique, mais réelle.

Aussi, dès qu'Abou Hassan eut entendu ce récit : « Je ne suis plus ton fils, ni Abou Hassan, reprit-il; je suis certainement le Commandeur des croyants; je ne puis plus en douter après ce que tu viens de me raconter toi-même. Apprends que c'est par mes ordres que l'iman et les quatre scheiks ont été châtiés de la manière que tu m'as dit. Je suis donc véritablement le Commandeur des croyants, te dis-je, et cesse de me dire que c'est un rêve. Je ne dors pas, et j'étais aussi éveillé que je le suis en ce moment que je te parle. Tu me fais plaisir de me confirmer ce que le juge de police, à qui j'en avais donné l'ordre, m'en a rapporté, c'est-à-dire que mon ordre a été exécuté ponctuellement; et j'en suis d'autant plus réjoui que cet iman et ces quatre scheiks sont de francs hypocrites. Je voudrais bien savoir qui m'a porté en ce lieu-ci. Dieu soit loué de tout! Ce qu'il y a de vrai, c'est que je suis très certainement le Commandeur des croyants; et toutes tes raisons ne me persuaderont pas le contraire. »

La mère, qui ne pouvait deviner, ni même s'imaginer

pourquoi son fils soutenait si fortement et avec tant
d'assurance qu'il était le Commandeur des croyants, ne
douta plus qu'il n'eût perdu l'esprit, en lui entendant dire
des choses qui étaient dans son esprit au-delà de toute
croyance, quoiqu'elles eussent leur fondement dans celui
d'Abou Hassan. Dans cette pensée : « Mon fils, lui dit-elle,
je prie Dieu qu'il ait pitié de vous, et qu'il vous fasse miséricorde. Cessez, mon fils, de tenir un discours si dépourvu
de bon sens. Adressez-vous à Dieu ; demandez-lui qu'il
vous pardonne et vous fasse la grâce de parler comme un
homme raisonnable. Que dirait-on de vous si l'on vous
entendait parler ainsi ? Ne savez-vous pas que les
murailles ont des oreilles ? »

De si belles remontrances, loin d'adoucir l'esprit d'Abou
Hassan, ne servirent qu'à l'aigrir encore davantage. Il
s'emporta contre sa mère avec plus de violence. « Vieille,
lui dit-il, je t'ai déjà avertie de te taire : si tu continues
davantage, je me lèverai, et je te traiterai de manière que
tu t'en ressentiras tout le reste de tes jours. Je suis le calife,
le Commandeur des croyants, et tu dois me croire quand
je le dis. »

Alors la bonne dame, qui vit qu'Abou Hassan s'égarait
de plus en plus de son bon sens plutôt que d'y rentrer,
s'abandonna aux pleurs et aux larmes, et, en se frappant le
visage et la poitrine, elle faisait des exclamations qui marquaient son étonnement et sa profonde douleur de voir
son fils dans une si terrible aliénation d'esprit.

Abou Hassan, au lieu de s'apaiser et de se laisser toucher par les larmes de sa mère, s'oublia lui-même au
contraire jusqu'à perdre envers elle le respect que la
nature lui inspirait. Il se leva brusquement, il se saisit d'un
bâton, et, venant à elle la main levée comme un furieux :
« Maudite vieille, lui dit-il dans son extravagance et d'un
ton à donner de la terreur à toute autre qu'à une mère
pleine de tendresse pour lui, dis-moi tout à l'heure qui je
suis.

— Mon fils, répondit la mère en le regardant tendrement, bien loin de s'effrayer, je ne vous crois pas abandonné de Dieu jusqu'au point de ne pas connaître celle qui
vous a mis au monde et de vous méconnaître vous-même.
Je ne feins pas de vous dire que vous êtes mon fils Abou
Hassan, et que vous avez grand tort de vous arroger un
titre qui n'appartient qu'au calife Haroun-al-Raschid,
votre souverain seigneur et le mien, pendant que ce

monarque nous comble de biens, vous et moi, par le présent qu'il m'envoya hier. En effet, il faut que vous sachiez que le grand-vizir Giafar prit la peine de venir hier me trouver, et qu'en me mettant entre les mains une bourse de mille pièces d'or, il me dit de prier Dieu pour le Commandeur des croyants qui me faisait ce présent. Et cette libéralité ne vous regarde-t-elle pas plutôt que moi qui n'ai plus que deux jours à vivre ? »

A ces paroles, Abou Hassan ne se posséda plus. Les circonstances de la libéralité du calife que sa mère venait de lui raconter lui marquaient qu'il ne se trompait pas, et lui persuadaient plus que jamais qu'il était le calife, puisque le vizir n'avait porté la bourse que par son ordre. « Hé bien, vieille sorcière, s'écria-t-il, seras-tu convaincue quand je te dirai que c'est moi qui t'ai envoyé ces mille pièces d'or par mon grand-vizir Giafar, qui n'a fait qu'exécuter l'ordre que je lui avais donné en qualité de Commandeur des croyants ? Cependant, au lieu de me croire, tu ne cherches qu'à me faire perdre l'esprit par tes contradictions et en me soutenant avec opiniâtreté que je suis ton fils. Mais je ne laisserai pas longtemps ta malice impunie. » En achevant ces paroles, dans l'excès de sa frénésie, il fut assez dénaturé pour la maltraiter impitoyablement avec le bâton qu'il tenait à la main.

La pauvre mère, qui n'avait pas cru que son fils passerait si promptement des menaces aux actions, se sentant frappée, se mit à crier de toute sa force au secours ; et, jusqu'à ce que les voisins fussent accourus, Abou Hassan ne cessait de frapper, en lui demandant à chaque coup : « Suis-je Commandeur des croyants ? » A quoi la mère répondait toujours ces tendres paroles : « Vous êtes mon fils. »

La fureur d'Abou Hassan commençait un peu à se ralentir quand les voisins arrivèrent dans sa chambre. Le premier qui se présenta se mit aussitôt entre sa mère et lui, et, après lui avoir arraché son bâton de la main : « Que faites-vous donc, Abou Hassan ? lui dit-il. Avez-vous perdu la crainte de Dieu et la raison ? Jamais un fils bien né comme vous a-t-il osé lever la main sur sa mère ? et n'avez-vous point de honte de maltraiter ainsi la vôtre, elle qui vous aime si tendrement ? »

Abou Hassan, encore tout plein de sa fureur, regarda celui qui lui parlait sans lui rien répondre ; et, en jetant en même temps ses yeux égarés sur chacun des autres voisins

qui l'accompagnaient : « Qui est cet Abou Hassan dont
vous parlez ? leur demanda-t-il. Est-ce moi que vous appelez de ce nom ? »

Cette demande déconcerta un peu les voisins. « Comment ! repartit celui qui venait de lui parler, vous ne
reconnaissez donc pas la femme que voilà pour celle qui
vous a élevé et avec qui nous vous avons toujours vu
demeurer, en un mot, pour votre mère ? — Vous êtes des
impertinents, répliqua Abou Hassan ; je ne la connais pas,
ni vous non plus, et je ne veux pas vous connaître. Je ne
suis pas Abou Hassan, je suis le Commandeur des
croyants, et, si vous l'ignorez, je vous le ferai apprendre à
vos dépens. »

A ce discours d'Abou Hassan, les voisins ne doutèrent
plus de l'aliénation de son esprit. Et, pour empêcher qu'il
ne se portât à des excès semblables à ceux qu'il venait de
commettre contre sa mère, ils se saisirent de sa personne
malgré sa résistance, et ils le lièrent de manière qu'ils lui
ôtèrent l'usage des bras, des mains et des pieds. En cet
état et hors d'apparence de pouvoir nuire, ils ne jugèrent
pas cependant à propos de le laisser seul avec sa mère.
Deux de la compagnie se détachèrent et allèrent en diligence à l'hôpital des fous avertir le concierge de ce qui se
passait. Il y vint aussitôt avec ses voisins, accompagné
d'un bon nombre de ses gens, chargés de chaînes, de
menottes et d'un nerf de bœuf.

A leur arrivée, Abou Hassan, qui ne s'attendait à rien
moins qu'à un appareil si affreux, fit de grands efforts
pour se débarrasser ; mais le concierge, qui s'était fait donner le nerf de bœuf, le mit bientôt à la raison par deux ou
trois coups bien appliqués qu'il lui en déchargea sur les
épaules. Ce traitement fut si sensible à Abou Hassan qu'il
se contint, et que le concierge et ses gens firent de lui ce
qu'ils voulurent. Ils le chargèrent de chaînes et lui appli-
quèrent les menottes et les entraves, et, quand ils eurent
achevé, ils le tirèrent hors de chez lui et le conduisirent à
l'hôpital des fous.

Abou Hassan ne fut pas plus tôt dans la rue qu'il se
trouva environné d'une grande foule de peuple. L'un lui
donnait un coup de poing, un autre un soufflet, et d'autres
le chargeaient d'injures, en le traitant de fou, d'insensé et
d'extravagant.

A tous ces mauvais traitements : « Il n'y a, disait-il, de
grandeur et de force qu'en Dieu très haut et tout-puissant.

On veut que je sois fou, quoique je sois dans mon bon sens ; je souffre cette injure et toutes ces indignités pour l'amour de Dieu. »

Abou Hassan fut conduit de cette manière jusqu'à l'hôpital des fous. On l'y logea, et on l'attacha dans une cage de fer ; et, avant de l'y enfermer, le concierge, endurci à cette terrible exécution, le régala sans pitié de cinquante coups de nerf de bœuf sur les épaules et sur le dos, et continua plus de trois semaines à lui faire le même régal chaque jour, en lui répétant ces mêmes mots chaque fois : « Reviens en ton bon sens, et dis si tu es encore le Commandeur des croyants.

— Je n'ai pas besoin de ton conseil, répondait Abou Hassan, je ne suis pas fou ; mais, si j'avais à le devenir, rien ne serait plus capable de me jeter dans une si grande disgrâce que les coups dont tu m'assommes. »

Cependant la mère d'Abou Hassan venait voir son fils règlement chaque jour ; et elle ne pouvait retenir ses larmes en voyant diminuer de jour en jour son embon-point et ses forces, et l'entendant se plaindre et soupirer des douleurs qu'il souffrait. En effet, il avait les épaules, le dos et les côtes noircis et meurtris ; et il ne savait de quel côté se tourner pour trouver du repos. La peau lui chan-gea même plus d'une fois pendant le temps qu'il fut retenu dans cette effroyable demeure. Sa mère voulait lui parler pour le consoler, et pour tâcher de sonder s'il était tou-jours dans la même situation d'esprit sur sa prétendue dignité de calife et de Commandeur des croyants ; mais, toutes les fois qu'elle ouvrait la bouche pour lui en toucher quelque chose, il la rebutait avec tant de furie qu'elle était contrainte de le laisser et de s'en retourner inconsolable de le voir dans une si grande opiniâtreté.

Les idées fortes et sensibles qu'Abou Hassan avait conservées dans son esprit, de s'être vu revêtu de l'habille-ment de calife, d'en avoir fait effectivement les fonctions, d'avoir usé de son autorité, d'avoir été obéi et traité véri-tablement en calife, et qui l'avaient persuadé à son réveil qu'il l'était véritablement et l'avaient fait persister si long-temps dans cette erreur, commencèrent insensiblement à s'effacer de son esprit.

« Si j'étais calife et Commandeur des croyants, se disait-il quelquefois à lui-même, pourquoi me serais-je trouvé chez moi en me réveillant, et revêtu de mon habit ordinaire ? Pourquoi ne me serais-je pas vu environné du chef des eunuques, de tant d'autres eunuques et d'une si grosse foule de belles dames ? Pourquoi le grand-vizir Giafar, que j'ai vu à mes pieds, tant d'émirs, tant de gouverneurs de provinces et tant d'autres officiers dont je me suis vu environné, m'auraient-ils abandonné ? Il y a longtemps, sans doute, qu'ils m'auraient délivré de l'état pitoyable où je suis, si j'avais quelque autorité sur eux. Tout cela n'a été qu'un songe, et je ne dois pas faire difficulté de le croire. J'ai commandé, il est vrai, au juge de police de châtier l'iman et les quatre vieillards de son conseil ; j'ai ordonné au grand-vizir Giafar de porter mille pièces d'or à ma mère, et mes ordres ont été exécutés. Cela m'arrête, et je n'y comprends rien. Mais combien d'autres choses y a-t-il que je ne comprends pas, et que je ne comprendrai jamais ! Je m'en remets donc entre les mains de Dieu qui sait et qui connaît tout. »

Abou Hassan était encore occupé de ces pensées et dans ces sentiments quand sa mère arriva. Elle le vit si exténué et si défait qu'elle en versa des larmes plus abondamment qu'elle n'avait encore fait jusqu'alors. Au milieu de ses sanglots, elle le salua du salut ordinaire, et Abou Hassan le lui rendit, contre sa coutume depuis qu'il était dans cet hôpital. Elle en prit un bon augure : « Hé bien, mon fils, lui dit-elle en essuyant ses larmes, comment vous trouvez-vous ? En quelle assiette est votre esprit ? Avez-vous renoncé à toutes vos fantaisies et aux propos que le démon vous avait suggérés ?

— Ma mère, répondit Abou Hassan d'un sens rassis et fort tranquille, et d'une manière qui peignait la douleur qu'il ressentait des excès auxquels il s'était porté contre elle, je reconnais mon égarement, mais je vous prie de me pardonner le crime exécrable que je déteste, et dont je suis coupable envers vous. Je fais la même prière à nos voisins, à cause du scandale que je leur ai donné. J'ai été abusé par un songe, mais un songe si extraordinaire et si semblable à la vérité que je puis mettre en fait que tout autre que moi à qui il serait arrivé n'en aurait pas été moins frappé, et serait peut-être tombé dans de plus grandes extravagances que vous ne m'en avez vu faire. J'en suis encore si fort troublé, au moment que je vous parle, que j'ai de la peine à me persuader que ce qui m'est arrivé en soit un, tant il a de ressemblance à ce qui se passe entre des gens qui ne dorment pas ! Quoi qu'il en soit, je le tiens et le veux tenir constamment pour un songe et pour une illusion. Je suis même convaincu que je ne suis pas ce fantôme de calife et de Commandeur des croyants, mais Abou Hassan, votre fils ; de vous, dis-je, que j'ai toujours honorée jusqu'à ce jour fatal dont le souvenir me couvre de confusion ; que j'honore et que j'honorerai toute ma vie comme je le dois. »

A ces paroles si sages et si sensées, les larmes de douleur, de compassion et d'affliction, que la mère d'Abou Hassan versait depuis si longtemps, se changèrent en larmes de joie, de consolation et d'amour tendre pour son cher fils qu'elle retrouvait. « Mon fils, s'écria-t-elle toute transportée de plaisir, je ne me sens pas moins ravie de contentement et de satisfaction à vous entendre parler si raisonnablement, après ce qui s'est passé, que si je venais de vous mettre au monde une seconde fois. Il faut que je vous déclare ma pensée sur votre aventure et que je vous fasse remarquer une chose à quoi vous n'avez peut-être pas pris garde. L'étranger que vous aviez amené un soir pour souper avec vous s'en alla sans fermer la porte de votre chambre, comme vous lui aviez recommandé ; et je crois que c'est ce qui a donné occasion au démon d'y entrer et de vous jeter dans l'affreuse illusion où vous étiez. Ainsi, mon fils, vous devez bien remercier Dieu de vous en avoir délivré, et le prier de vous préserver de tomber davantage dans les pièges de l'esprit malin.

— Vous avez trouvé la source de mon mal, répondit Abou Hassan ; et c'est justement cette nuit-là que j'eus ce songe qui me renversa la cervelle. J'avais cependant averti le marchand expressément de fermer la porte après lui, et je connais à présent qu'il n'en a rien fait. Je suis donc persuadé avec vous que le démon a trouvé la porte ouverte, qu'il est entré, et qu'il m'a mis toutes ces fantaisies dans la tête. Il faut qu'on ne sache pas à Mossoul d'où venait ce marchand, comme nous sommes bien convaincus à Bagdad que le démon vient causer tous ces songes fâcheux qui nous inquiètent la nuit quand on laisse les chambres où l'on couche ouvertes. Au nom de Dieu, ma mère, puisque par la grâce de Dieu me voilà parfaitement revenu du trouble où j'étais, je vous supplie, autant qu'un fils peut supplier une aussi bonne mère que vous l'êtes, de me faire sortir au plus tôt de cet enfer, et de me délivrer de la main du bourreau, qui abrégera mes jours infailliblement si j'y demeure davantage. »

La mère d'Abou Hassan, parfaitement consolée et attendrie de voir qu'Abou Hassan était revenu entièrement de sa folle imagination d'être calife, alla sur-le-champ trouver le concierge qui l'avait amené et qui l'avait gouverné jusqu'alors ; et, dès qu'elle lui eut assuré qu'il était parfaitement bien rétabli dans son bon sens, il vint, l'examina, et le mit en liberté en sa présence.

Abou Hassan retourna chez lui, et il y demeura plusieurs jours, afin de rétablir sa santé par de meilleurs aliments que ceux dont il avait été nourri dans l'hôpital des fous. Mais, dès qu'il eut à peu près repris ses forces et qu'il ne se ressentit plus des incommodités qu'il avait souffertes par les mauvais traitements qu'on lui avait faits dans sa prison, il commença à s'ennuyer de passer les soirées sans compagnie. C'est pourquoi il ne tarda pas à reprendre le même train de vie qu'auparavant, c'est-à-dire qu'il recommença de faire chaque jour une provision suffisante pour régaler un nouvel hôte le soir.

Le jour qu'il renouvela la coutume d'aller, vers le coucher du soleil, au bout du pont de Bagdad, pour y arrêter le premier étranger qui se présenterait et le prier de lui faire l'honneur de venir souper avec lui, était le premier du mois, et le même jour, comme nous l'avons déjà dit, que le calife se divertissait à aller, déguisé, hors de quelqu'une des portes par où l'on abordait en cette ville, pour observer par lui-même s'il ne se passait rien contre la bonne police, de la manière qu'il l'avait établie et réglée dès le commencement de son règne.

Il n'y avait pas longtemps qu'Abou Hassan était arrivé et qu'il s'était assis sur un banc pratiqué contre le parapet, lorsqu'en jetant la vue jusqu'à l'autre bout du pont il aperçut le calife qui venait à lui, déguisé en marchand de Mossoul, comme la première fois, et suivi du même esclave. Persuadé que tout le mal qu'il avait souffert ne venait que de ce que le calife, qu'il ne connaissait que pour un marchand de Mossoul, avait laissé la porte ouverte en sortant de sa chambre, il frémit en le voyant. « Que Dieu veuille me préserver ! dit-il en lui-même. Voilà, si je ne me trompe, le magicien qui m'a enchanté. » Il tourna aussitôt la tête du côté du canal de la rivière, en s'appuyant sur le parapet, afin de ne le pas voir jusqu'à ce qu'il fût passé.

Le calife, qui voulait porter plus loin le plaisir qu'il s'était déjà donné à l'occasion d'Abou Hassan, avait eu grand soin de se faire informer de tout ce qu'il avait dit et fait le lendemain à son réveil, après l'avoir fait reporter

chez lui, et de tout ce qui lui était arrivé. Il ressentit un
nouveau plaisir de tout ce qu'il en apprit, et même du
mauvais traitement qui lui avait été fait dans l'hôpital des
fous. Mais, comme ce monarque était généreux et plein de
justice, et qu'il avait reconnu dans Abou Hassan un esprit
propre à le réjouir plus longtemps, et, de plus qu'il s'était
douté qu'après avoir renoncé à la prétendue dignité de
calife, il reprendrait sa manière de vie ordinaire, il jugea à
propos, dans le dessein de l'attirer près de sa personne, de
se déguiser le premier du mois en marchand de Mossoul,
comme auparavant, afin de mieux exécuter ce qu'il avait
résolu à son égard. Il aperçut donc Abou Hassan presque
en même temps qu'il fut aperçu de lui ; et, à son action, il
comprit d'abord combien il était mécontent de lui, et que
son dessein était de l'éviter. Cela fit qu'il côtoya le parapet
où était Abou Hassan, le plus près qu'il put. Quand il fut
proche de lui, il pencha la tête et il le regarda en face.
« C'est donc vous, mon frère Abou Hassan, lui dit-il. Je
vous salue. Permettez-moi, je vous prie, de vous embrasser.

— Et moi, répondit brusquement Abou Hassan, sans
regarder le faux marchand de Mossoul, je ne vous salue
pas : je n'ai besoin ni de votre salut ni de vos embrassades.
Passez votre chemin.

— Hé quoi ! reprit le calife, ne me reconnaissez-vous
pas ? Ne vous souvient-il pas de la soirée que nous pas-
sâmes ensemble, il y a aujourd'hui un mois, chez vous, et
pendant laquelle vous me fîtes l'honneur de me régaler
avec tant de générosité ?

— Non, repartit Abou Hassan sur le même ton qu'auparavant, je ne vous connais pas, et je ne sais de quoi vous
voulez me parler. Allez, encore une fois, et passez votre
chemin. »

Le calife ne se rebuta pas de la brusquerie d'Abou Hassan. Il savait bien qu'une des lois qu'Abou Hassan s'était
imposées à lui-même était de ne plus avoir de commerce
avec l'étranger qu'il aurait une fois régalé : Abou Hassan le
lui avait déclaré, mais il voulait bien faire semblant de
l'ignorer. « Je ne puis croire, reprit-il, que vous ne me
reconnaissiez pas ; il n'y a pas assez longtemps que nous
nous sommes vus, et il n'est pas possible que vous m'ayez
oublié si facilement. Il faut qu'il vous soit arrivé quelque
malheur qui vous cause cette aversion pour moi. Vous
devez vous souvenir cependant que je vous ai marqué ma

reconnaissance par mes bons souhaits; et même que, sur certaine chose qui vous tenait au cœur, je vous ai fait offre de mon crédit, qui n'est pas à mépriser.

— J'ignore, repartit Abou Hassan, quel peut être votre crédit, et je n'ai pas le moindre désir de le mettre à l'épreuve; mais je sais bien que vos souhaits n'ont abouti qu'à me faire devenir fou. Au nom de Dieu, vous dis-je encore une fois, passez votre chemin, et ne me chagrinez pas davantage.

— Ah! mon frère Abou Hassan! répliqua le calife en l'embrassant, je ne prétends pas me séparer d'avec vous de cette manière. Puisque ma bonne fortune a voulu que je vous aie rencontré une seconde fois, il faut que vous exerciez aussi une seconde fois la même hospitalité envers moi que vous avez fait il y a un mois, et que j'aie l'honneur de boire encore avec vous. »

C'est de quoi Abou Hassan protesta qu'il saurait bien se garder. « J'ai assez de pouvoir sur moi, ajouta-t-il, pour m'empêcher de me trouver davantage avec un homme comme vous, qui porte le malheur avec soi. Vous savez le proverbe qui dit : *Prenez votre tambour sur les épaules, et délogez*. Faites-vous-en l'application. Faut-il vous le répéter tant de fois? Dieu vous conduise! Vous m'avez causé assez de mal, je ne veux pas m'y exposer davantage.

— Mon bon ami Abou Hassan, reprit le calife en l'embrassant encore une fois, vous me traitez avec une dureté à laquelle je ne me fusse pas attendu. Je vous supplie de ne me pas tenir un discours si offensant, et d'être au contraire bien persuadé de mon amitié. Faites-moi donc la grâce de me raconter ce qui vous est arrivé, à moi qui ne vous ai souhaité que du bien, qui vous en souhaite encore, et qui voudrais trouver l'occasion de vous en faire, afin de réparer le mal que vous dites que je vous ai causé, si véritablement il y a de ma faute. » Abou Hassan se rendit aux instances du calife; et, après l'avoir fait asseoir auprès de lui : « Votre incrédulité et votre importunité, lui dit-il, ont poussé ma patience à bout. Ce que je vais vous raconter vous fera connaître si c'est à tort que je me plains de vous. »

Le calife s'assit auprès d'Abou Hassan, qui lui fit le récit de toutes les aventures qui lui étaient arrivées depuis son réveil dans le palais jusqu'à son second réveil dans sa chambre; il les lui raconta toutes comme un véritable songe qui lui était arrivé, avec une infinité de cir-

constances que le calife savait aussi bien que lui, et qui
renouvelèrent le plaisir qu'il s'en était fait. Il lui exagéra
ensuite l'impression que ce songe lui avait laissée dans
l'esprit d'être le calife et le Commandeur des croyants :
« Impression, ajouta-t-il, qui m'avait jeté dans des extravagances si grandes que mes voisins avaient été contraints
de me lier comme un furieux et de me faire conduire à
l'hôpital des fous, où j'ai été traité d'une manière qu'on
peut appeler cruelle, barbare et inhumaine; mais ce qui
vous surprendra, et à quoi sans doute vous ne vous attendez pas, c'est que toutes ces choses ne me sont arrivées
que par votre faute. Vous vous souvenez bien de la prière
que je vous avais faite de fermer la porte de ma chambre
en sortant de chez moi après le souper. Vous ne l'avez pas
fait; au contraire, vous l'avez laissée ouverte, et le démon
est entré et m'a rempli la tête de ce songe qui, tout
agréable qu'il m'avait paru, m'a causé cependant tous les
maux dont je me plains. Vous êtes donc cause par votre
négligence [1], qui vous rend responsable de mon crime, que
j'ai commis une chose horrible et détestable en levant non
seulement les mains contre ma mère, mais même il s'en
est peu fallu que je ne lui aie fait rendre l'âme à mes pieds
en commettant un parricide, et cela pour un sujet qui me
fait rougir de honte toutes les fois que j'y pense, puisque
c'était à cause qu'elle m'appelait son fils, comme je le suis
en effet, et qu'elle ne voulait pas me reconnaître pour le
Commandeur des croyants, tel que je croyais l'être et que
je lui soutenais effectivement que je l'étais. Vous êtes
encore cause du scandale que j'ai donné à mes voisins,
quand, accourus aux cris de ma pauvre mère, ils me sur-
prirent acharné à la vouloir assommer; ce qui ne serait
point arrivé si vous eussiez eu soin de fermer la porte de
ma chambre en vous retirant, comme je vous en avais
prié. Ils ne seraient pas entrés chez moi sans ma permission, et, ce qui me fait plus de peine, ils n'auraient point
été témoins de ma folie. Je n'aurais pas été obligé de les
frapper en me défendant contre eux, et ils ne m'auraient
pas maltraité et lié comme ils ont fait pour me conduire et
me faire enfermer dans l'hôpital des fous, où je puis vous
assurer que chaque jour, pendant tout le temps que j'ai été
détenu dans cet enfer, on n'a pas manqué de me bien régaler à grands coups de nerf de bœuf. »

---

1. Cette phrase est d'une construction assez étrange, mais nous
l'avons prise telle quelle dans le texte original.

Abou Hassan racontait au calife ses sujets de plainte avec beaucoup de chaleur et de véhémence. Le calife savait mieux que lui tout ce qui s'était passé, et il était ravi en lui-même d'avoir si bien réussi dans ce qu'il avait imaginé pour le jeter dans l'égarement où il le voyait encore ; mais il ne put entendre ce récit, fait avec tant de naïveté, sans faire un grand éclat de rire.

Abou Hassan, qui croyait son récit digne de compassion et que tout le monde devait y être aussi sensible que lui, se scandalisa fort de cet éclat de rire du faux marchand de Mossoul. « Vous moquez-vous de moi, lui dit-il, de me rire ainsi au nez, ou croyez-vous que je me moque de vous quand je vous parle très sérieusement ? Voulez-vous des preuves réelles de ce que j'avance ? Tenez, voyez et regardez vous-même : vous me direz après cela si je me moque. » En disant ces paroles il se baissa, et, en se découvrant les épaules et le sein, il fit voir au calife les cicatrices et les meurtrissures que lui avaient causées les coups de nerf de bœuf qu'il avait reçus.

Le calife ne put regarder ces objets sans horreur. Il eut compassion du pauvre Abou Hassan, et il fut très fâché que la raillerie eût été poussée si loin. Il rentra aussitôt en lui-même, et, en embrassant Abou Hassan de tout son cœur : « Levez-vous, je vous en supplie, mon cher frère, lui dit-il d'un grand sérieux ; venez, et allons chez vous ; je veux encore avoir l'avantage de me réjouir ce soir avec vous. Demain, s'il plaît à Dieu, vous verrez que tout ira le mieux du monde. »

Abou Hassan, malgré sa résolution, et contre le serment qu'il avait fait de ne pas recevoir chez lui le même étranger une seconde fois, ne put résister aux caresses du calife, qu'il prenait toujours pour un marchand de Mossoul. « Je le veux bien, dit-il au faux marchand ; mais, ajouta-t-il, à une condition que vous vous engagerez de tenir avec serment : c'est de me faire la grâce de fermer la porte de ma chambre en sortant de chez moi, afin que le démon ne vienne pas me troubler la cervelle comme il a fait la première fois. » Le faux marchand promit tout. Ils se levèrent tous deux, et ils reprirent le chemin de la ville. Le calife, pour engager davantage Abou Hassan : « Prenez confiance en moi, lui dit-il ; je ne vous manquerai pas de parole, je vous le promets en homme d'honneur. Après cela vous ne devez point hésiter à mettre votre assurance en une personne comme moi, qui vous souhaite toute sorte de biens et de prospérités, et dont vous verrez les effets.

— Je ne vous demande pas cela, repartit Abou Hassan en s'arrêtant tout court; je me rends de bon cœur à vos importunités, mais je vous dispense de vos souhaits, et je vous supplie au nom de Dieu de ne m'en faire aucun. Tout le mal qui m'est arrivé jusqu'à présent n'a pris sa source, avec la porte ouverte, que de ceux que vous m'avez déjà faits.

— Hé bien, répliqua le calife en riant en lui-même de l'imagination toujours blessée d'Abou Hassan, puisque vous le voulez ainsi, vous serez obéi, et je vous promets de ne vous en jamais faire.

— Vous me faites plaisir de me parler ainsi, lui dit Abou Hassan, et je ne vous demande pas autre chose; je serai trop content pourvu que vous teniez votre parole; je vous tiens quitte de tout le reste. »

Abou Hassan et le calife suivi de son esclave, en s'entretenant ainsi, approchaient insensiblement du rendez-vous : le jour commençait à finir lorsqu'ils arrivèrent à la maison d'Abou Hassan. Aussitôt il appela sa mère, et se fit apporter de la lumière. Il pria le calife de prendre place sur le sofa, et il se mit près de lui. En peu de temps le souper fut servi sur la table qu'on avait approchée près d'eux. Ils mangèrent sans cérémonie. Quand ils eurent achevé, la mère d'Abou Hassan vint desservir, mit le fruit sur la table et le vin avec les tasses près de son fils; ensuite elle se retira, et ne parut pas davantage.

Abou Hassan commença à se servir du vin le premier, et en versa ensuite au calife. Ils burent chacun cinq ou six coups, en s'entretenant de choses indifférentes. Quand le calife vit qu'Abou Hassan commençait à s'échauffer, il le mit sur le chapitre de ses amours, et il lui demanda s'il n'avait jamais aimé.

« Mon frère, répondit familièrement Abou Hassan, qui croyait parler à son hôte comme à son égal, je n'ai jamais regardé l'amour, ou le mariage, si vous voulez, que comme une servitude à laquelle j'ai toujours eu de la répugnance à me soumettre; et jusqu'à présent je vous avouerai que je n'ai aimé que la table, la bonne chère, et surtout le bon vin; en un mot, qu'à bien me divertir et à m'entretenir agréablement avec des amis. Je ne vous assure pourtant pas que je fusse indifférent pour le mariage ni incapable d'attachement, si je pouvais rencontrer une femme de la beauté et de la belle humeur de celle que je vis en songe cette nuit fatale que je vous reçus ici la première fois, et que, pour mon malheur, vous laissâtes la porte de ma chambre ouverte, qui voulût bien passer les soirées à boire avec moi, qui sût chanter, jouer des instruments et m'entretenir agréablement, qui ne s'étudiât enfin qu'à me plaire et à me divertir. Je crois au contraire que je changerais toute mon indifférence en un parfait attachement pour une telle personne, et que je croirais vivre très heureux avec elle. Mais où trouver une femme telle que je viens de vous la dépeindre ailleurs que dans le palais du Commandeur des croyants, chez le grand-vizir Giafar, ou chez les seigneurs de la cour les plus puissants, à qui l'or et l'argent ne manquent pas pour s'en pourvoir? J'aime donc mieux m'en tenir à la bouteille; c'est un plaisir à peu de frais qui m'est commun avec eux. » En disant ces paroles, il prit sa tasse et il se versa du vin : « Prenez votre tasse, que je vous en verse aussi, dit-il au calife, et continuons de goûter un plaisir si charmant. »

Quand le calife et Abou Hassan eurent bu : « C'est grand dommage, reprit le calife, qu'un aussi galant homme que vous êtes, qui n'est pas indifférent pour l'amour, mène une vie si solitaire et si retirée.

— Je n'ai pas de peine, repartit Abou Hassan, à préférer la vie tranquille que vous voyez que je mène à la compagnie d'une femme qui ne serait peut-être pas d'une beauté à me plaire, et qui d'ailleurs me causerait mille chagrins par ses imperfections et par sa mauvaise humeur. »

Ils poussèrent entre eux la conversation assez loin sur ce sujet; et le calife, qui vit Abou Hassan au point où il le désirait : « Laissez-moi faire, lui dit-il; puisque vous avez le bon goût de tous les honnêtes gens, je veux vous trouver votre fait, et il ne vous en coûtera rien. » A l'instant il prit la bouteille et la tasse d'Abou Hassan, dans laquelle il jeta adroitement une pincée de la poudre dont il s'était déjà servi, lui versa une rasade, et, en lui présentant la tasse : « Prenez, continua-t-il, et buvez d'avance à la santé de cette belle qui doit faire le bonheur de votre vie; vous en serez content. »

Abou Hassan prit la tasse en riant, et, en branlant la tête : « Vaille que vaille, dit-il, puisque vous le voulez! Je ne saurais commettre une incivilité envers vous, ni désobliger un hôte de votre mérite pour une chose de si peu de conséquence. Je vais donc boire à la santé de cette belle que vous me promettez, quoique, content de mon sort, je ne fasse aucun fondement sur votre promesse. »

Abou Hassan n'eut pas plus tôt bu la rasade qu'un profond assoupissement s'empara de ses sens comme les
deux autres fois, et le calife fut encore le maître de disposer de lui à sa volonté. Il dit aussitôt à l'esclave qu'il avait
amené de prendre Abou Hassan et de l'emporter au palais.
L'esclave l'enleva, et le calife, qui n'avait pas dessein de
renvoyer Abou Hassan comme la première fois, ferma la
porte de la chambre en sortant.

L'esclave suivit avec sa charge, et, quand le calife fut
arrivé au palais, il fit coucher Abou Hassan sur un sofa
dans le quatrième salon d'où il l'avait fait reporter chez lui
assoupi et endormi il y avait un mois. Avant de le laisser
dormir, il commanda qu'on lui mît le même habit dont il
avait été revêtu par son ordre, pour lui faire faire le personnage de calife : ce qui fut fait en sa présence; ensuite il
commanda à chacun de s'aller coucher, et ordonna au
chef et aux autres officiers des eunuques, aux officiers de
la chambre, aux musiciennes et aux mêmes dames qui
s'étaient trouvées dans ce salon lorsqu'il avait bu le dernier verre de vin qui lui avait causé l'assoupissement, de se
trouver, sans faute, le lendemain à la pointe du jour, à son
réveil, et il enjoignit à chacun de bien faire son personnage.

Le calife alla se coucher, après avoir fait avertir Mesrour
de venir l'éveiller avant qu'on entrât dans le salon, afin
qu'il se plaçât dans le même cabinet où il s'était déjà
caché.

Mesrour ne manqua pas d'éveiller le calife précisément
à l'heure qu'il lui avait marquée. Il se fit habiller promptement, et sortit pour se rendre au salon, où Abou Hassan
dormait encore. Il trouva les officiers des eunuques, ceux
de la chambre, les dames et les musiciennes à la porte, qui
attendaient son arrivée. Il leur dit en peu de mots quelle
était son intention; puis il entra, et alla se placer dans le
cabinet fermé de jalousies. Mesrour, tous les autres officiers, les dames et les musiciennes entrèrent après lui, et
se rangèrent autour du sofa sur lequel Abou Hassan était
couché, de manière qu'ils n'empêchaient pas le calife de le
voir et de remarquer toutes ses actions.

Les choses ainsi disposées, dans le temps que la poudre
du calife eut fait son effet, Abou Hassan s'éveilla sans
ouvrir les yeux, et il jeta un peu de pituite qui fut reçue
dans un petit bassin d'or comme la première fois. Dans ce
moment, les sept chœurs de musiciennes mêlèrent leurs

voix toutes charmantes au son des hautbois, des flûtes douces et des autres instruments, et firent entendre un concert très agréable.

La surprise d'Abou Hassan fut extrême quand il entendit une musique si harmonieuse ; il ouvrit les yeux, et elle redoubla lorsqu'il aperçut les dames et les officiers qui l'environnaient, et qu'il crut reconnaître. Le salon où il se trouvait lui parut le même que celui qu'il avait vu dans son premier rêve : il y remarquait la même illumination, le même ameublement et les mêmes ornements.

Le concert cessa, afin de donner lieu au calife d'être attentif à la contenance de son nouvel hôte et à tout ce qu'il pourrait dire dans sa surprise. Les dames, Mesrour et tous les officiers de la chambre, en gardant un grand silence, demeurèrent chacun dans leur place avec un grand respect. « Hélas ! s'écria Abou Hassan en se mordant les doigts, et si haut que le calife l'entendit avec joie, me voilà retombé dans le même songe et dans la même illusion qu'il y a un mois : je n'ai qu'à m'attendre encore une fois aux coups de nerf de bœuf, à l'hôpital des fous et à la cage de fer. Dieu tout-puissant, ajouta-t-il, je me remets entre les mains de votre divine providence ! C'est un malhonnête homme que je reçus chez moi hier au soir qui est la cause de cette illusion et des peines que j'en pourrai souffrir. Le traître et le perfide qu'il m'avait promis avec serment qu'il fermerait la porte de ma chambre en sortant de chez moi ; mais il ne l'a pas fait, et le diable est entré, qui me bouleverse la cervelle par ce maudit songe de Commandeur des croyants et par tant d'autres fantômes dont il me fascine les yeux. Que Dieu te confonde, Satan, et puisses-tu être accablé sous une montagne de pierres ! »

Après ces dernières paroles, Abou Hassan ferma les yeux et demeura recueilli en lui-même, l'esprit fort embarrassé. Un moment après, il les ouvrit, et, en les jetant de côté et d'autre sur tous les objets qui se présentaient à sa vue : « Grand Dieu ! s'écria-t-il encore une fois avec moins d'étonnement et en souriant, je me remets entre les mains de votre providence, préservez-moi de la tentation de Satan ! » Puis, en refermant les yeux : « Je sais, continuat-il, ce que je ferai : je vais dormir jusqu'à ce que Satan me quitte et s'en retourne par où il est venu, quand je devrais attendre jusqu'à midi. »

On ne lui donna pas le temps de se rendormir comme il

venait de se le proposer. Force des cœurs, une des dames
qu'il avait vues la première fois, s'approcha de lui, et, en
s'asseyant sur le bord du sofa : « Commandeur des
croyants, lui dit-elle respectueusement, je supplie Votre
Majesté de me pardonner si je prends la liberté de l'avertir
de ne pas se rendormir, mais de faire des efforts pour se
réveiller et se lever, parce que le jour commence à
paraître. — Retire-toi, Satan », dit Abou Hassan en entendant cette voix. Puis, en regardant Force des cœurs :
« Est-ce moi, lui dit-il, que vous appelez Commandeur des
croyants ? Vous me prenez pour un autre certainement.

— C'est Votre Majesté, reprit Force des cœurs, à qui je
donne ce titre, qui lui appartient comme au souverain de
tout ce qu'il y a au monde de musulmans, dont je suis très
humblement esclave, et à qui j'ai l'honneur de parler.
Votre Majesté veut se divertir sans doute, ajouta-t-elle en
faisant semblant de s'être oubliée elle-même, à moins que
ce ne soit un reste de quelque songe fâcheux ; mais, si elle
veut bien ouvrir les yeux, les nuages qui peuvent lui troubler l'imagination se dissiperont, et elle verra qu'elle est
dans son palais, environnée de ses officiers et de toutes
tant que nous sommes de ses esclaves, prêtes à lui rendre
nos services ordinaires. Au reste, Votre Majesté ne doit
pas s'étonner de se voir dans ce salon, et non pas dans son
lit ; elle s'endormit hier si subitement que nous ne vou-
lûmes pas l'éveiller pour la conduire jusqu'à sa chambre,
et nous nous contentâmes de la coucher commodément
sur ce sofa. »

Force des cœurs dit tant d'autres choses à Abou Hassan,
qui lui parurent vraisemblables, qu'enfin il se mit sur son
séant. Il ouvrit les yeux et il la reconnut, de même que
Bouquet de perles et les autres dames qu'il avait déjà vues.
Alors elles s'approchèrent toutes ensemble, et Force des
cœurs, en reprenant la parole ; « Commandeur des
croyants et vicaire du prophète en terre, dit-elle, Votre
Majesté aura pour agréable que nous l'avertissions encore
qu'il est temps qu'elle se lève ; voilà le jour qui paraît.

— Vous êtes des fâcheuses et des importunes, reprit
Abou Hassan en se frottant les yeux : je ne suis pas
Commandeur des croyants, je suis Abou Hassan, je le sais
bien, et vous ne me persuaderez pas le contraire. — Nous
ne connaissons pas l'Abou Hassan dont Votre Majesté
nous parle, reprit Force des cœurs ; nous ne voulons pas
même le connaître ; nous connaissons Votre Majesté pour

le Commandeur des croyants, et elle ne nous persuadera jamais qu'elle ne le soit pas. »

Abou Hassan jetait les yeux de tous côtés et se trouvait comme enchanté de se voir dans le même salon où il s'était déjà trouvé; mais il attribuait tout cela à un songe pareil à celui qu'il avait eu, et dont il craignait les suites fâcheuses. « Dieu me fasse miséricorde, s'écria-t-il en élevant les mains et les yeux, comme un homme qui ne sait où il en est; je me remets entre ses mains! Après ce que je vois, je ne puis douter que le diable qui est entré dans ma chambre ne m'obsède et ne trouble mon imagination de toutes ces visions. » Le calife, qui le voyait et qui venait d'entendre toutes ces exclamations, se mit à rire de si bon cœur qu'il eut bien de la peine à s'empêcher d'éclater.

Abou Hassan cependant s'était recouché, et il avait refermé les yeux. « Commandeur des croyants, lui dit aussitôt Force des cœurs, puisque Votre Majesté ne se lève pas après l'avoir avertie qu'il est jour, selon notre devoir, et qu'il est nécessaire qu'elle vaque aux affaires de l'empire, dont le gouvernement lui est confié, nous userons de la permission qu'elle nous a donnée en pareil cas. » En même temps elle le prit par un bras, et elle appela les autres dames, qui lui aidèrent à le faire sortir du lit et le portèrent, pour ainsi dire, jusqu'au milieu du salon, où elles le mirent sur son séant. Elles se prirent ensuite chacune par la main, et elles dansèrent et sautèrent autour de lui au son de tous les instruments et de tous les tambours de basque, que l'on faisait retentir sur sa tête et autour de ses oreilles.

Abou Hassan se trouva dans une perplexité d'esprit inexprimable. « Serais-je véritablement calife et Commandeur des croyants? » se disait-il à lui-même. Enfin, dans l'incertitude où il était, il voulait dire quelque chose, mais le grand bruit de tous les instruments l'empêchait de se faire entendre. Il fit signe à Bouquet de perles et à Étoile du matin, qui se tenaient par la main en dansant autour de lui, qu'il voulait parler. Aussitôt elles firent cesser la danse et les instruments, et elles s'approchèrent de lui : « Ne mentez pas, leur dit-il fort ingénument, et dites-moi, dans la vérité, qui je suis.

— Commandeur des croyants, répondit Étoile du matin, Votre Majesté veut nous surprendre en nous faisant cette demande, comme si elle ne savait pas elle-même qu'elle est le Commandeur des croyants et le vicaire en terre du prophète, maître de l'un et de l'autre monde, de ce monde où nous sommes et du monde à venir après la mort. Si cela n'était pas, il faudrait qu'un songe extraordinaire lui eût fait oublier ce qu'elle est. Il pourrait bien en être quelque chose, si l'on considère que Votre Majesté a dormi cette nuit plus longtemps qu'à l'ordinaire; néanmoins, si Votre Majesté veut bien me le permettre, je la ferai ressouvenir de ce qu'elle fit hier dans toute la journée. » Elle lui raconta donc son entrée au conseil, le châtiment de l'iman et des quatre vieillards par le juge de police, le présent d'une bourse de pièces d'or envoyée par son vizir à la mère d'un nommé Abou Hassan, ce qu'il fit dans l'intérieur de son palais, et ce qui se passa aux trois repas qui lui furent servis dans les trois salons, jusqu'au dernier, « où Votre Majesté, continua-t-elle en s'adressant à lui, après nous avoir fait mettre à table à ses côtés, nous fit l'honneur d'entendre nos chansons et de recevoir du vin de nos mains, jusqu'au moment que Votre Majesté s'endormit de la manière que Force des cœurs vient de le raconter. Depuis ce temps, Votre Majesté, contre sa coutume, a toujours dormi d'un profond sommeil jusqu'à présent qu'il est jour. Bouquet de perles, toutes les autres esclaves et tous les officiers qui sont ici, certifieront la même chose. Ainsi, que Votre Majesté se mette donc en état de faire sa prière, car il en est temps.

— Bon, bon, reprit Abou Hassan en branlant la tête, vous m'en feriez bien accroire si je voulais vous écouter. Et moi, continua-t-il, je vous dis que vous êtes toutes des folles, et que vous avez perdu l'esprit. C'est cependant un grand dommage, car vous êtes de jolies personnes. Apprenez que, depuis que je ne vous ai vues, je suis allé chez moi; que j'y ai fort maltraité ma mère; qu'on m'a mené à l'hôpital des fous, où je suis resté malgré moi plus de trois semaines, pendant lesquelles le concierge n'a pas manqué de me régaler chaque jour de cinquante coups de nerf de bœuf. Et vous voudriez que tout cela ne fût qu'un songe? Vous vous moquez.

— Commandeur des croyants, repartit Étoile du matin, nous sommes prêtes, toutes tant que nous sommes, de jurer par ce que Votre Majesté a de plus cher que tout ce qu'elle nous dit n'est qu'un songe. Elle n'est pas sortie de ce salon depuis hier, et elle n'a pas cessé de dormir toute la nuit jusqu'à présent. »

La confiance avec laquelle cette dame assurait à Abou

Hassan que tout ce qu'elle lui disait était véritable, et qu'il n'était point sorti du salon depuis qu'il y était entré, le mit encore une fois dans un état à ne savoir que croire de ce qu'il était et de ce qu'il voyait. Il demeura un espace de temps abîmé dans ses pensées. « O Ciel ! disait-il en lui-même, suis-je Abou Hassan ? suis-je Commandeur des croyants ? Dieu tout-puissant, éclairez mon entendement : faites-moi connaître la vérité, afin que je sache à quoi m'en tenir. » Il découvrit ensuite ses épaules encore toutes livides des coups qu'il avait reçus, et, en les montrant aux dames : « Voyez, leur dit-il, et jugez si de pareilles blessures peuvent venir en songe ou en dormant. A mon égard, je puis vous assurer qu'elles ont été très réelles ; et la douleur que j'en ressens encore m'en est un sûr garant, qui ne me permet pas d'en douter. Si cela néanmoins m'est arrivé en dormant, c'est la chose du monde la plus extraordinaire et la plus étonnante, et je vous avoue qu'elle me passe. »

Dans l'incertitude où était Abou Hassan de son état, il appela un des officiers du calife, qui était près de lui : « Approchez-vous, dit-il, et mordez-moi le bout de l'oreille, que je juge si je dors ou si je veille. » L'officier s'approcha, lui prit le bout de l'oreille entre les dents, et le serra si fort qu'Abou Hassan fit un cri effroyable.

A ce cri, tous les instruments de musique jouèrent en même temps, et les dames et les officiers se mirent à danser, à chanter et à sauter autour d'Abou Hassan avec un si grand bruit qu'il entra dans une espèce d'enthousiasme qui lui fit faire mille folies. Il se mit à chanter comme les autres. Il déchira le bel habit de calife dont on l'avait revêtu. Il jeta par terre le bonnet qu'il avait sur la tête, et, nu en chemise et en caleçon, il se leva brusquement et se jeta entre deux dames, qu'il prit par la main, et se mit à danser et à sauter avec tant d'action, de mouvement et de contorsions bouffonnes et divertissantes, que le calife ne put plus se contenir dans l'endroit où il était. La plaisanterie subite d'Abou Hassan le fit rire avec tant d'éclat qu'il se laissa aller à la renverse, et se fit entendre par-dessus tout le bruit des instruments de musique et des tambours de basque. Il fut si longtemps sans pouvoir se retenir que peu s'en fallut qu'il ne s'en trouvât incommodé. Enfin il se releva, et il ouvrit la jalousie. Alors, en avançant la tête et en riant toujours : « Abou Hassan, Abou Hassan, s'écria-t-il, veux-tu donc me faire mourir à force de rire ? »

A la voix du calife, tout le monde se tut et le bruit cessa. Abou Hassan s'arrêta comme les autres, et tourna la tête du côté qu'elle s'était fait entendre. Il reconnut le calife et en même temps le marchand de Mossoul. Il ne se déconcerta pas pour cela; au contraire, il comprit dans ce moment qu'il était bien éveillé, et que tout ce qui lui était arrivé était très réel, et non pas un songe. Il entra dans la plaisanterie et dans l'intention du calife : « Ha ! ha ! s'écriat-il en le regardant avec assurance, vous voilà donc, marchand de Mossoul ! Quoi ! vous vous plaigniez que je vous fais mourir, vous qui êtes cause des mauvais traitements que j'ai faits à ma mère, et de ceux que j'ai reçus pendant un si long temps à l'hôpital des fous; vous qui avez si fort maltraité l'iman de la mosquée de mon quartier et les quatre scheiks mes voisins : car ce n'est pas moi, je m'en lave les mains; vous qui m'avez causé tant de peines d'esprit et tant de traverses. Enfin, n'est-ce pas vous qui êtes l'agresseur, et ne suis-je pas l'offensé ?

— Tu as raison, Abou Hassan, répondit le calife en continuant de rire; mais, pour te consoler et pour te dédommager de toutes tes peines, je suis prêt, et j'en prends Dieu à témoin, de te faire, à ton choix, telle réparation que tu voudras m'imposer. »

En achevant ces paroles, le calife descendit du cabinet, entra dans le salon. Il se fit apporter un de ses plus beaux habits et commanda aux dames de faire la fonction des officiers de la chambre et d'en revêtir Abou Hassan. Quand elles l'eurent habillé : « Tu es mon frère, lui dit le calife en l'embrassant; demande-moi tout ce qui peut te faire plaisir, je te l'accorderai.

— Commandeur des croyants, reprit Abou Hassan, je supplie Votre Majesté de me faire la grâce de m'apprendre ce qu'elle a fait pour me démonter ainsi le cerveau, et quel a été son dessein; cela m'importe présentement plus que toute autre chose, pour remettre entièrement mon esprit dans son assiette ordinaire. »

Le calife voulut bien donner cette satisfaction à Abou Hassan. « Tu dois savoir premièrement, lui dit-il, que je me déguise assez souvent, et particulièrement la nuit, pour connaître par moi-même si tout est dans l'ordre dans la ville de Bagdad; et, comme je suis bien aise de savoir aussi ce qui se passe aux environs, je me suis fixé un jour, qui est le premier de chaque mois, pour faire un grand tour au-dehors, tantôt d'un côté, tantôt de l'autre, et je reviens toujours par le pont. Je revenais de faire ce tour le soir que tu m'invitas à souper chez toi. Dans notre entretien tu me marquas que la seule chose que tu désirais, c'était d'être calife et Commandeur des croyants l'espace de vingt-quatre heures seulement, pour mettre à la raison l'iman de la mosquée de ton quartier et les quatre scheiks ses conseillers. Ton désir me parut très propre pour m'en donner un sujet de divertissement, et dans cette vue j'imaginai sur-le-champ le moyen de te procurer la satisfaction que tu désirais. J'avais sur moi de la poudre qui fait dormir du moment qu'on l'a prise, à ne pouvoir se réveiller qu'au bout d'un certain temps. Sans que tu t'en aperçusses, j'en jetai une dose dans la dernière tasse que je te présentai, et tu bus. Le sommeil te prit dans le moment, et je te fis enlever et emporter à mon palais par mon esclave, après avoir laissé la porte de ta chambre ouverte en sortant. Il n'est pas nécessaire de te dire ce qui t'arriva dans mon palais à ton réveil et pendant la journée jusqu'au soir, où, après avoir été bien régalé par mon ordre, une de mes esclaves qui te servait jeta une autre dose de la même poudre dans le dernier verre qu'elle te présenta et que tu bus. Le grand assoupissement te prit aussitôt, et je te fis reporter chez toi par le même esclave qui t'avait apporté, avec ordre de laisser encore la porte de ta chambre ouverte en sortant. Tu m'as raconté toi-même tout ce qui t'est arrivé le lendemain et les jours suivants. Je ne m'étais pas imaginé que tu dusses souffrir autant que tu as souffert en cette occasion; mais, comme je m'y suis déjà engagé envers toi, je ferai toutes choses pour te consoler et te donner lieu d'oublier tous tes maux. Vois donc ce que je puis faire pour te faire plaisir, et demande-moi hardiment ce que tu souhaites.

— Commandeur des croyants, reprit Abou Hassan, quelque grands que soient les maux que j'ai soufferts, ils sont effacés de ma mémoire du moment que j'apprends qu'ils me sont venus de la part de mon souverain seigneur et maître. A l'égard de la générosité dont Votre Majesté s'offre de me faire sentir les effets avec tant de bonté, je ne doute nullement de sa parole irrévocable; mais, comme l'intérêt n'a jamais eu d'empire sur moi, puisqu'elle me donne cette liberté, la grâce que j'ose lui demander, c'est de me donner assez d'accès près de sa personne pour avoir le bonheur d'être toute ma vie l'admirateur de sa grandeur. »

Ce dernier témoignage de désintéressement d'Abou
Hassan acheva de lui mériter toute l'estime du calife. « Je
te sais bon gré de ta demande, lui dit le calife ; je te
l'accorde, avec l'entrée libre dans mon palais à toute
heure, en quelque endroit que je me trouve. » En même
temps il lui assigna un logement dans le palais. A l'égard
de ses appointements, il lui dit qu'il ne voulait pas qu'il eût
affaire à ses trésoriers, mais à sa personne même, et sur-
le-champ il lui fit donner par son trésorier particulier une
bourse de mille pièces d'or. Abou Hassan fit de profonds
remerciements au calife, qui le quitta pour aller tenir
conseil selon sa coutume.

Abou Hassan prit ce temps-là pour aller au plus tôt
informer sa mère de tout ce qui se passait, et lui
apprendre sa bonne fortune.

Il lui fit connaître que tout ce qui lui était arrivé n'était
point un songe ; qu'il avait été calife, et qu'il en avait réelle-
ment fait les fonctions pendant un jour entier, et reçu véritablement les honneurs ; qu'elle ne devait pas douter de ce
qu'il lui disait, puisqu'il en avait eu la confirmation de la
propre bouche du calife même.

La nouvelle de l'histoire d'Abou Hassan ne tarda guère à
se répandre dans toute la ville de Bagdad ; elle passa
même dans les provinces voisines, et de là dans les plus
éloignées, avec les circonstances toutes singulières et
divertissantes dont elle avait été accompagnée.

La nouvelle faveur d'Abou Hassan le rendait extrêmement assidu auprès du calife. Comme il était naturellement de bonne humeur et qu'il faisait naître la joie partout où il se trouvait par ses bons mots et par ses
plaisanteries, le calife ne pouvait guère se passer de lui, et
il ne faisait aucune partie de divertissement sans l'y appeler ; il le menait même quelquefois chez Zobéide, son
épouse, à qui il avait raconté son histoire, qui l'avait extrêmement divertie. Zobéide le goûtait assez ; mais elle
remarqua que, toutes les fois qu'il accompagnait le calife
chez elle, il avait toujours les yeux sur une de ses esclaves
appelée Nouzhatoul-Aouadat [1] ; c'est pourquoi elle résolut
d'en avertir le calife. « Commandeur des croyants, dit un
jour la princesse au calife, vous ne remarquez peut-être
pas comme moi que, toutes les fois qu'Abou Hassan vous

---

1. *Nouzhatoul-Aouadat* veut dire : divertissement qui rappelle, ou
qui fait revenir.

accompagne ici, il ne cesse d'avoir les yeux sur Nouzhatoul-Aouadat, et qu'il ne manque jamais de la faire rougir. Vous ne doutez point que ce ne soit une marque certaine qu'elle ne le hait pas. C'est pourquoi, si vous m'en
croyez, nous ferons un mariage de l'un et de l'autre.

— Madame, reprit le calife, vous me faites souvenir
d'une chose que je devrais avoir déjà faite. Je sais le goût
d'Abou Hassan sur le mariage par lui-même, et je lui avais
toujours promis de lui donner une femme dont il aurait
tout sujet d'être content. Je suis bien aise que vous m'en
ayez parlé, et je ne sais comment la chose m'était échap-
pée de la mémoire. Mais il vaut mieux qu'Abou Hassan ait
suivi son inclination, par le choix qu'il a fait lui-même.
D'ailleurs, puisque Nouzhatoul-Aouadat ne s'en éloigne
pas, nous ne devons point hésiter sur ce mariage. Les voilà
l'un et l'autre, ils n'ont qu'à déclarer s'ils y consentent. »

Abou Hassan se jeta aux pieds du calife et de Zobéide,
pour leur marquer combien il était sensible aux bontés
qu'ils avaient pour lui. « Je ne puis, dit-il en se relevant,
recevoir une épouse de meilleures mains ; mais je n'ose
espérer que Nouzhatoul-Aouadat veuille me donner la
sienne d'aussi bon cœur que je suis prêt de lui donner la
mienne. » En achevant ces paroles, il regarda l'esclave de
la princesse, qui témoigna assez de son côté, par son
silence respectueux et par la rougeur qui lui montait au
visage, qu'elle était toute disposée à suivre la volonté du
calife et de Zobéide, sa maîtresse.

Le mariage se fit, et les noces furent célébrées dans le
palais avec de grandes réjouissances qui durèrent plusieurs jours. Zobéide se fit un point d'honneur de faire de
riches présents à son esclave, pour faire plaisir au calife ;
et le calife de son côté, en considération de Zobéide, en
usa de même envers Abou Hassan.

La mariée fut conduite au logement que le calife avait
assigné à Abou Hassan, son mari, qui l'attendait avec
impatience. Il la reçut au bruit de tous les instruments de
musique et des chœurs de musiciens et de musiciennes du
palais, qui faisaient retentir l'air du concert de leurs voix
et de leurs instruments.

Plusieurs jours se passèrent en fêtes et en réjouissances
accoutumées dans ces sortes d'occasions, après lesquels
on laissa les nouveaux mariés jouir paisiblement de leurs
amours. Abou Hassan et sa nouvelle épouse étaient char-
més l'un de l'autre. Ils vivaient dans une union si parfaite

que, hors le temps qu'ils employaient à faire leur cour, l'un au calife, et l'autre à la princesse Zobéide, ils étaient toujours ensemble et ne se quittaient point. Il est vrai que Nouzhatoul-Aouadat avait toutes les qualités d'une femme capable de donner de l'amour et de l'attachement à Abou Hassan, puisqu'elle était selon ses souhaits, sur lesquels il s'était expliqué au calife, c'est-à-dire en état de lui tenir tête à la table. Avec ces dispositions, ils ne pouvaient manquer de passer ensemble leur temps très agréablement. Aussi leur table était-elle toujours mise, et couverte, à chaque repas, des mets les plus délicats et les plus friands qu'un traiteur avait soin de leur apprêter et de leur fournir. Le buffet était toujours chargé du vin le plus exquis et disposé de manière qu'il était à la portée de l'un et de l'autre lorsqu'ils étaient à table. Là, ils jouissaient d'un agréable tête-à-tête, et s'entretenaient de mille plaisanteries qui leur faisaient faire des éclats de rire plus ou moins grands, selon qu'ils avaient mieux ou moins bien rencontré à dire quelque chose capable de les réjouir. Le repas du soir était particulièrement consacré à la joie. Il ne s'y faisaient servir que des fruits excellents, des gâteaux et des pâtes d'amandes; et, à chaque coup de vin qu'ils buvaient, ils s'excitaient l'un l'autre par quelques chansons nouvelles, qui fort souvent étaient des impromptus faits à propos sur le sujet dont ils s'entretenaient. Ces chansons étaient aussi quelquefois accompagnées d'un luth, ou de quelque autre instrument dont ils savaient toucher l'un et l'autre.

Abou Hassan et Nouzhatoul-Aouadat passèrent ainsi un assez long espace de temps à faire bonne chère et à se bien divertir. Ils ne s'étaient jamais mis en peine de leur dépense de bouche, et le traiteur qu'ils avaient choisi pour cela avait fait toutes les avances. Il était juste qu'il reçût quelque argent : c'est pourquoi il leur présenta le mémoire de ce qu'il avait avancé. La somme se trouva très forte. On y ajouta celle à quoi pouvait monter la dépense déjà faite en habits de noces des plus riches étoffes pour l'un et pour l'autre, et en joyaux de très grand prix pour la mariée; et la somme se trouva si excessive qu'ils s'aperçurent, mais trop tard, que, de tout l'argent qu'ils avaient reçu des bienfaits du calife et de la princesse Zobéide en considération de leur mariage, il ne leur restait précisément que ce qu'il fallait pour y satisfaire. Cela leur fit faire de grandes réflexions sur le passé, qui ne remédiaient point au mal présent. Abou Hassan fut d'avis de payer le traiteur, et sa femme y consentit. Ils le firent venir et lui payèrent tout ce qu'ils lui devaient, sans rien témoigner de l'embarras où ils allaient se trouver sitôt qu'ils auraient fait ce payement.

Le traiteur se retira fort content d'avoir été payé en belles pièces d'or à fleur de coin : on n'en voyait pas d'autres dans le palais du calife. Abou Hassan et Nouzhatoul-Aouadat ne le furent guère d'avoir vu le fond de leur bourse. Ils demeurèrent dans un grand silence, les yeux baissés, et fort embarrassés de l'état où ils se voyaient réduits dès la première année de leur mariage.

Abou Hassan se souvenait bien que le calife, en le retenant dans son palais, lui avait promis de ne le laisser manquer de rien. Mais, quand il considérait qu'il avait prodigué en si peu de temps les largesses de sa main libérale, outre qu'il n'était pas d'humeur à demander, il ne voulait pas aussi s'exposer à la honte de déclarer au calife le mauvais usage qu'il en avait fait, et le besoin où il était d'en recevoir de nouvelles. D'ailleurs, il avait abandonné son bien de patrimoine à sa mère sitôt que le calife l'avait retenu près de sa personne, et il était fort éloigné de recourir à la bourse de sa mère, à qui il aurait fait connaître, par ce procédé, qu'il était retombé dans le même désordre qu'après la mort de son père.

De son côté, Nouzhatoul-Aouadat, qui regardait les libéralités de Zobéide et la liberté qu'elle lui avait accordée en la mariant comme une récompense plus que suffisante de ses services et de son attachement, ne croyait pas être en droit de lui rien demander davantage.

Abou Hassan rompit enfin le silence, et, en regardant Nouzhatoul-Aouadat avec un visage ouvert : « Je vois bien, lui dit-il, que vous êtes dans le même embarras que moi, et que vous cherchez quel parti nous devons prendre dans une aussi fâcheuse conjoncture que celle-ci, où l'argent vient de nous manquer tout à coup sans que nous l'ayons prévu. Je ne sais quel peut être votre sentiment ; pour moi, quoi qu'il puisse arriver, mon avis n'est pas de retrancher notre dépense ordinaire de la moindre chose, et je crois que de votre côté vous ne m'en dédirez pas. Le point est de trouver le moyen d'y fournir sans avoir la bassesse d'en demander, ni moi au calife, ni vous à Zobéide ; et je crois l'avoir trouvé. Mais, pour cela, il faut que nous nous aidions l'un l'autre. »

Ce discours d'Abou Hassan plut beaucoup à Nouzhatoul-Aouadat et lui donna quelque espérance. « Je n'étais pas moins occupée que vous de cette pensée, lui dit-elle, et, si je ne m'en expliquais pas, c'est que je n'y voyais aucun remède. Je vous avoue que l'ouverture que vous venez de me faire me fait le plus grand plaisir du monde. Mais, puisque vous avez trouvé le moyen que vous dites, et que mon secours vous est nécessaire pour y réussir, vous n'avez qu'à me dire ce qu'il faut que je fasse, et vous verrez que je m'y emploierai de mon mieux.

— Je m'attendais bien, reprit Abou Hassan, que vous ne me manqueriez pas dans cette affaire qui vous touche autant que moi. Voici donc le moyen que j'ai imaginé pour faire en sorte que l'argent ne nous manque pas dans le besoin que nous en avons, au moins pour quelque temps. Il consiste dans une petite tromperie que nous ferons, moi au calife, et vous à Zobéide, et qui, j'en suis sûr, les divertira, et nous ne sera pas infructueuse. Je vais vous dire quelle est la tromperie que j'entends : c'est que nous mourions tous deux.

— Que nous mourions tous deux ! interrompit Nouzhatoul-Aouadat. Mourez, si vous voulez, tout seul ; pour moi, je ne suis pas lasse de vivre, et je ne prétends pas, ne vous en déplaise, mourir encore sitôt. Si vous n'avez pas d'autre moyen à me proposer que celui-là, vous pouvez l'exécuter vous-même, car je vous assure que je ne m'en mêlerai point.

— Vous êtes femme, repartit Abou Hassan, je veux dire d'une vivacité et d'une promptitude surprenantes : à peine me donnez-vous le temps de m'expliquer. Écoutez-moi donc un moment avec patience, et vous verrez après cela que vous voudrez bien mourir de la même mort dont je prétends mourir moi-même. Vous jugez bien que je n'entends pas parler d'une mort véritable, mais d'une mort feinte.

— Ah ! bon pour cela, interrompit encore Nouzhatoul-Aouadat ; dès qu'il ne s'agira que d'une mort feinte, je suis à vous. Vous pouvez compter sur moi ; vous serez témoin du zèle avec lequel je vous seconderai à mourir de cette manière : car, pour vous le dire franchement, j'ai une répugnance invincible à vouloir mourir sitôt de la manière que je l'entendais tantôt.

— Eh bien, vous serez satisfaite, continua Abou Hassan : voici comme je l'entends, pour réussir en ce que je me propose. Je vais faire le mort ; aussitôt vous prendrez un linceul, et vous m'ensevelirez comme si je l'étais effectivement. Vous me mettrez au milieu de la chambre à la manière accoutumée, avec le turban posé sur le visage et les pieds tournés du côté de la Mecque, tout prêt à être porté au lieu de la sépulture. Quand tout sera ainsi disposé, vous ferez les cris et verserez les larmes ordinaires en de pareilles occasions, en déchirant vos habits et vous arrachant les cheveux, ou du moins en feignant de vous les arracher, et vous irez tout en pleurs et les cheveux épars vous présenter à Zobéide. La princesse voudra savoir le sujet de vos larmes, et, dès que vous l'en aurez informée par vos paroles entrecoupées de sanglots, elle ne manquera pas de vous plaindre et de vous faire présent de quelque somme d'argent pour aider à faire les frais de mes funérailles, et d'une pièce de brocart pour me servir de drap mortuaire, afin de rendre mon enterrement plus magnifique, et pour vous faire un habit à la place de celui qu'elle verra déchiré. Aussitôt que vous serez de retour avec cet argent et cette pièce de brocart, je me lèverai du milieu de la chambre, et vous vous mettrez à ma place. Vous ferez la morte, et, après vous avoir ensevelie, j'irai de mon côté faire auprès du calife le même personnage que vous aurez fait chez Zobéide ; et j'ose me promettre que le calife ne sera pas moins libéral à mon égard que Zobéide l'aura été envers vous. »

Quand Abou Hassan eut achevé d'expliquer sa pensée sur ce qu'il avait projeté : « Je crois que la tromperie sera fort divertissante, reprit aussitôt Nouzhatoul-Aouadat, et je serai fort trompée si le calife et Zobéide ne nous en savent bon gré. Il s'agit présentement de la bien conduire : à mon égard, vous pouvez me laisser faire, je m'acquitterai de mon rôle pour le moins aussi bien que je m'attends que vous vous acquitterez du vôtre, et avec d'autant plus de zèle et d'attention que j'aperçois comme vous le grand avantage que nous en devons remporter. Ne perdons point de temps. Pendant que je prendrai un linceul, mettez-vous en chemise et en caleçon ; je sais ensevelir aussi bien que qui que ce soit : car, lorsque j'étais au service de Zobéide et que quelque esclave de mes compagnes venait à mourir, j'avais toujours la commission de l'ensevelir. »

Abou Hassan ne tarda guère à faire ce que Nouzhatoul-Aouadat lui avait dit. Il s'étendit sur le dos tout de son long sur le linceul qui avait été mis sur le tapis de pied au milieu de la chambre, croisa ses bras, et se laissa envelop-

per de manière qu'il semblait qu'il n'y avait qu'à le mettre
dans une bière et l'emporter pour être enterré. Sa femme
lui tourna les pieds du côté de la Mecque, lui couvrit le
visage d'une mousseline des plus fines, et mit son turban
par-dessus, de manière qu'il avait la respiration libre. Elle
se décoiffa ensuite, et, les larmes aux yeux, les cheveux
pendants et épars, en faisant semblant de se les arracher
avec de grands cris, elle se frappait les joues et se donnait
de grands coups sur la poitrine, avec toutes les autres
marques d'une vive douleur. En cet équipage, elle sortit et
traversa une cour fort spacieuse pour se rendre à l'appartement de la princesse Zobéide.

Nouzhatoul-Aouadat faisait des cris si perçants que
Zobéide les entendit de son appartement. Elle commanda
à ses femmes esclaves, qui étaient alors auprès d'elle, de
voir d'où pouvaient venir ces plaintes et ces cris qu'elle
entendait. Elles coururent vite aux jalousies, et revinrent
avertir Zobéide que c'était Nouzhatoul-Aouadat qui
s'avançait tout éplorée. Aussitôt la princesse, impatiente
de savoir ce qui pouvait lui être arrivé, se leva et alla au-
devant d'elle jusqu'à la porte de son antichambre.

Nouzhatoul-Aouadat joua ici son rôle en perfection. Dès
qu'elle eut aperçu Zobéide, qui tenait elle-même la portière de son antichambre entrouverte et qui l'attendait,
elle redoubla ses cris en s'avançant, s'arracha les cheveux
à pleines mains, se frappa les joues et la poitrine plus fortement, et se jeta à ses pieds en les baignant de ses larmes.

Zobéide, étonnée de voir son esclave dans une affliction
si extraordinaire, lui demanda ce qu'elle avait, et quelle
disgrâce lui était arrivée.

Au lieu de répondre, la fausse affligée continua ses sanglots quelque temps en feignant de se faire violence pour
les retenir. « Hélas! ma très honorée dame et maîtresse,
s'écria-t-elle enfin avec des paroles entrecoupées de sanglots, quel malheur plus grand et plus funeste pouvait-il
m'arriver que celui qui m'oblige de venir me jeter aux
pieds de Votre Majesté, dans la disgrâce extrême où je suis
réduite? Que Dieu prolonge vos jours dans une santé parfaite, ma très respectable princesse, et vous donne de
longues et heureuses années! Abou Hassan, le pauvre
Abou Hassan, que vous avez honoré de vos bontés et que
vous m'aviez donné pour époux, avec le Commandeur des
croyants, ne vit plus! »

En achevant ces dernières paroles, Nouzhatoul-Aouadat

redoubla ses larmes et ses sanglots et se jeta encore aux pieds de la princesse. Zobéide fut extrêmement surprise de cette nouvelle. « Abou Hassan est mort, s'écria-t-elle, cet homme si plein de santé, si agréable et si divertissant ! En vérité, je ne m'attendais pas à apprendre sitôt la mort d'un homme comme celui-là, qui promettait une plus longue vie, et qui la méritait si bien. » Elle ne put s'empêcher d'en marquer sa douleur par ses larmes. Ses femmes esclaves qui l'accompagnaient, et qui avaient eu plusieurs fois leur part des plaisanteries d'Abou Hassan, quand il était admis aux entretiens familiers de Zobéide et du calife, témoignèrent aussi par leurs pleurs leurs regrets de sa perte et la part qu'elles y prenaient.

Zobéide, ses femmes esclaves et Nouzhatoul-Aouadat demeurèrent un temps considérable, le mouchoir devant les yeux, à pleurer et à jeter des soupirs de cette prétendue mort. Enfin la princesse Zobéide rompit le silence : « Méchante, s'écria-t-elle en s'adressant à la fausse veuve, c'est peut-être toi qui es cause de sa mort. Tu lui auras donné tant de sujets de chagrin par ton humeur fâcheuse qu'enfin tu seras venue à bout de le mettre au tombeau. »

Nouzhatoul-Aouadat témoigna recevoir une grande mortification du reproche que Zobéide lui faisait. « Ah ! Madame ! s'écria-t-elle, je ne crois pas avoir jamais donné à Votre Majesté, pendant tout le temps que j'ai eu le bonheur d'être son esclave, le moindre sujet d'avoir une opinion si désavantageuse de ma conduite envers un époux qui m'a été si cher. Je m'estimerais la plus malheureuse de toutes les femmes si vous en étiez persuadée. J'ai chéri Abou Hassan comme une femme doit chérir un mari qu'elle aime passionnément, et je puis dire sans vanité que j'ai eu toute la tendresse qu'il méritait que j'eusse pour lui, par toutes les complaisances raisonnables qu'il avait pour moi, et qui m'étaient un témoignage qu'il ne m'aimait pas moins tendrement. Je suis persuadée qu'il me justifierait pleinement là-dessus dans l'esprit de Votre Majesté, s'il était encore au monde. Mais, Madame, ajouta-t-elle en renouvelant ses larmes, son heure était venue, et c'est la cause unique de sa mort. »

Zobéide, en effet, avait toujours remarqué dans son esclave une même égalité d'humeur, une douceur qui ne se démentait jamais, une grande docilité, et un zèle, en tout ce qu'elle faisait pour son service, qui marquait qu'elle agissait plutôt par inclination que par devoir. Ainsi elle n'hésita point à l'en croire sur sa parole, et elle commanda à sa trésorière d'aller prendre dans son trésor une bourse de cent pièces de monnaie d'or et une pièce de brocart.

La trésorière revint bientôt avec la bourse et la pièce de brocart, qu'elle mit, par ordre de Zobéide, entre les mains de Nouzhatoul-Aouadat.

En recevant ce beau présent, elle se jeta aux pieds de la princesse, et lui en fit ses très humbles remerciements, avec une grande satisfaction dans l'âme d'avoir si bien réussi. « Va, lui dit Zobéide, fais servir la pièce de brocart de drap mortuaire sur la bière de ton mari, et emploie l'argent à lui faire des funérailles honorables et dignes de lui. Après cela, modère les transports de ton affliction, j'aurai soin de toi. »

Nouzhatoul-Aouadat ne fut pas plus tôt hors de la présence de Zobéide qu'elle essuya ses larmes avec une grande joie, et retourna au plus tôt rendre compte à Abou Hassan du succès de son rôle.

En rentrant, Nouzhatoul-Aouadat fit un grand éclat de rire en retrouvant Abou Hassan au même état qu'elle l'avait laissé, c'est-à-dire enseveli au milieu de la chambre. « Levez-vous, lui dit-elle toujours en riant, et venez voir le fruit de la tromperie que j'ai faite à Zobéide. Nous ne mourrons pas encore de faim aujourd'hui. »

Abou Hassan se leva promptement, et se réjouit fort avec sa femme en voyant la bourse et la pièce de brocart.

Nouzhatoul-Aouadat était si aise d'avoir si bien réussi dans la tromperie qu'elle venait de faire à la princesse qu'elle ne pouvait contenir sa joie. « Ce n'est pas assez, dit-elle à son mari en riant : je veux faire la morte à mon tour, et voir si vous serez assez habile pour en tirer autant du calife que j'ai fait de Zobéide.

— Voilà justement le génie des femmes, reprit Abou Hassan ; on a bien raison de dire qu'elles ont toujours la vanité de croire qu'elles sont plus que les hommes, quoique le plus souvent elles ne fassent rien de bien que par leur conseil. Il ferait beau voir que je n'en fisse pas au moins autant que vous auprès du calife, moi qui suis l'inventeur de la fourberie ! Mais ne perdons pas le temps en discours inutiles : faites la morte comme moi, et vous verrez si je n'aurai pas le même succès. »

Abou Hassan ensevelit sa femme, la mit au même endroit qu'il était, lui tourna les pieds du côté de la

Mecque, et sortit de sa chambre tout en désordre, le turban mal accommodé, comme un homme qui est dans une
grande affliction. En cet état, il alla chez le calife, qui
tenait alors un conseil particulier avec le grand-vizir Giafar et d'autres vizirs en qui il avait le plus de confiance. Il
se présenta à la porte, et l'huissier, qui savait qu'il avait les
entrées libres, lui ouvrit. Il entra le mouchoir d'une main
devant les yeux, pour cacher les larmes feintes qu'il laissait couler en abondance, en se frappant la poitrine de
l'autre à grands coups, avec des exclamations qui exprimaient l'excès d'une grande douleur.

Le calife, qui était accoutumé à voir Abou Hassan avec
un visage toujours gai et qui n'inspirait que la joie, fut fort
surpris de le voir paraître devant lui en un si triste état. Il
interrompit l'attention qu'il donnait à l'affaire dont on
parlait dans son conseil, pour lui demander la cause de sa
douleur.

« Commandeur des croyants, répondit Abou Hassan
avec des sanglots et des soupirs réitérés, il ne pouvait
m'arriver un plus grand malheur que celui qui fait le sujet
de mon affliction. Que Dieu laisse vivre Votre Majesté sur
le trône qu'elle remplit si glorieusement ! Nouzhatoul-
Aouadat, qu'elle m'avait donnée en mariage par sa bonté,
pour passer le reste de mes jours avec elle, hélas !... »

A cette exclamation, Abou Hassan fit semblant d'avoir le
cœur si pressé qu'il n'en dit pas davantage et fondit en
larmes.

Le calife, qui comprit qu'Abou Hassan venait lui annoncer la mort de sa femme, en parut extrêmement touché.
« Dieu lui fasse miséricorde ! dit-il d'un air qui marquait
combien il la regrettait. C'était une bonne esclave, et nous
te l'avions donnée, Zobéide et moi, dans l'intention de te
faire plaisir ; elle méritait de vivre plus longtemps. » Alors
les larmes lui coulèrent des yeux, et il fut obligé de
prendre son mouchoir pour les essuyer.

La douleur d'Abou Hassan et les larmes du calife attirèrent celles du grand-vizir Giafar et des autres vizirs. Ils
pleurèrent tous la mort de Nouzhatoul-Aouadat, qui, de
son côté, était dans une grande impatience d'apprendre
comment Abou Hassan aurait réussi.

Le calife eut la même pensée du mari que Zobéide avait
eue de la femme, et il s'imagina qu'il était peut-être la
cause de sa mort. « Malheureux, lui dit-il d'un ton d'indignation, n'est-ce pas toi qui as fait mourir ta femme par

tes mauvais traitements ? Ah ! je n'en fais aucun doute. Tu devais au moins avoir quelque considération pour la princesse Zobéide, mon épouse, qui l'aimait plus que ses autres esclaves, et qui a bien voulu s'en priver pour te l'abandonner. Voilà une belle marque de ta reconnaissance !

— Commandeur des croyants, répondit Abou Hassan en faisant semblant de pleurer plus amèrement qu'auparavant, Votre Majesté peut-elle avoir un seul moment la pensée qu'Abou Hassan, qu'elle a comblé de ses grâces et de ses bienfaits, et à qui elle a fait des honneurs auxquels il n'eût jamais osé aspirer, ait pu être capable d'une si grande ingratitude ? J'aimais Nouzhatoul-Aouadat, mon épouse, autant par tous ces endroits-là que par tant d'autres belles qualités qu'elle avait, et qui étaient cause que j'ai toujours eu pour elle tout l'attachement, toute la tendresse et tout l'amour qu'elle méritait. Mais, Seigneur, ajouta-t-il, elle devait mourir, et Dieu n'a pas voulu me laisser jouir plus longtemps d'un bonheur que je tenais des bontés de Votre Majesté et de Zobéide, sa chère épouse. »

Enfin, Abou Hassan sut dissimuler si parfaitement sa douleur par toutes les marques d'une véritable affliction que le calife, qui d'ailleurs n'avait pas entendu dire qu'il eût fait mauvais ménage avec sa femme, ajouta foi à tout ce qu'il lui dit et ne douta plus de la sincérité de ses paroles. Le trésorier du palais était présent, et le calife lui commanda d'aller au trésor, et de donner à Abou Hassan une bourse de cent pièces de monnaie d'or avec une belle pièce de brocart. Abou Hassan se jeta aussitôt aux pieds du calife pour lui marquer sa reconnaissance et le remercier de son présent. « Suis le trésorier, lui dit le calife : la pièce de brocart est pour servir de drap mortuaire à ta défunte, et l'argent pour lui faire des obsèques dignes d'elle. Je m'attends bien que tu lui donneras ce dernier témoignage de ton amour. »

Abou Hassan ne répondit à ces paroles obligeantes du calife que par une profonde inclination en se retirant. Il suivit le trésorier ; et, aussitôt que la bourse et la pièce de brocart lui eurent été mises entre les mains, il retourna chez lui très content et bien satisfait en lui-même d'avoir trouvé si promptement et si facilement de quoi suppléer à la nécessité où il s'était trouvé et qui lui avait causé tant d'inquiétudes.

Nouzhatoul-Aouadat, lasse d'avoir été si longtemps dans une si grande contrainte, n'attendit pas qu'Abou Hassan lui dît de quitter la triste situation où elle était. Aussitôt qu'elle entendit ouvrir la porte, elle courut à lui. « Hé bien, lui dit-elle, le calife a-t-il été aussi facile à se laisser tromper que Zobéide ?

— Vous voyez, répondit Abou Hassan (en plaisantant et en lui montrant la bourse et la pièce de brocart), que je ne sais pas moins bien faire l'affligé pour la mort d'une femme qui se porte bien que vous la pleureuse pour celle d'un mari qui est plein de vie. »

Abou Hassan cependant se doutait bien que cette double tromperie ne manquerait pas d'avoir des suites : c'est pourquoi il prévint sa femme autant qu'il put sur tout ce qui pourrait en arriver, afin d'agir de concert. « Car, ajoutait-il, mieux nous réussirons à jeter le calife et Zobéide dans quelque sorte d'embarras, plus ils auront de plaisir à la fin ; et peut-être nous en témoigneront-ils leur satisfaction par quelques nouvelles marques de leur libéralité. » Cette dernière considération fut celle qui les encouragea plus qu'aucune autre à porter la feinte aussi loin qu'il leur serait possible.

Quoiqu'il y eût encore beaucoup d'affaires à régler dans le conseil qui se tenait, le calife néanmoins, dans l'impatience d'aller chez la princesse Zobéide lui faire son compliment de condoléance sur la mort de son esclave, se leva peu de temps après le départ d'Abou Hassan, et remit le conseil à un autre jour. Le grand-vizir et les autres vizirs prirent congé et ils se retirèrent.

Dès qu'ils furent partis, le calife dit à Mesrour, chef des eunuques de son palais, qui était presque inséparable de sa personne, et qui d'ailleurs était de tous ses conseils : « Suis-moi, et viens prendre part comme moi à la douleur de la princesse sur la mort de Nouzhatoul-Aouadat, son esclave. »

Ils allèrent ensemble à l'appartement de Zobéide. Quand le calife fut à la porte, il entrouvrit la portière, et il aperçut la princesse assise sur le sofa, fort affligée et les yeux encore tout baignés de larmes.

Le calife entra, et, en avançant vers Zobéide : « Madame, lui dit-il, il n'est pas nécessaire de vous dire combien je prends part à votre affliction, puisque vous n'ignorez pas que je sois aussi sensible à ce qui vous fait de la peine que je le suis à tout ce qui vous fait plaisir ;

mais nous sommes tous mortels, et nous devons rendre à Dieu la vie qu'il nous a donnée, quand il nous la demande. Nouzhatoul-Aouadat, votre esclave fidèle, avait véritablement des qualités qui lui ont fait mériter votre estime, et j'approuve fort que vous lui en donniez encore des marques après sa mort. Considérez cependant que vos regrets ne lui redonneront pas la vie; ainsi, Madame, si vous voulez m'en croire, et si vous m'aimez, vous vous consolerez de cette perte, et prendrez plus de soin d'une vie que vous savez m'être très précieuse, et qui fait tout le bonheur de la mienne. »

Si la princesse fut charmée des tendres sentiments qui accompagnaient le compliment du calife, elle fut d'ailleurs très étonnée d'apprendre la mort de Nouzhatoul-Aouadat, à quoi elle ne s'attendait pas. Cette nouvelle la jeta dans une telle surprise qu'elle demeura quelque temps sans pouvoir répondre. Son étonnement redoublait d'entendre une nouvelle si opposée à celle qu'elle venait d'apprendre, et lui ôtait la parole. Elle se remit, et, en la reprenant enfin : « Commandeur des croyants, dit-elle d'un air et d'un ton qui marquaient encore son étonnement, je suis très sensible à tous les tendres sentiments que vous marquez avoir pour moi; mais permettez-moi de vous dire que je ne comprends rien à la nouvelle que vous m'apprenez de la mort de mon esclave : elle est en parfaite santé. Dieu nous conserve vous et moi, Seigneur! Si vous me voyez affligée, c'est de la mort d'Abou Hassan, son mari, votre favori, que j'estimais autant par la considération que vous aviez pour lui que parce que vous avez eu la bonté de me le faire connaître, et qu'il m'a quelquefois divertie assez agréablement. Mais, Seigneur, l'insensibilité où je vous vois de sa mort, et l'oubli que vous en témoignez en si peu de temps après les témoignages que vous m'avez donnés à moi-même du plaisir que vous aviez de l'avoir auprès de vous, m'étonnent et me surprennent; et cette insensibilité paraît davantage par le change que vous me voulez donner en m'annonçant la mort de mon esclave pour la sienne. »

Le calife, qui croyait être parfaitement bien informé de la mort de l'esclave, et qui avait sujet de le croire par ce qu'il avait vu et entendu, se mit à rire et à hausser les épaules d'entendre ainsi parler Zobéide. « Mesrour, dit-il en se tournant de son côté et lui adressant la parole, que dis-tu du discours de la princesse ? N'est-il pas vrai que les dames ont quelquefois des absences d'esprit qu'on ne peut que difficilement pardonner ? Car enfin tu as vu et entendu aussi bien que moi. » Et, en se retournant du côté de Zobéide : « Madame, lui dit-il, ne versez plus de larmes pour la mort d'Abou Hassan, il se porte bien. Pleurez plutôt la mort de votre chère esclave : il n'y a qu'un moment que son mari est venu dans mon appartement, tout en pleurs et dans une affliction qui m'a fait de la peine, m'annoncer la mort de sa femme. Je lui ai fait donner une bourse de cent pièces d'or, avec une pièce de brocart, pour aider à le consoler et à faire les funérailles de la défunte. Mesrour, que voilà, a été témoin de tout, et il vous dira la même chose. »

Ce discours du calife ne parut pas à la princesse un discours sérieux ; elle crut qu'il lui en voulait faire accroire. « Commandeur des croyants, reprit-elle, quoique ce soit votre coutume de railler, je vous dirai que ce n'est pas ici l'occasion de le faire : ce que je vous dis est très sérieux. Il ne s'agit plus de la mort de mon esclave, mais de la mort d'Abou Hassan, son mari, dont je plains le sort, que vous devriez plaindre avec moi.

— Et moi, Madame, repartit le calife en prenant son plus grand sérieux, je vous dis sans raillerie que vous vous trompez : c'est Nouzhatoul-Aouadat qui est morte, et Abou Hassan est vivant et plein de santé. »

Zobéide fut piquée de la repartie sèche du calife. « Commandeur des croyants, répliqua-t-elle d'un ton vif, Dieu vous préserve de demeurer plus longtemps en cette erreur ! vous me feriez croire que votre esprit ne serait pas dans son assiette ordinaire. Permettez-moi de vous répéter encore que c'est Abou Hassan qui est mort, et que Nouzhatoul-Aouadat, mon esclave, veuve du défunt, est pleine de vie. Il n'y a pas plus d'une heure qu'elle est sortie d'ici. Elle y était venue toute désolée, et dans un état qui seul aurait été capable de me tirer les larmes, quand même elle ne m'aurait point appris, au milieu de mille sanglots, le juste sujet de son affliction. Toutes mes femmes en ont pleuré avec moi, et elles peuvent vous en rendre un témoignage assuré. Elles vous diront aussi que je lui ai fait présent d'une bourse de cent pièces d'or et d'une pièce de brocart ; et la douleur que vous avez remarquée sur mon visage en entrant était autant causée par la mort de son mari que par la désolation où je la venais de voir. J'allais même envoyer vous faire mon compliment de condoléance dans le moment que vous êtes entré. »

A ces paroles de Zobéide : « Voilà, Madame, une obstination bien étrange, s'écria le calife avec un grand éclat de rire. Et moi, je vous dis, continua-t-il en reprenant son sérieux, que c'est Nouzhatoul-Aouadat qui est morte. — Non, vous dis-je, Seigneur, reprit Zobéide à l'instant, et aussi sérieusement, c'est Abou Hassan qui est mort. Vous ne me ferez pas accroire ce qui n'est pas. »

De colère, le feu monta au visage du calife ; il s'assit sur le sofa assez loin de la princesse ; et, en s'adressant à Mesrour : « Va voir tout à l'heure, lui dit-il, qui est mort de l'un ou de l'autre, et viens me dire incessamment ce qui en est. Quoique je sois très certain que c'est Nouzhatoul-Aouadat qui est morte, j'aime mieux néanmoins prendre cette voie que de m'opiniâtrer davantage sur une chose qui m'est parfaitement connue. »

Le calife n'avait pas achevé que Mesrour était parti. « Vous verrez, continua-t-il en adressant la parole à Zobéide, dans un moment, qui a raison de vous ou de moi.

— Pour moi, reprit Zobéide, je sais bien que la raison est de mon côté ; et vous verrez vous-même que c'est Abou Hassan qui est mort, comme je l'ai dit.

— Et moi, repartit le calife, je suis si certain que c'est Nouzhatoul-Aouadat que je suis prêt de gager contre vous ce que vous voudrez qu'elle n'est plus au monde, et qu'Abou Hassan se porte bien.

— Ne pensez pas le prendre par là, répliqua Zobéide ; j'accepte la gageure. Je suis si persuadée de la mort d'Abou Hassan que je gage volontiers ce que je puis avoir de plus cher contre ce que vous voudrez, de quelque peu de valeur qu'il soit. Vous n'ignorez pas ce que j'ai en ma disposition, ni ce que j'aime le plus selon mon inclination ; vous n'avez qu'à choisir et à proposer, je m'y tiendrai, de quelque conséquence que la chose soit pour moi.

— Puisque cela est ainsi, dit alors le calife, je gage donc mon jardin de Délices contre votre palais de Peintures : l'un vaut bien l'autre.

— Il ne s'agit pas de savoir, reprit Zobéide, si votre jardin vaut mieux que mon palais ; nous n'en sommes pas là-dessus. Il s'agit que vous ayez choisi ce qui vous a plu de ce qui m'appartient pour équivalent de ce que vous gagez de votre côté : je m'y tiens, et la gageure est arrêtée. Je ne serai pas la première à m'en dédire, j'en prends Dieu à témoin. »

Le calife fit le même serment, et ils en demeurèrent là en attendant le retour de Mesrour.

Pendant que le calife et Zobéide contestaient si vivement et avec tant de chaleur sur la mort d'Abou Hassan ou de Nouzhatoul-Aouadat, Abou Hassan, qui avait prévu leur démêlé sur ce sujet, était fort attentif à tout ce qui pourrait en arriver. D'aussi loin qu'il aperçut Mesrour au travers de la jalousie contre laquelle il était assis en s'entretenant avec sa femme, et qu'il eut remarqué qu'il venait droit à leur logis, il comprit aussitôt à quel dessein il était envoyé. Il dit à sa femme de faire la morte encore une fois, comme ils en étaient convenus, et de ne pas perdre de temps.

En effet, le temps pressait, et c'est tout ce qu'Abou Hassan put faire avant l'arrivée de Mesrour que d'ensevelir sa femme, et d'étendre sur elle la pièce de brocart que le calife lui avait fait donner. Ensuite il ouvrit la porte de son logis, et, le visage triste et abattu, en tenant son mouchoir devant les yeux, il s'assit à la tête de la prétendue défunte.

A peine eut-il achevé que Mesrour se trouva dans sa chambre. Le spectacle funèbre qu'il aperçut d'abord lui donna une joie secrète par rapport à l'ordre dont le calife l'avait chargé. Sitôt qu'Abou Hassan l'aperçut, il s'avança au-devant de lui, et, en lui baisant la main par respect : « Seigneur, dit-il en soupirant et en gémissant, vous me voyez dans la plus grande affliction qui pouvait jamais m'arriver par la mort de Nouzhatoul-Aouadat, ma chère épouse, que vous honoriez de vos bontés. »

Mesrour fut attendri à ce discours, et il ne lui fut pas possible de refuser quelques larmes à la mémoire de la défunte. Il leva un peu le drap mortuaire du côté de la tête pour lui voir le visage, qui était à découvert, et, en le laissant aller après l'avoir seulement entrevue : « Il n'y a pas d'autre Dieu que Dieu, dit-il avec un soupir profond. Nous devons nous soumettre tous à sa volonté, et toute créature doit retourner à lui. Nouzhatoul-Aouadat, ma bonne sœur, ajouta-t-il en soupirant, ton destin a été de bien peu de durée ! Dieu te fasse miséricorde ! » Il se tourna ensuite du côté d'Abou Hassan qui fondait en larmes : « Ce n'est pas sans raison, lui dit-il, que l'on dit que les femmes sont quelquefois dans des absences d'esprit qu'on ne peut pardonner. Zobéide, toute ma bonne maîtresse qu'elle est, est dans ce cas-là. Elle a voulu soutenir au calife que c'était vous qui étiez mort, et non votre femme ; et, quelque chose que le calife lui ait pu dire au contraire pour la persuader, en lui assurant même la chose très sérieusement, il n'a

jamais pu y réussir. Il m'a même pris à témoin pour lui
rendre témoignage de cette vérité et la lui confirmer, puisque, comme vous le savez, j'étais présent quand vous êtes
venu lui apprendre cette nouvelle affligeante; mais tout
cela n'a servi de rien. Ils en sont même venus à des obsti-
nations l'un contre l'autre, qui n'auraient pas fini si le
calife, pour convaincre Zobéide, ne s'était avisé de
m'envoyer vers vous pour en savoir encore la vérité. Mais
je crains fort de ne pas réussir : car, de quelque biais qu'on
puisse prendre aujourd'hui les femmes pour leur faire
entendre les choses, elles sont d'une opiniâtreté insurmon-
table quand une fois elles sont prévenues d'un sentiment
contraire.

— Que Dieu conserve le Commandeur des croyants
dans la possession et dans le bon usage de son rare esprit !
reprit Abou Hassan, toujours les larmes aux yeux, et avec
des paroles entrecoupées de sanglots. Vous voyez ce qui
en est, et que je n'en ai pas imposé à Sa Majesté. Et plût à
Dieu, s'écria-t-il pour mieux dissimuler, que je n'eusse pas
eu l'occasion d'aller lui annoncer une nouvelle si triste et
si affligeante ! Hélas ! ajouta-t-il, je ne puis assez exprimer
la perte irréparable que je fais aujourd'hui ! — Cela est
vrai, reprit Mesrour; et je puis vous assurer que je prends
beaucoup de part à votre affliction; mais enfin il faut vous
en consoler, et ne vous point abandonner ainsi à votre
douleur. Je vous quitte malgré moi pour m'en retourner
vers le calife; mais je vous demande en grâce, poursuivit-il, de ne pas faire enlever le corps que je ne sois
revenu : car je veux assister à son enterrement, et
l'accompagner de mes prières. »

Mesrour était déjà sorti pour aller rendre compte de son
message, quand Abou Hassan, qui le conduisait jusqu'à la
porte, lui marqua qu'il ne méritait pas l'honneur qu'il voulait lui faire. De crainte que Mesrour ne revînt sur ses pas
pour lui dire quelque autre chose, il le conduisit de l'œil
pendant quelque temps, et, lorsqu'il le vit assez éloigné, il
rentra chez lui, et, en débarrassant Nouzhatoul-Aouadat
de tout ce qui l'enveloppait : « Voilà déjà, lui disait-il, une
nouvelle scène de jouée; mais je m'imagine bien que ce ne
sera pas la dernière; et certainement la princesse Zobéide
ne s'en voudra pas tenir au rapport de Mesrour; au
contraire, elle s'en moquera; elle a de trop fortes raisons
pour y ajouter foi. Ainsi nous devons nous attendre à quelque nouvel événement. » Pendant ce discours d'Abou Has-

san, Nouzhatoul-Aouadat eut le temps de reprendre ses
habits ; ils allèrent tous deux se remettre sur le sofa contre
la jalousie, pour tâcher de découvrir ce qui se passait.

Cependant Mesrour arriva chez Zobéide : il entra dans
son cabinet en riant et en frappant des mains, comme un
homme qui avait quelque chose d'agréable à annoncer.

Le calife était naturellement impatient : il voulait être
éclairci promptement de cette affaire ; d'ailleurs il était
vivement piqué au jeu par le défi de la princesse ; c'est
pourquoi, dès qu'il vit Mesrour : « Méchant esclave,
s'écria-t-il, il n'est pas temps de rire. Tu ne dis mot ! Parle
hardiment : qui est mort, du mari ou de la femme ?

— Commandeur des croyants, répondit aussitôt Mesrour en prenant un air sérieux, c'est Nouzhatoul-Aouadat
qui est morte, et Abou Hassan en est toujours aussi affligé
qu'il l'a paru tantôt devant Votre Majesté. »

Sans donner le temps à Mesrour de poursuivre, le calife
l'interrompit : « Bonne nouvelle, s'écria-t-il avec un grand
éclat de rire ; il n'y a qu'un moment que Zobéide, ta maîtresse, avait à elle le palais des Peintures ; il est présentement à moi. Nous en avions fait la gageure contre mon
jardin des Délices depuis que tu es parti : ainsi tu ne pouvais me faire un plus grand plaisir ; j'aurai soin de t'en
récompenser. Mais laissons cela : dis-moi de point en
point ce que tu as vu.

— Commandeur des croyants, poursuivit Mesrour, en
arrivant chez Abou Hassan, je suis entré dans sa chambre,
qui était ouverte ; je l'ai trouvé toujours très affligé, et
pleurant la mort de Nouzhatoul-Aouadat sa femme. Il
était assis près de la tête de la défunte, qui était ensevelie
au milieu de la chambre, les pieds tournés du côté de La
Mecque, et couverte de la pièce de brocart dont Votre
Majesté a tantôt fait présent à Abou Hassan. Après lui
avoir témoigné la part que je prenais à sa douleur, je me
suis approché, et, en levant le drap mortuaire du côté de la
tête, j'ai reconnu Nouzhatoul-Aouadat qui avait déjà le
visage enflé et tout changé. J'ai exhorté du mieux que j'ai
pu Abou Hassan à se consoler, et, en me retirant, je lui ai
marqué que je voulais me trouver à l'enterrement de sa
femme, et que je le priais d'attendre à faire enlever le
corps que je fusse venu. Voilà tout ce que je puis dire à
Votre Majesté sur l'ordre qu'elle m'a donné. »

Quand Mesrour eut achevé de faire son rapport : « Je ne
t'en demandais pas davantage, lui dit le calife en riant de

tout son cœur; et je suis très content de ton exactitude. »
Et, en s'adressant à la princesse Zobéide : « Hé bien!
Madame, lui dit le calife, avez-vous encore quelque chose
à dire contre une vérité si constante? Croyez-vous toujours que Nouzhatoul-Aouadat soit vivante, et qu'Abou
Hassan soit mort; et n'avouez-vous pas que vous avez
perdu la gageure? »

Zobéide ne demeura nullement d'accord que Mesrour
eût rapporté la vérité. « Comment! Seigneur, reprit-elle,
vous imaginez-vous donc que je m'en rapporte à cet
esclave? C'est un impertinent qui ne sait ce qu'il dit. Je ne
suis ni aveugle ni insensée; j'ai vu de mes propres yeux
Nouzhatoul-Aouadat dans sa plus grande affliction. Je lui
ai parlé moi-même, et j'ai bien entendu ce qu'elle m'a dit
de la mort de son mari.

— Madame, reprit Mesrour, je vous jure par votre vie et
par la vie du Commandeur des croyants, choses au monde
qui me sont les plus chères, que Nouzhatoul-Aouadat est
morte, et qu'Abou Hassan est vivant. — Tu mens, esclave
vil et méprisable, lui répliqua Zobéide tout en colère; et je
veux te confondre tout à l'heure. Aussitôt elle appela ses
femmes en frappant des mains; elles entrèrent à l'instant
en grand nombre : « Venez çà, leur dit la princesse; dites-
moi la vérité. Qui est la personne qui est venue me parler,
peu de temps avant que le Commandeur des croyants arrivât ici? » Les femmes répondirent toutes que c'était la
pauvre affligée Nouzhatoul-Aouadat. « Et vous, ajouta-
t-elle en s'adressant à sa trésorière, que vous ai-je
commandé de lui donner en se retirant? — Madame,
répondit la trésorière, j'ai donné à Nouzhatoul-Aouadat,
par l'ordre de Votre Majesté, une bourse de cent pièces de
monnaie d'or et une pièce de brocart qu'elle a emportée
avec elle. — Hé bien! malheureux, esclave indigne, dit
alors Zobéide à Mesrour dans une grande indignation,
que dis-tu à tout ce que tu viens d'entendre? Qui penses-tu
présentement que je doive croire, ou de toi ou de ma trésorière, et de mes autres femmes, et de moi-même? »

Mesrour ne manquait pas de raisons à opposer au discours de la princesse; mais, comme il craignait de l'irriter
encore davantage, il prit le parti de la retenue, et demeura
dans le silence, bien convaincu pourtant, par toutes les
preuves qu'il en avait, que Nouzhatoul-Aouadat était
morte, et non pas Abou Hassan.

Pendant cette contestation entre Zobéide et Mesrour, le

calife, qui avait vu les témoignages apportés de part et d'autre, dont chacun se faisait fort, et toujours persuadé du contraire de ce que disait la princesse, tant par ce qu'il avait vu lui-même en parlant à Abou Hassan que par ce que Mesrour venait de lui rapporter, riait de tout son cœur de voir que Zobéide était si fort en colère contre Mesrour. « Madame, pour le dire encore une fois, dit-il à Zobéide, je ne sais pas qui est celui qui a dit que les femmes avaient quelquefois des absences d'esprit ; mais vous voulez bien que je vous dise que vous faites voir qu'il ne pouvait rien dire de plus véritable. Mesrour vient tout fraîchement de chez Abou Hassan ; il vous dit qu'il a vu de ses propres yeux Nouzhatoul-Aouadat morte au milieu de la chambre, et Abou-Hassan vivant, assis auprès de la défunte, et, nonobstant son témoignage, qu'on ne peut pas raisonnablement récuser, vous ne voulez pas le croire ! C'est ce que je ne puis pas comprendre. »

Zobéide, sans vouloir entendre ce que le calife lui représentait : « Commandeur des croyants, reprit-elle, pardonnez-moi si je vous tiens pour suspect : je vois bien que vous êtes d'intelligence avec Mesrour pour me chagriner et pour pousser ma patience à bout, et, comme je m'aperçois que le rapport que Mesrour vous a fait est un rapport concerté avec vous, je vous prie de me laisser la liberté d'envoyer aussi quelque personne de ma part chez Abou Hassan pour savoir si je suis dans l'erreur. »

Le calife y consentit, et la princesse chargea sa nourrice de cette importante commission. C'était une femme fort âgée, qui était toujours restée près de Zobéide depuis son enfance, et qui était là présente parmi ses autres femmes. « Nourrice, lui dit-elle, écoute : va-t'en chez Abou Hassan, ou plutôt chez Nouzhatoul-Aouadat puisque Abou Hassan est mort. Tu vois quelle est ma dispute avec le Commandeur des croyants et avec Mesrour ; il n'est pas besoin de te rien dire davantage : éclaircis-toi de tout ; et, si tu me rapportes une bonne nouvelle, il y aura un beau présent pour toi. Va vite, et reviens incessamment. »

La nourrice partit avec une grande joie du calife, qui était ravi de voir Zobéide dans cet embarras ; mais Mesrour, extrêmement mortifié de voir la princesse dans une si grande colère contre lui, cherchait les moyens de l'apaiser et de faire en sorte que le calife et Zobéide fussent également contents de lui. C'est pourquoi il fut ravi dès qu'il vit que Zobéide prenait le parti d'envoyer sa nourrice chez

Abou Hassan, parce qu'il était persuadé que le rapport qu'elle lui ferait ne manquerait pas de se trouver conforme au sien, et qu'il servirait à le justifier et à le remettre dans ses bonnes grâces.

Abou Hassan, cependant, qui était toujours en sentinelle à la jalousie, aperçut la nourrice d'assez loin : il comprit d'abord que c'était un message de la part de Zobéide. Il appela sa femme, et, sans hésiter un moment sur le parti qu'ils avaient à prendre : « Voilà, lui dit-il, la nourrice de la princesse qui vient pour s'informer de la vérité ; c'est à moi à faire encore le mort à mon tour. »

Tout était préparé. Nouzhatoul-Aouadat ensevelit Abou Hassan promptement, jeta par-dessus lui la pièce de brocart que Zobéide lui avait donnée, et lui mit son turban sur le visage. La nourrice, dans l'empressement où elle était de s'acquitter de sa commission, était venue d'un assez bon pas. En entrant dans la chambre, elle aperçut Nouzhatoul-Aouadat assise à la tête d'Abou Hassan, tout échevelée et tout en pleurs, qui se frappait les joues et la poitrine en jetant de grands cris.

Elle s'approcha de la fausse veuve : « Ma chère Nouzhatoul-Aouadat, lui dit-elle d'un air fort triste, je ne viens pas ici pour troubler votre douleur, ni vous empêcher de répandre des larmes pour un mari qui vous aimait si tendrement. — Ah ! bonne mère ! interrompit pitoyablement la fausse veuve, vous voyez quelle est ma disgrâce et de quel malheur je me trouve accablée aujourd'hui par la perte de mon cher Abou Hassan, que Zobéide, ma chère maîtresse et la vôtre, et le Commandeur des croyants, m'avaient donné pour mari ! Abou Hassan ! mon cher époux ! s'écria-t-elle encore, que vous ai-je fait pour m'avoir abandonnée si promptement ? N'ai-je pas toujours suivi vos volontés plutôt que les miennes ? Hélas ! que deviendra la pauvre Nouzhatoul-Aouadat ? »

La nourrice était dans une surprise extrême de voir le contraire de ce que le chef des eunuques avait rapporté au calife. « Ce visage noir de Mesrour, s'écria-t-elle avec exclamation en élevant les mains, mériterait bien que Dieu le confondît d'avoir excité une si grande dissension entre ma bonne maîtresse et le Commandeur des croyants par un mensonge aussi insigne que celui qu'il leur a fait ! Il faut, ma fille, dit-elle en s'adressant à Nouzhatoul-Aouadat, que je vous dise la méchanceté et l'imposture de ce vilain Mesrour, qui a soutenu à notre bonne maîtresse, avec une effronterie inconcevable, que vous étiez morte, et qu'Abou Hassan était vivant!

— Hélas! ma bonne mère, s'écria alors Nouzhatoul-Aouadat, plût à Dieu qu'il eût dit vrai! Je ne serais pas dans l'affliction où vous me voyez, et je ne pleurerais pas un époux qui m'était si cher. » En achevant ces dernières paroles, elle fondit en larmes, et elle marqua une plus grande désolation par le redoublement de ses pleurs et de ses cris.

La nourrice, attendrie par les larmes de Nouzhatoul-Aouadat, s'assit auprès d'elle, et, en les accompagnant des siennes, elle s'approcha insensiblement de la tête d'Abou Hassan, souleva un peu son turban, et lui découvrit le visage pour tâcher de le reconnaître. « Ah! pauvre Abou Hassan! dit-elle en le recouvrant aussitôt, je prie Dieu qu'il vous fasse miséricorde! Adieu, ma fille, dit-elle à Nouzhatoul-Aouadat; si je pouvais vous tenir compagnie plus longtemps, je le ferais de bon cœur; mais je ne puis m'arrêter davantage : mon devoir me presse d'aller incessamment délivrer notre bonne maîtresse de l'inquiétude affligeante où ce vilain noir l'a plongée par son impudent mensonge, en lui assurant, même avec serment, que vous étiez morte. »

A peine la nourrice de Zobéide eut fermé la porte en sortant que Nouzhatoul-Aouadat, qui jugeait bien qu'elle ne reviendrait pas, tant elle avait hâte de rejoindre la princesse, essuya ses larmes, débarrassa au plus tôt Abou Hassan de tout ce qui était autour de lui, et ils allèrent tous deux reprendre leurs places sur le sofa contre la jalousie, en attendant tranquillement la fin de cette tromperie, et toujours prêts de se tirer d'affaire de quelque côté qu'on voulût les prendre.

La nourrice de Zobéide cependant, malgré sa grande vieillesse, avait pressé le pas en revenant encore plus qu'elle n'avait fait en allant. Le plaisir de porter à la princesse une bonne nouvelle, et plus encore l'espérance d'une bonne récompense, la firent arriver en peu de temps; elle entra dans le cabinet de la princesse presque hors d'haleine, et, en lui rendant compte de sa commission, elle raconta naïvement à Zobéide tout ce qu'elle venait de voir.

Zobéide écouta le rapport de sa nourrice avec un plaisir des plus sensibles, et elle le fit bien voir : car, dès qu'elle eut achevé, elle dit à sa nourrice d'un ton qui marquait gain de cause : « Raconte donc la même chose au

Commandeur des croyants, qui nous regarde comme dépourvues de bon sens, et qui, avec cela, voudrait nous faire accroire que nous n'avons aucun sentiment de religion et que nous n'avons pas la crainte de Dieu. Dis-le à ce méchant esclave noir, qui a l'insolence de me soutenir une chose qui n'est pas, et que je sais mieux que lui. »

Mesrour, qui s'était attendu que le voyage de la nourrice et le rapport qu'elle ferait lui seraient favorables, fut vivement mortifié de ce qu'il avait réussi tout au contraire. D'ailleurs, il se trouvait piqué au vif de l'excès de la colère que Zobéide avait contre lui pour un fait dont il se croyait plus certain qu'aucun autre. C'est pourquoi il fut ravi d'avoir occasion de s'en expliquer librement avec la nourrice plutôt qu'avec la princesse, à laquelle il n'osait répondre de crainte de perdre le respect. « Vieille sans dents, dit-il à la nourrice sans aucun ménagement, tu es une menteuse ; il n'est rien de tout ce que tu dis : j'ai vu de mes propres yeux Nouzhatoul-Aouadat étendue morte au milieu de sa chambre.

— Tu es un menteur, et un insigne menteur toi-même, reprit la nourrice d'un ton insultant, d'oser soutenir une telle fausseté, à moi qui sors de chez Abou Hassan, que j'ai vu étendu mort, et qui viens de quitter sa femme pleine de vie !

— Je ne suis pas un imposteur, repartit Mesrour ; c'est toi qui cherches à nous jeter dans l'erreur.

— Voilà une grande effronterie, répliqua la nourrice, d'oser me démentir ainsi en présence de Leurs Majestés, moi qui viens de voir de mes propres yeux la vérité de ce que j'ai l'honneur de leur avancer.

— Nourrice, repartit encore Mesrour, tu ferais mieux de ne point parler : tu radotes. »

Zobéide ne put supporter ce manquement de respect dans Mesrour, qui, sans aucun égard, traitait sa nourrice si injurieusement en sa présence. Ainsi, sans donner le temps à sa nourrice de répondre à cette injure atroce : « Commandeur des croyants, dit-elle au calife, je vous demande justice contre cette insolence qui ne vous regarde pas moins que moi. » Elle n'en put dire davantage, tant elle était outrée de dépit ; le reste fut étouffé par ses larmes.

Le calife, qui avait entendu toute cette contestation, la trouva fort embarrassante : il avait beau rêver, il ne savait que penser de toutes ces contrariétés. La princesse, de son côté, aussi bien que Mesrour, la nourrice et les femmes esclaves qui étaient là présentes, ne savaient que croire de cette aventure et gardaient le silence. Le calife enfin prit la parole. « Madame, dit-il en s'adressant à Zobéide, je vois bien que nous sommes tous des menteurs, moi, le premier, toi, Mesrour, et toi, nourrice : au moins il ne paraît pas que l'un soit plus croyable que l'autre ainsi, levons-nous, et allons nous-mêmes sur les lieux reconnaître de quel côté est la vérité. Je ne vois pas un autre moyen de nous éclaircir de nos doutes et de nous mettre l'esprit en repos. »

En disant ces paroles, le calife se leva, la princesse le suivit, et Mesrour, en marchant devant pour ouvrir la portière : « Commandeur des croyants, dit-il, j'ai bien de la joie que Votre Majesté ait pris ce parti, et j'en aurai une bien plus grande quand j'aurai fait voir à la nourrice, non pas qu'elle radote, puisque cette expression a eu le malheur de déplaire à ma bonne maîtresse, mais que le rapport qu'elle lui a fait n'est pas véritable. »

La nourrice ne demeura pas sans réplique. « Tais-toi, visage noir, reprit-elle; il n'y a ici personne que toi qui puisse radoter. »

Zobéide, qui était extraordinairement outrée contre Mesrour, ne put souffrir qu'il vînt encore à la charge contre sa nourrice. Elle prit encore son parti. « Méchant esclave, lui dit-elle, quoi que tu puisses dire, je maintiens que ma nourrice a dit la vérité; pour toi, je ne te regarde que comme un menteur.

— Madame, reprit Mesrour, si la nourrice est si fortement assurée que Nouzhatoul-Aouadat est vivante et qu'Abou Hassan est mort, qu'elle gage donc quelque chose contre moi : elle n'oserait. »

La nourrice fut prompte à la repartie. « Je l'ose si bien, lui dit-elle, que je te prends au mot. Voyons si tu oseras t'en dédire. »

Mesrour ne se dédit pas de sa parole : ils gagèrent, la nourrice et lui, en présence du calife et de la princesse, une pièce de brocart d'or à fleurons d'argent au choix de l'un et de l'autre.

L'appartement d'où le calife et Zobéide sortirent, quoique assez éloigné, était néanmoins vis-à-vis du logement d'Abou Hassan et de Nouzhatoul-Aouadat. Abou Hassan, qui les aperçut venir, précédés de Mesrour et suivis de la nourrice et de la foule des femmes de Zobéide, en

avertit aussitôt sa femme, en lui disant qu'il était le plus
trompé du monde s'ils n'allaient être honorés de leur
visite. Nouzhatoul-Aouadat regarda aussi par la jalousie,
et elle vit la même chose. Quoique son mari l'eût avertie
d'avance que cela pourrait arriver, elle en fut néanmoins
fort surprise. « Que ferons-nous ? s'écria-t-elle. Nous
sommes perdus !

— Point du tout, ne craignez rien, reprit Abou Hassan
d'un sang froid ; avez-vous déjà oublié ce que nous avons
dit là-dessus ? Faisons seulement les morts, vous et moi,
comme nous l'avons déjà fait séparément, et comme nous
en sommes convenus, et vous verrez que tout ira bien. Du
pas dont ils viennent, nous serons accommodés avant
qu'ils soient à la porte. »

En effet, Abou Hassan et sa femme prirent le parti de
s'envelopper du mieux qu'il leur fut possible, et, en cet
état, après qu'ils se furent mis au milieu de la chambre,
l'un près de l'autre, couverts chacun de leur pièce de brocart, ils attendirent en paix la belle compagnie qui leur
venait rendre visite.

Cette illustre compagnie arriva enfin. Mesrour ouvrit la
porte, et le calife et Zobéide entrèrent dans la chambre,
suivis de tous leurs gens. Ils furent fort surpris, et ils
demeurèrent comme immobiles à la vue de ce spectacle
funèbre qui se présentait à leurs yeux. Chacun ne savait
que penser d'un tel événement. Zobéide enfin rompit le
silence. « Hélas ! dit-elle au calife, ils sont morts tous
deux ! Vous avez tant fait, continua-t-elle en regardant le
calife et Mesrour, à force de vous opiniâtrer à me faire
accroire que ma chère esclave était morte, qu'elle l'est en
effet, et sans doute ce sera de douleur d'avoir perdu son
mari. — Dites plutôt, Madame, répondit le calife prévenu
du contraire, que Nouzhatoul-Aouadat est morte la première, et que c'est le pauvre Abou Hassan qui a succombé
à son affliction d'avoir vu mourir sa femme, votre chère
esclave : ainsi vous devez convenir que vous avez perdu la
gageure, et que votre palais des Peintures est à moi tout de
bon.

— Et moi, repartit Zobéide animée par la contradiction
du calife, je soutiens que vous avez perdu vous-même, et
que votre jardin des Délices m'appartient. Abou Hassan
est mort le premier, puisque ma nourrice vous a dit,
comme à moi, qu'elle a vu sa femme vivante qui pleurait
son mari mort. »

Cette contestation du calife et de Zobéide en attira une autre. Mesrour et la nourrice étaient dans le même cas : ils avaient aussi gagé, et chacun prétendait avoir gagné. La dispute s'échauffait violemment, et le chef des eunuques avec la nourrice étaient prêts d'en venir à de grosses injures.

Enfin le calife, en réfléchissant sur tout ce qui s'était passé, convenait tacitement que Zobéide n'avait pas moins de raison que lui de soutenir qu'elle avait gagné. Dans le chagrin où il était de ne pouvoir démêler la vérité de cette aventure, il s'avança près des deux corps morts et s'assit du côté de la tête, en cherchant lui-même quelque expédient qui lui pût donner la victoire sur Zobéide. « Oui, s'écria-t-il un moment après, je jure par le saint nom de Dieu que je donnerai mille pièces d'or de ma monnaie à celui qui me dira qui est mort le premier des deux. »

A peine le calife eut achevé ces dernières paroles qu'il entendit une voix de dessous le brocart qui couvrait Abou Hassan, qui lui cria : « Commandeur des croyants, c'est moi qui suis mort le premier ; donnez-moi les mille pièces d'or. » Et en même temps il vit Abou Hassan qui se débarrassait de la pièce de brocart qui le couvrait et qui se prosterna à ses pieds. Sa femme se développa de même, et alla pour se jeter aux pieds de Zobéide, en se couvrant de sa pièce de brocart par bienséance ; mais Zobéide fit un grand cri, qui augmenta la frayeur de tous ceux qui étaient là présents. La princesse, enfin revenue de sa peur, se trouva dans une joie inexprimable de voir sa chère esclave ressuscitée presque dans le moment qu'elle était inconsolable de l'avoir vue morte. « Ah ! méchante ! s'écria-t-elle, tu es cause que j'ai bien souffert pour l'amour de toi en plus d'une manière ! Je te le pardonne cependant de bon cœur, puisqu'il est vrai que tu n'es pas morte. »

Le calife, de son côté, n'avait pas pris la chose si à cœur : loin de s'effrayer en entendant la voix d'Abou Hassan, il pensa au contraire étouffer de rire en les voyant tous deux se débarrasser de tout ce qui les entourait, et en entendant Abou Hassan demander très sérieusement les mille pièces d'or qu'il avait promises à celui qui lui dirait qui était mort le premier. « Quoi donc ! Abou Hassan, lui dit le calife en éclatant encore de rire, as-tu donc conspiré à me faire mourir à force de rire ? Et d'où t'est venue la pensée de nous surprendre ainsi, Zobéide et moi, par un endroit sur lequel nous n'étions nullement en garde contre toi ?

— Commandeur des croyants, répondit Abou Hassan, je vais le déclarer sans dissimulation. Votre Majesté sait bien que j'ai toujours été fort porté à la bonne chère. La femme qu'elle m'a donnée n'a point ralenti en moi cette passion ; au contraire, j'ai trouvé en elle des inclinations toutes favorables à l'augmenter. Avec de telles dispositions, Votre Majesté jugera facilement que, quand nous aurions eu un trésor aussi grand que la mer, avec tous ceux de Votre Majesté, nous aurions bientôt trouvé le moyen d'en voir la fin ; c'est aussi ce qui nous est arrivé. Depuis que nous sommes ensemble, nous n'avons rien épargné pour nous bien régaler sur les libéralités de Votre Majesté. Ce matin, après avoir compté avec notre traiteur, nous avons trouvé qu'en le satisfaisant et en payant d'ailleurs ce que nous pouvions devoir, il ne nous restait rien de tout l'argent que nous avions. Alors les réflexions sur le passé, et les résolutions de mieux faire à l'avenir, sont venues en foule occuper notre esprit et nos pensées ; nous avons fait mille projets que nous avons abandonnés ensuite. Enfin, la honte de nous voir réduits à un si triste état, et de n'oser le déclarer à Votre Majesté, nous a fait imaginer ce moyen de suppléer à nos besoins, en vous divertissant par cette petite tromperie que nous prions Votre Majesté de vouloir bien nous pardonner. »

Le calife et Zobéide furent fort contents de la sincérité d'Abou Hassan ; ils ne parurent point fâchés de tout ce qui s'était passé ; au contraire, Zobéide, qui avait toujours pris la chose très sérieusement, ne put s'empêcher de rire à son tour en songeant à tout ce qu'Abou Hassan avait imaginé pour réussir dans son dessein. Le calife, qui n'avait presque pas cessé de rire, tant cette imagination lui paraissait singulière : « Suivez-moi l'un et l'autre, dit-il à Abou Hassan et à sa femme en se levant ; je veux vous faire donner les mille pièces d'or que je vous ai promises pour la joie que j'ai de ce que vous n'êtes pas morts.

— Commandeur des croyants, reprit Zobéide, contentez-vous, je vous prie, de faire donner ces mille pièces d'or à Abou Hassan ; vous les devez à lui seul. Pour ce qui regarde sa femme, j'en fais mon affaire. » En même temps elle commanda à sa trésorière, qui l'accompagnait, de faire donner aussi mille pièces d'or à Nouzhatoul-Aouadat, pour lui marquer, de son côté, la joie qu'elle avait aussi de ce qu'elle était encore en vie.

Par ce moyen, Abou Hassan et Nouzhatoul-Aouadat, sa

chère femme, conservèrent longtemps les bonnes grâces
du calife Haroun-al-Raschid et de Zobéide, son épouse, et
acquirent de leurs libéralités de quoi pourvoir abondamment à tous leurs besoins pour le reste de leurs jours.

HISTOIRE D'ALADDIN

OU

LA LAMPE MERVEILLEUSE

La sultane Scheherazade, en achevant l'histoire d'Abou
Hassan, avait promis au sultan Schahriar de lui en
raconter une autre le lendemain, qui ne le divertirait pas
moins. Dinarzade, sa sœur, ne manqua pas de la faire souvenir avant le jour de tenir sa parole, et que le sultan lui
avait témoigné qu'il était prêt à l'entendre. Aussitôt Scheherazade, sans se faire attendre, lui raconta l'histoire qui
suit, en ces termes :

Sire, dans la capitale d'un royaume de la Chine, très
riche et d'une vaste étendue, dont le nom ne me vient pas
présentement à la mémoire, il y avait un tailleur nommé
Mustafa, sans autre distinction que celle que sa profession
lui donnait. Mustafa le tailleur était fort pauvre, et son travail lui produisait à peine de quoi le faire subsister lui et
sa femme, et un fils que Dieu leur avait donné.

Le fils, qui se nommait Aladdin, avait été élevé d'une
manière très négligée, et qui lui avait fait contracter des
inclinations vicieuses. Il était méchant, opiniâtre, désobéissant à son père et à sa mère. Sitôt qu'il fut un peu
grand, ses parents ne le purent retenir à la maison; il sortait dès le matin, et il passait les journées à jouer dans les
rues et dans les places publiques avec de petits vagabonds
qui étaient même au-dessous de son âge.

Dès qu'il fut en âge d'apprendre un métier, son père, qui
n'était pas en état de lui en faire apprendre un autre que le
sien, le prit en sa boutique, et commença à lui montrer de
quelle manière il devait manier l'aiguille; mais ni par douceur, ni par crainte d'aucun châtiment, il ne fut pas possible au père de fixer l'esprit volage de son fils : il ne put le
contraindre à se contenir et à demeurer assidu et attaché
au travail, comme il le souhaitait. Sitôt que Mustafa avait
le dos tourné, Aladdin s'échappait, et il ne revenait plus de
tout le jour. Le père le châtiait; mais Aladdin était incorri-

gible, et, à son grand regret, Mustafa fut obligé de l'abandonner à son libertinage. Cela lui fit beaucoup de peine ; et
le chagrin de ne pouvoir faire rentrer ce fils dans son
devoir lui causa une maladie si opiniâtre qu'il en mourut
au bout de quelques mois.

La mère d'Aladdin, qui vit que son fils ne prenait pas le
chemin d'apprendre le métier de son père, ferma la boutique et fit de l'argent de tous les ustensiles de son métier,
pour l'aider à subsister, elle et son fils, avec le peu qu'elle
pourrait gagner à filer du coton.

Aladdin, qui n'était plus retenu par la crainte d'un père,
et qui se souciait si peu de sa mère qu'il avait même la hardiesse de la menacer à la moindre remontrance qu'elle lui
faisait, s'abandonna alors à un plein libertinage. Il fréquentait de plus en plus les enfants de son âge, et ne cessait de jouer avec eux avec plus de passion qu'auparavant.
Il continua ce train de vie jusqu'à l'âge de quinze ans, sans
aucune ouverture d'esprit pour quoi que ce soit et sans
faire réflexion à ce qu'il pourrait devenir un jour. Il était
dans cette situation, lorsqu'un jour qu'il jouait au milieu
d'une place avec une troupe de vagabonds, selon sa coutume, un étranger qui passait par cette place s'arrêta à le
regarder.

Cet étranger était un magicien insigne que les auteurs
qui ont écrit cette histoire nous font connaître sous le nom
de Magicien Africain : c'est ainsi que nous l'appellerons,
d'autant plus volontiers qu'il était véritablement d'Afrique,
et qu'il n'était arrivé que depuis deux jours.

Soit que le magicien africain, qui se connaissait en phy-
sionomie, eût remarqué dans le visage d'Aladdin tout ce
qui était absolument nécessaire pour l'exécution de ce qui
avait fait le sujet de son voyage, ou autrement, il s'informa
adroitement de sa famille, de ce qu'il était et de son inclination. Quand il fut instruit de tout ce qu'il souhaitait, il
s'approcha du jeune homme, et, en le tirant à part à quelques pas de ses camarades : « Mon fils, lui demanda-t-il,
votre père ne s'appelle-t-il pas Mustafa le tailleur ? — Oui,
Monsieur, répondit Aladdin ; mais il y a longtemps qu'il
est mort. »

A ces paroles, le magicien africain se jeta au cou d'Aladdin, l'embrassa et le baisa par plusieurs fois les larmes aux
yeux, accompagnées de soupirs. Aladdin, qui remarqua
ses larmes, lui demanda quel sujet il avait de pleurer.
« Ah ! mon fils ! s'écria le magicien africain, comment

pourrais-je m'en empêcher? Je suis votre oncle, et votre
père était mon bon frère. Il y a plusieurs années que je
suis en voyage, et, dans le moment que j'arrive ici avec
l'espérance de le revoir et de lui donner de la joie de mon
retour, vous m'apprenez qu'il est mort. Je vous assure que
c'est une douleur bien sensible pour moi de me voir privé
de la consolation à laquelle je m'attendais. Mais ce qui
soulage un peu mon affliction, c'est que, autant que je
puis m'en souvenir, je reconnais ses traits sur votre visage,
et je vois que je ne me suis pas trompé en m'adressant à
vous. » Il demanda à Aladdin, en mettant la main à la
bourse, où demeurait sa mère. Aussitôt Aladdin satisfit à
sa demande, et le magicien africain lui donna en même
temps une poignée de menue monnaie, en lui disant :
« Mon fils, allez trouver votre mère, faites-lui bien mes
compliments, et dites-lui que j'irai la voir demain, si le
temps me le permet, pour me donner la consolation de
voir le lieu où mon bon frère a vécu si longtemps et où il a
fini ses jours. »

Dès que le magicien africain eut laissé le neveu qu'il
venait de se faire lui-même, Aladdin courut chez sa mère,
bien joyeux de l'argent que son oncle venait de lui donner.
« Ma mère, lui dit-il en arrivant, je vous prie de me dire si
j'ai un oncle. — Non, mon fils, lui répondit la mère, vous
n'avez point d'oncle du côté de feu votre père ni du mien.
— Je viens cependant, reprit Aladdin, de voir un homme
qui se dit mon oncle du côté de mon père, puisqu'il était
son frère, à ce qu'il m'a assuré; il s'est même mis à pleurer
et à m'embrasser quand je lui ai dit que mon père était
mort. Et, pour marque que je dis la vérité, ajouta-t-il en lui
montrant la monnaie qu'il avait reçue, voilà ce qu'il m'a
donné. Il m'a aussi chargé de vous saluer de sa part et de
vous dire que demain, s'il en a le temps, il viendra vous
saluer, pour voir en même temps la maison où mon père a
vécu et où il est mort. — Mon fils, repartit la mère, il est
vrai que votre père avait un frère; mais il y a longtemps
qu'il est mort, et je ne lui ai jamais entendu dire qu'il en
eût un autre. » Ils n'en dirent pas davantage touchant le
magicien africain.

Le lendemain, le magicien africain aborda Aladdin une
seconde fois, comme il jouait dans un autre endroit de la
ville avec d'autres enfants. Il l'embrassa comme il avait
fait le jour précédent, et, en lui mettant deux pièces d'or
dans la main, il lui dit : « Mon fils, portez cela à votre

mère, et dites-lui que j'irai la voir ce soir, et qu'elle achète
de quoi souper, afin que nous mangions ensemble; mais
auparavant enseignez-moi où je trouverai la maison. » Il le
lui enseigna, et le magicien africain le laissa aller.

Aladdin porta les deux pièces d'or à sa mère; et, dès qu'il
lui eut dit quelle était l'intention de son oncle, elle sortit
pour les aller employer, et revint avec de bonnes provisions; et, comme elle était dépourvue d'une bonne partie
de la vaisselle dont elle avait besoin, elle alla en emprunter
chez ses voisins. Elle employa toute la journée à préparer
le souper; et sur le soir, dès que tout fut prêt, elle dit à
Aladdin : « Mon fils, votre oncle ne sait peut-être pas où
est notre maison; allez au-devant de lui, et l'amenez si
vous le voyez. »

Quoique Aladdin eût enseigné la maison au magicien
africain, il était prêt néanmoins de sortir quand on frappa
à la porte. Aladdin ouvrit, et il reconnut le magicien africain, qui entra chargé de bouteilles de vin et de plusieurs
sortes de fruits qu'il apportait pour le souper.

Après que le magicien africain eut mis ce qu'il apportait
entre les mains d'Aladdin, il salua sa mère, et il la pria de
lui montrer la place où son frère Mustafa avait coutume
de s'asseoir sur le sofa. Elle la lui montra; et aussitôt il se
prosterna, et il baisa cette place plusieurs fois les larmes
aux yeux, en s'écriant : « Mon pauvre frère, que je suis
malheureux de n'être pas arrivé assez à temps pour vous
embrasser encore une fois avant votre mort ! » Quoique la
mère d'Aladdin l'en priât, jamais il ne voulut s'asseoir à la
même place. « Non, dit-il, je m'en garderai bien; mais
souffrez que je me mette ici vis-à-vis, afin que, si je suis
privé de la satisfaction de l'y voir en personne, comme
père d'une famille qui m'est si chère, je puisse au moins l'y
regarder comme s'il était présent. » La mère d'Aladdin ne
le pressa pas davantage, et elle le laissa dans la liberté de
prendre la place qu'il voulut.

Quand le magicien africain se fut assis à la place qu'il
lui avait plu de choisir, il commença de s'entretenir avec la
mère d'Aladdin. « Ma bonne sœur, lui disait-il, ne vous
étonnez point de ne m'avoir pas vu tout le temps que vous
avez été mariée avec mon frère Mustafa d'heureuse
mémoire; il y a quarante ans que je suis sorti de ce pays,
qui est le mien aussi bien que celui de feu mon frère.
Depuis ce temps-là, après avoir voyagé dans les Indes,
dans la Perse, dans l'Arabie, dans la Syrie, en Égypte, et

séjourné dans les belles villes de ces pays-là, je passai en Afrique, où j'ai fait un plus long séjour. A la fin, comme il est naturel à l'homme, quelque éloigné qu'il soit du pays de sa naissance, de n'en perdre jamais la mémoire, non plus que de ses parents et de ceux avec qui il a été élevé, il m'a pris un désir si efficace de revoir le mien et de venir embrasser mon cher frère, pendant que je me sentais encore assez de force et de courage pour entreprendre un si long voyage, que je n'ai pas différé à faire mes prépara-tifs et à me mettre en chemin. Je ne vous dis rien de la lon-gueur du temps que j'y ai mis, de tous les obstacles que j'ai rencontrés et de toutes les fatigues que j'ai souffertes pour arriver jusqu'ici ; je vous dirai seulement que rien ne m'a mortifié et affligé davantage, dans tous mes voyages, que quand j'ai appris la mort d'un frère que j'avais toujours aimé, et que j'aimais d'une amitié véritablement frater-nelle. J'ai remarqué de ses traits dans le visage de mon neveu votre fils, et c'est ce qui me l'a fait distinguer par-dessus tous les autres enfants avec qui il était. Il a pu vous dire de quelle manière j'ai reçu la triste nouvelle qu'il n'était plus au monde ; mais il faut louer Dieu de toutes choses. Je me console de le retrouver dans un fils qui en conserve les traits les plus remarquables. »

Le magicien africain, qui s'aperçut que la mère d'Alad-din s'attendrissait sur le souvenir de son mari, en renouve-lant sa douleur, changea de discours, et, en se tournant du côté d'Aladdin, il lui demanda son nom. « Je m'appelle Aladdin, lui dit-il. — Hé bien, Aladdin, reprit le magicien, à quoi vous occupez-vous ? Savez-vous quelque métier ? »

À cette demande, Aladdin baissa les yeux et fut déconcerté ; mais sa mère, en prenant la parole : « Alad-din, dit-elle, est un fainéant. Son père a fait tout son pos-sible, pendant qu'il vivait, pour lui apprendre son métier, et il n'a pu en venir à bout ; et depuis qu'il est mort, nonobstant tout ce que j'ai pu lui dire et ce que je lui répète chaque jour, il ne fait autre métier que de faire le vagabond et passer tout son temps à jouer avec les enfants, comme vous l'avez vu, sans considérer qu'il n'est plus enfant ; et, si vous ne lui en faites la honte et qu'il n'en profite pas, je désespère que jamais il puisse rien valoir. Il sait que son père n'a laissé aucun bien, et il voit lui-même qu'à filer du coton pendant tout le jour comme je fais j'ai bien de la peine à gagner de quoi nous avoir du pain. Pour moi, je suis résolue de lui fermer la porte un de ces jours, et de l'envoyer en chercher ailleurs. »

Après que la mère d'Aladdin eut achevé ces paroles en fondant en larmes, le magicien africain dit à Aladdin : « Cela n'est pas bien, mon neveu, il faut songer à vous aider vous-même et à gagner votre vie. Il y a des métiers de plusieurs sortes ; voyez s'il n'y en a pas quelqu'un pour lequel vous ayez inclination plutôt que pour un autre. Peut-être que celui de votre père vous déplaît, et que vous vous accommoderiez mieux d'un autre : ne me dissimulez point ici vos sentiments, je ne cherche qu'à vous aider. » Comme il vit qu'Aladdin ne répondait rien : « Si vous avez de la répugnance pour apprendre un métier, continua-t-il, et que vous vouliez être honnête homme, je vous lèverai une boutique garnie de riches étoffes et de toiles fines ; vous vous mettrez en état de les vendre, et, de l'argent que vous en ferez, vous en achèterez d'autres marchandises, et de cette manière vous vivrez honorablement. Consultez-vous vous-même, et dites-moi franchement ce que vous en pensez ; vous me trouverez toujours prêt de tenir ma promesse. »

Cette offre flatta fort Aladdin, à qui le travail manuel déplaisait d'autant plus qu'il avait assez de connaissances pour s'être aperçu que les boutiques de ces sortes de marchandises étaient propres et fréquentées, et que les marchands étaient bien habillés et fort considérés. Il marqua au magicien africain, qu'il regardait comme son oncle, que son penchant était plutôt de ce côté-là que d'aucun autre, et qu'il lui serait obligé toute sa vie du bien qu'il voulait lui faire. « Puisque cette profession vous agrée, reprit le magicien africain, je vous mènerai demain avec moi, et je vous ferai habiller proprement et richement, conformément à l'état d'un des plus gros marchands de cette ville ; et après-demain nous songerons à vous lever une boutique de la manière que je l'entends. »

La mère d'Aladdin, qui n'avait pas cru jusqu'alors que le magicien africain fût frère de son mari, n'en douta nullement après tout le bien qu'il promettait de faire à son fils. Elle le remercia de ses bonnes intentions, et, après avoir exhorté Aladdin à se rendre digne de tous les biens que son oncle lui faisait espérer, elle servit le souper. La conversation roula sur le même sujet pendant tout le repas, et jusqu'à ce que le magicien, qui vit que la nuit était avancée, prît congé de la mère et du fils et se retirât.

Le lendemain matin, le magicien africain ne manqua pas de revenir chez la veuve de Mustafa le tailleur, comme il l'avait promis. Il prit Aladdin avec lui, et il le mena chez un gros marchand qui ne vendait que des habits tout faits, de toutes sortes de belles étoffes, pour les différents âges et conditions. Il s'en fit montrer de convenables à la grandeur d'Aladdin, et, après avoir mis à part tous ceux qui lui plaisaient davantage et rejeté les autres qui n'étaient pas de la beauté qu'il entendait, il dit à Aladdin : « Mon neveu, choisissez dans tous ces habits celui que vous aimez le mieux. » Aladdin, charmé des libéralités de son nouvel oncle, en choisit un, et le magicien l'acheta, avec tout ce qui devait l'accompagner, et paya le tout sans marchander.

Lorsque Aladdin se vit ainsi habillé magnifiquement depuis les pieds jusqu'à la tête, il fit à son oncle tous les remerciements imaginables, et le magicien lui promit encore de ne le point abandonner et de l'avoir toujours avec lui. En effet, il le mena dans les lieux les plus fréquentés de la ville, particulièrement dans ceux où étaient les boutiques des riches marchands ; et, quand il fut dans la rue où étaient les boutiques des plus riches étoffes et des toiles fines, il dit à Aladdin : « Comme vous serez bientôt marchand comme ceux que vous voyez, il est bon que vous les fréquentiez, et qu'ils vous connaissent. » Il lui fit voir aussi les mosquées les plus belles et les plus grandes, et le conduisit dans les khans où logeaient les marchands étrangers, et dans tous les endroits du palais du sultan où il était libre d'entrer. Enfin, après avoir parcouru ensemble tous les beaux endroits de la ville, ils arrivèrent dans le khan où le magicien avait pris un appartement. Il s'y trouva quelques marchands avec lesquels il avait commencé de faire connaissance depuis son arrivée, et qu'il avait assemblés exprès pour les bien régaler, et leur donner en même temps la connaissance de son prétendu neveu.

Le régal ne finit que sur le soir. Aladdin voulut prendre congé de son oncle pour s'en retourner ; mais le magicien africain ne voulut pas le laisser aller seul, et le reconduisit lui-même chez sa mère. Dès qu'elle eut aperçu son fils si bien habillé, elle fut transportée de joie ; et elle ne cessait de donner mille bénédictions au magicien, qui avait fait une si grande dépense pour son enfant. « Généreux parent, lui dit-elle, je ne sais comment vous remercier de votre libéralité. Je sais que mon fils ne mérite pas le bien que vous lui faites, et qu'il en serait indigne s'il n'en était

reconnaissant et s'il négligeait de répondre à la bonne
intention que vous avez de lui donner un établissement si
distingué. En mon particulier, ajouta-t-elle, je vous en
remercie encore de toute mon âme, et je vous souhaite
une vie assez longue pour être témoin de la reconnaissance de mon fils, qui ne peut mieux vous la témoigner
qu'en se gouvernant selon vos bons conseils.

— Aladdin, reprit le magicien africain, est un bon
enfant ; il m'écoute assez, et je crois que nous en ferons
quelque chose de bon. Je suis fâché d'une chose, de ne
pouvoir exécuter demain ce que je lui ai promis. C'est jour
de vendredi, les boutiques seront fermées, et il n'y aura
pas lieu de songer à en louer une et à la garnir pendant
que les marchands ne penseront qu'à se divertir. Ainsi
nous remettrons l'affaire à samedi ; mais je viendrai
demain le prendre, et je le mènerai promener dans les jardins où le beau monde a coutume de se trouver. Il n'a
peut-être encore rien vu des divertissements qu'on y
prend. Il n'a été jusqu'à présent qu'avec des enfants, il faut
qu'il voie des hommes. » Le magicien africain prit enfin
congé de la mère et du fils, et se retira. Aladdin cependant,
qui était déjà dans une grande joie de se voir si bien
habillé, se fit encore un plaisir par avance de la promenade des jardins des environs de la ville. En effet, jamais il
n'était sorti hors des portes, et jamais il n'avait vu les environs, qui étaient d'une grande beauté et très agréables.

Aladdin se leva et s'habilla le lendemain de grand matin,
pour être prêt à partir quand son oncle viendrait le
prendre. Après avoir attendu longtemps, à ce qu'il lui semblait, l'impatience lui fit ouvrir la porte et se tenir sur le
pas pour voir s'il ne le verrait point. Dès qu'il l'aperçut, il
en avertit sa mère, et, en prenant congé d'elle, il ferma la
porte et courut à lui pour le joindre.

Le magicien africain fit beaucoup de caresses à Aladdin
quand il le vit. « Allons, mon cher enfant, lui dit-il d'un air
riant, je veux vous faire voir aujourd'hui de belles
choses. » Il le mena par une porte qui conduisait à des
grandes et belles maisons, ou plutôt à des palais magnifiques qui avaient chacun de très beaux jardins dont les
entrées étaient libres. A chaque palais qu'ils rencontraient,
il demandait à Aladdin s'il le trouvait beau ; et Aladdin, en
le prévenant, quand un autre se présentait : « Mon oncle,
disait-il, en voici un plus beau que ceux que nous venons
de voir. » Cependant ils avançaient toujours plus avant

dans la campagne, et le rusé magicien, qui avait envie
d'aller plus loin pour exécuter le dessein qu'il avait dans la
tête, prit occasion d'entrer dans un de ces jardins. Il s'assit
près d'un grand bassin qui recevait une très belle eau par
un mufle de lion de bronze, et feignit qu'il était las afin de
faire reposer Aladdin. « Mon neveu, lui dit-il, vous devez
être fatigué aussi bien que moi ; reposons-nous ici pour
reprendre des forces : nous aurons plus de courage à
poursuivre notre promenade. »

Quand ils furent assis, le magicien africain tira d'un
linge attaché à sa ceinture des gâteaux et plusieurs sortes
de fruits dont il avait fait provision, et il l'étendit sur le
bord du bassin. Il partagea un gâteau entre lui et Aladdin,
et, à l'égard des fruits, il lui laissa la liberté de choisir ceux
qui seraient le plus à son goût. Pendant ce petit repas, il
entretint son prétendu neveu de plusieurs enseignements
qui tendaient à l'exhorter de se détacher de la fréquenta-
tion des enfants, et de s'approcher plutôt des hommes
sages et prudents, de les écouter et de profiter de leurs
entretiens. « Bientôt, lui disait-il, vous serez un homme
comme eux, et vous ne pouvez vous accoutumer de trop
bonne heure à dire de bonnes choses à leur exemple. »
Quand ils eurent achevé ce petit repas, ils se levèrent, et ils
poursuivirent leur chemin au travers des jardins, qui
n'étaient séparés les uns des autres que par de petits fossés
qui en marquaient les limites, mais qui n'en empêchaient
pas la communication. La bonne foi faisait que les
citoyens de cette capitale n'apportaient pas plus de précaution pour s'empêcher les uns les autres de se nuire.
Insensiblement le magicien africain mena Aladdin assez
loin au-delà des jardins, et le fit traverser des campagnes
qui le conduisirent jusques assez près des montagnes.

Aladdin, qui de sa vie n'avait fait tant de chemin, se sentit fort fatigué d'une si longue marche. « Mon oncle, dit-il
au magicien africain, où allons-nous ? Nous avons laissé
les jardins bien loin derrière nous, et je ne vois plus que
des montagnes. Si nous avançons plus loin, je ne sais si
j'aurai assez de force pour retourner jusqu'à la ville. —
Prenez courage, mon neveu, lui dit le faux oncle, je veux
vous faire voir un autre jardin qui surpasse tous ceux que
vous venez de voir ; il n'est pas loin d'ici, il n'y a qu'un pas ;
et, quand nous y serons arrivés, vous me direz vous-même
si vous ne seriez pas fâché de ne l'avoir pas vu après vous
en être approché de si près. » Aladdin se laissa persuader,

et le magicien le mena encore fort loin, en l'entretenant de différentes histoires amusantes, pour lui rendre le chemin moins ennuyeux et la fatigue plus supportable.

Ils arrivèrent enfin entre deux montagnes d'une hauteur médiocre et à peu près égales, séparées par un vallon de très peu de largeur. C'était là cet endroit remarquable où le magicien africain avait voulu amener Aladdin pour l'exécution d'un grand dessein qui l'avait fait venir de l'extrémité de l'Afrique jusqu'à la Chine. « Nous n'allons pas plus loin, dit-il à Aladdin : je veux vous faire voir ici des choses extraordinaires et inconnues à tous les mortels ; et, quand vous les aurez vues, vous me remercierez d'avoir été témoin de tant de merveilles que personne au monde n'aura vues que vous. Pendant que je vais battre le fusil, amassez, de toutes les broussailles que vous voyez, celles qui seront les plus sèches, afin d'allumer du feu. »

Il y avait une si grande quantité de ces broussailles qu'Aladdin en eut bientôt fait un amas plus que suffisant dans le temps que le magicien allumait l'allumette. Il y mit le feu ; et, dans le moment que les broussailles s'enflammèrent, le magicien africain y jeta d'un parfum qu'il avait tout prêt. Il s'éleva une fumée fort épaisse, qu'il détourna de côté et d'autre en prononçant des paroles magiques auxquelles Aladdin ne comprit rien.

Dans le même moment, la terre trembla un peu et s'ouvrit en cet endroit devant le magicien et Aladdin, et fit voir à découvert une pierre d'environ un pied et demi en carré, et d'environ un pied de profondeur, posée horizontalement, avec un anneau de bronze scellé dans le milieu pour s'en servir à la lever. Aladdin, effrayé de tout ce qui se passait à ses yeux, eut peur et voulut prendre la fuite. Mais il était nécessaire à ce mystère, et le magicien le retint et le gronda fort, en lui donnant un soufflet si fortement appliqué qu'il le jeta par terre et que peu s'en fallut qu'il ne lui enfonçât les dents de devant dans la bouche, comme il y parut par le sang qui en sortit. Le pauvre Aladdin, tout tremblant et les larmes aux yeux : « Mon oncle, s'écria-t-il en pleurant, qu'ai-je donc fait pour avoir mérité que vous me frappiez si rudement ? — J'ai mes raisons pour le faire, lui répondit le magicien. Je suis votre oncle, qui vous tient présentement lieu de père, et vous ne devez pas me répliquer. Mais, mon enfant, ajouta-t-il en se radoucissant, ne craignez rien : je ne demande autre chose de vous que vous m'obéissiez exactement, si vous voulez bien profiter et vous rendre digne des grands avantages que je veux vous faire. » Ces belles promesses du magicien calmèrent un peu la crainte et le ressentiment d'Aladdin ; et, lorsque le magicien le vit entièrement rassuré : « Vous avez vu, continua-t-il, ce que j'ai fait par la vertu de mon parfum et des paroles que j'ai prononcées. Apprenez donc présentement que sous cette pierre que vous voyez il y a un trésor caché qui vous est destiné, et qui doit vous rendre un jour plus riche que les plus grands rois du monde. Cela est si vrai qu'il n'y a personne au monde que vous à qui il soit permis de toucher cette pierre et de la lever pour y entrer ; il m'est même défendu d'y toucher et de mettre le pied dans le trésor quand il sera ouvert. Pour cela, il faut que vous exécutiez de point en point ce que je vous dirai, sans y manquer : la chose est de grande conséquence et pour vous et pour moi. »

Aladdin, toujours dans l'étonnement de ce qu'il voyait et de tout ce qu'il venait d'entendre dire au magicien de ce trésor qui devait le rendre heureux à jamais, oublia tout ce qui s'était passé. « Hé bien, mon oncle, dit-il au magicien en se levant, de quoi s'agit-il ? Commandez, je suis tout prêt à obéir. — Je suis ravi, mon enfant, lui dit le magicien africain en l'embrassant, que vous ayez pris ce parti ; venez, approchez-vous, prenez cet anneau et levez la pierre. — Mais, mon oncle, reprit Aladdin, je ne suis pas assez fort pour la lever ; il faut donc que vous m'aidiez. — Non, reprit le magicien africain, vous n'avez pas besoin de mon aide, et nous ne ferions rien, vous et moi, si je vous aidais : il faut que vous la leviez vous seul. Prononcez seulement le nom de votre père et de votre grand-père, en tenant l'anneau, et levez : vous verrez qu'elle viendra à vous sans peine. » Aladdin fit comme le magicien lui avait dit : il leva la pierre avec facilité, et il la posa à côté.

Quand la pierre fut ôtée, un caveau de trois à quatre pieds de profondeur se fit voir avec une petite porte et des degrés pour descendre plus bas. « Mon fils, dit alors le magicien africain à Aladdin, observez exactement tout ce que je vais vous dire. Descendez dans ce caveau ; quand vous serez au bas des degrés que vous voyez, vous trouve-rez une porte ouverte qui vous conduira dans un grand lieu voûté et partagé en trois grandes salles l'une après l'autre. Dans chacune, vous verrez à droite et à gauche quatre vases de bronze grands comme des cuves, pleins d'or et d'argent ; mais gardez-vous bien d'y toucher. Avant

d'entrer dans la première salle, levez votre robe et ser-
rez-la bien autour de vous. Quand vous y serez entré, passez à la seconde sans vous arrêter, et de là à la troisième,
aussi sans vous arrêter. Sur toutes choses, gardez-vous
bien d'approcher des murs et d'y toucher même avec votre
robe : car si vous y touchiez, vous mourriez sur-le-champ ;
c'est pour cela que je vous ai dit de la tenir serrée autour
de vous. Au bout de la troisième salle, il y a une porte qui
vous donnera entrée dans un jardin planté de beaux
arbres tous chargés de fruits ; marchez tout droit, et tra-
versez ce jardin par un chemin qui vous mènera à un escalier de cinquante marches pour monter sur une terrasse.
Quand vous serez sur la terrasse, vous verrez devant vous
une niche, et dans la niche une lampe allumée ; prenez la
lampe, éteignez-la, et, quand vous aurez jeté le lumignon
et versé la liqueur, mettez-la dans votre sein et apportez-
la-moi. Ne craignez pas de gâter votre habit : la liqueur
n'est pas de l'huile, et la lampe sera sèche dès qu'il n'y en
aura plus. Si les fruits du jardin vous font envie, vous pouvez en cueillir autant que vous voudrez : cela ne vous est
pas défendu. »

    En achevant ces paroles, le magicien africain tira un
anneau qu'il avait au doigt, et il le mit à l'un des doigts
d'Aladdin en lui disant que c'était un préservatif contre
tout ce qui pourrait lui arriver de mal, en observant bien
tout ce qu'il venait de lui prescrire. « Allez, mon enfant, lui
dit-il après cette instruction, descendez hardiment ; nous
allons être riches l'un et l'autre pour toute notre vie. »

    Aladdin sauta légèrement dans le caveau, et il descendit
jusqu'au bas des degrés : il trouva les trois salles dont le
magicien africain lui avait fait la description. Il passa au
travers avec d'autant plus de précaution qu'il appréhen-
dait de mourir s'il manquait à observer soigneusement ce
qui lui avait été prescrit. Il traversa le jardin sans s'arrêter,
monta sur la terrasse, prit la lampe allumée dans la niche,
jeta le lumignon et la liqueur, et, en la voyant sans humi-
dité comme le magicien le lui avait dit, il la mit dans son
sein ; il descendit de la terrasse, et il s'arrêta dans le jardin
à en considérer les fruits qu'il n'avait vus qu'en passant.
Les arbres de ce jardin étaient tous chargés de fruits extraordinaires. Chaque arbre en portait de différentes couleurs : il y en avait de blancs, de luisants et transparents
comme le cristal ; de rouges, les uns plus chargés, les
autres moins ; de verts, de bleus, de violets, de tirant sur le

jaune, et de plusieurs autres sortes de couleurs. Les blancs étaient des perles; les luisants et transparents, des diamants; les rouges les plus foncés, des rubis; les autres moins foncés, des rubis balais; les verts, des émeraudes; les bleus, des turquoises, les violets, des améthystes; ceux qui tiraient sur le jaune, des saphirs; et ainsi des autres; et ces fruits étaient tous d'une grosseur et d'une perfection à quoi on n'avait encore rien vu de pareil dans le monde. Aladdin, qui n'en connaissait ni le mérite ni la valeur, ne fut pas touché de la vue de ces fruits, qui n'étaient pas de son goût comme l'eussent été des figues, des raisins, et les autres fruits excellents qui sont communs dans la Chine. Aussi n'était-il pas encore dans un âge à en connaître le prix; il s'imagina que tous ces fruits n'étaient que du verre coloré, et qu'ils ne valaient pas davantage. La diversité de tant de belles couleurs, néanmoins, la beauté et la grosseur extraordinaires de chaque fruit, lui donnèrent envie d'en cueillir de toutes les sortes. En effet, il en prit plusieurs de chaque couleur, et il en emplit ses deux poches et deux bourses toutes neuves que le magicien lui avait achetées avec l'habit dont il lui avait fait présent, afin qu'il n'eût rien que de neuf; et, comme les deux bourses ne pouvaient tenir dans ses poches, qui étaient déjà pleines, il les attacha de chaque côté à sa ceinture; il en enveloppa même dans les plis de sa ceinture, qui était d'une étoffe de soie ample et à plusieurs tours, et il les accommoda de manière qu'ils ne pouvaient pas tomber; il n'oublia pas aussi d'en fourrer dans son sein, entre la robe et la chemise autour de lui.

Aladdin, ainsi chargé de tant de richesses sans le savoir, reprit en diligence le chemin des trois salles, pour ne pas faire attendre trop longtemps le magicien africain, et, après avoir passé à travers avec la même précaution qu'auparavant, il remonta par où il était descendu et se présenta à l'entrée du caveau, où le magicien africain l'attendait avec impatience. Aussitôt qu'Aladdin l'aperçut : « Mon oncle, lui dit-il, je vous prie de me donner la main pour m'aider à monter. » Le magicien africain lui dit : « Mon fils, donnez-moi la lampe auparavant; elle pourrait vous embarrasser. — Pardonnez-moi, mon oncle, reprit Aladdin, elle ne m'embarrasse pas; je vous la donnerai dès que je serai monté. » Le magicien africain s'opiniâtra à vouloir qu'Aladdin lui mît la lampe entre les mains avant de le tirer du caveau, et Aladdin, qui avait embarrassé cette lampe avec tous ces fruits dont il s'était garni de tous côtés, refusa absolument de la donner qu'il ne fût hors du caveau. Alors le magicien africain, au désespoir de la résistance de ce jeune homme, entra dans une furie épouvantable : il jeta un peu de son parfum sur le feu qu'il avait eu soin d'entretenir, et à peine eut-il prononcé deux paroles magiques que la pierre qui servait à fermer l'entrée du caveau se remit d'elle-même à sa place, avec la terre par-dessus, au même état qu'elle était à l'arrivée du magicien africain et d'Aladdin.

Il est certain que le magicien africain n'était pas frère de Mustafa le tailleur, comme il s'en était vanté, ni par conséquent l'oncle d'Aladdin. Il était véritablement d'Afrique, et il y était né ; et, comme l'Afrique est un pays où l'on est plus entêté de la magie que partout ailleurs, il s'y était appliqué dès sa jeunesse, et, après quarante années ou environ d'enchantements, d'opérations de géomancie, de suffumigations et de lecture de livres de magie, il était enfin parvenu à découvrir qu'il y avait dans le monde une lampe merveilleuse dont la possession le rendrait plus puissant qu'aucun monarque de l'univers, s'il pouvait en devenir le possesseur. Par une dernière opération de géomancie, il avait connu que cette lampe était dans un lieu souterrain au milieu de la Chine, à l'endroit et avec toutes les circonstances que nous venons de voir. Bien persuadé de la vérité de cette découverte, il était parti de l'extrémité de l'Afrique, comme nous l'avons dit, et, après un voyage long et pénible, il était arrivé à la ville qui était si voisine du trésor ; mais, quoique la lampe fût certainement dans le lieu dont il avait connaissance, il ne lui était pas permis néanmoins de l'enlever lui-même, ni d'entrer en personne dans le lieu souterrain où elle était. Il fallait qu'un autre y descendît, l'allât prendre et la lui mît entre les mains. C'est pourquoi il s'était adressé à Aladdin, qui lui avait paru un jeune enfant sans conséquence et très propre à lui rendre ce service qu'il attendait de lui, bien résolu, dès qu'il aurait la lampe dans ses mains, de faire la dernière suffumigation que nous avons dite, et de prononcer les deux paroles magiques qui devaient faire l'effet que nous avons vu, et sacrifier le pauvre Aladdin à son avarice et à sa méchanceté, afin de n'en avoir pas de témoin. Le soufflet donné à Aladdin et l'autorité qu'il avait prise sur lui n'avaient pour but que de l'accoutumer à le craindre et à lui obéir exactement, afin que, lorsqu'il lui demanderait cette fameuse lampe magique, il la lui donnât aussitôt ; mais il lui arriva tout le contraire de ce qu'il s'était proposé. Enfin il n'usa de sa méchanceté avec tant de précipitation, pour perdre le pauvre Aladdin, que parce qu'il craignit que, s'il contestait plus longtemps avec lui, quelqu'un ne vînt à les entendre et ne rendît public ce qu'il voulait tenir très caché.

Quand le magicien africain vit ses grandes et belles espérances échouées à n'y revenir jamais, il n'eut pas d'autre parti à prendre que celui de retourner en Afrique ; c'est ce qu'il fit dès le même jour. Il prit sa route par des détours, pour ne pas rentrer dans la ville d'où il était sorti avec Aladdin. Il avait à craindre en effet d'être observé par plusieurs personnes qui pouvaient l'avoir vu se promener avec cet enfant, et revenir sans lui.

Selon toutes les apparences, on ne devait plus entendre parler d'Aladdin ; mais celui-là même qui avait cru le perdre pour jamais n'avait pas fait attention qu'il lui avait mis au doigt un anneau qui pouvait servir à le sauver. En effet, ce fut cet anneau qui fut cause du salut d'Aladdin qui n'en savait nullement la vertu ; et il est étonnant que cette perte, jointe à celle de la lampe, n'ait pas jeté ce magicien dans le dernier désespoir. Mais les magiciens sont si accoutumés aux disgrâces et aux événements contraires à leurs souhaits qu'ils ne cessent, tant qu'ils vivent, de se repaître de fumée, de chimères et de visions.

Aladdin, qui ne s'attendait pas à la méchanceté de son faux oncle après les caresses et le bien qu'il lui avait faits, fut dans un étonnement qu'il est plus aisé d'imaginer que de représenter par des paroles. Quand il se vit enterré tout vif, il appela mille fois son oncle en criant qu'il était prêt de lui donner la lampe ; mais ses cris étaient inutiles, et il n'y avait plus moyen d'être entendu. Ainsi il demeura dans les ténèbres et dans l'obscurité. Enfin, après avoir donné quelque relâche à ses larmes, il descendit jusqu'au bas de l'escalier du caveau pour aller chercher la lumière dans le jardin où il avait déjà passé ; mais le mur, qui s'était ouvert par enchantement, s'était refermé et rejoint par un autre enchantement. Il tâtonne devant lui à droite et à gauche par plusieurs fois, et il ne trouve plus de porte ; il redouble ses cris et ses pleurs, et il s'asseoit sur les degrés du caveau, sans espoir de revoir jamais la lumière, et avec la triste certitude, au contraire, de passer des ténèbres où il était dans celles d'une mort prochaine.

Aladdin demeura deux jours en cet état, sans manger et sans boire ; le troisième jour enfin, en regardant la mort inévitable, il éleva les mains en les joignant, et, avec une résignation entière à la volonté de Dieu, il s'écria :

« Il n'y a de force et de puissance qu'en Dieu le haut, le grand ! »

Dans cette action de mains jointes, il frotta sans y penser l'anneau que le magicien africain lui avait mis au doigt et dont il ne connaissait pas encore la vertu. Aussitôt un génie d'une figure énorme et d'un regard épouvantable s'éleva devant lui comme de dessous la terre, jusqu'à ce qu'il atteignît de la tête à la voûte, et dit à Aladdin ces paroles : *Que veux-tu ? Me voici prêt à t'obéir comme ton esclave, et l'esclave de tous ceux qui ont l'anneau au doigt, moi et les autres esclaves de l'anneau.*

En tout autre temps et en toute autre occasion, Aladdin, qui n'était pas accoutumé à de pareilles visions, eût pu être saisi de frayeur et perdre la parole à la vue d'une figure si extraordinaire ; mais, occupé uniquement du danger présent où il était, il répondit sans hésiter : « Qui que tu sois, fais-moi sortir de ce lieu, si tu en as le pouvoir. » A peine eut-il prononcé ces paroles que la terre s'ouvrit et qu'il se trouva hors du caveau, et à l'endroit justement où le magicien l'avait amené.

On ne trouvera pas étrange qu'Aladdin, qui était demeuré si longtemps dans les ténèbres les plus épaisses, ait eu d'abord de la peine à soutenir le grand jour ; il y accoutuma ses yeux peu à peu, et, en regardant autour de lui, il fut fort surpris de ne pas voir d'ouverture sur la terre. Il ne put comprendre de quelle manière il se trouvait si subitement hors de ses entrailles ; il n'y eut que la place où les broussailles avaient été allumées qui lui fit reconnaître à peu près où était le caveau. Ensuite, en se tournant du côté de la ville, il l'aperçut au milieu des jardins qui l'environnaient ; il reconnut le chemin par où le magicien africain l'avait amené, et il le reprit en rendant grâces à Dieu de se revoir une autre fois au monde, après avoir désespéré d'y revenir jamais. Il arriva jusqu'à la ville, et se traîna chez lui avec bien de la peine. En entrant chez sa mère, la joie de la revoir, jointe à la faiblesse dans laquelle il était de n'avoir pas mangé depuis près de trois jours, lui causèrent un évanouissement qui dura quelque temps. Sa mère, qui l'avait déjà pleuré comme perdu ou comme mort, en le voyant en cet état, n'oublia aucun de

ses soins pour le faire revenir. Il revint enfin de son évanouissement, et les premières paroles qu'il prononça
furent celles-ci : « Ma mère, avant toute chose, je vous prie
de me donner à manger; il y a trois jours que je n'ai pris
quoi que ce soit. » Sa mère lui apporta ce qu'elle avait, et,
en le mettant devant lui : « Mon fils, lui dit-elle, ne vous
pressez pas, cela est dangereux; mangez peu à peu et à
votre aise, et ménagez-vous dans le grand besoin que vous
en avez. Je ne veux pas même que vous me parliez : vous
aurez assez de temps pour me raconter ce qui vous est
arrivé quand vous serez rétabli. Je suis toute consolée de
vous revoir, après l'affliction où je me suis trouvée depuis
vendredi et toutes les peines que je me suis données pour
apprendre ce que vous étiez devenu, dès que j'eus vu qu'il
était nuit et que vous n'étiez pas revenu à la maison. »

Aladdin suivit le conseil de sa mère : il mangea tranquillement et peu à peu, et il but à proportion. Quand il
eut achevé : Ma mère, dit-il, j'aurais de grandes plaintes à
vous faire sur ce que vous m'avez abandonné avec tant de
facilité à la discrétion d'un homme qui avait dessein de me
perdre, et qui tient, à l'heure que je vous parle, ma mort si
certaine qu'il ne doute pas ou que je ne sois plus en vie, ou
que je ne doive la perdre au premier jour; mais vous avez
cru qu'il était mon oncle, et je l'ai cru comme vous. Eh!
pouvions-nous avoir d'autre pensée d'un homme qui
m'accablait de caresses et de biens, et qui me faisait tant
d'autres promesses avantageuses? Sachez, ma mère, que
ce n'est qu'un traître, un méchant, un fourbe. Il ne m'a fait
tant de bien et tant de promesses qu'afin d'arriver au but
qu'il s'était proposé de me perdre, comme je l'ai dit, sans
que ni vous ni moi nous puissions en deviner la cause. De
mon côté, je puis assurer que je ne lui ai donné aucun
sujet qui méritât le moindre mauvais traitement. Vous le
comprendrez vous-même par le récit fidèle que vous allez
entendre de tout ce qui s'est passé depuis que je me suis
séparé de vous jusqu'à l'exécution de son pernicieux dessein. »

Aladdin commença à raconter à sa mère tout ce qui lui
était arrivé avec le magicien depuis le vendredi qu'il était
venu le prendre pour le mener avec lui voir les palais et les
jardins qui étaient hors de la ville; ce qui lui arriva dans le
chemin, jusqu'à l'endroit des deux montagnes où se devait
opérer le grand prodige du magicien; comment, avec un
parfum jeté dans du feu et quelques paroles magiques, la

terre s'était ouverte en un instant et avait fait voir l'entrée d'un caveau qui conduisait à un trésor inestimable. Il n'oublia pas le soufflet qu'il avait reçu du magicien, et de quelle manière, après s'être un peu radouci, il l'avait engagé par de grandes promesses, et en lui mettant son anneau au doigt, à descendre dans le caveau. Il n'omit aucune circonstance de tout ce qu'il avait vu en passant et en repassant dans les trois salles, dans le jardin, et sur la terrasse où il avait pris la lampe merveilleuse, qu'il montra à sa mère en la retirant de son sein, aussi bien que les fruits transparents et de différentes couleurs qu'il avait cueillis dans le jardin en s'en retournant, dont il joignit deux bourses pleines qu'il donna à sa mère, et dont elle fit peu de cas. Ces fruits étaient cependant des pierres précieuses. L'éclat, brillant comme le soleil, qu'ils rendaient à la faveur d'une lampe qui éclairait la chambre, devait faire juger de leur grand prix ; mais la mère d'Aladdin n'avait pas sur cela plus de connaissance que son fils. Elle avait été élevée dans une condition très médiocre, et son mari n'avait pas eu assez de biens pour lui donner de ces sortes de pierreries. D'ailleurs, elle n'en avait jamais vu à aucune de ses parentes ni de ses voisines : ainsi il ne faut pas s'étonner si elle ne les regarda que comme des choses de peu de valeur et bonnes tout au plus à récréer la vue par la variété de leurs couleurs ; ce qui fit qu'Aladdin les mit derrière un des coussins du sofa sur lequel il était assis. Il acheva le récit de son aventure en lui disant que, comme il fut revenu et qu'il se fut présenté à l'entrée du caveau, prêt à en sortir, sur le refus qu'il avait fait au magicien de lui donner la lampe qu'il voulait avoir, l'entrée du caveau s'était refermée en un instant par la force du parfum que le magicien avait jeté sur le feu, qu'il n'avait pas laissé éteindre, et des paroles qu'il avait prononcées. Mais il n'en put dire davantage sans verser des larmes, en lui représentant l'état malheureux où il s'était trouvé lorsqu'il s'était vu enterré tout vivant dans le fatal caveau jusqu'au moment qu'il en était sorti, et que, pour ainsi dire, il était revenu au monde par l'attouchement de son anneau, dont il ne connaissait pas encore la vertu. Quand il eut fini ce récit : « Il n'est pas nécessaire de vous en dire davantage, dit-il à sa mère ; le reste vous est connu. Voilà enfin quelle a été mon aventure, et quel est le danger que j'ai couru depuis que vous ne m'avez vu. »

La mère d'Aladdin eut la patience d'entendre ce récit

merveilleux et surprenant, et en même temps si affligeant pour une mère qui aimait son fils si tendrement malgré ses défauts, sans l'interrompre. Dans les endroits néanmoins les plus touchants, et qui faisaient connaître davantage la perfidie du magicien africain, elle ne put s'empêcher de faire paraître combien elle le détestait, par les marques de son indignation ; mais, dès qu'Aladdin eut achevé, elle se déchaîna en mille injures contre cet imposteur : elle l'appela traître, perfide, barbare, assassin, trompeur, magicien, ennemi et destructeur du genre humain. « Oui, mon fils, ajouta-t-elle, c'est un magicien, et les magiciens sont des pestes publiques : ils ont commerce avec les démons par leurs enchantements et par leurs sorcelleries. Béni soit Dieu, qui n'a pas voulu que sa méchanceté insigne eût son effet entier contre vous ! Vous devez bien le remercier de la grâce qu'il vous a faite ! La mort vous était inévitable, si vous ne vous fussiez souvenu de lui et que vous n'eussiez imploré son secours. » Elle dit encore beaucoup de choses, en détestant toujours la trahison que le magicien avait faite à son fils ; mais, en parlant, elle s'aperçut qu'Aladdin, qui n'avait pas dormi depuis trois jours, avait besoin de repos. Elle le fit coucher, et, peu de temps après, elle se coucha aussi.

Aladdin, qui n'avait pris aucun repos dans le lieu souterrain où il avait été enseveli à dessein qu'il y perdît la vie, dormit toute la nuit d'un profond sommeil, et ne se réveilla le lendemain que fort tard. Il se leva ; et à la première chose qu'il dit à sa mère, ce fut qu'il avait besoin de manger, et qu'elle ne pouvait lui faire un plus grand plaisir que de lui donner à déjeuner. « Hélas ! mon fils, lui répondit sa mère, je n'ai pas seulement un morceau de pain à vous donner ; vous mangeâtes hier au soir le peu de provisions qu'il y avait dans la maison ; mais donnez-vous un peu de patience, je ne serai pas longtemps à vous en apporter. J'ai un peu de fil de coton de mon travail ; je vais le vendre, afin de vous acheter du pain et quelque chose pour notre dîner. — Ma mère, reprit Aladdin, réservez votre fil de coton pour une autre fois, et donnez-moi la lampe que j'apportai hier ; j'irai la vendre, et l'argent que j'en aurai servira à nous avoir de quoi déjeuner et dîner, et peut-être de quoi souper. »

La mère d'Aladdin prit la lampe où elle l'avait mise. « La voilà, dit-elle à son fils, mais elle est bien sale ; pour peu qu'elle soit nettoyée, je crois qu'elle en vaudra quelque chose davantage. » Elle prit de l'eau et un peu de sable fin pour la nettoyer ; mais à peine eut-elle commencé à frotter cette lampe qu'en un instant, en présence de son fils, un génie hideux et d'une grandeur gigantesque s'éleva et parut devant elle, et lui dit d'une voix tonnante : *Que veux-tu ? Me voici prêt à t'obéir comme ton esclave, et de tous ceux qui ont la lampe à la main, moi avec les autres esclaves de la lampe.*

La mère d'Aladdin n'était pas en état de répondre : sa vue n'avait pu soutenir la figure hideuse et épouvantable du génie ; et sa frayeur avait été si grande dès les premières paroles qu'il avait prononcées qu'elle était tombée évanouie.

Aladdin, qui avait déjà eu une apparition à peu près semblable dans le caveau, sans perdre de temps ni le jugement, se saisit promptement de la lampe, et, en suppléant au défaut de sa mère, il répondit pour elle d'un ton ferme. « J'ai faim, dit-il au génie, apporte-moi de quoi manger. » Le génie disparut, et un instant après il revint chargé d'un grand bassin d'argent qu'il portait sur sa tête, avec douze plats couverts de même métal, pleins d'excellents mets arrangés dessus, avec six grands pains blancs comme neige sur les plats, deux bouteilles de vin exquis, et deux tasses d'argent à la main. Il posa le tout sur le sofa, et aussitôt il disparut.

Cela se fit en si peu de temps que la mère d'Aladdin n'était pas encore revenue de son évanouissement quand le génie disparut pour la seconde fois. Aladdin, qui avait déjà commencé de lui jeter de l'eau sur le visage, sans effet, se mit en devoir de recommencer pour la faire revenir ; mais, soit que les esprits qui s'étaient dissipés se fussent enfin réunis, ou que l'odeur des mets que le génie venait d'apporter y eût contribué pour quelque chose, elle revint dans le moment. « Ma mère, lui dit Aladdin, cela n'est rien ; levez-vous et venez manger : voici de quoi vous remettre le cœur, et en même temps de quoi satisfaire au grand besoin que j'ai de manger. Ne laissons pas refroidir de si bons mets, et mangeons. »

La mère d'Aladdin fut extrêmement surprise quand elle vit le grand bassin, les douze plats, les six pains, les deux bouteilles et les deux tasses, et qu'elle sentit l'odeur délicieuse qui s'exhalait de tous ces plats. « Mon fils, demanda-t-elle à Aladdin, d'où nous vient cette abondance, et à qui sommes-nous redevables d'une si grande libéralité ? Le sultan aurait-il eu connaissance de notre pauvreté et aurait-il eu compassion de nous ? — Ma mère, reprit Aladdin, mettons-nous à table et mangeons, vous en avez besoin aussi bien que moi. Je vous le dirai quand nous aurons déjeuné. » Ils se mirent à table, et ils mangèrent avec d'autant plus d'appétit que la mère et le fils ne s'étaient jamais trouvés à une table si bien fournie.

Pendant le repas, la mère d'Aladdin ne pouvait se lasser de regarder et d'admirer le bassin et les plats, quoiqu'elle ne sût pas trop distinctement s'ils étaient d'argent ou d'une autre matière, tant elle était peu accoutumée à en voir de pareils ; et, à proprement parler, sans avoir égard à leur valeur, qui lui était inconnue, il n'y avait que la nouveauté qui la tenait en admiration, et son fils Aladdin n'en avait pas plus de connaissance qu'elle.

Aladdin et sa mère, qui ne croyaient faire qu'un simple déjeuner, se trouvèrent encore à table à l'heure du dîner : des mets si excellents les avaient mis en appétit ; et, pendant qu'ils étaient chauds, ils crurent qu'ils ne feraient pas mal de joindre les deux repas ensemble et de n'en pas faire à deux fois. Le double repas fini, il leur resta non seulement de quoi souper, mais même assez de quoi en faire deux autres repas aussi forts le lendemain.

Quand la mère d'Aladdin eut desservi et mis à part les viandes auxquelles ils n'avaient pas touché, elle vint s'asseoir sur le sofa auprès de son fils. « Aladdin, lui dit-elle, j'attends que vous satisfassiez à l'impatience où je suis d'entendre le récit que vous m'avez promis. » Aladdin lui raconta exactement tout ce qui s'était passé entre le génie et lui pendant son évanouissement, jusqu'à ce qu'elle fût revenue à elle.

La mère d'Aladdin était dans un grand étonnement du discours de son fils et de l'apparition du génie. « Mais, mon fils, reprit-elle, que voulez-vous dire avec vos génies ? Jamais, depuis que je suis au monde, je n'ai entendu dire que personne de ma connaissance en eût vu. Par quelle aventure ce vilain génie est-il venu se présenter à moi ? Pourquoi s'est-il adressé à moi et non pas à vous, à qui il a déjà apparu dans le caveau du trésor ?

— Ma mère, repartit Aladdin, le génie qui vient de vous apparaître n'est pas le même qui m'est apparu : ils se ressemblent en quelque manière par leur grandeur de géant ; mais ils sont entièrement différents par leur mine et par leur habillement : aussi sont-ils à différents maîtres. Si

vous vous en souvenez, celui que j'ai vu s'est dit esclave de
l'anneau que j'ai au doigt, et celui que vous venez de voir
s'est dit esclave de la lampe que vous aviez à la main. Mais
je ne crois pas que vous l'ayez entendu : il me semble en
effet que vous vous êtes évanouie dès qu'il a commencé à
parler.

— Quoi ! s'écria la mère d'Aladdin, c'est donc votre
lampe qui est cause que ce maudit génie s'est adressé à
moi plutôt qu'à vous ? Ah ! mon fils ! ôtez-la de devant mes
yeux et la mettez où il vous plaira, je ne veux plus y toucher. Je consens plutôt qu'elle soit jetée ou vendue que de
courir le risque de mourir de frayeur en la touchant. Si
vous me croyez, vous vous déferez aussi de l'anneau. Il ne
faut pas avoir commerce avec des génies : ce sont des
démons, et notre prophète l'a dit.

— Ma mère, avec votre permission, reprit Aladdin, je
me garderai bien présentement de vendre, comme j'étais
près de le faire tantôt, une lampe qui va nous être si utile,
à vous et à moi. Ne voyez-vous pas ce qu'elle vient de nous
procurer ? Il faut qu'elle continue de nous fournir de quoi
nous nourrir et nous entretenir. Vous devez juger comme
moi que ce n'était pas sans raison que mon faux et
méchant oncle s'était donné tant de mouvement et avait
entrepris un si long et pénible voyage, puisque c'était pour
parvenir à la possession de cette lampe merveilleuse, qu'il
avait préférée à tout l'or et l'argent qu'il savait être dans
les salles, et que j'ai vu moi-même, comme il m'en avait
averti. Il savait trop bien le mérite et la valeur de cette
lampe pour ne demander autre chose d'un trésor si riche.
Puisque le hasard nous en a fait découvrir la vertu, fai-
sons-en un usage qui nous soit profitable, mais d'une
manière qui soit sans éclat, et qui ne nous attire pas
l'envie et la jalousie de nos voisins. Je veux bien l'ôter de
devant vos yeux, et la mettre dans un lieu où je la trouverai quand il en sera besoin, puisque les génies vous font
tant de frayeur. Pour ce qui est de l'anneau, je ne saurais
aussi me résoudre à le jeter : sans cet anneau, vous ne
m'eussiez jamais revu ; et, si je vivais à l'heure qu'il est, ce
ne serait peut-être que pour peu de moments. Vous me
permettrez donc de le garder et de le porter toujours au
doigt bien précieusement. Qui sait s'il ne m'arrivera pas
quelque autre danger, que nous ne pouvons prévoir ni
vous ni moi, dont il pourra me délivrer ? » Comme le rai-
sonnement d'Aladdin paraissait assez juste, sa mère n'eut

rien à y répliquer. « Mon fils, lui dit-elle, vous pouvez faire comme vous l'entendrez; pour moi, je ne voudrais pas avoir affaire avec des génies. Je vous déclare que je m'en lave les mains, et que je ne vous en parlerai pas davantage. »

Le lendemain au soir, après le souper, il ne resta rien de la bonne provision que le génie avait apportée. Le jour suivant, Aladdin, qui ne voulait pas attendre que la faim le pressât, prit un des plats d'argent sous sa robe, et sortit du matin pour l'aller vendre. Il s'adressa à un juif qu'il rencontra dans son chemin; il le tira à l'écart, et, en lui montrant le plat, il lui demanda s'il voulait acheter.

Le juif rusé et adroit prend le plat, l'examine; et il n'eut pas plus tôt connu qu'il était de bon argent qu'il demanda à Aladdin combien il l'estimait. Aladdin, qui n'en connaissait pas la valeur, et qui n'avait jamais fait commerce de cette marchandise, se contenta de lui dire qu'il savait bien lui-même ce que ce plat pouvait valoir, et qu'il s'en rapportait à sa bonne foi. Le juif se trouva embarrassé de l'ingénuité d'Aladdin. Dans l'incertitude où il était de savoir si Aladdin en connaissait la matière et la valeur, il tira de sa bourse une pièce d'or qui ne faisait au plus que la soixante-deuxième partie de la valeur du plat, et il la lui présenta. Aladdin prit la pièce avec un grand empressement, et, dès qu'il l'eut dans la main, il se retira si promptement que le juif, non content du gain exorbitant qu'il faisait par cet achat, fut bien fâché de n'avoir pas pénétré qu'Aladdin ignorait le prix de ce qu'il lui avait vendu, et qu'il aurait pu lui en donner beaucoup moins. Il fut sur le point de courir après le jeune homme pour tâcher de retirer quelque chose de sa pièce d'or; mais Aladdin courait, et il était déjà si loin qu'il aurait eu de la peine à le joindre.

Aladdin, s'en retournant chez sa mère, s'arrêta à la boutique d'un boulanger chez qui il fit la provision de pain pour sa mère et pour lui, et qu'il paya sur sa pièce d'or, que le boulanger lui changea. En arrivant il donna le reste à sa mère, qui alla au marché acheter les autres provisions nécessaires pour vivre eux deux pendant quelques jours.

Ils continuèrent ainsi à vivre de ménage, c'est-à-dire qu'Aladdin vendit tous les plats au juif l'un après l'autre jusqu'au douzième, de la même manière qu'il avait fait le premier, à mesure que l'argent venait à manquer dans la maison. Le juif, qui avait donné une pièce d'or du premier, n'osa lui offrir moins des autres, de crainte de perdre une

si bonne aubaine : il les paya tous sur le même pied.
Quand l'argent du dernier plat fut dépensé, Aladdin eut
recours au bassin, qui pesait lui seul dix fois autant que
chaque plat. Il voulut le porter à son marchand ordinaire,
mais son grand poids l'en empêcha. Il fut donc obligé
d'aller chercher le juif, qu'il amena chez sa mère ; et le juif,
après avoir examiné le poids du bassin, lui compta sur-le-
champ dix pièces d'or, dont Aladdin se contenta.

Tant que les dix pièces d'or durèrent, elles furent
employées à la dépense journalière de la maison. Aladdin
cependant, accoutumé à une vie oisive, s'était abstenu de
jouer avec les jeunes gens de son âge depuis son aventure
avec le magicien africain. Il passait les journées à se promener, ou à s'entretenir avec des gens avec lesquels il
avait fait connaissance. Quelquefois il s'arrêtait dans les
boutiques des gros marchands, où il prêtait l'oreille aux
entretiens des gens de distinction qui s'y arrêtaient, ou qui
s'y trouvaient comme à une espèce de rendez-vous ; et ces
entretiens peu à peu lui donnèrent quelque teinture de la
connaissance du monde.

Quand il ne resta plus rien des dix pièces d'or, Aladdin
eut recours à la lampe : il la prit à la main, chercha le
même endroit que sa mère avait touché ; et, comme il l'eut
reconnu à l'impression que le sable y avait laissée, il la
frotta comme elle avait fait ; et aussitôt le même génie qui
s'était déjà fait voir se présenta devant lui ; mais, comme
Aladdin avait frotté la lampe plus légèrement que sa mère,
il lui parla aussi d'un ton plus radouci : « *Que veux-tu ?* lui
dit-il dans les mêmes termes qu'auparavant ; *me voici prêt
à t'obéir comme ton esclave, et de tous ceux qui ont la lampe
à la main, moi et les autres esclaves de la lampe comme
moi.* »

Aladdin lui dit : « J'ai faim, apporte-moi de quoi manger. » Le génie disparut, et peu de moments après il reparut chargé d'un service de table pareil à celui qu'il avait
apporté la première fois ; il le posa sur le sofa, et dans le
moment il disparut.

La mère d'Aladdin, avertie du dessein de son fils, était
sortie exprès pour quelque affaire, afin de ne se pas trouver dans la maison dans le temps de l'apparition du génie.
Elle rentra peu de temps après, vit la table et le buffet très
bien garnis, et demeura presque aussi surprise de l'effet
prodigieux de la lampe qu'elle l'avait été la première fois.
Aladdin et sa mère se mirent à table ; et après le repas il

leur resta encore de quoi vivre largement les deux jours suivants.

Dès qu'Aladdin vit qu'il n'y avait plus dans la maison ni pain ni autres provisions, ni argent pour en avoir, il prit un plat d'argent, et alla chercher le juif qu'il connaissait, pour le lui vendre. En y allant, il passa devant la boutique d'un orfèvre respectable par sa vieillesse, honnête homme, et d'une grande probité. L'orfèvre, qui l'aperçut, l'appela et le fit entrer. « Mon fils, lui dit-il, je vous ai déjà vu passer plusieurs fois, chargé comme vous l'êtes à présent, vous joindre à un tel juif, et repasser peu de temps après sans être chargé. Je me suis imaginé que vous lui vendez ce que vous portez. Mais vous ne savez peut-être pas que ce juif est un trompeur, et même plus trompeur que les autres juifs, et que personne de ceux qui le connaissent ne veut avoir affaire à lui. Au reste, ce que je vous dis ici n'est que pour vous faire plaisir ; si vous voulez me montrer ce que vous portez présentement, et qu'il soit à vendre, je vous en donnerai fidèlement son juste prix, si cela me convient, sinon je vous adresserai à d'autres marchands qui ne vous tromperont pas. »

L'espérance de faire plus d'argent du plat fit qu'Aladdin le tira de dessous sa robe, et le montra à l'orfèvre. Le vieillard, qui connut d'abord que le plat était d'argent fin, lui demanda s'il en avait vendu de semblables au juif, et combien il les lui avait payés. Aladdin lui dit naïvement qu'il en avait vendu douze, et qu'il n'avait reçu du juif qu'une pièce d'or de chacun. « Ah ! le voleur ! s'écria l'orfèvre. Mon fils, ajouta-t-il, ce qui est fait est fait, il n'y faut plus penser ; mais, en vous faisant voir ce que vaut votre plat, qui est du meilleur argent dont nous nous servions dans nos boutiques, vous connaîtrez combien le juif vous a trompé. »

L'orfèvre prit la balance ; il pesa le plat ; et, après avoir expliqué à Aladdin ce que c'était qu'un marc d'argent, combien il valait, et ses subdivisions, il lui fit remarquer que, suivant le poids du plat, il valait soixante-douze pièces d'or, qu'il lui compta sur-le-champ en espèces. « Voilà, dit-il, la juste valeur de votre plat. Si vous en doutez, vous pouvez vous adresser à celui de nos orfèvres qu'il vous plaira ; et, s'il vous dit qu'il vaut davantage, je vous promets de vous en payer le double. Nous ne gagnons que la façon de l'argenterie que nous achetons ; et c'est ce que les juifs les plus équitables ne font pas. »

Aladdin remercia bien fort l'orfèvre du bon conseil qu'il venait de lui donner, et dont il tirait déjà un si grand avantage. Dans la suite, il ne s'adressa plus qu'à lui pour vendre les autres plats, aussi bien que le bassin, dont la juste valeur lui fut toujours payée à proportion de son poids. Quoique Aladdin et sa mère eussent une source intarrissable d'argent en leur lampe, pour s'en procurer tant qu'ils voudraient dès qu'il viendrait à leur manquer, ils continuèrent néanmoins de vivre toujours avec la même frugalité qu'auparavant, à la réserve de ce qu'Aladdin en mettait à part pour s'entretenir honnêtement et pour se pourvoir des commodités nécessaires dans leur petit ménage. Sa mère, de son côté, ne prenait la dépense de ses habits que sur ce que lui valait le coton qu'elle filait. Avec une conduite si sobre, il est aisé de juger combien de temps l'argent des douze plats et du bassin, selon le prix qu'Aladdin les avait vendus à l'orfèvre, devait leur avoir duré. Ils vécurent de la sorte pendant quelques années, avec le secours du bon usage qu'Aladdin faisait de la lampe de temps en temps.

Dans cet intervalle, Aladdin, qui ne manquait pas de se trouver avec beaucoup d'assiduité au rendez-vous des personnes de distinction, dans les boutiques des plus gros marchands de draps d'or et d'argent, d'étoffes de soie, de toiles les plus fines, et de joailleries, et qui se mêlait quelquefois dans leurs conversations, acheva de se former et prit insensiblement toutes les manières du beau monde. Ce fut particulièrement chez les joailliers qu'il fut détrompé de la pensée qu'il avait que les fruits transparents qu'il avait cueillis dans le jardin où il était allé prendre la lampe n'étaient que du verre coloré, et qu'il apprit que c'étaient des pierres de grand prix. A force de voir vendre et acheter de toutes sortes de ces pierreries dans leurs boutiques, il en apprit la connaissance et le prix; et, comme il n'en voyait pas de pareilles aux siennes, ni en beauté ni en grosseur, il comprit qu'au lieu de morceaux de verre qu'il avait regardés comme des bagatelles, il possédait un trésor inestimable. Il eut la prudence de n'en parler à personne, pas même à sa mère; et il n'y a pas de doute que son silence ne lui ait valu la haute fortune où nous verrons dans la suite qu'il s'éleva.

Un jour, en se promenant dans un quartier de la ville, Aladdin entendit publier à haute voix un ordre du sultan, de fermer les boutiques et les portes des maisons, et de se renfermer chacun chez soi jusqu'à ce que la princesse Badroulboudour[1], fille du sultan, fût passée pour aller au bain, et qu'elle en fût revenue.

Ce cri public fit naître à Aladdin la curiosité de voir la princesse à découvert ; mais il ne le pouvait qu'en se mettant dans quelque maison de connaissance, et au travers d'une jalousie ; ce qui ne le contentait pas, parce que la princesse, selon la coutume, devait avoir un voile sur le visage en allant au bain. Pour se satisfaire, il s'avisa d'un moyen qui lui réussit : il alla se placer derrière la porte du bain, qui était disposée de manière qu'il ne pouvait manquer de la voir venir en face.

Aladdin n'attendit pas longtemps : la princesse parut, et il la vit venir au travers d'une fente assez grande pour voir sans être vu. Elle était accompagnée d'une grande foule de ses femmes et d'eunuques qui marchaient sur les côtés et à sa suite. Quand elle fut à trois ou quatre pas de la porte du bain, elle ôta le voile qui lui couvrait le visage, et qui la gênait beaucoup ; et de la sorte elle donna lieu à Aladdin de la voir d'autant plus à son aise qu'elle venait droit à lui.

Jusqu'à ce moment, Aladdin n'avait pas vu d'autres femmes le visage découvert que sa mère, qui était âgée et qui n'avait jamais eu d'assez beaux traits pour lui faire juger que les autres femmes fussent plus belles. Il pouvait bien avoir entendu dire qu'il y en avait d'une beauté surprenante ; mais, quelques paroles qu'on emploie pour relever le mérite d'une beauté, jamais elles ne font l'impression que la beauté fait elle-même.

Lorsque Aladdin eut vu la princesse Badroulboudour, il perdit la pensée qu'il avait que toutes les femmes dussent ressembler à peu près à sa mère ; ses sentiments se trouvèrent bien différents, et son cœur ne put refuser toutes ses inclinations à l'objet qui venait de le charmer. En effet, la princesse était la plus belle brune que l'on pût voir au monde : elle avait les yeux grands, à fleur de tête, vifs et brillants, le regard doux et modeste, le nez d'une juste proportion et sans défaut, la bouche petite, les lèvres vermeilles et toutes charmantes par leur agréable symétrie ; en un mot, tous les traits de son visage étaient d'une régularité accomplie. On ne doit donc pas s'étonner si Aladdin fut ébloui et presque hors de lui-même à la vue de l'assemblage de tant de merveilles qui lui étaient inconnues. Avec

---

1. *Badroulboudour* signifie pleine lune des pleines lunes.

toutes ces perfections, la princesse avait encore une riche
taille, un port et un air majestueux qui, à la voir seulement, lui attiraient le respect qui lui était dû.

Quand la princesse fut entrée dans le bain, Aladdin
demeura quelque temps interdit et comme en extase, en
retraçant et en s'imprimant profondément l'idée d'un
objet dont il était charmé et pénétré jusqu'au fond du
cœur. Il rentra enfin en lui-même ; et, en considérant que
la princesse était passée et qu'il garderait inutilement son
poste pour la revoir à la sortie du bain, puisqu'elle devait
lui tourner le dos et être voilée, il prit le parti de l'abandonner et de se retirer chez lui.

Aladdin, en rentrant chez lui, ne put si bien cacher son
trouble et son inquiétude que sa mère ne s'en aperçût. Elle
fut surprise de le voir ainsi triste et rêveur contre son ordinaire ; elle lui demanda s'il lui était arrivé quelque chose,
ou s'il se trouvait indisposé. Mais Aladdin ne lui fit aucune
réponse, et il s'assit négligemment sur le sofa, où il
demeura dans la même situation, toujours occupé à se
retracer l'image charmante de la princesse Badroulboudour. Sa mère, qui préparait le souper, ne le pressa pas
davantage. Quand il fut prêt, elle le servit près de lui sur le
sofa, et se mit à table ; mais, comme elle s'aperçut que son
fils n'y faisait aucune attention, elle l'avertit de manger, et
ce ne fut qu'avec bien de la peine qu'il changea de situation. Il mangea beaucoup moins qu'à l'ordinaire, les yeux
toujours baissés, et avec un silence si profond qu'il ne fut
pas possible à sa mère de tirer de lui la moindre parole sur
toutes les demandes qu'elle lui fit pour tâcher d'apprendre
le sujet d'un changement si extraordinaire.

Après le souper, elle voulut recommencer à lui demander le sujet d'une si grande mélancolie ; mais elle ne put en
rien savoir, et il prit le parti de s'aller coucher plutôt que
de donner à sa mère la moindre satisfaction sur cela.

Sans examiner comment Aladdin, épris de la beauté et
des charmes de la princesse Badroulboudour, passa la
nuit, nous remarquerons seulement que le lendemain,
comme il était assis sur le sofa vis-à-vis de sa mère qui
filait du coton à son ordinaire, il lui parla en ces termes :
« Ma mère, dit-il, je romps le silence que j'ai gardé depuis
hier à mon retour de la ville ; il vous a fait de la peine, et je
m'en suis bien aperçu. Je n'étais pas malade, comme il m'a
paru que vous l'avez cru, et je ne le suis pas encore ; mais
je ne puis vous dire ce que je sentais ; et ce que je ne cesse

encore de sentir est quelque chose de pire qu'une maladie.
Je ne sais pas bien quel est ce mal ; mais je ne doute pas
que ce que vous allez entendre ne vous le fasse connaître.
On n'a pas su dans ce quartier, continua Aladdin, et ainsi
vous n'avez pu le savoir, qu'hier la princesse Badroulboudour, fille du sultan, alla au bain l'après-dîner. J'appris
cette nouvelle en me promenant par la ville. On publia un
ordre de fermer les boutiques et de se retirer chacun chez
soi, pour rendre à cette princesse l'honneur qui lui est dû,
et lui laisser le chemin libre dans les rues par où elle
devait passer. Comme je n'étais pas éloigné du bain, la
curiosité de la voir le visage découvert me fit naître la pensée d'aller me placer derrière la porte du bain, en faisant
réflexion qu'il pouvait arriver qu'elle ôterait son voile
quand elle serait près d'y entrer. Vous savez la disposition
de la porte, et vous pouvez juger vous-même que je devais
la voir à mon aise, si ce que je m'étais imaginé arrivait. En
effet, elle ôta son voile en entrant, et j'eus le bonheur de
voir cette aimable princesse avec la plus grande satisfaction du monde. Voilà, ma mère, le grand motif de l'état
où vous me vîtes hier quand je rentrai, et le sujet du
silence que j'ai gardé jusqu'à présent. J'aime la princesse
d'un amour dont la violence est telle que je ne saurais vous
l'exprimer ; et, comme ma passion vive et ardente aug-
mente à tout moment, je sens qu'elle ne peut être satisfaite
que par la possession de l'aimable princesse Badroulboudour ; ce qui fait que j'ai pris la résolution de la faire
demander en mariage au sultan. »

La mère d'Aladdin avait écouté le discours de son fils
avec assez d'attention jusqu'à ces dernières paroles ; mais,
quand elle eut entendu que son dessein était de faire
demander la princesse Badroulboudour en mariage, elle
ne put s'empêcher de l'interrompre par un grand éclat de
rire. Aladdin voulut poursuivre ; mais, en l'interrompant
encore : « Eh ! mon fils, lui dit-elle, à quoi pensez-vous ? Il
faut que vous ayez perdu l'esprit pour me tenir un pareil
discours !

— Ma mère, reprit Aladdin, je puis vous assurer que je
n'ai pas perdu l'esprit, je suis dans mon bon sens. J'ai
prévu les reproches de folie et d'extravagance que vous me
faites, et ceux que vous pourriez me faire ; mais tout cela
ne m'empêchera pas de vous dire encore une fois que ma
résolution est prise de faire demander au sultan la princesse Badroulboudour en mariage.

— En vérité, mon fils, repartit la mère très sérieusement, je ne saurais m'empêcher de vous dire que vous vous oubliez entièrement ; et, quand même vous voudriez exécuter cette résolution, je ne vois pas par qui vous oseriez faire cette demande au sultan. — Par vous-même, répliqua aussitôt le fils sans hésiter. — Par moi ! s'écria la mère d'un air de surprise et d'étonnement ; et au sultan ! Ah ! je me garderai bien de m'engager dans une pareille entreprise ! Et qui êtes-vous, mon fils, continua-t-elle, pour avoir la hardiesse de penser à la fille de votre sultan ? Avez-vous oublié que vous êtes fils d'un tailleur des moindres de sa capitale, et d'une mère dont les ancêtres n'ont pas été d'une naissance plus relevée ? Savez-vous que les sultans ne daignent pas donner leurs filles en mariage, même à des fils de sultans qui n'ont pas l'espérance de régner un jour comme eux ?

— Ma mère, répliqua Aladdin, je vous ai déjà dit que j'ai prévu tout ce que vous venez de me dire, et je dis la même chose de tout ce que vous y pourrez ajouter : vos discours ni vos remontrances ne me feront pas changer de sentiment. Je vous ai dit que je ferais demander la princesse Badroulboudour en mariage par votre entremise : c'est une grâce que je vous demande avec tout le respect que je vous dois, et je vous supplie de ne me la pas refuser, à moins que vous n'aimiez mieux me voir mourir que de me donner la vie une seconde fois. »

La mère d'Aladdin se trouva fort embarrassée quand elle vit l'opiniâtreté avec laquelle Aladdin persistait dans un dessein si éloigné du bon sens. « Mon fils, lui dit-elle encore, je suis votre mère ; et, comme une bonne mère qui vous ai mis au monde, il n'y a rien de raisonnable à mon état et au vôtre que je ne fusse prête à faire pour l'amour de vous. S'il s'agissait de parler de mariage pour vous avec la fille de quelqu'un de nos voisins, d'une condition pareille ou approchante de la vôtre, je n'oublierais rien, et je m'emploierais de bon cœur en tout ce qui serait de mon pouvoir ; encore, pour y réussir, faudrait-il que vous eussiez quelques biens ou quelques revenus, ou que vous sussiez un métier. Quand de pauvres gens comme nous veulent se marier, la première chose à quoi ils doivent songer, c'est d'avoir de quoi vivre. Mais, sans faire réflexion sur la bassesse de votre naissance, sur le peu de mérite et de biens que vous avez, vous prenez votre vol jusqu'au plus haut degré de la fortune, et vos prétentions

ne sont pas moindres que de vouloir demander en
mariage et d'épouser la fille de votre souverain, qui n'a
qu'à dire un mot pour vous précipiter et vous écraser. Je
laisse à part ce qui vous regarde, c'est à vous à y faire les
réflexions que vous devez pour peu que vous ayez de bon
sens. Je viens à ce qui me touche. Comment une pensée
aussi extraordinaire que celle de vouloir que j'aille faire la
proposition au sultan de vous donner la princesse sa fille
en mariage a-t-elle pu vous venir dans l'esprit ? Je suppose
que j'aie, je ne dis pas la hardiesse, mais l'effronterie
d'aller me présenter devant Sa Majesté pour lui faire une
demande si extravagante, à qui m'adresserai-je pour
m'introduire ? Croyez-vous que le premier à qui j'en parle-
rais ne me traitât pas de folle, et ne me chassât pas indignement, comme je le mériterais ? Je suppose encore qu'il
n'y ait pas de difficulté à se présenter à l'audience du sultan ; je sais qu'il n'y en a pas quand on s'y présente pour lui
demander justice, et qu'il la rend volontiers à ses sujets
quand ils la lui demandent. Je sais aussi que, quand on se
présente à lui pour lui demander une grâce, il l'accorde
avec plaisir, quand il voit qu'on l'a méritée et qu'on en est
digne. Mais êtes-vous dans ce cas-là, et croyez-vous avoir
mérité la grâce que vous voulez que je demande pour
vous ? En êtes-vous digne ? Qu'avez-vous fait pour votre
prince ou pour votre patrie, et en quoi vous êtes-vous distingué ? Si vous n'avez rien fait pour mériter une si grande
grâce, et que d'ailleurs vous n'en soyez pas digne, avec
quel front pourrai-je la demander ? Comment pourrais-je
seulement ouvrir la bouche pour la proposer au sultan ?
Sa présence toute majestueuse et l'éclat de sa cour me fer-
meraient la bouche aussitôt, à moi qui tremblais devant
feu mon mari, votre père, quand j'avais à lui demander la
moindre chose. Il y a une autre raison, mon fils, à quoi
vous ne pensez pas, qui est qu'on ne se présente pas
devant nos sultans sans un présent à la main, quand on a
quelque grâce à leur demander. Les présents ont au moins
cet avantage que, s'ils refusent la grâce, pour les raisons
qu'ils peuvent avoir, ils écoutent au moins la demande et
celui qui la fait, sans aucune répugnance. Mais quel
présent avez-vous à faire ? Et, quand vous auriez quelque
chose qui fût digne de la moindre attention d'un si grand
monarque, quelle proportion y aurait-il de votre présent
avec la demande que vous voulez lui faire ? Rentrez en
vous-même, et songez que vous aspirez à une chose qu'il
vous est impossible d'obtenir. »

Aladdin écouta fort tranquillement tout ce que sa mère put lui dire pour tâcher de le détourner de son dessein ; et, après avoir fait réflexion sur tous les points de sa remontrance, il prit enfin la parole et il lui dit : « J'avoue, ma mère, que c'est une grande témérité à moi d'oser porter mes prétentions aussi loin que je fais, et une grande inconsidération d'avoir exigé de vous avec tant de chaleur et de promptitude d'aller faire la proposition de mon mariage au sultan, sans prendre auparavant les moyens propres à vous procurer une audience et un accueil favorables. Je vous en demande pardon ; mais, dans la violence de la passion qui me possède, ne vous étonnez pas si d'abord je n'ai pas envisagé tout ce qui peut servir à me procurer le repos que je cherche. J'aime la princesse Badroulboudour au-delà de ce que vous pouvez vous imaginer, ou plutôt je l'adore, et je persévère toujours dans le dessein de l'épouser : c'est une chose arrêtée et résolue dans mon esprit. Je vous suis obligé de l'ouverture que vous venez de me faire ; je la regarde comme la première démarche qui doit me procurer l'heureux succès que je me promets. Vous me dites que ce n'est pas la coutume de se présenter devant le sultan sans un présent à la main, et que je n'ai rien qui soit digne de lui. Je tombe d'accord du présent, et je vous avoue que je n'y avais pas pensé. Mais, quant à ce que vous me dites que je n'ai rien qui puisse lui être présenté, croyez-vous, ma mère, que ce que j'ai apporté le jour que je fus délivré d'une mort inévitable de la manière que vous savez ne soit pas de quoi faire un présent très agréable au sultan ? Je parle de ce que j'ai apporté dans les deux bourses et dans ma ceinture, et que nous avons pris, vous et moi, pour des verres colorés ; mais à présent je suis détrompé, et je vous apprends, ma mère, que ce sont des pierreries d'un prix inestimable, qui ne conviennent qu'à de grands monarques. J'en ai connu le mérite en fréquentant les boutiques de joailliers, et vous pouvez m'en croire sur ma parole. Toutes celles que j'ai vues chez nos marchands joailliers ne sont pas comparables à celles que nous possédons, ni en grosseur, ni en beauté ; et cependant ils les font monter à des prix excessifs. A la vérité, nous ignorons, vous et moi, le prix des nôtres ; mais, quoi qu'il en puisse être, autant que je puis en juger par le peu d'expérience que j'en ai, je suis persuadé que le présent ne peut être que très agréable au sultan. Vous avez une porcelaine assez grande et d'une forme très propre pour les contenir ; apportez-la, et voyons l'effet qu'elles feront quand nous les y aurons arrangées selon leurs différentes couleurs. »

La mère d'Aladdin apporta la porcelaine, et Aladdin tira les pierreries des deux bourses et les arrangea dans la porcelaine. L'effet qu'elles firent au grand jour par la variété de leurs couleurs, par leur éclat et par leur brillant, fut tel que la mère et le fils en demeurèrent presque éblouis : ils en furent dans un grand étonnement, car ils ne les avaient vues l'un et l'autre qu'à la lumière d'une lampe. Il est vrai qu'Aladdin les avait vues chacune sur leurs arbres, comme des fruits qui devaient faire un spectacle ravissant ; mais, comme il était encore enfant, il n'avait regardé ces pierreries que comme des bijoux propres à s'en jouer, et il ne s'en était chargé que dans cette vue et sans autre connaissance.

Après avoir admiré quelque temps la beauté du présent, Aladdin reprit la parole. « Ma mère, dit-il, vous ne vous excuserez plus d'aller vous présenter au sultan, sous prétexte de n'avoir pas un présent à lui faire ; en voilà un, ce me semble, qui fera que vous serez reçue avec un accueil des plus favorables. »

Quoique la mère d'Aladdin, nonobstant la beauté et l'éclat du présent, ne le crût pas d'un prix aussi grand que son fils l'estimait, elle jugea néanmoins qu'il pouvait être agréé, et elle sentait bien qu'elle n'avait rien à lui répliquer sur ce sujet ; mais elle en revenait toujours à la demande qu'Aladdin voulait qu'elle fît au sultan à la faveur de ce présent ; cela l'inquiétait toujours fortement. « Mon fils, lui disait-elle, je n'ai pas de peine à concevoir que le présent fera son effet, et que le sultan voudra bien me regarder de bon œil ; mais, quand il faudra que je m'acquitte de la demande que vous voulez que je lui fasse, je sens bien que je n'en aurai pas la force et que je demeurerai muette. Ainsi, non seulement j'aurai perdu mes pas, mais même le présent, qui, selon vous, est d'une richesse si extraordinaire, et je reviendrai avec confusion vous annoncer que vous serez frustré de votre espérance. Je vous l'ai déjà dit, et vous devez croire que cela arrivera ainsi. Mais, ajouta-t-elle, je veux que je me fasse violence pour me soumettre à votre volonté, et que j'aie assez de force pour oser faire la demande que vous voulez que je fasse, il arrivera très certainement ou que le sultan se moquera de moi et me renverra comme une folle, ou qu'il se mettra dans une juste colère, dont immanquablement nous serons, vous et moi, les victimes. »

La mère d'Aladdin dit encore à son fils plusieurs autres raisons pour tâcher de le faire changer de sentiment; mais les charmes de la princesse Badroulboudour avaient fait une impression trop forte dans son cœur pour le détourner de son dessein. Aladdin persista à exiger de sa mère qu'elle exécutât ce qu'il avait résolu; et, autant par la tendresse qu'elle avait pour lui que par la crainte qu'il ne s'abandonnât à quelque extrémité fâcheuse, elle vainquit sa répugnance, et elle condescendit à la volonté de son fils.

Comme il était trop tard et que le temps d'aller au palais pour se présenter au sultan ce jour-là était passé, la chose fut remise au lendemain. La mère et le fils ne s'entretinrent d'autre chose le reste de la journée, et Aladdin prit un grand soin d'inspirer à sa mère tout ce qui lui vint dans la pensée pour la confirmer dans le parti qu'elle avait enfin accepté, d'aller se présenter au sultan. Malgré toutes les raisons du fils, la mère ne pouvait se persuader qu'elle pût jamais réussir dans cette affaire; et véritablement il faut avouer qu'elle avait tout lieu d'en douter. « Mon fils, dit-elle à Aladdin, si le sultan me reçoit aussi favorablement que je le souhaite pour l'amour de vous, s'il écoute tranquillement la proposition que vous voulez que je lui fasse, mais si après ce bon accueil il s'avise de me demander où sont vos biens, vos richesses et vos États, car c'est de quoi il s'informera avant toutes choses, plutôt que de votre personne; si, dis-je, il me fait cette demande, que voulez-vous que je lui réponde ?

— Ma mère, répondit Aladdin, ne nous inquiétons point par avance d'une chose qui peut-être n'arrivera pas. Voyons premièrement l'accueil que vous fera le sultan, et la réponse qu'il vous donnera. S'il arrive qu'il veuille être informé de tout ce que vous venez de me dire, je verrai alors la réponse que j'aurai à lui faire. J'ai confiance que la lampe par le moyen de laquelle nous subsistons depuis quelques années ne me manquera pas dans le besoin. »

La mère d'Aladdin n'eut rien à répliquer à ce que son fils venait de lui dire. Elle fit réflexion que la lampe dont il parlait pouvait bien servir à de plus grandes merveilles qu'à leur procurer simplement de quoi vivre. Cela la satisfit, et leva en même temps toutes les difficultés qui auraient pu encore la détourner du service qu'elle avait promis de rendre à son fils auprès du sultan. Aladdin, qui pénétra dans la pensée de sa mère, lui dit : « Ma mère, au moins souvenez-vous de garder le secret ; c'est de là que dépend tout le bon succès que nous devons attendre, vous et moi, de cette affaire. » Aladdin et sa mère se séparèrent pour prendre quelque repos ; mais l'amour violent et les grands projets d'une fortune immense dont le fils avait l'esprit tout rempli l'empêchèrent de passer la nuit aussi tranquillement qu'il aurait bien souhaité. Il se leva avant la petite pointe du jour, et alla aussitôt éveiller sa mère. Il la pressa de s'habiller le plus promptement qu'elle pourrait, afin d'aller se rendre à la porte du palais du sultan et d'y entrer à l'ouverture, en même temps que le grand-vizir, les vizirs subalternes et tous les grands officiers de l'État y entraient pour la séance du divan, où le sultan assistait toujours en personne.

La mère d'Aladdin fit tout ce que son fils voulut. Elle prit la porcelaine où était le présent de pierreries, l'enveloppa dans un double linge, l'un très fin et très propre, l'autre moins fin, qu'elle lia par les quatre coins pour le porter plus aisément. Elle partit enfin avec une grande satisfaction d'Aladdin, et elle prit le chemin du palais du sultan. Le grand-vizir, accompagné des autres vizirs, et les seigneurs de la cour les plus qualifiés, étaient déjà entrés quand elle arriva à la porte. La foule de tous ceux qui avaient des affaires au divan était grande. On ouvrit, et elle marcha avec eux jusqu'au divan. C'était un très beau salon, profond et spacieux, dont l'entrée était grande et magnifique. Elle s'arrêta, et se rangea de manière qu'elle avait en face le sultan, le grand-vizir et les seigneurs qui avaient séance au conseil à droite et à gauche. On appela les parties les unes après les autres selon l'ordre des requêtes qu'elles avaient présentées, et leurs affaires furent rapportées, plaidées et jugées jusqu'à l'heure ordinaire de la séance du divan. Alors le sultan se leva, congédia le conseil, et rentra dans son appartement, où il fut suivi par le grand-vizir. Les autres vizirs et les ministres du conseil se retirèrent. Tous ceux qui s'y étaient trouvés pour des affaires particulières firent la même chose, les uns contents du gain de leurs procès, les autres mal satisfaits du jugement rendu contre eux, et d'autres enfin avec l'espérance d'être jugés dans une autre séance.

La mère d'Aladdin, qui avait vu le sultan se lever et se retirer, jugea bien qu'il ne reparaîtrait pas davantage ce jour-là, en voyant tout le monde sortir ; ainsi elle prit le

parti de retourner chez elle. Aladdin, qui la vit rentrer avec
le présent destiné au sultan, ne sut d'abord que penser du
succès de son voyage. Dans la crainte où il était qu'elle
n'eût quelque chose de sinistre à lui annoncer, il n'avait
pas la force d'ouvrir la bouche pour lui demander quelle
nouvelle elle lui apportait. La bonne mère, qui n'avait
jamais mis le pied dans le palais du sultan, et qui n'avait
pas la moindre connaissance de ce qui s'y pratiquait ordinairement, tira son fils de l'embarras où il était en lui
disant avec une grande naïveté : « Mon fils, j'ai vu le sultan, et je suis bien persuadée qu'il m'a vue aussi. J'étais
placée devant lui, et personne ne l'empêchait de me voir ;
mais il était si fort occupé par tous ceux qui parlaient à
droite et à gauche qu'il me faisait compassion de voir la
peine et la patience qu'il se donnait à les écouter. Cela a
duré si longtemps qu'à la fin je crois qu'il s'est ennuyé : car
il s'est levé sans qu'on s'y attendît, et il s'est retiré assez
brusquement, sans vouloir entendre quantité d'autres personnes qui étaient en rang pour lui parler à leur tour. Cela
m'a fait cependant un grand plaisir. En effet, je commen-
çais à perdre patience, et j'étais extrêmement fatiguée de
demeurer debout si longtemps ; mais il n'y a rien de gâté :
je ne manquerai pas d'y retourner demain ; le sultan ne
sera peut-être pas si occupé. »

Quelque amoureux que fût Aladdin, il fut contraint de
se contenter de cette excuse et de s'armer de patience. Il
eut au moins la satisfaction de voir que sa mère avait fait
la démarche la plus difficile, qui était de soutenir la vue du
sultan, et d'espérer qu'à l'exemple de ceux qui lui avaient
parlé en sa présence, elle n'hésiterait pas aussi à s'acquitter de la commission dont elle était chargée, quand le
moment favorable de lui parler se présenterait.

Le lendemain, d'aussi grand matin que le jour précédent, la mère d'Aladdin alla encore au palais du sultan
avec le présent de pierreries ; mais son voyage fut inutile :
elle trouva la porte du divan fermée, et elle apprit qu'il n'y
avait de conseil que de deux jours l'un, et ainsi qu'il fallait
qu'elle revînt le jour suivant. Elle s'en alla porter cette
nouvelle à son fils, qui fut obligé de renouveler sa
patience. Elle y retourna six autres fois aux jours mar-
qués, en se plaçant toujours devant le sultan, mais avec
aussi peu de succès que la première ; et peut-être qu'elle y
serait retournée cent autres fois aussi inutilement, si le
sultan, qui la voyait toujours vis-à-vis de lui à chaque

séance, n'eût fait attention à elle. Cela est d'autant plus probable qu'il n'y avait que ceux qui avaient des requêtes à présenter qui approchaient du sultan, chacun à leur tour, pour plaider leur cause dans leur rang ; et la mère d'Aladdin n'était point dans ce cas-là.

Ce jour-là enfin, après la levée du conseil, quand le sultan fut rentré dans son appartement, il dit à son grand-vizir : « Il y a déjà quelque temps que je remarque une certaine femme qui vient régulièrement chaque jour que je tiens mon conseil, et qui porte quelque chose d'enveloppé dans un linge ; elle se tient debout depuis le commencement de l'audience jusqu'à la fin et affecte de se mettre toujours devant moi : savez-vous ce qu'elle demande ? »

Le grand-vizir, qui n'en savait pas plus que le sultan, ne voulut pas néanmoins demeurer court. « Sire, répondit-il, Votre Majesté n'ignore pas que les femmes forment souvent des plaintes sur des sujets de rien : celle-ci apparemment vient porter sa plainte devant Votre Majesté sur ce qu'on lui a vendu de la méchante farine, ou sur quelque autre tort d'aussi peu de conséquence. » Le sultan ne se satisfit pas de cette réponse. « Au premier jour du conseil, reprit-il, si cette femme revient, ne manquez pas de la faire appeler, afin que je l'entende. » Le grand-vizir ne lui répondit qu'en baisant la main et en la portant au-dessus de sa tête, pour marquer qu'il était prêt à la perdre s'il y manquait.

La mère d'Aladdin s'était déjà fait une habitude si grande de paraître au conseil devant le sultan qu'elle comptait sa peine pour rien, pourvu qu'elle fît connaître à son fils qu'elle n'oubliait rien de tout ce qui dépendait d'elle pour lui complaire. Elle retourna donc au palais le jour du conseil, et elle se plaça à l'entrée du divan, vis-à-vis le sultan, à son ordinaire.

Le grand-vizir n'avait pas encore commencé à rapporter aucune affaire quand le sultan aperçut la mère d'Aladdin. Touché de compassion de la longue patience dont il avait été témoin : « Avant toutes choses, de crainte que vous ne l'oubliiez, dit-il au grand-vizir, voilà la femme dont je vous parlais dernièrement ; faites-la venir, et commençons par l'entendre et par expédier l'affaire qui l'amène. » Aussitôt le grand-vizir montra cette femme au chef des huissiers qui était debout, prêt à recevoir ses ordres, et lui commanda d'aller la prendre et de la faire avancer.

Le chef des huissiers vint jusqu'à la mère d'Aladdin ; et,

au signe qu'il lui fit, elle le suivit jusqu'au pied du trône du sultan, où il la laissa pour aller se ranger à sa place près du grand-vizir.

La mère d'Aladdin, instruite par l'exemple de tant d'autres qu'elle avait vus aborder le sultan, se prosterna le front contre le tapis qui couvrait les marches du trône, et elle demeura en cet état jusqu'à ce que le sultan lui commandât de se relever. Elle se leva; et alors : « Bonne femme, lui dit le sultan, il y a longtemps que je vous vois venir à mon divan, et demeurer à l'entrée depuis le commencement jusqu'à la fin : quelle affaire vous amène ici ? »

La mère d'Aladdin se prosterna une seconde fois après avoir entendu ces paroles; et, quand elle fut relevée : « Monarque au-dessus des monarques du monde, dit-elle, avant d'exposer à Votre Majesté le sujet extraordinaire, et même presque incroyable, qui me fait paraître devant son trône sublime, je la supplie de me pardonner la hardiesse, pour ne pas dire l'impudence de la demande que je viens lui faire : elle est si peu commune que je tremble, et que j'ai honte de la proposer à mon sultan. » Pour lui donner la liberté entière de s'expliquer, le sultan commanda que tout le monde sortît du divan, et qu'on le laissât seul avec son grand-vizir; et alors il lui dit qu'elle pouvait parler et s'expliquer sans crainte.

La mère d'Aladdin ne se contenta pas de la bonté du sultan, qui venait de lui épargner la peine qu'elle eût pu souffrir en parlant devant tant de monde; elle voulut encore se mettre à couvert de l'indignation qu'elle avait à craindre de la proposition qu'elle devait lui faire, et à laquelle il ne s'attendait pas. « Sire, dit-elle en reprenant la parole, j'ose encore supplier Votre Majesté, au cas qu'elle trouve la demande que j'ai à lui faire offensante ou injurieuse en la moindre chose, de m'assurer auparavant de son pardon, et de m'en accorder la grâce. — Quoi que ce puisse être, repartit le sultan, je vous le pardonne dès à présent, et il ne vous en arrivera pas le moindre mal : parlez hardiment. »

Quand la mère d'Aladdin eut pris toutes ses précautions, en femme qui redoutait la colère du sultan sur une proposition aussi délicate que celle qu'elle avait à lui faire, elle lui raconta fidèlement dans quelle occasion Aladdin avait vu la princesse Badroulboudour, l'amour violent que cette vue fatale lui avait inspiré, la déclaration qu'il lui en avait faite, tout ce qu'elle lui avait représenté pour le détourner d'une passion « non moins injurieuse à Votre Majesté, dit-elle au sultan, qu'à la princesse votre fille. Mais, continua-t-elle, mon fils, bien loin d'en profiter et de reconnaître sa hardiesse, s'est obstiné à y persévérer jusqu'au point de me menacer de quelque action de désespoir si je refusais de venir demander la princesse en mariage à Votre Majesté ; et ce n'a été qu'après m'être fait une violence extrême que j'ai été contrainte d'avoir cette complaisance pour lui, de quoi je supplie encore une fois Votre Majesté de m'accorder le pardon, non seulement à moi, mais même à Aladdin mon fils, d'avoir eu la pensée téméraire d'aspirer à une si haute alliance ».

Le sultan écouta tout ce discours avec beaucoup de douceur et de bonté, sans donner aucune marque de colère ou d'indignation, et même sans prendre la demande en raillerie.

Mais, avant de donner réponse à cette bonne femme, il lui demanda ce que c'était que ce qu'elle avait apporté enveloppé dans un linge. Aussitôt elle prit le vase de porcelaine qu'elle avait mis au pied du trône avant de se prosterner ; elle le découvrit et le présenta au sultan.

On ne saurait exprimer la surprise et l'étonnement du sultan lorsqu'il vit rassemblées dans ce vase tant de pierreries si considérables, si précieuses, si parfaites, si éclatantes, et d'une grosseur dont il n'en avait point encore vu de pareilles. Il resta quelque temps dans une si grande admiration qu'il en était immobile. Après être enfin revenu à lui, il reçut le présent des mains de la mère d'Aladdin, en s'écriant avec un transport de joie : « Ah ! que cela est beau ! que cela est riche ! » Après avoir admiré et manié presque toutes les pierreries l'une après l'autre, en les prisant chacune par l'endroit qui les distinguait, il se tourna du côté de son grand-vizir, et, en lui montrant le vase : « Vois, dit-il, et conviens qu'on ne peut rien voir au monde de plus riche et de plus parfait. » Le vizir en fut charmé. « Hé bien, continua le sultan, que dis-tu d'un tel présent ? N'est-il pas digne de la princesse ma fille, et ne puis-je pas la donner à ce prix-là à celui qui me la fait demander ? »

Ces paroles mirent le grand-vizir dans une étrange agitation. Il y avait quelque temps que le sultan lui avait fait entendre que son intention était de donner la princesse sa fille en mariage à un fils qu'il avait. Il craignit, et ce n'était

pas sans fondement, que le sultan, ébloui par un présent si
riche et si extraordinaire, ne changeât de sentiment. Il
s'approcha du sultan, et, en lui parlant à l'oreille : « Sire,
dit-il, on ne peut disconvenir que le présent ne soit digne
de la princesse ; mais je supplie Votre Majesté de m'accorder trois mois avant de se déterminer : j'espère qu'avant ce
temps-là, mon fils, sur qui elle a eu la bonté de me témoigner qu'elle avait jeté les yeux, aura de quoi lui en faire un
d'un plus grand prix que celui d'Aladdin, que Votre
Majesté ne connaît pas. » Le sultan, quoique bien persuadé qu'il n'était pas possible que son grand-vizir pût
trouver à son fils de quoi faire un présent d'une aussi
grande conséquence à la princesse sa fille, ne laissa pas
néanmoins de l'écouter et de lui accorder cette grâce.
Ainsi, en se retournant du côté de la mère d'Aladdin, il lui
dit : « Allez, bonne femme, retournez chez vous, et dites à
votre fils que j'agrée la proposition que vous m'avez faite
de sa part, mais que je ne puis marier la princesse ma fille
que je ne lui aie fait faire un ameublement qui ne sera prêt
que dans trois mois. Ainsi, revenez en ce temps-là. »

La mère d'Aladdin retourna chez elle avec une joie
d'autant plus grande que, par rapport à son état, elle avait
d'abord regardé l'accès auprès du sultan comme impossible, et que d'ailleurs elle avait obtenu une réponse si
favorable, au lieu qu'elle ne s'était attendue qu'à un rebut
qui l'aurait couverte de confusion. Deux choses firent
juger à Aladdin, quand il vit entrer sa mère, qu'elle lui
apportait une bonne nouvelle : l'une, qu'elle revenait de
meilleure heure qu'à l'ordinaire ; et l'autre, qu'elle avait le
visage gai et ouvert. « Hé bien, ma mère, lui dit-il, dois-je
espérer ? dois-je mourir de désespoir ? » Quand elle eut
quitté son voile et qu'elle se fut assise sur le sofa avec lui :
« Mon fils, dit-elle, pour ne vous pas tenir trop longtemps
dans l'incertitude, je commencerai par vous dire que, bien
loin de songer à mourir, vous avez tout sujet d'être
content. » En poursuivant son discours, elle lui raconta de
quelle manière elle avait eu audience avant tout le monde,
ce qui était cause qu'elle était revenue de si bonne heure ;
les précautions qu'elle avait prises pour faire au sultan,
sans qu'il s'en offensât, la proposition de mariage de la
princesse Badroulboudour avec lui, et la réponse toute
favorable que le sultan lui avait faite de sa propre bouche.
Elle ajouta que, autant qu'elle en pouvait juger par les
marques que le sultan en avait données, le présent, sur

toutes choses, avait fait un puissant effet sur son esprit pour le déterminer à la réponse favorable qu'elle rapportait. « Je m'y attendais d'autant moins, dit-elle encore, que le grand-vizir lui avait parlé à l'oreille avant qu'il me la fît, et que je craignais qu'il ne le détournât de la bonne volonté qu'il pouvait avoir pour vous. »

Aladdin s'estima le plus heureux des mortels en apprenant cette nouvelle. Il remercia sa mère de toutes les peines qu'elle s'était données dans la poursuite de cette affaire, dont l'heureux succès était si important pour son repos ; et quoique, dans l'impatience où il était de jouir de l'objet de sa passion, trois mois lui parussent d'une longueur extrême, il se disposa néanmoins à attendre avec patience, fondé sur la parole du sultan, qu'il regardait comme irrévocable. Pendant qu'il comptait non seulement les heures, les jours et les semaines, mais même jusqu'aux moments, en attendant que le terme fût passé, environ deux mois s'étaient écoulés quand sa mère, un soir, en voulant allumer la lampe, s'aperçut qu'il n'y avait plus d'huile dans la maison. Elle sortit pour en aller acheter ; et, en avançant dans la ville, elle vit que tout y était en fête. En effet, les boutiques, au lieu d'être fermées, étaient ouvertes ; on les ornait de feuillage, on y préparait des illuminations, chacun s'efforçait à qui le ferait avec plus de pompe et de magnificence pour mieux marquer son zèle : tout le monde enfin donnait des démonstrations de joie et de réjouissance. Les rues étaient même embarrassées par des officiers en habits de cérémonie, montés sur des chevaux richement harnachés, et environnés d'un grand nombre de valets de pied qui allaient et venaient. Elle demanda au marchand chez qui elle achetait son huile ce que tout cela signifiait. « D'où venez-vous, ma bonne dame ? lui dit-il ; ne savez-vous pas que le fils du grand-vizir épouse ce soir la princesse Badroulboudour, fille du sultan ? Elle va bientôt sortir du bain, et les officiers que vous voyez s'assemblent pour lui faire cortège jusqu'au palais où se doit faire la cérémonie. »

La mère d'Aladdin ne voulut pas en apprendre davantage. Elle revint en si grande diligence qu'elle rentra chez elle presque hors d'haleine. Elle trouva son fils qui ne s'attendait à rien moins qu'à la fâcheuse nouvelle qu'elle lui apportait. « Mon fils, s'écria-t-elle, tout est perdu pour vous ! Vous comptiez sur la belle promesse du sultan, il n'en sera rien. » Aladdin, alarmé de ces paroles : « Ma mère, reprit-il, par quel endroit le sultan ne me tiendrait-il pas sa promesse? Comment le savez-vous? — Ce soir, repartit la mère, le fils du grand-vizir épouse la princesse Badroulboudour dans le palais. » Elle lui raconta de quelle manière elle venait de l'apprendre par tant de circonstances qu'il n'eut pas lieu d'en douter.

A cette nouvelle, Aladdin demeura immobile, comme s'il eût été frappé d'un coup de foudre. Tout autre que lui en eût été accablé; mais une jalousie secrète l'empêcha d'y demeurer longtemps. Dans le moment il se souvint de la lampe qui lui avait été si utile jusqu'alors, et, sans aucun emportement en vaines paroles contre le sultan, contre le grand-vizir, ou contre le fils de ce ministre, il dit seulement : « Ma mère, le fils du grand-vizir ne sera peut-être pas cette nuit aussi heureux qu'il se le promet. Pendant que je vais dans ma chambre pour un moment, préparez-nous à souper. »

La mère d'Aladdin comprit bien que son fils voulait faire usage de la lampe pour empêcher, s'il était possible, que le mariage du fils du grand-vizir avec la princesse ne vînt jusqu'à la consommation, et elle ne se trompait pas. En effet, quand Aladdin fut dans sa chambre, il prit la lampe merveilleuse qu'il y avait portée, en l'ôtant de devant les yeux de sa mère, après que l'apparition du génie lui eut fait une si grande peur; il prit, dis-je, la lampe, et il la frotta au même endroit que les autres fois. A l'instant, le génie parut devant lui : *Que veux-tu?* dit-il à Aladdin; *me voici prêt à t'obéir comme ton esclave, et de tous ceux qui ont la lampe à la main, moi et les autres esclaves de la lampe.*

« Écoute, lui dit Aladdin, tu m'as apporté jusqu'à présent de quoi me nourrir quand j'en ai eu besoin, il s'agit présentement d'une affaire de tout autre importance. J'ai fait demander en mariage au sultan la princesse Badroulboudour, sa fille; il me l'a promise, et il m'a demandé un délai de trois mois. Au lieu de tenir sa promesse, ce soir, avant le terme échu, il la marie au fils du grand-vizir : je viens de l'apprendre, et la chose est certaine. Ce que je te demande, c'est que, dès que le nouvel époux et la nouvelle épouse seront couchés, tu les enlèves et que tu les apportes ici tous deux dans leur lit.

— *Mon maître*, reprit le génie, *je vais t'obéir. As-tu autre chose à me commander?* — Rien autre chose pour le présent », repartit Aladdin. En même temps le génie disparut.

Aladdin revint trouver sa mère ; il soupa avec elle avec la même tranquillité qu'il avait de coutume. Après le souper, il s'entretint quelque temps avec elle du mariage de la princesse, comme d'une chose qui ne l'embarrassait plus. Il retourna à sa chambre et il laissa sa mère en liberté de se coucher. Pour lui, il ne se coucha pas, mais il attendit le retour du génie et l'exécution du commandement qu'il lui avait fait.

Pendant ce temps-là, tout avait été préparé avec bien de la magnificence dans le palais du sultan pour la célébration des noces de la princesse, et la soirée se passa en cérémonies et en réjouissances jusque bien avant dans la nuit. Quand tout fut achevé, le fils du grand-vizir, au signal que lui fit le chef des eunuques de la princesse, s'échappa adroitement, et cet officier l'introduisit dans l'appartement de la princesse son épouse, jusqu'à la chambre où le lit nuptial était préparé. Il se coucha le premier. Peu de temps après, la sultane, accompagnée de ses femmes et de celles de la princesse sa fille, amena la nouvelle épouse. Elle faisait de grandes résistances, selon la coutume des nouvelles mariées. La sultane aida à la déshabiller, la mit dans le lit comme par force, et, après l'avoir embrassée en lui souhaitant la bonne nuit, elle se retira avec toutes les femmes ; et la dernière qui sortit ferma la porte de la chambre.

A peine la porte de la chambre fut fermée que le génie, comme esclave fidèle de la lampe et exact à exécuter les ordres de ceux qui l'avaient à la main, sans donner le temps à l'époux de faire la moindre caresse à son épouse, enlève le lit avec l'époux et l'épouse, au grand étonnement de l'un et de l'autre, et en un instant le transporte dans la chambre d'Aladdin où il le pose.

Aladdin, qui attendait ce moment avec impatience, ne souffrit pas que le fils du grand-vizir demeurât couché avec la princesse. « Prends ce nouvel époux, dit-il au génie, enferme-le dans le privé, et reviens demain matin un peu après la pointe du jour. » Le génie enleva aussitôt le fils du grand-vizir hors du lit, en chemise, et le transporta dans le lieu qu'Aladdin lui avait dit, où il le laissa, après avoir jeté sur lui un souffle qu'il sentit depuis la tête jusqu'aux pieds, et qui l'empêcha de remuer de la place.

Quelque grande que fût la passion d'Aladdin pour la princesse Badroulboudour, il ne lui tint pas néanmoins un long discours lorsqu'il se vit seul avec elle. « Ne craignez

rien, adorable princesse, lui dit-il d'un air tout passionné,
vous êtes ici en sûreté ; et, quelque violent que soit l'amour
que je ressens pour votre beauté et pour vos charmes, il ne
me fera jamais sortir des bornes du profond respect que je
vous dois. Si j'ai été forcé, ajouta-t-il, d'en venir à cette
extrémité, ce n'a pas été dans la vue de vous offenser, mais
pour empêcher qu'un injuste rival ne vous possédât,
contre la parole donnée par le sultan votre père en ma
faveur. »

La princesse, qui ne savait rien de ces particularités, fit
fort peu d'attention à tout ce qu'Aladdin lui put dire. Elle
n'était nullement en état de lui répondre. La frayeur et
l'étonnement où elle était d'une aventure si surprenante et
si peu attendue l'avaient mise dans un tel état qu'Aladdin
n'en put tirer aucune parole. Aladdin n'en demeura pas là :
il prit le parti de se déshabiller, et il se coucha à la place
du fils du grand-vizir, le dos tourné du côté de la princesse, après avoir eu la précaution de mettre un sabre
entre la princesse et lui, pour marquer qu'il mériterait
d'en être puni s'il attentait à son honneur.

Aladdin, content d'avoir ainsi privé son rival du bonheur dont il s'était flatté de jouir cette nuit-là, dormit
assez tranquillement. Il n'en fut pas de même de la princesse Badroulboudour : de sa vie il ne lui était arrivé de
passer une nuit aussi fâcheuse et aussi désagréable que
celle-là ; et, si l'on veut bien faire réflexion au lieu et à
l'état où le génie avait laissé le fils du grand-vizir, on
jugera que ce nouvel époux la passa d'une manière beaucoup plus affligeante.

Le lendemain, Aladdin n'eut pas besoin de frotter la
lampe pour appeler le génie. Il revint à l'heure qu'il lui
avait marquée, et dans le temps qu'il achevait de s'habiller. *Me voici,* dit-il à Aladdin. *Qu'as-tu à me commander ?*
— Va reprendre, lui dit Aladdin, le fils du grand-vizir où tu
l'as mis ; viens le remettre dans ce lit, et reporte-le où tu
l'as pris dans le palais du sultan. » Le génie alla relever le
fils du grand-vizir de sentinelle, et Aladdin reprenait son
sabre quand il reparut. Il mit le nouvel époux près de la
princesse, et en un instant il reporta le lit nuptial dans la
même chambre du palais du sultan d'où il l'avait apporté.

Il faut remarquer qu'en tout ceci le génie ne fut aperçu
ni de la princesse, ni du fils du grand-vizir. Sa forme
hideuse eût été capable de les faire mourir de frayeur. Ils
n'entendirent même rien des discours entre Aladdin et lui,

et ils ne s'aperçurent que de l'ébranlement du lit et de leur transport d'un lieu à un autre : c'était bien assez pour leur donner la frayeur qu'il est aisé d'imaginer.

Le génie ne venait que de poser le lit nuptial en sa place, quand le sultan, curieux d'apprendre comment la princesse sa fille avait passé la première nuit de ses noces, entra dans la chambre pour lui souhaiter le bonjour. Le fils du grand-vizir, morfondu du froid qu'il avait souffert toute la nuit, et qui n'avait pas encore eu le temps de se réchauffer, n'eut pas sitôt entendu qu'on ouvrait la porte qu'il se leva et passa dans une garde-robe où il s'était déshabillé le soir.

Le sultan approcha du lit de la princesse, la baisa entre les deux yeux, selon la coutume, en lui souhaitant le bonjour, et lui demanda en souriant comment elle se trouvait de la nuit passée ; mais, en relevant la tête et en la regardant avec plus d'attention, il fut extrêmement surpris de la voir dans une grande mélancolie, et de ce qu'elle ne lui marquait, ni par la rougeur qui eût pu lui monter au visage, ni par aucun autre signe, ce qui eût pu satisfaire sa curiosité. Elle lui jeta seulement un regard des plus tristes, d'une manière qui marquait une grande affliction ou un grand mécontentement. Il lui dit encore quelques paroles ; mais, comme il vit qu'il n'en pouvait tirer d'elle, il s'imagina qu'elle le faisait par pudeur, et il se retira. Il ne laissa pas néanmoins de soupçonner qu'il y avait quelque chose d'extraordinaire dans son silence ; ce qui l'obligea d'aller sur-le-champ à l'appartement de la sultane, à qui il fit le récit de l'état où il avait trouvé la princesse et de la réception qu'elle lui avait faite. « Sire, lui dit la sultane, cela ne doit pas surprendre Votre Majesté : il n'y a pas de nouvelle mariée qui n'ait la même retenue le lendemain de ses noces. Ce ne sera pas la même chose dans deux ou trois jours : alors, elle recevra le sultan son père comme elle le doit. Je vais la voir, ajouta-t-elle, et je suis bien trompée si elle me fait le même accueil. »

Quand la sultane fut habillée, elle se rendit à l'appartement de la princesse, qui n'était pas encore levée : elle s'approcha de son lit, et elle lui donna le bonjour en l'embrassant ; mais sa surprise fut des plus grandes, non seulement de ce qu'elle ne lui répondit rien, mais même de ce qu'en la regardant elle s'aperçut qu'elle était dans un grand abattement, qui lui fit juger qu'il lui était arrivé quelque chose qu'elle ne pénétrait pas. « Ma fille, lui dit la

sultane, d'où vient que vous répondez si mal aux caresses
que je vous fais ? Est-ce avec votre mère que vous devez
faire toutes ces façons ? Et doutez-vous que je ne sois pas
instruite de ce qui peut arriver dans une pareille circonstance que celle où vous êtes ? Je veux bien croire que
vous n'avez pas cette pensée ; il faut donc qu'il vous soit
arrivé quelque autre chose ; avouez-le-moi franchement, et
ne me laissez pas plus longtemps dans une inquiétude qui
m'accable. »

La princesse Badroulboudour rompit enfin le silence
par un grand soupir. « Ah ! Madame et très honorée mère,
s'écria-t-elle, pardonnez-moi si j'ai manqué au respect que
je vous dois ! J'ai l'esprit si fortement occupé des choses
extraordinaires qui me sont arrivées cette nuit que je ne
suis pas encore bien revenue de mon étonnement ni de
mes frayeurs, et que j'ai même de la peine à me
reconnaître moi-même. » Alors elle lui raconta avec les
couleurs les plus vives de quelle manière, un instant après
qu'elle et son époux furent couchés, le lit avait été enlevé
et transporté en un moment dans une chambre malpropre
et obscure, où elle s'était vue seule et séparée de son
époux, sans savoir ce qu'il était devenu, et où elle avait vu
un jeune homme, lequel, après lui avoir dit quelques
paroles que la frayeur l'avait empêchée d'entendre, s'était
couché avec elle à la place de son époux, après avoir mis
son sabre entre elle et lui, et que le matin son époux lui
avait été rendu et le lit rapporté en sa place en aussi peu
de temps. « Tout cela ne venait que d'être fait, ajouta-
t-elle, quand le sultan mon père est entré dans ma
chambre ; j'étais si accablée de tristesse que je n'ai pas eu
la force de lui répondre une seule parole : aussi je ne doute
pas qu'il ne soit indigné de la manière dont j'ai reçu l'honneur qu'il m'a fait ; mais j'espère qu'il me pardonnera
quand il saura ma triste aventure et l'état pitoyable où je
me trouve encore en ce moment. »

La sultane écouta fort tranquillement tout ce que la
princesse voulut bien lui raconter ; mais elle ne voulut pas
y ajouter foi. « Ma fille, lui dit-elle, vous avez bien fait de
ne point parler de cela au sultan votre père. Gardez-vous
bien d'en rien dire à personne : on vous prendrait pour
une folle, si on vous entendait parler de la sorte. —
Madame, reprit la princesse, je puis vous assurer que je
vous parle de bon sens ; vous pourrez vous en informer à
mon époux, il vous dira la même chose. — Je m'en infor-

merai, repartit la sultane; mais, quand il m'en parlerait
comme vous, je n'en serais pas plus persuadée que je le
suis. Levez-vous cependant, et ôtez-vous cette imagination
de l'esprit; il ferait beau voir que vous troublassiez par
une pareille vision les fêtes ordonnées pour vos noces, et
qui doivent se continuer plusieurs jours dans ce palais et
dans tout le royaume! N'entendez-vous pas déjà les fan-
fares et les concerts de trompettes, de timbales et de tambours? Tout cela vous doit inspirer la joie et le plaisir, et
vous faire oublier toutes les fantaisies dont vous venez de
me parler. » En même temps la sultane appela les femmes
de la princesse; et, après qu'elle l'eut fait lever et qu'elle
l'eut vue se mettre à sa toilette, elle alla à l'appartement du
sultan; elle lui dit que quelque fantaisie avait passé véritablement par la tête de sa fille, mais que ce n'était rien.
Elle fit appeler le fils du vizir, pour savoir de lui quelque
chose de ce que la princesse lui avait dit; mais le fils du
vizir, qui s'estimait infiniment honoré de l'alliance du sultan, avait pris le parti de dissimuler. « Mon gendre, lui dit
la sultane, dites-moi, êtes-vous dans le même entêtement
que votre épouse? — Madame, reprit le fils du vizir, oserais-je vous demander à quel sujet vous me faites cette
demande? — Cela suffit, repartit la sultane; je n'en veux
pas savoir davantage : vous êtes plus sage qu'elle. »

Les réjouissances continuèrent toute la journée dans le
palais; et la sultane, qui n'abandonna pas la princesse,
n'oublia rien pour lui inspirer la joie et pour lui faire
prendre part aux divertissements qu'on lui donnait par
différentes sortes de spectacles; mais elle était tellement
frappée des idées de ce qui lui était arrivé la nuit qu'il était
aisé de voir qu'elle en était tout occupée. Le fils du grand-
vizir n'était pas moins accablé de la mauvaise nuit qu'il
avait passée; mais son ambition le fit dissimuler, et, à le
voir, personne ne douta qu'il ne fût un époux très heureux.

Aladdin, qui était bien informé de ce qui se passait au
palais, ne douta pas que les nouveaux mariés ne dussent
coucher encore ensemble, malgré la fâcheuse aventure qui
leur était arrivée la nuit d'auparavant. Aladdin n'avait
point envie de les laisser en repos. Ainsi, dès que la nuit
fut un peu avancée, il eut recours à la lampe. Aussitôt le
génie parut, et fit à Aladdin le même compliment que les
autres fois, en lui offrant son service. « Le fils du grand-
vizir et la princesse Badroulboudour, lui dit Aladdin,
doivent coucher encore ensemble cette nuit; va, et, du

moment qu'ils seront couchés, apporte-moi le lit ici,
comme hier. »

Le génie servit Aladdin avec autant de fidélité et d'exactitude que le jour de devant. Le fils du grand-vizir passa la
nuit aussi froidement et aussi désagréablement qu'il
l'avait déjà fait, et la princesse eut la même mortification
d'avoir Aladdin pour compagnon de sa couche, le sabre
posé entre elle et lui. Le génie, suivant les ordres d'Aladdin, revint le lendemain, remit l'époux auprès de son
épouse, enleva le lit avec les nouveaux mariés, et le
reporta dans la chambre du palais où il l'avait pris.

Le sultan, après la réception que la princesse Badroulboudour lui avait faite le jour précédent, inquiet de savoir
comment elle aurait passé la seconde nuit, et si elle lui
ferait une réception pareille à celle qu'elle lui avait déjà
faite, se rendit à sa chambre d'aussi bon matin pour en
être éclairci. Le fils du grand-vizir, plus honteux et plus
mortifié du mauvais succès de cette dernière nuit que de
la première, à peine eut entendu venir le sultan qu'il se
leva avec précipitation et se jeta dans la garde-robe.

Le sultan s'avança jusqu'au lit de la princesse en lui
donnant le bonjour; et, après lui avoir fait les mêmes
caresses que le jour de devant : « Hé bien, ma fille, lui
dit-il, êtes-vous ce matin d'aussi mauvaise humeur que
vous étiez hier ? Me direz-vous comment vous avez passé
la nuit ? » La princesse garda le même silence, et le sultan
s'aperçut qu'elle avait l'esprit beaucoup moins tranquille,
et qu'elle était plus abattue que la première fois. Il ne
douta pas que quelque chose d'extraordinaire ne lui fût
arrivé. Alors, irrité du mystère qu'elle lui en faisait : « Ma
fille, lui dit-il tout en colère et le sabre à la main, ou vous
me direz ce que vous me cachez, ou je vais vous couper la
tête tout à l'heure. »

La princesse, plus effrayée du ton et de la menace du
sultan offensé que de la vue du sabre nu, rompit enfin le
silence. « Mon cher père et mon sultan, s'écria-t-elle les
larmes aux yeux, je demande pardon à Votre Majesté si je
l'ai offensée. J'espère de sa bonté et de sa clémence qu'elle
fera succéder la compassion à la colère quand je lui aurai
fait le récit fidèle du triste et pitoyable état où je me suis
trouvée toute cette nuit et toute la nuit passée. »

Après ce préambule qui apaisa et qui attendrit un peu le
sultan, elle lui raconta fidèlement tout ce qui lui était
arrivé pendant ces deux fâcheuses nuits, mais d'une

manière si touchante qu'il en fut vivement pénétré de douleur, par l'amour et par la tendresse qu'il avait pour elle. Elle finit par ces paroles : « Si Votre Majesté a le moindre doute sur le récit que je viens de lui faire, elle peut s'en informer de l'époux qu'elle m'a donné. Je suis bien persuadée qu'il rendra à la vérité le même témoignage que je lui rends. »

FIN DU TOME TROISIÈME

TABLE

DU TOME TROISIÈME

DISTRIBUTION

IMPRIMÉ EN UNION EUROPÉENNE
BK 046-96 – Dépôt légal, décembre 1996